조선시대 경강의 별서 남호 편

조선시대
경강의 별서
남호 편

이종묵 지음

머리말

대한민국의 수도 서울을 남쪽으로 감싸고 흐르는 한강은 세계에 자랑할 만큼 아름답다. 자연스러움을 많이 잃기는 했지만 올림픽대로나 강변북로를 가다 보면 한강은 참으로 아름답게 다가온다. 그래서 예나 지금이나 한강을 조망할 수 있는 곳에는 높다란 고급 주택이 들어서 있는 모양이다.

나는 옛글을 읽고 글을 쓰는 일을 직업으로 삼는 처지인지라, 그곳에 어떤 사람이 어떻게 살았는지 늘 궁금했다. 270여 년 전 조선의 뛰어난 화가 겸재謙齋 정선鄭歚의 『경교명승첩京郊名勝帖』에서 아름다운 한강을 배경으로 들어선 멋진 집을 보면서 그곳에 살던 사람이 누구인지 더욱 궁금해졌다. 이에 조선시대 한강 강가에 집을 짓고 살던 사람들에 대한 자료를 차곡차곡 모았다. 광나루에서 행주산성에 이르기까지 한강의 남쪽과 북쪽 아름다운 구비마다 한때를 울린 이름난 문인의 별서別墅가 하나하나 드러났다. 이 책은 바로 이러한 한강 일대 별서의 문화사를 정리한 것이다.

나는 '애오愛吾'라는 말을 좋아한다. 도연명陶淵明이 "나도 내 오두막을 사랑한다(吾亦愛吾廬)"는 구절을 사랑하여 홍대용洪大容을 비롯한 많은 조선의 문인은 자신의 거처에 '나를 사랑하는 집(愛吾廬)'이라는 이름을 붙였다. 18세기 김종후金鐘厚는 홍대용의 집 애오려에 붙인 글에서 "내 귀를 사랑하면 귀가 밝아지고 내 눈을 사랑하면 눈이 밝아진다(愛吾耳則聰 愛吾目則明)"라는 명언을 남겼다. 내 귀가 밝아야 남의 말을 잘 알아듣고 내 눈이 밝아야 남의 일을 잘 볼 수 있게 된다. 나를 사랑하여 남을 아는 일이 귀가 밝고 눈이 밝은 총명聰明인 것이다.

요즘 사람들은 내 눈이나 귀보다 남의 눈이나 귀에 관심이 많다.

남의 것은 잘 알지만 정작 내 것은 잘 알지 못할 때가 적지 않다. 우리 땅보다 남의 땅을 구경하기를 좋아한다. 그러다 보니 정작 우리 땅의 문화사에 대해서는 귀와 눈이 밝지 못하다. 이 땅에 사는 사람들로 하여금 내 몸을 사랑하고 내 땅을 사랑하게 하여 그 눈과 귀가 밝아지도록 하는 일이 우리 것을 공부하는 사람이 해야 할 일이라 생각한다.

10여 년 전 『조선의 문화공간』이라는 책이 그래서 나온 것이었다. 그 서문에서 아름다운 우리 땅에 대한 기억의 끈을 놓지 않기 위해 10여 년 작업한 결실로 책을 낸다고 한 바 있다. 그리고 다시 10년 가까운 세월이 흘렀다. 좀 더 많은 땅에 대해 자세하고 정밀하게 다루지 못한 것이 많이 아쉬웠다. 공부가 부족하여 특히 우리나라의 수도 서울을 관통하는 한강에 살던 사람들에 대해 널리 다루지 못하였다. 그래서 10여 년 자료를 모아 이렇게 책을 낸다.

나는 나를 사랑하는 사람이라 행복하다. 내 좋아하는 옛글을 읽고 내 좋아하는 글을 쓰며 그것으로 나와 내 가족의 생계를 꾸릴 수 있으니 행복한 팔자라 하지 않을 수 있겠는가! 내 좋아하는 일은 하면 그뿐, 이 책이 세상에 무슨 기여를 할 수 있는지는 그다지 중요한 것으로 여기지 않는다. 그렇지만 내 즐거운 바를 남도 즐거워해주면 좋겠다. 함께 나를 사랑하여 그 눈과 귀가 밝아질 수 있으면, 비행기와 고속철에 몸을 싣고도 달음박질하며 살아야 하는 세상이라 하더라도, 저 한강처럼 빠르지는 않지만 쉼 없이 굼실굼실 흘러갈 수 있지 않겠는가!

2016년 관악산 자하골에서 이종묵이 쓰다.

차 례

머리말

4부

한강나루와 빙호

오늘날과 달리 조선시대 한강이라 하면 한남대교 부근의 강을 가리켰다. 이곳에 한강도漢江渡, 한강진漢江津이라는 나루가 있었다. 그 건너에는 고려시대 사평도沙平渡 또는 사리진沙里津이라 부르던 나루가 있었는데 지금의 신사동 인근이다. 행인이 묵어가는 사평원沙平院이 있었다. 그 인근 지역을 사교沙郊, 혹은 사평평沙平坪이라 불렀다. 고려시대 이규보李奎報, 이색李穡 등의 시에 자주 등장하는 사평沙平이 바로 이곳이다. 또 조선 전기 동호에 있던 송인宋寅의 정자 수월정水月亭에서 누릴 수 있는 여덟 가지 구경거리 중 하나가 사평행객沙平行客이었으니, 이곳에는 행인들이 끊임없이 지나가던 번화한 곳이었음을 알 수 있다. 송인

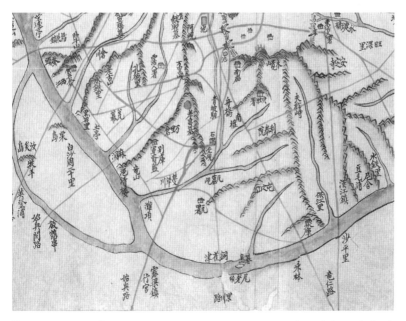

『동여도東輿圖』 중 「도성도都城圖」(규장각 소장본). 동쪽에서부터 한강진, 보강리, 사평리, 서빙고, 둔지산, 기도, 동작진, 노량진, 방학곶 등이 보인다.

은 "사평 관아의 나루가 있는 언덕, 말과 수레가 끊이지 않고 다니네(沙平官渡岸 蹄轂不停行)"라고 한 바 있다.[1]

한강나루 일대에는 조선 초기부터 이름난 별서가 많았다. 한강나루 북쪽 남산 자락에는 조선 초기 태종의 손자 은천군銀川君 이찬李穳의 세심정洗心亭이 이름을 날렸다. 김수온金守溫, 이승소李承召, 서거정徐居正 등이 기문을 지어 그 아름다움을 칭송한 바 있다. 이승소의 글에 따르면 "도성에서 남쪽으로 나가면 성과 몇 리 떨어져 있지 않은 곳에 큰 강이 있는데, 그 강이 동으로부터 와서 산기슭을 안고 서쪽으로 간다. 그 나루는 한강진이다. 나루 위에 제천정濟川亭이 있고 여기서 수백 보를 가면 세심정이 있어 각각 강산의 경치를 나누어 차지하고 있다. 그 숲과 골짜기의 그윽함과 조망의 광활함에 있어서는 제천정이 세심정에 미치지 못한다. 이 세심정은 곧 은천군의 별서다"라 하였다.[2] 또 심수경 沈守慶(1516~1599)이 이 정자를 찾고서 "서울에서 이름이 있는 정원이 한둘이 아니지만, 특히 이형성李亨成의 세심정이 가장 경치가 좋다. 정원 안에는 누대가 있고 그 누대 아래에는 맑은 샘이 콸콸 흐른다. 그 곁에는 산이 있어 살구나무가 헤아릴 수 없을 만큼 많아서 봄이 되면 만발하여 눈처럼 찬란하다. 다른 꽃들도 많다"는 기록을 『견한잡록遣閑雜錄』에 남겼다.[3]

또 제천정은 한강루漢江樓라고도 일컬어진 대로 이 일대의 상징과 같은 존재였다. 서거정, 이승소, 강희맹姜希孟 등이 한양의 대표적인 승경 열 곳을 노래하였으며, 그림으로까지 그려진 「한도십영漢都十詠」의 하나가 「제천완월濟川翫月」 곧 제천정의 달구경이었지만,[4] 17세기 이후

---

1) 송인, 「水月亭八詠」(『頤庵先生遺稿』 36:220).

2) 李承召, 「洗心亭記」(『三灘集』 11:473).

3) 이형성은 은천군의 후손인 듯하다. 成俔의 「到漢江見銀川君亭子撤毁有感」 (『虛白堂集』 14:414)을 보면 15세기 이미 훼철되었음을 알 수 있다. 16세기 다시 화려하게 세워졌지만 임진왜란 때 불이 나서 사라졌다. 조선 후기 등장하는 한강의 세심정은 마포에 있었다. 이에 대해서는 뒤에서 다시 다룬다.

에 기록과 함께 이 정자 자체도 사라진 것으로 보인다. 그 곁에 있던 이사준李師準의 별서 침류당枕流堂도 16세기 문인들에게 널리 알려진 문화공간이었다. 16세기 강혼姜渾, 최숙생崔淑生, 남곤南袞, 정수강丁壽崗, 심의沈義, 이행李荇 등 뛰어난 시인들의 시가 전한다.[5]

제천정이나 세심정, 침류당 등 한강나루를 대표하던 누정들은 17세기 무렵 모두 사라지고 대신 이 시대를 농단한 권세가의 이름난 정자가 들어섰다. 17세기 초반 능원대군綾原大君의 목은정沐恩亭, 인평대군麟坪大君의 대은정戴恩亭 등과 같은 왕자의 별서를 위시하여 김류金瑬의 은파정恩波亭, 정두원鄭斗源의 야명정夜明亭 등이 한강나루 인근에 세워졌다.

강 북안의 한강나루 인근에는 빙고氷庫가 있었기에 그 앞의 한강을 빙호冰湖라 불렀다. 조선 후기 많은 문인들이 빙호에 우거하면서 운치 있는 집을 지었다. 채팽윤蔡彭胤, 이주국李柱國, 원재명元在明 등 명사가 이곳과 인연을 맺었다. 특히 시서화詩書畵로 이름이 높은 강세황姜世晃의 별서도 빙호의 둔지산屯智山산 기슭에 있었다.

그 건너 강 남쪽이 반포다. 지금은 꽤 긴 반포대교가 한강을 가로지르고 있지만 조선시대에는 강폭이 동호에서 넓어지다가 빙호에 이르러 매우 좁아졌다. 그래서 한강나루가 들어선 것이기도 하다. 빙호 남쪽으로 뻗어 있는 저지대가 곧 오늘날 반포 일대로 서초라고도 불렀다. 관악산 여우고개에서 발원한 승방천僧房川이 동작나루에서 한강과 만나는데 그곳에 기도碁島라는 모래톱 섬이 있어 푸른 풀이 아름다웠다. 『동국여지승람』에는 동작진銅雀津 위에 모노리탄毛老里灘과 기도가 있다고 하였으니, 기도는 바로 오늘날 동작대교와 반포대교 사이에 있던 섬인데 지금은 그 일부만 남아 서래섬이라 불리운다. 동작에 있던 창회정蒼檜亭에서 보이는 8경 중 하나로 기도의 고운 풀 기도방초棋島芳

---

4) 서거정, 「漢都十詠」(『四佳集』 11:145) ; 이승소, 「漢都十詠」(『三灘集』 11:439) ; 강희맹, 「題四佳漢都十詠屏風用四佳韻, 與李三灘同賦」(『私淑齋集』 12:45).

5) 도봉서원에도 같은 이름의 정자가 있었는데 劉希慶이 세운 것이다.

草를 들었는데 남용익은 "신선의 섬 조그맣게 바둑판처럼 생겼는데, 땅이 호젓하여 이름 또한 좋구나. 석양에 나그네 배를 돌리니, 눈길 끝까지 고운 풀이 어찔하다(仙島小如棋 地幽名亦好 斜陽客回舟 極目迷芳草)"[6]라 한 바 있다. 이 서초 지역에는 조선 초기의 명상 상진(尙震)의 전장이 있었고, 17세기 무렵에는 허성許筬, 김수항金壽恒, 나양좌羅良佐 집안에서 별서를 두면서 새로운 문화공간이 되었다.[7] 저자도楮子島에 선영이 있던 이창급李昌伋이 반포의 두릉산杜陵山에 두릉전사杜陵田舍를 두고 김수항과 그 아들 김창흡金昌翕의 별서를 찾았음은 앞서 본 바 있다. 이제 빙호를 사이에 두었던 이들 명가의 별서를 찾아보기로 한다.

6) 남용익, 「蒼檜亭八景爲李公世著作」(『壺谷集』 131:166).
7) 19세기에는 정약용과 친분이 깊은 李基慶의 선영도 이곳에 있었다.

1. 성은이 가득한 집 김류의 은파정

인조반정과 병자호란 등의 변고를 겪으면서 새롭게 등장한 권력가들이 집중적으로 별서를 마련한 곳이 한강나루 일대였다. 그중 가장 널리 알려진 곳이 인조반정의 공신 김류金瑬(1571~1648)가 경영한 은파정恩波亭이었다.

은파정의 주인 김류는 본관이 순천順天으로, 자는 관옥冠玉, 호는 북저北渚라 하였다. 인조반정 후 청요직을 역임하였지만 만년에 남산 아래 공극당拱極堂과 구루정傴僂亭을 짓고 살면서 겸손한 덕을 표방하였으며,[8] 이와 더불어 성은에 감읍한다는 뜻을 붙인 은파정을 한강나루에 세웠다. 한명회韓明澮의 압구정狎鷗亭, 김안로金安老의 보만정保晚亭처럼 권력을 얻었지만 애써 스스로를 낮추고 성은에 감읍하는 뜻을 담는 전례를 따른 것이다.

엄경수嚴慶遂는 「연강정사기沿江亭榭記」에서 김류의 은파정이 한강나루 동쪽에 있다고 적고 있다.[9] 한남대교 북단 언덕 정도로 추정된다. 그런데 같은 이름의 은파정이 비슷한 곳에 있었는데 그 주인은 조국필趙國弼이었다. 조국필은 본관이 한양漢陽으로, 조선이 개국될 무렵 환조桓祖의 딸 정화공주貞和公主와 혼인한 용원부원군龍原府院君 조인벽趙仁璧의 후손이다. 조국필은 임진왜란 때 피란길에 오른 선조 임금을 도운 공으로 위성공신衛聖功臣이 되었고 유희분柳希奮의 부친인 유자신柳自新의 사위가 되었으며, 광해군 연간 대북파大北派의 일원으로 형조참판을 지내고 한창군漢昌君에 봉해졌다. 그러나 계해반정 이후 내시와 결탁하여 흉모를 꾸몄다 하여 삼수三水로 유배 갔다가 얼마 있지 않아 세상을 떠났고, 그의 별서도 남의 손에 넘어갔다.

---

8) 공극당과 구루정은 17세기 金堉의 소유가 된 듯하다. 김육이 남산 아래 두었던 이 집에 대해서는 『조선의 문화공간』에서 자세히 다룬 바 있다.
9) 엄경수, 「沿江亭榭記」(『부재일기』 권4).

광해군 연간 권력을 잡고 있던 시절 그와 친한 벗이 없지 않았겠지만 인조반정 이후 더러운 이름으로 낙인이 찍혔기에 이 별서에 대한 기록은 쉽게 찾을 수 없다. 다만 광해군에 대한 의리를 지킨 유몽인柳夢寅의 문집에 조국필을 위해 지은 「은파정기」가 실려 있다.[10] 이에 따르면 "한창군 조 공이 한강의 북안에 정자를 경영하고 은파정이라 편액을 하였는데 실로 우리 동궁東宮이 직접 쓴 글씨니 그 은총을 헤아릴 만하다"라 하였다. 이를 보건대 조국필의 은파정은 한강나루 인근에 있었고, 그 현판 글씨는 광해군의 세자가 직접 썼음을 확인할 수 있다. 조국필은 분명 권력을 농단한 권신이었지만 유몽인은 그가 뛰어난 능력을 가지고 있음에도 불구하고 세상에 쓰이지 못한다고 여겨 한강으로 물러난 것이라 위로하였다.

이에 거친 베옷을 벗어던지고 비단옷을 걸쳤으며, 시원찮은 조랑말을 밀치고 튼튼한 수레와 좋은 말을 탔으며, 볏짚을 걷어내고 기둥과 서까래를 화려하게 꾸몄다. 맑고 시원한 물가에 날아오를 듯한 누각을 세우니, 수십 리에 뻗은 구름과 노을, 강과 산이 모두 앉은자리로 들어왔다. 매번 길일이나 명절을 만나면 장모 봉원태부인蓬原太夫人을 받들었는데 손님과 벗 들이 아름다운 자리에 줄지어 모여 황금 병풍을 치고 화려한 술잔에 술을 내어 잔치를 베풀었다. 대궐에서 온갖 맛난 음식이 수레가 부러질 듯 빨리 내려오곤 하였다.

공이 술에 취하여 황금 편액을 우러러보고 탄식하며 말하였다. "지금 한강의 강물이 넓지만 끝이 있고 깊지만 바닥이 있으니 길게 흘러 바다에서 끝이 난다오. 이 은총은 하늘에서 내려와 바닥이 없고 끝이 없으니, 어찌 이 한강과 비교하겠소? 내가 비록 처음 먹은 마음과 기대가 어그러졌지만 이러한 부귀를 누리게 되었소. 이미 부귀가 나의 소유가 되었고

---

10) 이 글은 『於于集』의 「與楡岾寺僧靈運書」(63:419)에 일부가 실려 있다. 유몽인의 문집 이본인 『默好稿』(규장각본)에는 이 글이 온전하게 수록되어 있다.

뿌리쳐 밀쳐낼 수 없으니 차라리 그 안에서 목욕하고 헤엄쳐 죽음으로 답할 뿐이라오."

　객이 이를 듣고서 평하였다. "공은 충실하구려. 지금 한강 근처 이 정자에 이웃하고 있는 것으로는 동쪽에 수월정이 있는데 부마가 땅을 고른 곳이요, 남쪽에는 압구정이 있는데 재상이 간수하던 집이라오. 물과 달은 왕실의 외척에게 매어있지 않는 법, 갈매기도 어찌 권귀와 짝할 수 있겠소? 모두 그 실상과 맞지 않소이다. 이에 비해 공이 정자의 이름으로 삼은 것은 사물을 완상하면서도 임금을 잊지 않으니 충실하구려."

　　　—유몽인, 「은파정기」(『묵호고』 규장각본)

벼슬길에 나가 큰 뜻을 펼치지 못할 바에야 사치를 부리겠노라는 뜻을 조국필은 물론 유몽인도 숨기지 않았다. 조국필은 은파정에서 화려하게 살았다. 은파정에서 자신에게 권력을 가져다 준 처가를 위하여 장모 정씨를 모시고 살았다. 정씨는 정유길鄭惟吉의 딸로 유자신에게 출가하였고 훗날 그 셋째 딸이 광해군의 부인이 되자 봉원부부인蓬原府夫人에 봉해졌다. 문학에도 능하여 『대동시선大東詩選』에 그 시가 선발되어 전한다.

갈매기와 약속하여 찾아왔더니
강 언덕에는 나뭇잎이 날리네.
마당에선 토란과 밤 넉넉히 거두고
그물 걷으면 게와 생선이 살져 있네.
발을 걷어 푸른 산을 바라보고
술통을 열어 밝은 달빛 마주한다네.
맑은 밤기운에 잠 못 이루는데
솔잎의 이슬이 비단옷을 적시네.

來訪沙鷗約 江皐木葉飛

園收芋栗富 網擧蟹鮮肥
褰箔看山翠 開樽對月輝
夜凉淸不寐 松露滴羅衣
_정씨, 「강가의 집으로 나와서(出江舍)」(『대동시선』 권12)

　인조 때의 문인 김명시金命時의 『무송소설撫松小說』이 버클리대학에 소장되어 있는데 여기에도 이 시를 인용하여 그 높은 수준을 칭송한 바 있다. 그런데 이 작품이 서빙고의 집에서 지은 것이라 하였다. 서빙고가 한강나루와 인접한 곳이므로 정씨가 사위 조국필의 은파정에서 이 시를 지었을 가능성이 높다.[11]

　봉원부부인이 1620년 세상을 떴으므로 이 무렵의 은파정은 조국필의 소유였을 것이다. 그런데 임진부林眞怤(1586~1658)의 『서상록西上錄』에 실려 있는 1636년 1월의 기사에는 이 정자가 이대엽李大燁의 소유라 하였다.

　　6일 양재良才의 우정陲亭에서 밥을 먹었다. 정자는 열 칸쯤 되는데 새로 세우고 단청을 하였다. 정오에 한강을 건너 처음에는 동대문으로 가는 길을 경유하여 먼저 도성 안에 역병의 기세를 살핀 다음 들어가려 하였지만, 뱃사람 말로는 동대문에 역병이 크게 번지고 있다 하여 제천정의 서촌西村에 유숙하였다. (중략) 7일 이사과李司果와 제천정 옛터에 올라 굽어 살피다가 다시 한 정자로 들어갔다. 곧 이대엽의 물건인데[12] 지금은 정승 김류의 소유가 되었다. 반정 초기에 창호가 모두 사람들에게 뜯겨 나갔지만 지금은 새로 만들어 온 천지에 영롱하게 되었으니 흥망과 득실

---

11) 역으로 이곳은 원래 유자신 집안의 별서였는데 후에 사위 조국필의 소유가 되었을 가능성도 있다.
12) 한국고전번역원 DB에서 원문을 "乃李大燁之孫"으로 옮겼는데 '孫'은 '物'의 잘못이다.

이 이와 같다.[13]

　　김류의 은파정은 한남역 서쪽에 있던 제천정 곁에 있었는데 원래 주인이 이대엽이라 하였다. 이대엽(1587~1623)은 이이첨李爾瞻의 아들로 1623년 인조반정이 일어나자 스스로 목숨을 끊은 인물이다. 인조반정 후 주인을 잃게 된 이 정자가 마을 사람들에게 뜯겨나가 엉망이 되었는데, 반정의 공신인 김류가 이를 차지하게 된 것이라 하겠다.

　　그런데 조국필, 이대엽과 모두 친분이 있었던 유몽인은 이대엽의 별서를 두고 글을 지었는데 그 이름을 수경당水鏡堂이라 하였다.[14]

　　하루는 내가 손님을 이끌고 한강에 배를 띄워 제천정 아래에 정박하였다. 가을 강물이 맑게 일렁이고 햇살이 밝게 비쳤다. 「추풍사秋風辭」와 「하광河廣」의 노래를 불렀다. 술이 얼큰해지자 어느새 꿈결처럼 멍해졌다. 강 아래를 보니 양쪽의 강둑이 거꾸로 비쳐 있는데 여러 산들이 기슭을 이고 봉우리를 밟고 있는 듯이 보였으며 원근의 나무들은 모두 뿌리가 높다랗고 가지가 나지막하였다. 마을 사람들이나 소와 말들도 모두 발을 쳐들고 머리를 박고 허리로 걸어가는 것처럼 보였다. 나는 새들은 모두 배와 등이 반대가 되었다. 별과 은하수가 흔들흔들하고 달빛이 그윽하였다. 이 모두가 고개를 숙이면 눈앞에 나타났다. 강 북쪽에 정자 비슷한 것이 보이는데 섬돌은 위를 향하고 기와는 아래를 향하였다. 편액은 좌서左書로 되어 있고, 벽에는 서화가 걸렸는데 역시 좌서로 뒤집어져 있다. 푸른 창과 붉은 난간은 모두 아래로 끝없는 나락을 임하고 있다. 번화하고 화려한 볼거리가 모두 맑은 수중세계에 가두어져 있었다.

---

13) 임진부, 「西上錄」(『林谷集』 b22:246).
14) 李敏求의 「水鏡堂八詠」(『東州集』 94:232), 朴長遠의 「次沈司諫叔衿川水鏡堂八詠韻」(『久堂集』 121:132), 沈東龜의 「水鏡堂八詠次東州韻」(『晴峯集』 b25:308) 등에 등장하는 수경당은 모두 심동귀의 별서로 금천에 있었다.

조금 있다가 산들바람이 길게 불어와 흥을 돋우었다. 아까 눈앞에 빼곡하던 것들이 허물어져 사라졌다. 나도 깜짝 놀라 마음이 맑아짐을 느꼈다. 눈을 들어 사방을 바라보니 물빛만 하늘에 접해 있었다. 10리가 오직 한 가지 빛깔이었다. 강과 산이 위치를 바르게 하고 풍경이 제자리를 잡았다. 정자 하나가 제천정 위쪽에 있는데 그 편액이 수경당으로 되어 있었다. 내가 놀라고 의심이 들었다. 아까 본 것이 진짜인지, 꿈인지 사공에게 물었더니 지금 이부시랑으로 있는 이대엽의 정자라 하였다.

　_유몽인, 「수경당기水鏡堂記」(『어우집於于集』 63:391)

　물로 된 거울이라는 수경당의 이름에 맞게 한강 강물에 비친 풍경을 기막히게 묘사한 작품이다. 강물에 비쳐 있기에 수경당은 건물이나 편액, 내부의 서화도 모두 거꾸로 되어 있는 것처럼 묘사되어 있다. 유몽인은 이부시랑 이대엽의 정자라 하였는데 이대엽은 1618년 이조참의가 되었으니, 이 무렵 제천정 동쪽에 수경당이 세워진 것이라 하겠다.

　그런데 수경당 역시 제천정 곁에 있다 하였으니 임진부가 이른 은파정과 비슷한 위치다. 가장 절친한 벗 유몽인이 은파정과 수경당을 두고 각기 기문을 쓴 것을 보면 제천정 곁에 조국필의 은파정과 이대엽의 수경당이 나란히 있었다고 보는 것이 옳을 듯하다. 그리고 임진부가 이대엽이 은파정의 주인이라 한 것은 대북파의 두 권신 이대엽과 조국필을 착각했을 가능성이 높다.

　아무튼 광해군의 성은을 기린 은파정이 인조의 성은을 기린 은파정으로 바뀐 것은 묘하다. 그래서 그런 사실을 당시 사람들은 꺼려서 붓에 올리지 않았을 듯하다. 김류의 문집에 은파정을 직접 언급한 기록이 보이지 않는 것도 이러한 이유에서이리라. 다만 김류가 노년에 쓴 것으로 추정되는 다음 작품은 바로 이 은파정에서 쓴 것으로 추정된다.

　성곽을 나서 세상 먼지 사양하고

정자에 올라 즐겁게 감상하노라.

버들 제방에 성긴 비가 지나는데

모래 언덕에는 저녁 물결 들어오네.

나라에 바친 몸 어디로 가야 하랴

시절을 근심하여 병이 유독 깊어가네.

유유자적 오랜 계획이 아니었으니

강가의 한가한 날이 거의 없구나.

出郭謝塵事 登亭延賞心

柳堤疏雨過 沙岸晚潮侵

許國身奚適 憂時病獨深

優閑非久計 暇日少江潯

_김류, 「한강의 정자로 나가서(出漢上亭子)」(『북저집北渚集』 79:25)

장맛비 막 그친 후에

강 하늘은 저물려 하네.

안개는 아직 물기를 머금었는데

초목은 모두 촉촉하게 젖어 있네.

조망하는 일 흥 때문만은 아니니

풍광이 시에 잘 들어오지 않는다네.

석양에 세 번 피리를 부노라니

외로운 객은 절로 비감이 드네.

積雨新晴後 江天欲暮時

煙嵐猶帶濕 草木盡含滋

眺望非關興 風光不入詩

斜陽三弄篴 孤客自生悲

_김류, 「강가의 정자에서 즉흥적으로 짓다(江亭卽事)」(『북저집』 79:25)

김류의 아들 김경징金慶徵(1589~1637)은 병자호란 때 강화도 방어의 임무를 맡았지만 무사안일에 빠져 술만 마시고 놀다가 청이 공격해 온다는 보고를 받고 도망가버린 인물이다. 이 때문에 바로 사형을 당하였다. 이런 처지인지라 김류가 노년에 은파정에 들렀지만 오래 머물 수 있는 것도 아니요, 그 심사도 절로 서글펐을 것이다.

그리고 은파정이라는 이름이 문헌에 본격적으로 등장하는 것은 한참의 세월이 지난 후 또 다른 사건이 터져 과거에 대한 기억이 희미해졌을 무렵이다. 1628년 인성군仁城君 이공李珙이 유효립柳孝立의 역모에 왕으로 추대되었다 하여 진도珍島에 유배되었다가 자결하는 사건이 벌어졌다. 그 아들 이건李健(1614~1662)은 형제들과 함께 제주도로 유배되어 고초를 겪다가 1637년 사면을 받아 도성으로 돌아올 수 있었다. 이듬해인 1638년 중양절에 숙부 인흥군仁興君의 경저인 취은정醉隱亭으로 가서 숙부를 모시고 한강으로 나가 뱃놀이를 즐겼는데 여기에 비로소 은파정이 등장한다.

마침 사공 한 명이 배를 저어 와서 말하였다. "여러 신선께서 나들이를 하시기에 배 한 척을 특별히 손보아 강에 띄울 준비를 하였습니다." 그 이름을 물었더니 전부터 잘 알던 어부였다. 서로 이어 배에 올랐다. 가을 물결이 정말 조용하여 강에 배를 띄우니 편안하고, 서리 맞은 나뭇잎이 막 붉어져 강에 눈길을 보내기에 알맞았다. 강 한가운데 배를 띄워 찾아간 곳은 동작진과 노량진이요, 강가 언덕으로 난 길로 찾아간 곳은 제천정과 수운정水雲亭과 은파정이다. 면면이 빼어난 곳을 다 찾아보고 굽이굽이 기이한 곳을 다 찾아보았다. 강물에는 단풍 그림자가 어려 물가의 모래톱은 비단으로 만든 듯한데, 강안에는 국화 그림자가 한들거려 물가의 돌조차 향긋하였다.

_이건, 「인흥군 숙부를 모시고 한강에서 유람한 글(陪仁興君叔父遊江漢記)」
(『규창유고葵窓遺稿』 122:174)

인흥군 이영李瑛(1604~1651)은 선조의 아들로, 자는 가온可韞이고 호는 취은醉隱 혹은 월창月窓이다. 이건이 인흥군과 함께 유람한 수운정은 김류의 정자 은파정 동쪽에 있던 정자로, 이안눌李安訥과 김지남金止男의 시에도 보이는데 그 주인이 판관判官 벼슬을 하던 유일柳舶이라고 하였다.[15] 1717년 엄경수의 「연강정사기」에는 판관 유아무개가 주인이었는데 성필복成必復에게 팔렸다고 하였다.[16] 윤봉조尹鳳朝가 잠시 머물렀던 성씨成氏의 정자가 바로 이곳이다.[17]

이건과 인흥군이 은파정을 찾은 것은 이보다 앞선 1638년인데 이때 은파정의 주인은 김류의 손자 김진표金震標(1614~1671)였다. 김진표는 자가 건중建仲이고 호가 오애浯涯다. 이 집안의 선산은 안산安山에 있었는데 그곳에 필공당必恭堂과 함께 역은당亦恩堂이라는 집을 지었다.[18] 세상의 지탄을 받은 김경징의 아들이었기에, 한강나루의 은파정과 함께 성은聖恩을 표방하여 그 또한 성은이라는 뜻의 역은당을 꾸렸던 것이다. 부친의 부끄러운 행적으로 인한 조심스러운 처신을 이렇게 드러낸 것이라 하겠다.

그 자신이 바른 처신을 보인 데다 문학과 학문에 뛰어났기에 17세기 은파정은 한강의 명소가 될 수 있었다. 17세기 은파정에는 많은 문인들이 드나들었다. 이건을 위시하여 홍석기洪錫箕, 김득신金得臣, 이단상李端相 등이 이곳에서 지은 시가 전한다. 특히 왕실의 시인 이건이 김진표와 절친하여 자주 은파정을 찾았다.

재상의 정자 어디에 있는가,

---

15) 이안눌, 「題司僕柳判官水雲亭)」(『東岳集』78:452) ; 김지남, 「水雲亭次韻亭在漢江」(『龍溪遺稿』b11:63).

16) 엄경수, 「沿江亭榭記」(『부재일기』권4). 유일과 성필복은 잘 알려져 있지 않다.

17) 尹鳳朝, 「僑宿漢津成氏水雲亭」(『圃巖集』193:113).

18) 朴長遠, 「亦恩堂記」(『久堂集』121:345).

은파정이 한강 가에 있다네.
강산은 아직 옛 모습 그대로인데
세월은 벌써 몇 해나 지났던가?
공이 조선의 전역을 뒤덮을 만하니
이름이 자손만대에까지 전해지리라.
평생 옷자락 잡고 따르고자 한 뜻에
오늘 수건 가득 눈물을 쏟노라.

相國亭何在 恩波漢水濱

江山猶舊色 歲月幾新春

功蓋三韓域 名傳萬代人

平生曳裾志 今日一沾巾

_이건, 「한강의 은파정(재상 김류의 정자)에 올라 느낌을 율시 한 수로 읊고
돌아와 김건중(진표, 재상의 손자)에게 준다(登漢江恩波亭金相壑亭, 感吟一律, 歸贈
金建仲(震標, 相國孫也))」(『규창유고葵窓遺稿』 122:78)

이리하여 은파정은 제천정, 유하정流霞亭과 함께 가장 널리 알려진
누정으로 자리하였다. 어유봉魚有鳳은 1706년 4월 19일 빙고氷庫 별제別提
로 있을 때 이 일대를 유람하였다. 김순행金純行, 이당李簹, 유명뢰俞命賚,
정찬휘鄭贊輝 등 십여 명이 함께 하였다.

마침내 강 입구로 가니 배가 유하정 밑에서 기다리고 있었다. 배에
올라 조금 있노라니 점심밥을 내어놓았다. 생선을 사서 회를 치고 피라
미 죽을 끓여 내었는데 모두 입에 맞았다. 어부를 불러 아래위로 그물을
치고 한참 있다가 걷게 하였다. 이윽고 어부가 와서 "고기가 들어있지
않은 걸요"라 하였다. 좌중이 모두 다 웃으면서 "이는 이른바 마음에 맞는
바를 취한 것이니, 어찌 고기를 잡고자 한 것이겠나?"라 하였다. 다시 작
은 배 한 척을 오게 하여 따로 하인들을 싣고는 강 가운데로 가서 풀피리

를 불어 짧은 노래와 어우러지게 하였더니 또한 들을 만하였다. 내가 김
성중金誠仲(순행)을 돌아보고 말하였다. "만약 피리 부는 사람 하나를 이곳
에 붙여 두었더라면 어찌 한바탕 멋진 일이 아니었겠는가? 성중은 죄가
없을 수 없군." 하루 전날 성중이 피리 부는 악공 하나를 구하였는데 처음
에는 데려오려 하였지만 갑자기 객 중에 상을 당한 이가 있어 불편할까
하여 돌려보낸 참이었다. 성중이 예법을 근실히 지키는 것이 가상하지만
또한 너무 구애됨을 볼 수 있다. 이 때문에 이렇게 놀려 말한 것이다.
듣는 이들이 한바탕 웃었다.

　　이날 살짝 흐렸기에 바람이 좋지는 않았다. 정 공(찬익)이 아이를 불러
술을 가져오게 하였지만 몇 동이가 모두 비어버렸다. 마침내 언덕 위로
사람을 보내어 술을 사오게 하였다. 각기 한 잔씩 마셨다. 한강에 이르니
서풍이 급해져서 배가 나가지 않았다. 해도 저물려 해서 배에서 내려 은
파정에 올랐다. 이곳은 상국 김류의 정자다. 한참 담화를 나누다가 각기
흩어졌다.

　　_어유봉, 「동호에서 배타고 노닌 기문(舟遊東湖小記)」(『기원집杞園集』 184:
　　205)

　　여기에 보이는 풍류가 은파정 일대 문인들의 일반적인 일이었을 것
으로 짐작된다. 앞서 본 이건이 같은 곳을 유람하였을 때도 마찬가지
였으리라.

2. 대군의 별서 대은정과 목은정

한강나루 위쪽 남산 기슭은 도성에서 가장 가까운 곳에서 한강을 즐길 수 있어 이른 시기부터 왕실의 누정이 많았다. 엄경수의 「연강정사기」에는 다음과 같은 기록이 보인다.

> 대은정戴恩亭은 인평공자麟平公子가 세운 것이다. 임금께서 궁전을 헐어서 그 목재를 하사하였다. 공자가 이 정자를 짓고서 대은戴恩이라는 이름을 붙였다. 제도가 크고 웅장하여 여러 저택 가운데 으뜸이다. 공자의 손자인 의원군義原君이 살고 있는데 서빙고 동쪽 강 언덕에 위치하고 있다.
> _엄경수, 「沿江亭榭記」(『부재일기』 권4).

인평대군麟坪大君 이요李㴭(1622~1658)는 인조仁祖의 셋째 아들이고 의원군義原君 이혁李爀(1661~1722)은 인평대군의 맏아들 복녕군福寧君의 둘째 아들이다. 인평대군은 평소에 산수를 좋아하여 금강산과 천마산天磨山 등 여러 산을 유람하면서 시를 읊고 글을 지었으며 북한산 기슭 조계曹溪의 소나무와 바위를 몹시 사랑하여 바위 사이에 정자를 지어 놓고 폭포를 구경하면서 송계松溪라고 자호自號하였던 인물이다. 낙산駱山 아래에 있던 그의 경저는 수석의 아름다움이 한양에서 으뜸갔다고 한다. 수많은 기화요초琪花瑤草를 옮겨 심어서 꽃들이 서로 어리비쳤으며, 정원 가운데 영파당暎波堂, 청의당淸漪堂, 최락당最樂堂, 사의당四宜堂 등의 건물을 두었다. 또 인조 임금이 그에게 옛 궁전을 철거한 재목을 내주어 한강 가에 정자를 짓게 하였다. 인조 생전에 완공하지 못하였는데 다시 효종의 명을 받들어 완공하고 그 이름을 대은정이라고 하였다. 인평대군은 죽기 하루 전날 병문안 온 사람들에게 북경에 다녀오면서 겪은 고생담, 금강산의 장쾌한 유람과 함께 대은정과 조계의 그윽한 아취에 대해 끊임없이 이야기하였다는 일화가 전한다.[19]

대은정은 인평대군이 세상을 뜬 후 손자 의원군이 주인이 되었다. 의원군은 파주坡州의 사촌沙村에 선영이 있어 그곳에 머물다가 1693년 대은정으로 옮겨와 거주하였다.[20] 그러나 그가 세상을 떠나자 빙호의 명소 대은정은 급격히 퇴락하였다. 채제공蔡濟恭은 1784년 이곳에 들러 다음과 같은 시를 지었다.

왕자는 가서 돌아오지 않는데
인간세상 이 누각만 남아 있구나.
풀은 깊어 찾는 이들 끊어지고
봄이 다하자 새들은 슬피 운다.
늙은 나무 그다지 그림자 없는데
무너진 처마는 흘러내릴 듯하네.
이곳에 올라보니 도리어 우습구나
이 인생 헛되다는 것 정말 알겠네.

王子去不返 人間餘此樓
草深車轍斷 春盡鳥啼愁
老木無多影 崩簷似欲流
登臨還大笑 眞覺此生浮
_채제공, 「대은정戴恩亭」(『번암집樊巖集』 235:313)

엄경수는 1717년 대은정의 규모가 무척 컸다고 하였으니 그때까지는 온전하였겠지만 채제공이 그로부터 70여 년의 세월이 흐른 뒤 방문했을 때는 이렇게 피폐해졌다. 찾는 사람도 없이 방치되어 서까래는 무너졌고, 나무조차 말라 그늘을 드리우지 못하였다. 채제공이 부귀영화의 무상함을 탄식한 것이 자연스러운 일이라 하겠다.

19) 김육, 「麟坪大君墓誌銘」(『潛谷遺稿』 86:230).
20) 尹愭, 「義原君行狀」(『無名子集』 256:191).

엄경수는 「연강정사기」에서 "목은정沐恩亭은 대은정의 동쪽에 있는데 제도와 규모가 대은정과 비슷하다. 구조는 조금 그에 미치지 못하나 지세는 그보다 낫다. 능원공자의 별서라고 한다"라 하여 목은정도 함께 소개하였다.[21] 성은을 머리에 이고 있다는 대목정이나 성은에 목욕을 한다는 목은정은 그 의미에서 다르지 않다. 목은정의 주인 능원대군 이보李俌(1598~1656)는 인조의 친동생이다. 백부인 의안군義安君 이성李珹의 후사로 입양되었으며 능창대군綾昌大君 이전李佺(1599~1615)이 그의 아우다. 능원대군은 호를 담은당湛恩堂이라 하였는데 담은당은 인조가 대궐의 별당別堂을 헐고 남은 목재를 주어 짓게 한 도성 안의 집이다. 능창대군이 아들이 없어 인평대군이 그의 후사로 들어갔으니, 인평대군의 대은정이 능원대군의 목은정과 인접한 것이 자연스럽다.

목은정도 조선 후기 문인들의 붓 끝에 올라 그 아름다움을 후세에 전하였다. 특히 18세기 후반 활동한 위항의 문인 임성원林聲遠이 서빙고에 있던 이 정자를 찾아 시회를 열었다.[22] 다음은 목은정에서 가졌던 시회의 풍류를 잘 보여주는 작품이다.

배 가득한 드높은 호기를
이제 와 뱉고 나니 편안해졌네.
술은 높은 누각에서 취하고
시는 큰 강에서 울리노라.
고운 풀은 잠실까지 이어지는데
수양버들은 마장평을 두르고 있네.
석양에 조각배에 기대니
마음은 물과 구름처럼 맑아지네.

21) 엄경수, 「沿江亭榭記」(『부재일기』 권4).

22) 임성원, 「四月九日, 與洪令朴子徽處重聖老達夫大有敬之士昂定夫聖涵和叔子亮士徵, 遊西氷庫沐恩亭出郭」(『愚園集』 b73:404).

滿腹崢嶸氣 今來吐欲平
酒從高閣醉 詩以大江鳴
嫩草遍鷺室 垂楊繞馬坪
夕陽倚片舸 心與水雲淸
_임성원, 「목은정에 이르러(到沐恩亭)」(『우원집愚園集』 b73:404)

도회지에서의 답답한 마음을 강가에서 술과 시로 풀고 나니 마음이
절로 맑아졌다. 그래서 잠실까지 이어진 고운 풀밭, 수양버들 늘어진
아름다운 마장동이 더욱 좋게 느껴지는 것이기도 하다.

대은정과 목은정이 있던 남산 기슭의 빙호는 도성과 지근의 거리인
지라 권귀의 별서가 많았다. 이보李簠는 1692년 이 일대에서 배를 타고
노닐면서 쓴 글에서 다음과 같이 묘사하고 있다. 능원대군과 한글 이름
이 같은 이보는 능원대군과 아무런 관련이 없는 안동 출신의 선비다.

서쪽으로 독서당讀書堂이 우뚝하게 물가에 서 있는 모습이 바라다보였
다. 곧 국가에서 문신을 선발하여 학업을 닦게 하는 곳인데, 그 이름과
건물만 남아 있을 뿐이다. 독서당 뒤쪽에 넓은 마을 하나가 이루어져 있
는데 수많은 기와집들의 구불구불한 난간과 훤한 창이 푸른 솔숲 사이로
어른어른 보였다. 가물가물 흐릿하여 마치 영구營丘 이성李成이 초수艸水
와 삽수霅水를 그린 그림에 나오는 풍경과 같다. 조금 남쪽으로 틀어진
곳에 강 언덕이 우뚝 끊어진 채 솟아 있고 바위가 뒤섞여 늘어서 있다.
어부의 집 수백 채가 모두 언덕에 붙어 있는데 집이 높고 낮게 아래위로
층을 이루면서 이어져, 마치 새로 그려놓은 병풍을 신선의 땅에 걸어놓
은 듯하다. 산허리에 이르면 땅이 제법 평평한데 정자와 누대가 그 위에
줄지어 세워져 있다. 기이함과 빼어남을 다투는데 각각 머리부터 얼굴까
지 화려하고 빼어나지 않은 것이 없다. 아침 해가 비치면 울긋불긋 단청
을 한 듯 햇살을 받아 광채를 더하여 바라보면 눈이 어찔하다. 그 그림자

가 강물 가운데로 거꾸러져 비치면 일렁일렁하면서 현란하니, 마치 금과 은, 구리 등 갖은 금속을 녹여놓은 듯하다. 사공을 치면서 손으로 가리키며 물어보았더니, 아무개 정자와 아무개 누관은 아무개 왕자와 아무개 상공이 세운 것인데 지금은 세상이 바뀌어 주인도 바뀌었다고 하였다.

_이보, 「한강에 배를 띄우고(漢江泛舟錄)」(『경옥유집景玉遺集』, 규장각 소장본)

아무개 왕자와 아무개 정승의 집이 여러 곳에 있다고 하였는데 앞서 본 인평대군과 능원대군 등의 별서를 지칭하는 듯하다. 또 여기에 외척과 부마의 별서도 있었다. 심충겸沈忠謙의 아들 심열沈悅(1569~1646)의 별서도 그중 하나다. 심열은 본관이 청송으로 자는 학이學而, 호는 남파南坡다. 명종의 비 인순왕후仁順王后가 그의 고모요, 중종의 아들 봉성군鳳城君 이완李岏의 딸이 그의 모친이다. 이리저리 왕실과 혼인으로 얽힌 인물이다. 왕실의 외척으로 상당한 권세를 누렸거니와 그 자신도 영의정에까지 올랐다. 중년 이후 복잡한 도성이 싫지만 선영이 있던 통진通津까지는 다소 멀기에 남산 자락이 끝난 서빙고 부근에 별서를 지었다. 집은 합귀당盍歸堂이라 하고 마루에는 지족헌止足軒이라는 편액을 걸고서 문을 닫고 조용히 살았다.[23]

내가 평소 강호의 빼어남을 좋아하였는데 근래 더욱 먼지 나고 시끄러운 도회지가 싫어져서 한가하고 고요한 곳이 더욱 간절하게 생각났다. 늘 작은 집을 아름다운 산과 물 사이에 짓고서 유유자적하면서 흥을 풀고자 하였다. 이에 한강 아래 동작 위쪽에 언덕 하나를 얻었다. 산의 줄기가 목멱산에서 구불구불 뻗어와 강가에 이르러 불룩 솟아난다. 그 위에 올라 조망하면 앞에는 푸른 들판이 있고 그 너머에 백사장이 펼쳐져 있

---

23) 신익성, 「南坡沈公悅壽序」(『樂全堂集』 93 : 240).

으며 백사장 너머에 아득히 긴 강이 흐른다. 긴 강이 끝난 곳에 여러 산들
이 빙 둘러싸고 있는데 청계산, 관악산이 가장 빼어나다. 그 밖의 푸른
산과 봉우리들이 훨훨 날아 춤을 추면서 나열한 것을 다 기록할 수 없다.
동으로 사평원沙平院에서 서로 후포後浦에 이르기까지 상하 수십 리 사이
맑은 강과 흰 모래가 일망무제로 펼쳐져 있다. 한강물이 굽어 돌아 언덕
아래 이르면 가운데가 갈라져 그 모습이 마치 제비 꼬리처럼 생겼는데
가운데 큰 모래톱이 있어 두 강 사이에 끼어 있다. 봄을 맞아 풀이 푸른
시절에 이를 보면 더욱 사랑스럽다. 언덕 동쪽에 끊어진 벼랑이 있고 벼
랑 아래 사람이 살던 터가 있는데 동서가 겨우 두 길이요 남북은 7~8장
정도다. 지세가 조금 낮은데 서쪽 벼랑이 다소 험준하여 바람을 막기에
는 가장 좋다. 내가 그 편안함을 취하여 이에 정사를 짓고자 하였다.

_심열, 「서호주객의 문답(西湖主客問答)」(『남파상국문집南坡相國文集』 75:533)

　심열의 별서는 한강 아래 동작 위쪽이라 하였으니 서빙고 인근에
있었음을 알 수 있다. 동쪽의 사평원沙平院에서 서쪽으로 후포後浦까지
수십 리가 백사장이라 하였다. 사당천과 한강이 만나는 한강의 북안에
는 큰 모래톱이 형성되어 있는데 이를 두고 제비 꼬리 모양이라고 하
였다. 이렇게 아름다운 곳에 합귀당과 지록헌을 세웠다. 합귀당의 합
귀는 『맹자』에 출처를 두고 있다. 백이伯夷가 폭군 주왕紂王을 피하여
북해北海의 바닷가에 살고 있었는데, 문왕文王이 군대를 일으켰다는 말
을 듣고는 "어찌 귀의하지 않겠는가?盍歸乎來"라 하였다. 강태공姜太公도
주왕을 피하여 동해 바닷가에 살다가 문왕이 군대를 일으켰다는 말을
듣고 "어찌 귀의하지 않겠는가?盍歸乎來"라 하였다. 합귀당은 인조반정
의 정당성을 집의 이름으로 삼은 것이라 하겠다. 지족헌의 지족은 『도
덕경道德經』에 나온다. "만족을 알면 욕되지 않고 그칠 줄 알면 위태하
지 않으니 장구할 수 있다知足不辱 知止不殆 可以長久"라는 말을 좌우명으
로 삼아 벼슬에 큰 뜻이 없음을 집 이름으로 표방하였다.

3. 밤에 밝은 집 정두원의 야명정

제천정 서쪽에 있던 정두원鄭斗源(1581~1644?)의 정자 야명정夜明亭도 이 시기 문인들 사이에 이름이 높았다. 정두원은 본관이 동래로, 자는 하숙下叔이고 호는 호정壺亭이라 하였다. 자원紫元이라는 자와 자암紫巖이라는 호도 확인된다. 1631년 명나라에 사신으로 가서 천리경千里鏡, 자명종自鳴鐘 등과 함께 다양한 서양의 과학기술 서적을 들여온 것으로 잘 알려져 있지만, 단학丹學과 문학에도 뛰어났으며 아름다운 산천에서 노니는 것을 좋아하였다.

정두원은 젊은 시절부터 한강의 별서에 자주 출입한 것으로 보아 선대로부터 물려받은 전장이 한강나루 인근에 있었던 모양이다. 벗 박미朴瀰가 정두원의 정자에서 지은 다음 작품은 1610년 무렵의 것으로 추정되는데, 야명정이라 명기하지 않은 것으로 보아 이때까지는 그의 정자에 야명정이라는 이름을 붙이지는 않은 듯하다.

> 강가의 마을은 저물녘 물안개 피어나는데
> 몇 줄의 홰나무 버드나무 푸른빛 막 짙어지네.
> 주인에겐 절로 지은 시 천 수가 있는데
> 객은 가끔 술 한 동이 들고 찾아 왔노라.
> 작은 배는 가벼운 바람 받아 바다 향해 가는데
> 끊어진 구름은 가랑비에 산문을 지나쳐 가네.
> 행인들 제각기 가는 길이 얼마나 먼지
> 해 지는 백사장에서 다투어 건너느라 왁자지껄하네.
> 暮水生烟江上村　數行槐柳綠初繁
> 主翁自有詩千首　客子時携酒一樽
> 短棹輕颭歸海曲　斷雲微雨過山門
> 行人各道前程遠　落日沙汀爭渡喧

_박미, 「강가의 정자(江亭二景, 爲主人鄭紫元斗源賦)」(『분서집汾西集』 b25:34)

야명정은 홰나무와 버드나무가 늘어선 강마을이라 물안개가 피어
난다. 그곳에서 시와 술을 즐기는 정두원의 풍류가 낭만적으로 묘사되
어 있다. 나루를 건너는 사람들로 왁자지껄하다고 한 것으로 보아 한
강나루에서 가까운 곳에 야명정이 있었음을 확인할 수 있다. 정두원은
박미, 장유張維, 이명한李明漢 등과 한강의 뱃놀이를 즐겼고 또 이 모임
은 시회로 이어지곤 하였다.[24] 이럴 때 정두원의 별서가 자주 그러한
공간의 중심으로 등장한다.

> 정자 아래 맑은 강물 백 길도 넘는데
> 몇 곳의 시골마을 푸른 숲을 끼고 있네.
> 이어진 산 갠 햇살 비쳐 산수화를 펼친 듯
> 면 들판의 고운 풍광이 눈앞에 들어오네.
> 이 몸 말고 다른 데서 도를 찾을 것 없는데
> 세상에서 그 누구와 마음을 논해 볼까?
> 지난해에 지은 시구 자네 기억하시는가,
> 강둑길로 조랑말 타고 찾아 나서자고 하였지
> 亭下澄江百丈深 數村籬落帶靑林
> 連山霽色開圖畫 迥野煙光入瞰臨
> 身外不須勤覓道 世間誰與共論心
> 去年詩句君應記 江路長騎款段尋
> _장유, 「정하숙의 강가 정자에서 차운하다(鄭下叔江亭次韻)」(『계곡집谿谷集』
> 92:491)

---

24) 장유, 「泛漢舟中, 與紫元仲淵天章同賦得蕭字」(『谿谷集』 92:440).

정두원은 이 시를 짓기 전 해에 "조랑말 타고 늘 한강 물가를 찾아 나서세(款段長尋漢水邊)"라는 시를 지은 바 있다.[25] 산수화를 펼친 듯한 정두원의 한강 별서에서 자주 노닐자는 뜻을 이렇게 말하였다. 그 후 이런 뜻을 이루기 위하여 정두원은 자신의 정자에 현액을 내걸고 벗 장유에게 기문을 요청하였다. 장유는 그의 야명정을 두고 이렇게 소개하였다.

　　한강 북쪽에서 곧바로 제천정 서쪽으로 가면 몇 칸 작은 집 한 채가 강을 내려다보며 우뚝 서 있다. 그 규모가 단출하고 소박한데 허연 짚으로 지붕을 이고 황토로 벽을 발랐다. 서까래나 난간의 장식도 없고 화려하게 단청을 하거나 아로새기고 그림을 그려 넣은 것도 볼 수 없다. 그렇지만 그 위치가 상쾌하고 지세가 툭 터져 있으며, 맑은 강과 푸른 산이 멀고 가까운 곳에 띠처럼 어른거린다. 구름과 안개가 덮였다 걷히면 아침과 저녁 그 모습을 달리한다. 볼만한 빼어난 경치가 펼쳐진다. 이곳이 바로 벗 정자원鄭紫元의 별서다.
　　_장유, 「야명정기夜明亭記」(『계곡집』 92:132)

야명정이 제천정 서쪽에 있다고 하였으니 제천정이 있던 한남대교 서쪽 강 언덕 어딘가로 추정된다. 야명정은 비록 소박하지만 경관이 빼어남을 자랑하였다. 이어지는 글을 요약하면 정두원은 도가道家에 관심이 많아 금강산에 들어가 살려고 하였지만 늙은 모친이 집에 있어 어쩔 수 없이 돌아와 과거를 보고 벼슬을 하였다. 그럼에도 천석고황泉石膏肓의 병이 있어 야명정을 마련한 후 나무를 심고 물을 끌어들여 아름다운 정원을 만들고 도가의 수련을 지속하였다. 장유의 「야명정기」는 다시 이렇게 이어진다.

---

25) 문집 『壺亭集』이 석인본으로 간행되었는데 연세대와 원광대 등에 소장되어 있다. 『薔薇露』는 부산대에 소장되어 있는데 科詩를 모은 것이다. 야명정에 대한 기록은 이들 문헌에 보이지 않는다.

금년 여름에 내가 그곳을 찾아갔는데 복건幅巾과 도복道服 차림으로 앞쪽 정자에서 마주하였다. 단학丹學에 대해 이야기를 하다 보니 한밤이 되었다. 맑은 밤하늘은 적막한데 만물은 보일 듯 말 듯하였다. 오직 긴 띠처럼 둘러친 긴 강만 보였다. 아름다운 달빛이 일렁거리는데 텅 빈 강물은 하얗게 빛나면서 위로 하늘과 이어져 은하수를 적시고 있었다. 흐르는 달빛과 출렁이는 그림자가 건물 사이로 흘러넘쳐 환하게 펼쳐졌다. 마치 수정세계水晶世界 안에 있는 듯하였다. 이리저리 둘러보니 그저 놀랍고 기이할 뿐이었다. 마음은 물론 뼛골까지 모두 상쾌하였다.

이에 자원이 웃으면서 나에게 말하였다. "이것이 바로 이른바 야명夜明이라는 것이 아니겠는가? 천장天章(이명한)이 내 정자의 이름을 일단 그렇게 지었으니 그대가 이에 대한 기문記文을 써 주면 좋겠다"라고 하였다.

_장유, 「야명정기夜明亭記」(『계곡집』 92:132)

원래 야명정이라는 이름은 이명한李明漢이 지어준 것이었다. 두보杜甫의 「달月」 "새벽녘에 산이 달을 토하니, 끝나가는 밤에도 물이 누각에 흰하다(四更山吐月 殘夜水明樓)"에서 그 뜻을 취한 것이다. 조선시대 한강에는 수명정, 수명루 등의 누정이 다수 있었는데 그 이름의 출처는 모두 여기에 있었다.

이어지는 글에서 장유는 야명의 뜻을 부연하였다. 한밤에 만물이 고요할 때 문을 닫아걸고 조용히 앉아서 마음을 돌이켜 관조觀照하노라면 외부의 경계가 범접하지 못하는 가운데 내부의 풍경이 스스로 현현顯現하면서 하늘의 빛이 발산되어 끝 간 데 없이 환히 비춰 주게 될 것이요, 그리하여 온 누리에 펼쳐진 삼라만상森羅萬象의 모습들이 분명하게 드러나는 것이 야명의 뜻이라 하였다. 이어 "외경에 구속을 받으면 거기에 국한이 되어 두루하지 못하게 되는 반면, 마음속으로 융회融會하면 막힘없이 통달하게 마련이다"라 하였다.

그러나 정두원의 야명정은 그 후의 기록에서 확인이 되지 않는다.

정두원은 1639년 무렵 지리산 자락 섬진강 강변의 악양岳陽으로 물러나 살았으며, 말년에는 금강산을 좋아하여 외금강 부용호芙蓉湖 곁에 전장을 마련하고 풍악산인楓岳山人으로 자처하였다. 신선이 되고자 한 정두원이었기에 그의 몰년조차 정확하지 않다. 야명정의 역사도 그처럼 조용히 잊혔다.

4. 허성의 십초정과 서초의 망모암

조선 중기 허성許筬(1548~1612)의 십초정十貂亭이 한강나루 일대의 새로운 고사가 되었다. 허성은 본관이 양천으로 자가 공언功彦, 호는 악록岳麓, 산전山前 등을 사용하였다. 초당草堂 허엽許曄의 아들로, 허봉許篈, 허균許筠 등이 그의 아우이며, 난설헌蘭雪軒으로 널리 알려져 있는 허초희許楚姬도 그의 손아래 누이다.

허성은 이른바 고명칠신顧命七臣의 한 사람이었기 때문에 광해군이 즉위하자 정치적으로 큰 위기를 당하였다. 시사時事에 대해 여러 차례 강직한 상소를 올릴 만큼 우직한 인물이었다. 그럼에도 광해군은 그를 벌하지 않고 오히려 초피貂皮 열 장이라는 엄청난 값어치의 상을 내렸다. 선조 때 예조판서를 지냈지만 당시 허성은 매우 궁핍하였고 몸을 둘 집이 옳게 없었기에, 이 담비 가죽을 팔아서 정자를 구입하고 그 이름을 십초정이라고 하였다. 1610년 2월의 일이다.[26)]

이에 윤근수尹根壽, 이호민李好閔, 이수광李睟光, 유몽인柳夢寅, 신흠申欽 등 시대를 대표하는 문인들이 다투어 그의 십초정을 두고 시를 지었다. 특히 이수광은 20수 연작시를 지었는데 그 시와 서문에서 다음과 같이 적고 있다.

> 지사知事 허악록許岳麓 공은 임금이 하사하신 열 벌의 담비 가죽을 팔아 한강 가에 정자를 구입하고 이에 이름을 붙여 빛내었다. 그 선조의 묘가 강 건너 가까이 있기에 암자 하나를 짓고 선조를 그리워하는 마음을 부쳤다. 아, 여기에 임금을 그리워하는 충심과 어버이를 사모하는 효성이 갖추어져 있다. 고인古人은 한 끼 밥을 먹는 사이에도 잊지 않고 죽을 때까지 사모하는 사람인데 대개 공에게서 이를 보았다. 이제 지은 시 두

---

26) 尹國馨의 『甲辰漫錄』 등에 이렇게 되어 있다.

편을 얻고 감히 시원찮은 글 솜씨라 하여 사양하지 못하고 삼가 그 운에 차운하여 그저 내 느낌을 드러낼 뿐이다.

늙은 재상의 새 정자 푸른 강 굽어보는데
그 가운데 빼어난 풍경 동방의 최고라네.
눈앞의 끝없는 성은의 파도 넘실대는데
만 리 뻗은 바람과 안개 작은 창에 알맞네.

老宰新亭俯碧江　箇中形勝最東邦
眼前無限恩波闊　萬里風煙可小窓

_이수광, 「허악록이 한강 가에서 지은 시에 차운하다(次許岳麓漢上詩韻)」(『지봉집芝峯集』 66:25)

이수광은 십초정을 두고 3편의 시를 지었는데 그중 한 수다. 이어 망모암望慕庵을 두고 3편의 시를 지었다. 망모암은 서문에서 이른 대로 선영에 지은 암자로, 강 건너 서초동에 있었다. 허성이 망모암을 세운 오늘날의 반포 혹은 서초 지역에는 이른 시기부터 명환의 별서가 들어섰다. 동작나루로 흘러드는 승방천의 지류가 국일천菊逸川인데 우면산에서 발원하여 승방천과 만나게 되어 있으며 반포천이라고도 하였다. 국일천과 승방천이 만나는 그 일대를 반포盤浦라 불렀고 반계盤溪 혹은 반계磻溪라고도 적었다. '반'이 서린다는 뜻이니 반포는 '서릿개' 정도가 될 것이다. 이 인근에 상초리霜草里 혹은 서초리瑞草里라고 부르던 마을이 있었는데 우리말로는 서리풀로 읽는다. 그러니 서초나 반포, 혹은 서래마을의 서래가 모두 같은 뜻임을 알 수 있다.

조선 전기의 명신 상진尙震(1493~1564)의 묘소가 오늘날 방배동 상문고등학교 안에 있는데 당시에는 이 일대는 상초리라 불렀다. 17세기를 전후한 시기에는 이 일대가 양천 허씨의 선영으로 채워져 있었다. 당시로는 과천 땅이었지만 지금의 서초동 지역인 국일리菊逸里에 허엽의 산소가 있었고 그 후손으로 성호학파星湖學派의 일원인 허행許珩과 그 아들 허전許傳의 산소 역시 같은 곳에 있었으니, 국일리가 집안의 선산으로 오래 기능하였음을 알 수 있다. 십초정은 상초리에 있었는데 상초리가 서초역과 교대역 일대를 이르므로 국립중앙도서관이 자리한 야산 어느 기슭에 있었을 것이다. 이수광은 십초정과 망모암에서 허성이 살아간 모습을 연작시에 담았다.

> 서릿개는 십 리의 강과 나지막이 이어져 있는데
> 강 언덕의 역원에서 남쪽 고을로 나간다네.
> 은근하게 손수 처마 앞의 나무를 베어내니
> 산빛이 창가에 이르지 않을까 걱정해서라네.
> 霜草平連十里江 江頭驛路出南邦
> 慇懃手翦簷前樹 怕礙山光不到窓
>
> 제천정 아래 긴 강물이 파고드는데
> 예로부터 빼어난 풍광으로 이곳을 말한다네.
> 와유臥遊로 부질없이 흥을 부친 일 한하랴,
> 온 가을 고생스럽게 창가에서 책을 읽는다네.
> 濟川亭下浸長江 形勝由來說此邦
> 堪恨臥遊空寄興 一秋辛苦讀書窓
> _이수광, 「허악록이 한강에서 지은 시에 차운하다(次許岳麓漢上詩韻)」(『지봉집』
> (66:25)

앞의 작품은 망모정의 풍경을, 뒤의 작품은 십초정의 풍경을 말한 것이다. 서릿개와 사평원 인근에 망모정이 있었음을 첫 번째 시에서 알 수 있다. 또 두 번째 작품에서는 제천정 아래 한강나루의 풍광이 조선 최고라 칭송한 다음, 그곳에서 책을 읽으면서 와유臥遊로 유람의 흥치를 대신하는 허성의 풍모를 높였다.

같은 집안의 문인인 허적許礭(1563~1640)은 허성이 세상을 뜰 무렵 십초정을 지나면서 다음과 같이 노래하였다.

병든 몸으로 그 몇 년 경륜을 펼쳤던가
푸른 강 강가에 새로 누대를 세웠다네.
오고가는 사람들 속에 옛 일은 잊혀지고
푸른 나무 붉은 대문은 저녁 안개에 닫혀 있네.
病裏經營知幾年 新開臺榭綠江邊
往來人事成今古 碧樹朱門鎖暮煙

_허적, 「십초정을 지나면서 느낌이 있어서. 이 집은 곧 집안의 형님인 악록의 정자다(過十貂亭有感, 卽堂兄岳麓之亭)」(『수색집水色集』 69:25)

허성이 성은을 기려 십초정을 짓고 효심을 내어 망모암을 만들었지만, 허성이 죽은 후 그가 세운 집은 세상에 잊혀졌다. 그리고 허성의 아들 허포許窬(1585~1659)는 십초정을 떠나 마포에 정착하였다. 허포는 자가 유선惟善이고 호를 동강東岡이라 하였다. 허포가 마포에 마련한 별서는 그 이름을 이안당易安堂이라 하였다. 도연명이 「귀거래사」에서 "무릎만 겨우 들여놓을 작은 집도 편안한 줄을 알겠네(審容膝之易安)"에서 따온 말이다. 조선의 문인들이 이를 즐겨 집의 이름으로 삼았거니와 허포 역시 이곳에서 도연명의 한적한 삶을 꿈꾸었던 것이다.[27]

---

27) 이안당에 대해서는 마포 지역을 다룰 때 자세히 보기로 한다.

5. 김수항과 그 일문의 반포 별서

17세기 무렵 반포 지역은 양천 허씨 집안과 함께 안정安定 나씨羅氏 집안이 명문거족으로 주인 노릇을 하였다. 이 집안은 16세기 나세걸羅世傑, 나식羅湜 등 이름난 문인을 배출하였는데 17세기 들어 나만갑羅萬甲(1592~1642), 나성두羅星斗(1614~1663), 나양좌羅良佐(1638~1710) 등 삼대가 명성이 높았다. 나만갑은 자가 몽뢰夢賚이고 호가 구포鷗浦인데 구포라는 호로 보아 압구정 일대와도 인연이 있었던 모양이다. 병자호란을 기록한 『병자록丙子錄』이 그의 저술로 널리 알려져 있다. 나성두는 자가 우천于天이고 호가 기주碁洲인데 기주가 바로 기도를 달리 일컬은 것이다. 그의 묘가 우만산雨晚山, 곧 오늘날 우면산 동북쪽에 있었다고 하니 반포에서 그리 멀지 않은 곳에 잠든 것이다. 또 나양좌는 자가 현도顯道이고 호가 명촌明村인데 명촌은 서초의 명달리明達里를 이른다.

나양좌는 명촌의 별서에서 살다가 그곳에서 생을 마쳤다. 나성두의 조카 나홍좌羅弘佐(1649~1709)의 무덤이 명달리 동쪽에 있었고 나양좌의 조카 나준羅浚(1688~1739)의 묘소는 서초리에 있었다.[28] 1914년 측정된 『조선반도지도집성』에는 정곡鄭谷洞 북동쪽이 명달리고 북서쪽이 서초리로 되어 있다. 해주 정씨 집안의 선영인 정곡鄭谷이 서초역과 교대역 사이에 있으니, 국립중앙도서관 인근의 높은 언덕이 명달리겠고 삼풍아파트 인근이 서초리라 하겠다.

명달리는 명덕리明德里, 명월동明月洞, 명촌리明村里라고도 하였는데 나씨 집안이 세거하던 마을은 특히 명촌이라 불렀다. 송시열宋時烈이 도성으로 들어올 때 나양좌의 별서에 유숙하였고 또 그와 척을 진 윤증尹拯 역시 도성을 출입할 때 이 집에서 유숙하곤 하였다. 송시열이 박세채朴世采로 하여금 윤증을 부르게 하여 담판을 지은 곳도 바로 이

---

28) 최석정, 「漢城左尹羅公神道碑銘」(『明谷集』 154:285) ; 朴弼周, 「羅深源墓表」(『黎湖集』 196:529).

곳이었다.[29] 이처럼 17세기 이들 집안이 명촌에 둔 별서는 정치적으로
도 의미가 깊은 곳이었다.

> 늘그막에 큰 강 강가에 우거하였으니
> 배로 집을 삼고 달을 손님으로 삼았지.
> 단풍 언덕 국화 섬돌에서 저물녘 시를 짓고
> 약초와 차 달이는 그릇 두고 몸을 요양한다네.
> 강물은 끝이 있으리니 선경을 그리워하고
> 산은 절로 무정하니 대궐과 떨어져 있구나.
> 어제 나군의 집에서 술 마시고 취하였더니
> 지명이 서리 맞은 풀이라 외로운 신하 울게 하였네.
> 老來飄寄大江濱　舟作浮家月作賓
> 楓岸菊階吟暮景　藥壚茶鼎養閑身
> 水應有際思玄圃　山自無情隔紫宸
> 昨醉羅君堂上酒　地名霜草泣孤臣
> _남용익, 「상초의 집안 조카 나양좌의 집에서 술에 취하여 돌아가면서
> 그 막내아우 나석좌의 시에 차운하다(訪霜草族弟羅平康良佐家醉歸, 追次其季碩佐
> 韻)」(『호곡집壺谷集』 131:76)

한강 강변에 집을 지었기에 부가범택浮家泛宅 곧 선상가옥처럼 보인
다고 하였다. 한강을 정비하기 이전 반포는 모래톱이었으니 오늘날 서
초동 자체가 한강 바로 곁에 있었다고 보면 된다. 나양좌는 그곳에 단
풍나무와 국화를 심고 약초와 차를 달여 마시면서 달을 벗으로 삼고
맑게 살았다.

그런데 이 명촌은 김수항金壽恒(1629~1689)에 의하여 크게 세상에 알

---

29) 申曒, 「江上問答辨」(『直菴集』 216:329).

려졌다. 김수항은 자가 구지久之고 호가 문곡文谷인데 나성두의 딸과 혼인하면서 사돈댁이 있던 명촌과 인연을 맺게 되었다. 16세기 이래 인왕산 아래 장의동에 세거하여 장동 김씨壯洞金氏로 불리게 된 명가의 후손 김수항은 1645년 열 일곱의 나이에 혼인을 하면서 자주 명촌을 찾았다. 다음은 1650년경 처가인 명촌에 기거하던 시절 지은 작품으로 추정된다.

어둠이 막 깔릴 무렵
사립문을 닫으려 할 때
골짜기 구름은 숲에 기대 잠을 자고
강 위의 달빛은 산에 더디 오른다.
눈 덮인 길은 누가 찾아올는지
바람에 가지 흔들려 새 자주 옮겨 다닌다.
작은 집에 맑은 마음으로 앉아 있으니
등불 그림자가 책상을 비추네.

暝色初生後 柴門欲掩時
洞雲依樹宿 江月上山遲
雪徑人誰到 風枝鳥屢移
小堂淸坐處 燈影照書帷

침상에 가득 솔바람 불어오니
은자는 그제야 낮잠에서 깨어난다.
들판의 새는 굶주려 나무를 쪼아대고[30]
산속의 눈은 차서 뜰까지 들어오네.
혼자 술동이 술을 따라 마시고

---

30) 고전번역원 DB에서는 '啄水'로 보았지만 '啄木'이 옳다.

한가하게 책상의 경전을 뒤적인다.

석양에 쓸쓸히 아무 말 없이

객이 가고 나서 사립문을 닫는다.

一榻松風入 幽人午夢醒

野禽飢啄木 山雪冷侵庭

自酌樽中酒 閒翻案上經

斜陽悄無語 客去掩柴扃

_김수항, 「명촌에서(明村卽事)」(『문곡집文谷集』 133:18)

22세 청춘의 나이에 쓴 작품인데도 맑고도 노숙한 맛이 있다. 수십 년 후 정쟁의 소용돌이 속에 피바람이 부는 현장에 있을 사람으로 보이지 않을 정도다.

그후 김수항은 이조판서와 예조판서 등 요직을 역임하다가 1664년 탄핵을 받자 선영이 있던 양주의 석실石室과 당시 과천 땅이었던 반계촌盤溪村으로 물러나 살았다. 그가 살던 반계촌은 아마도 반포천 남쪽 서래마을 인근으로 보인다. 훗날 장남 김창집金昌集(1648~1722)은 1721년 거제도에 위리안치되어 사약을 기다리고 있던 중 710구의 장편시를 시를 지어 자신의 삶을 돌아보았는데 그중 부친 김수항이 반계촌으로 내려가 살던 장면을 다음과 같이 묘사하고 있다.

갑진년(1664) 4월 여름

주상의 엄한 교지가 조정에서 내려오자

부친께서 이조판서로 계시다가

창졸간에 바로 도성을 나왔지만

도도히 흐르는 한강에서

의탁할 곳이 없어 낭패를 당하셨지.

온 식구들이 광릉廣陵으로 나가

강 건너 석실石室을 바라보았지.
시골살이 누추하여 싫었지만
당시 진노가 대단하였으니
끊어진 언덕 늙은 나무 그늘 드리운 곳
돌을 쌓아 거적 하나 겨우 깔았지.
그 때는 상서대尙書臺라 부르고
더위를 피하면서 손님을 기다렸지.
이웃 마을 모두 어촌인지라
매번 천렵 구경하자 청하였지.
큰 그물 온 강에 펼치니
여러 물고기들 달아나지 못하였네.
잡은 물고기 헤아릴 수 없기에
실컷 구워먹고 회쳐 먹었지.
아이들도 또한 함께 배를 타고
물길 따라 따라다니곤 하였지.
영안위永安尉(홍주원洪柱元)는 풍류가 있어
술병 하나 들고 강기슭을 찾았다네.
도화주桃花酒 막 익어 술잔에 부으니
술은 호박 구슬처럼 진하였지.
실컷 마시고 배부르게 먹고는
배에 가득 타고 즐거움 함께 누렸지.
무엇으로 고고한 풍모에 답하는가,
쏘가리 두 꿰미를 보내었다네.
이사하는 것 어찌 하고 싶어서였겠나,
배를 타고 광나루를 내려갔다네.
그 위에 반계라는 곳 있는데
낡은 집이 정말 쓸쓸하였지만

명촌明村이 바로 가까운 곳에 있어서
또한 편안히 머물 수 있었다네.
강에서 열 걸음도 떨어져 있지 않아
동작나루 바로 임해 있었지.
가끔 집 뒤의 언덕에 오르면
바람 받은 배들이 오는 모습 보였다네.
찌는 더위도 정말 이곳에는 사라지니
삼복인 줄 알지 못하였지.
기슭 하나 강가에 우뚝 솟아 있고
늙은 나무 뜰에 홀로 서 있었지.
즐거워라 이 정자여,
끝내 경영의 힘을 쏟게 되었네. (하략)

甲辰夏四月　嚴旨下政席
家君時長銓　蒼黃卽进出
滔滔江漢間　狼狽靡所托
渾家出廣陵　隔江瞻石室
村居豈嫌陋　天時方向熱
老樹陰斷壟　纍石容一席
時稱尙書臺　納涼仍待客
隣里盡漁村　每勸觀江獵
巨網截一江　衆鱗難逃脫
得魚不可數　爛漫爲膾炙
兒輩亦同舟　沿洄邁所適
都尉儘風流　一壺過江麓
桃花政醲酷　瀉杯濃琥珀
因之醉且飽　滿船同歡謔
何以答高義　錦鱗雙含索

遷次豈得已 舟下廣津曲

其上是磻溪 弊屋誠荒落

明村自便近 且復安棲泊

去江無十步 要津臨銅雀

時登屋後皐 風帆來颯颯

炎蒸定有無 不覺爲三伏

一麓陡臨江 老樹留庭獨

樂哉斯可亭 終費經營力 (하략)

_김창집,「술회述懷」(『몽와집夢窩集』158:78)

이 시를 보면 김수항은 원래 석실과 가까운 광나루로 나가 살았는데 그곳이 불편하였는지 반계촌으로 옮겨오게 되었음을 알 수 있다. 바로 인근에 사돈 나성두의 집이 있어 이주를 결심한 것으로 보인다. 한강 바로 곁 언덕 아래 집을 짓고 살았다 하였으니 오늘날 서래마을 부근이었을 것으로 추정된다. 김수항이 이곳으로 내려오자 벗들이 찾아와 위로의 술자리를 가졌다. 이어지는 대목을 보면 이듬해인 1665년 송준길宋浚吉이 찾아왔으며 왕숙천 인근의 영지동靈芝洞에 물러나 살던 이단상李端相도 가끔 나들이를 하여 두 집안의 우호를 돈독하게 하였음도 확인할 수 있다.

그러나 김수항이 오래 이곳에 있었던 것은 아니었다. 바로 조정으로 나아가 이조판서로 복귀하였다. 그래도 가끔은 자신이 살던 반계촌으로 나갔고 그럴 때면 처조카 나양좌가 살던 명촌으로도 나들이를 하였다. 다음은 1666년 휴가를 내어 명촌을 찾아 지은 작품이다.

흥이 도도하기에 휴가를 청하여

그윽한 기약대로 시골집을 찾았네.

자네 한가한 멋 많은 것 보니

내 벼슬 살 마음 사라짐을 알겠네.
나락은 일찌감치 타작마당에 올리고
개울의 살진 물고기는 그물에 들었네.
석양의 길이 도리어 겁이 나기에
홀로 까마귀 벗하여 돌아간다네.

漫興仍休沐 幽期卽野扉

看君開趣足 覺我宦情微

畦稻登場早 溪魚入網肥

還愁夕陽路 獨伴禁鴉歸

_김수항, 「휴가를 내어 우연히 명촌으로 나가 나현도에게 시를 써 준다(偸
暇偶出明村, 書贈羅顯道良佐)」(『문곡집文谷集』 133:49)

평화로운 명촌의 일상이 흥겹게 묘사되어 있다. 김수항은 이후 예
조판서, 대제학을 거쳐 1672년 우의정에 올랐고 바로 좌의정이 되었다.
그러나 1675년 다시 숙종의 눈 밖에 나서 전라도 영암靈巖으로 유배되
었는데 이때 반계의 별서를 그리워하면서 다음과 같은 시를 지었다.

동작강 그 남쪽이 우리 집 반계인데
온 골짜기 바람과 안개 자욱한 옛집이 그리워라.
밤에는 뒷산으로 난 길에서 솔잎에 미끄러지고
가을이면 우물가 논에 나락 꽃이 흰하였지.
책 두던 상자는 부서진 채 거미줄이 덮였겠고
먼지 쌓인 빈 대들보는 제비 물어온 흙으로 덮였겠지.
그 옛날 모임을 만들어 낚시하던 그 많은 벗들과는
밝은 달빛 비칠 때 꿈속에서만 함께 다닌다네.

桐江南畔是礴溪 一壑風煙戀舊棲

松葉夜迷山後徑 稻花秋映井邊畦

書藏破篋封蛛網 塵暗空梁帶燕泥
同社向來多釣伴 一竿明月夢相携
_김수항, 「가을의 회포(秋懷)」(『문곡집』 133:71)

　얼마 지나지 않아 김수항은 조정으로 돌아왔지만 꿈속에서 그린 반
계촌에서 휴식을 취할 겨를은 없었던 듯하다. 다시 1689년 기사환국己
巳換局이라는 정국의 전환에 따라 진도珍島에 위리안치되어 있다가 사약
을 받았으니, 당쟁의 와중에 편한 날이 별로 없었다. 그저 반계촌의 별
서를 그리워할 뿐 그곳에 가 있던 날은 짧았다.

　그럼에도 김수항과 그의 가족들에게 반계촌의 별서는 추억이 어린
곳이었다. 요절한 아들 김창순金昌順을 데리고 낚시를 하고 닭을 잡아
가족모임을 한 것도 잊을 수 없는 일이었다.[31] 또 그의 아들 김창집,
김창협, 김창흡, 김창즙金昌緝 등도 젊은 시절 이곳에서 기거할 때가 많
았다. 장남 김창집은 1670년 겨울 23세의 젊은 나이에 가족을 이끌고
이곳으로 거처를 옮겨서 과거공부를 한 바 있다.[32] 훗날 김창흡은 1686
년 21수로 된 연작시 「반계감흥盤溪感興」을 지어 반계촌을 아름다운 시
로 빛내기도 하였다.[33] 저자도에 현성정사를 경영하던 시절이라 오가
는 도중에 자주 이곳을 찾았던 것이다.

　그러나 1689년 김수항이 유배지에서 세상을 떠난 후 반계촌의 별서
는 잠시 쓸쓸해졌다. 벼슬에서 물러나 영평永平의 백운산白雲山으로 들
어가 살던 장남 김창집이 가끔 찾아와 둘러보았을 뿐이다. 그러다가
1694년 12월 그의 형제들이 함께 반계촌을 찾게 되었다. 집안사람인 김
성최金盛最가 벗 이해조李海朝 등 함께 찾아와 시회를 가졌던 것이다.[34]

---

31) 김수항, 「祭亡兒昌順文」(『文谷集』 133:443).
32) 김창집, 「述懷」(『夢窩集』 158:78).
33) 김창흡, 「盤溪感興」(『三淵集』 165:49).
34) 김창집, 「臘月十九日, 僕僉族兄最良氏盛最以凌陰之役, 到氷湖, 與氷官李友子
東海朝携酒, 訪吾兄弟于盤溪, 乘夕而歸, 席上次最良兄韻」(『夢窩集』 158:11).

갑술환국甲戌換局으로 부친의 명예가 회복되자 김창흡도 자주 이곳을 머물면서 수많은 연작시를 지어 반계가 한시의 산실이 될 수 있게 하였다. 「반계감회盤溪感懷」, 「반계잡영盤溪雜詠」, 「반계십육경盤溪十六景」 등 연작시를 지어 이 일대의 풍광을 맑게 그려 내었다.

선친께서 벼슬 싫어 이곳을 좋아하신 것
시를 짓고 함께 높은 누각 세우셨다네.
어린 시절 보던 춘첩자 그대로인데
반계라 쓴 두 글자 창에 가득하다네.
先人愛此懶簪縷 詩與高樓一並成
童稚眼中春帖子 盤溪二字滿牕楹

반계의 백 굽이 반이나 낚시터인데
바다 기운 들보를 칠 때 게가 살이 오르지.
한겨울 물고기 낚아 노모께 바칠 만하니
피눈물 거두어서 도롱이를 기워야 하겠지.
盤溪百曲半爲磯 海氣衝梁紫蟹肥
又得寒魚宜老母 應收血淚補簑衣

서쪽으로 바라보면 용산에 저녁 물결 붉은데
층층 겹겹의 누대가 안개 속에 솟아 있다네.
예전 심은 푸른 솔이 이제 백 그루가 되어
동작나루 수많은 배를 가릴 수 있게 되었네.
龍山西望夕波紅 層疊樓臺出霧中
舊種蒼松今百本 已遮銅雀數帆風
_김창흡, 「반계잡영盤溪雜詠」(『삼연집三淵集』165:95)

갑술환국으로 부친이 명예를 회복하자 양평의 벽계蘗溪에 숨어 살던 김창흡은 반계촌으로 왔다. 아우 김창즙도 함께 찾은 것으로 보아 그의 형제들이 대부분 모였을 것으로 추정된다. 김수항은 1668년 정월 잠시 짬을 내어 반계촌의 별서로 와서 기거하면서 춘첩자春帖字를 붙인 적이 있었는데[35] 26년의 세월이 지난 후까지 그곳에 붙어 있었던 모양이다. 김창흡이 반계촌으로 달려온 것은 그의 노모를 봉양하기 위한 것이었다. 모친 나씨의 친정이 바로 명촌에 있었기에 그곳과 가까운 반계촌의 별서에서 모시게 된 것이다. 김창흡은 이곳에서 세파를 멀리하고자 하였다. 그래서 부친이 심어둔 소나무가 절로 부귀영화를 상징하는 용산 언덕의 수많은 누대를 가리고 또 재물을 가득 싣고 오가는 동작나루의 배를 가려줄 수 있다고 하였다.

천석고황의 병이 있던 김창흡이기에 도성에서 가까운 반계촌의 별서에 오래 머물지는 않았지만 그의 붓 끝에 반계의 아름다움이 두루 묘사될 수 있었다. 김창흡이 「반계십육경盤溪十六景」에서 든 반계의 풍광은 이렇다. 북한산의 높다란 노을(華頂層霞), 관악산의 저녁 구름(冠嶽歸雲), 목멱산의 소나무 숲(木覓松林), 제천정의 누대(濟川樓臺), 잠원동의 봄 뽕나무(蠶野春桑), 기도碁島의 갈대숲으로 날아온 가을 기러기(碁洲秋鴈), 동호의 떠가는 배(東湖上帆), 서쪽 양화나루에서 올라오는 조수(西浦來潮), 반계의 불어난 물(盤溪潦漲), 노량강의 눈덮인 얼음(露梁氷雪), 용산 읍청루挹淸樓의 낙조(龍山落照), 동작나루를 건너는 인파(雀津爭渡), 근처 들판의 도롱이 입은 농사꾼(近郊簑笠), 먼 강마을의 고기잡이 불빛(遠村漁火), 버들 숲에 부는 산들바람(柳巷微風), 연꽃 핀 연못의 달 구경(蓮池霽月) 등을 들었다.

노론의 영수 김수항, 그 아들 김창집과 인연을 맺은 곳이기에 반계는 훗날 노론의 성지가 되었다. 1724년 영조가 즉위하자 노론 계열의

---

35) "新年何事動新歡 聖主恩深許解官 從此百年開自放 盤溪煙水一漁竿"(「春帖」, 『文谷集』 133:55)이 그 작품이다.

유생들이 김창집, 이이명李頤命, 조태채趙泰采, 이건명李健命 등 이른바 노론 사대신의 사우祠宇를 반계에 세워줄 것을 요청하였고 이에 영조가 그렇게 하라고 비답을 내렸다. 사대신이 생전에 모두 과천 땅에서 왕래하였기 때문에 과천의 반포에 사우를 세우려 한 것인데, 바로 노론의 상징 김수항과 김창집의 별서가 있었기 때문이었다. 그러나 잠시 반계에 세워졌던 사충사四忠祠는 정국의 전환으로 훼철되었다가 영조 32년(1756)에 다시 세워졌는데 그때에는 사육신의 절개와 나란히 두고자 노량진 사육신 사당 근처로 옮겨갔다.

6. 채팽윤의 글로 빛나는 빙호

한강나루 인근에는 빙고氷庫가 있었다. 조선시대 겨울에 얼음을 채취하여 이곳에서 보관하였다가 여름에 사용하였다. 동빙고東氷庫는 두모포豆毛浦에 있었고 서빙고西氷庫는 둔지산屯智山에 있었는데 둔지산은 서빙고동 한강 강변에 위치해 있었다. 둔지미屯地尾라고도 불렀다.[36] 『동국여지승람』에 따르면 조선시대 두모포의 동빙고에서 깨끗한 얼음을 채취할 때 저자도를 주로 이용하였으며 옥호루玉壺樓가 있어 명승으로 일컬어진다고 하였다. 또 서빙고는 규모가 커서 이곳의 얼음은 임금의 주방에 바치고 백관百官들에게 나누어 주었으며, 규모가 작은 동빙고의 것은 제사에만 썼다고 한다. 보통 빙고라 하면 서빙고를 가리키고 그 앞의 한강을 빙호氷湖라 불렀다.

빙호가 보이는 둔지산 기슭에는 많은 문인들이 우거하였다. 선조의 딸인 정숙옹주貞淑翁主와 혼인하여 동양위東陽尉에 봉해진 신익성申翊聖과 그 아들 신최申最(1619~1658)의 별사가 빙호에 있었다.[37] 특히 그 아들 신의화申儀華(1637~1662)는 그곳에 관강정觀江亭을 세웠다.[38] 이 집안은 두물머리 인근에 백운루白雲樓로 대표되는 아름다운 별서를 경영하였으나 도성에서 가까운 빙호에 별서를 따로 마련하였던 것이다. 김석주金錫冑는 모친이 신익성의 딸이므로 신의화과 외종간이다. 그래서 그를 위해 관강정에 붙일 기문을 지어준 바 있다.[39] 신최와 사돈 간인 심열沈悅도 빙호에 별서 합귀당盍歸堂을 두었음을 앞에서 보았다. 또 18세기

---

36) 屯智山은 屯知山, 屯之山, 屯地山 등 다양하게 표기하였다. 屯地尾 역시 芚芝尾, 屯芝味, 屯之美, 屯地尾 등 다양한 표기로 나타난다.
37) 趙顯期가 1602년 제작한 「往拜春沼申丈於氷湖, 道占一律, 奉呈求和」(『一峯集』 b42:29)에 신최의 별서가 빙호에 있었음을 알 수 있다. 신최는 자가 季良, 호가 春沼인데 학문과 문학에 뛰어났다. 沈悅의 아들 沈熙世의 사위가 신최다.
38) 신의화는 자가 瑞明이고 호가 四雅 혹은 四痴다.
39) 김석주, 「觀江亭記」(『息庵遺稿』 145:252).

에는 조현명趙顯命이 빙호숙부氷湖叔父라 부르던 조두수趙斗壽의 별서도 빙호에 있었다.[40] 그 밖에도 정지화鄭知和, 민유중閔維重, 서문중徐文重, 이인엽李寅燁, 이상길李尙吉, 신최申最 등 명환들이 빙호에 기거하였다는 단편적인 기록이 보인다.[41]

특히 17세기 빙호의 문화사는 채팽윤蔡彭胤(1669~1731)에 의하여 빛이 났다. 채팽윤은 본관이 평강平康으로, 자는 중기仲耆, 호는 희암希菴 혹은 은와恩窩, 구암거사鳩庵居士라 하였다. 채유후蔡裕後(1599~1660)가 그의 백조부다. 채팽윤은 1689년 문과에 급제하였는데 이 무렵부터 자주 빙호에 나와 살았다. 1690년 그의 벗을 위해 지은 다음 작품에 빙호의 모습이 잘 드러난다.

강과 산은 누워서 유람할 수 있는가? 산은 신발을 신고 강은 배를 타고 가니 강과 산은 누워서 유람할 수 있는 것이 아니다. 강과 산이 누워서 유람할 수 있는 것이 아닌데 옛사람은 어찌해서 그렇게 했는가? 내가 일찍이 듣자니, 그림을 그려 자리 귀퉁이에 걸어놓고 누워서 보았다고 한다. 몇 폭의 그림이 비슷한 것에 불과한데 이를 두고 누워서 유람한다고 할 수 있겠는가마는, 마음으로 유유자적할 수 있다면 족할 것이다. 하물며 그림이 아닌 진짜라면 어떠하겠는가?

황중강黃仲剛 군은 종소문宗少文의 무리다. 빙호를 살피고 그 북쪽 언덕

40) 조현명, 「次李仲熙韵, 方寓居氷湖光州叔父壽隣亭」(『歸鹿集』 212:107).
41) 김수항, 「南雲卿訪溪舍同宿, 翌日仍訪谷口鄭尙書於氷湖, 有詩追寄, 次韻兼奉鄭叔」(『文谷集』 133:59) ; 「甲寅冬, 因山甫訖, 旋遭駭機, 蒼黃出城, 僑寓氷湖鄭相亭舍, 屢辭未解職, 欲歸磻溪而亦不果, 翌年二月二十四日, 卽仁宣王后練朞也, 入城參闕外哭班, 乘曉卽還, 途中感懷口占, 前夜大雨雪」(『文谷集』 133:64) ; 민유중, 「答兒鎭厚乙卯閏五月十一日」(『文貞公遺稿』 137:263) ; 서종태, 「與李叔季章寅燁氏並出, 省拜仲父氷湖亭舍, 翌日李叔有一律, 遂次却寄」(『晩靜堂集』 163:51) ; 이인엽, 「僑居氷湖夜坐, 次杜律韵」(『晦窩詩稿』 172:43) ; 李志傑, 「登冰湖亭子, 仲祖忠肅公別業」(b40:255) ; 조현기, 「往拜春沼申丈於氷湖, 道占一律, 奉呈求和」(『一峯集』 b42:29).

에 올랐다. 동쪽으로 한강물이 굽이굽이 아래로 내려가다 빙글 휘돌아 빙호가 된다. 남으로 기도碁島의 입구로 나오면 동작銅雀이 되고 다시 남으로 꺾어지면 현석玄石이 되며 서남은 용산龍山에서 끝이 난다. 강 남쪽으로 청계산이 우뚝 서서 나지막이 남으로 6~7리를 달려가다가 갑자기 불룩 솟아 관악산이 된다. 강과 산 사이에는 누대가 빼곡하고 숲이 무성하다.

황 군은 여기에서 바라보아 마음이 흡족하여 그 언덕에 정자를 지었다. 정자가 완성되자 내가 가서 보았다. 동호 좌우에 마을이 즐비한데 정자가 그 꼭대기에 걸터앉아 있다. 강과 산이 어리비치고 섬들이 이어져 있으며 모래톱이 질펀하고 푸른 대나무가 빼곡하다. 이리저리 바라보노라니 안개와 비가 서쪽에서 몰려와 물과 하늘이 함께 적셔졌다. 돛을 가지런히 단 큰 배들이 노를 저으면서 들어왔다. 영주대瀛珠臺(관악산의 연주대) 등이 보일 듯 말 듯 하였다. 수묵으로 그린 그림 가운데 있는 듯하다. 이윽고 구름이 걷히고 비가 그쳤다. 흰 달이 빛을 드리웠다. 긴 강 10리가 베개 가에 흰 그림자를 비추었다. 황 군이 기쁜 마음으로 누워 있으니 마치 강과 산에 마음을 풀어놓아 세속에 아무런 마음을 두지 않은 사람처럼 보였다. 내가 돌아보고 웃으면서 말하였다.

"이것이 진정 누워서 유람한다는 것이 아니겠소? 지금껏 배를 저어 왔다 갔다 하고 지팡이를 짚고 오르내리는 자들은 힘만 드니 그 계책이 졸렬하다 하겠소. 붓을 잡고 그린 그림으로 문득 누워서 유람한다고 일컫는 자들 또한 중강 씨에게 한 번 비웃음을 받기에도 부족하다 하겠소. 나는 강과 산을 좋아하는 사람이라오. 오늘 그대 정자에 올라 마침내 누워서 유람을 누릴 수 있게 되었소. 정말 다행이라오. 중강 씨는 풍류를 알고 얽매임이 없는 선비라오. 누워서 유람하는 즐거움을 얻었으니 반드시 적막한 생활을 하지 않을 것이요, 입을 다물고 강과 산을 마주할 것이라오. 아름다운 계절에 술이 익으면 강과 산을 나처럼 좋아하는 사람들을 불러서, 함께 시문과 술을 즐기는 모임을 가질 것이고, 누워서 유람하는 흥을 서술하겠지요. 그러면 중강 씨는 여기에서 강과 산을 저버리지 않은 것이요, 나의 행복 또한 어떠하겠소? 비록 그러하지만 중강 씨는 이제 막 과거를 준비하는 사람이라 오래 여기에서 누워 유람할 것이 아니라오. 종소문이 또한 그대를 비웃을 것 같소."

황 군이 손바닥을 치고 웃었다. 정자의 이름을 청하기에 이에 누워서 유람한다는 말로 대꾸하고 기문을 지어 입증하려고 위의 말을 적어서 준다. 경오년 가을 상순에 적는다.

_채팽윤, 「와유정기臥遊亭記」(『희암집希菴集』 182:421)

와유臥遊는 송宋의 종병宗炳(종소문宗少文)이 노년에 병이 들어 명산을 유람하지 못하게 되자 자신이 본 땅을 그림으로 그려 걸어 놓고 누워서 감상하며 노닐었다는 데서 나온 말이다. 종병은 그림으로 누워서 아름다운 산천을 즐겼지만, 황중강黃仲剛은 자신의 정자에 누워서 아름다운 산천을 직접 즐길 수 있으니 종병보다 한 수 높은 풍류를 즐긴다고 하였다. 비록 와유정의 주인 황중강은 이름조차 후세에 알려지지 못하였지만 이 글이 있어 본 빙호의 아름다운 풍광과 함께 그의 별서 와유정이 후세에 전해질 수 있었다.

채팽윤의 장인이 한후상韓後相인데 한준겸韓浚謙의 후손이다. 지금의 난지도 안쪽 수색水色에 그의 별서가 있었다. 채팽윤은 그곳에서 혼례를 치른 바 있다.[42] 처가의 별서가 빙호에도 있어, 그 때문에 채팽윤이 혼인 이후 자주 빙호를 오간 것이다. 빙호는 채팽윤에게 마음의 평화를 가져다주는 공간이었다.

긴 강 북안에 작은 누각 으슥한데
옛 나그네 이곳에 와서 다시 시를 짓노라.

---

42) 이 별서에 대해서는 서호에서 다룬다.

얼음 흩어진 곳엔 갈매기가 막 물결을 일으키고
잔설 있는 곳엔 벌써 옅은 안개가 숲에 끼네.
볕든 제방은 버들이 세 가지 색깔로 변하는데
어부의 집은 배를 손보고 먼 곳으로 떠나려 하네.
그저 강산을 가져와 반나절 보낼 수 있다면
지금 도성에 얽매인 신세 부끄럽기만 하구나.

長江北岸小樓深　舊客來登更一吟
氷散浮鷗初作浪　雪殘輕靄已生林
陽堤變柳三分色　漁舍裝舟萬里心
但取湖山輸半日　市門羞殺滯如今
_채팽윤, 「빙호에서 장인어른의 시에 차운하다(氷湖奉次聘君示韻)」(『희암집』
　　182:151)

채팽윤은 사가독서賜暇讀書를 하면서 상으로 받은 호피를 팔아 약원
藥院 서쪽에 성은이 넘치는 집 은와恩窩를 짓고 살면서도 빙호의 정자를
찾는 것을 잊지 않았다. 1703년 무렵 지은 위의 작품에서 벼슬살이를
하느라 도성에서 벗어나지 못한 것을 안타까워하였다. 막 얼음이 녹은
한강에 갈매기가 목욕을 하고 잔설이 듬성듬성한 곳에 봄날의 안개가
피어오르는 아름다운 빙호의 풍경을 수묵화처럼 그려내었다.

칠정七情이 지극해지면 후회가 생기는 법이다. 후회는 근본으로 돌아
가는 방편이리라. 내가 성시에서 시끄러움을 피하여 빙호의 정자를 얻어
우거하게 되었다. 대개 도성에서 10리 떨어진 곳인데 호젓하고 고요하다.
문을 닫고 『주역』을 읽노라니 즐거웠다. 한밤이 되면 하늘에서 막 눈이
새로 내리고 사나운 바람이 몰아치면 마당의 나무가 서서 소리를 내고
강물 소리가 점점 크게 들려온다. 소름이 돋아 잠을 이룰 수 없다. 이에
말똥말똥한 정신으로 깊은 사색에 잠겼다. 온갖 잡념이 어지럽게 생겨나

구름이 피어나고 안개가 피어나듯 마음에 몰려드는데 후회가 아닌 것이 없다. 아, 내가 주상의 두터운 은혜를 입어 지근한 곳에 몇 년 출입하였다. 오직 작은 기예를 자랑으로 여기고 헛된 명예를 다투었다. 한 사람도 제 자리에 나아가게 하지 못하였고 한 마디도 그 벼슬에 맞게 한 적이 없었다. 그런데도 출처出處의 조짐에 어두워 눈앞의 명성을 다투었다.

　　_채팽윤, 「후회(悔)」(『희암집』 182:506).

채팽윤은 사가독서를 하고 있을 때 임금의 시에 차운한 시가 호평을 받아 명성을 날렸다. 그러나 이이李珥와 성혼成渾을 문묘文廟에서 출향黜享할 것을 주장한 세력에 가담하였다 하여 벼슬길이 순탄치 않았다. 선영이 있는 홍성의 정자동程子洞에 내려가 있을 때가 많았다. 그러다가 1713년 무렵 다시 빙호의 별서를 찾고 그 감회를 이렇게 적었다.

백사장에 해 돋아 누대를 비추는데
20여 년 이곳을 그 몇 번 왕래하였나.
요동의 학처럼 돌아와도 기다리는 이 없는데
강 가득 얼음과 눈만 홰나무에 기대어 있네.
沙頭初日照樓臺 二十年餘此往回
遼鶴歸來人不待 滿江氷雪獨憑槐
　　_채팽윤, 「빙호에서의 옛 생각(氷湖感舊)」(『희암집』 182:268)

채팽윤은 젊은 시절 빙호에 있던 시절을 회상하였다. 함께 시를 수창하던 장인도 세상을 뜨고 외롭게 빙호에 서서 감회에 젖었다. 때로는 상심하고 때로는 환희에 차서 지은 채팽윤의 글이 있어 빙호의 아름다움이 후세에 전해질 수 있었다.

7. 이항복의 양벽정과 이유원의 천일정

뚝섬 서쪽 응봉 기슭을 예전에는 한강리漢江里라 불렀는데 지금의
한남동이다. 이곳에는 예전 천일정天一亭이라는 정자가 있었다. 천일정
을 세운 사람은 이유원李裕元이다. 이유원(1814~1888)은 본관이 경주로, 자
는 경춘京春, 호는 귤산橘山과 묵농墨農 등을 사용하였다. 그가 지은 「천
일정기」는 이러하다.

한강은 바다로 흘러가는 강이다. 한강 물줄기는 오대산에서 발원하는
데 쌍포雙浦에서 합쳐져 다시 한강이 된다. 도도히 천 리를 흘러 구불구불
굽이 도는데 바람과 안개와 꽃이 눈길 닿는 데까지 천태만상으로 변화하
니, 정말 빼어난 땅이다. 선조 기유년(1609) 나의 선조이신 문충공文忠公(이
항복李恒福)께서 사신으로 온 웅화熊化와 이곳에서 배를 띄우고 시를 주고
받았는데 일대의 성대한 일로 전승되고 있다. 이에 한강의 이름이 중국
에 드러나게 되었다.

부친께서 늘 적당한 강가에서 몸을 조섭하려고 강가의 정자를 경영하
려 한 것이 오래 되었다. 가끔 나에게 이 문제를 말씀하셨는데 내가 삼가
그 명을 받들려 하였지만 여러 해 이루지 못하였다. 올해 봄 마침 벼슬에
서 쫓겨나 압구정을 찾으려 하였다. 한강을 건너기 전에 겨우 무릎을 펼
수 있는 조그마한 집 한 채를 보게 되었다. 그 집은 우단雩壇의 끝자락
보촌保村의 앞머리에 있는데 남산 한 지맥이 구불구불 그 뒤쪽을 따라
내린다. 기쁘게도 내 마음에 딱 맞았다. 마침내 성 안에 있던 집의 별채를
팔아서 값을 치르고 대략 지붕을 수리하여 정자처럼 만들었다. 이름을
천일정이라 한 것은 『주역』의 계사繫辭에 나오는 말을 취한 것인데 물이
오행五行 중에 으뜸이라는 뜻이다. 부친께서 여러 해 마음을 기울인 것을
이제 이루게 되었으니, 내가 이 정자에 이름을 붙인 뜻이 그저 그 빼어난
경치만을 취한 것이 아니다.

정자는 바위 위에 우뚝 솟아 있어 조망하기가 무척 편하다. 어르신들이 이곳을 조천정朝天亭의 옛터라고 하였다. 그 터 곁에 오래된 주춧돌이 있어 파보았더니 과연 그러하였다. 내가 귤산橘山(남양주 가오곡嘉梧谷) 아래 머물 때 작은 동산 하나를 만들려고 하여 그 이름을 의원意園이라 하였지만, 한 발자국도 그곳에서 벗어나지는 못하였다. 이에 이 정자가 하루아침에 조천정 옛 주춧돌 위에 서게 되었으니, 부친께서 지팡이를 짚고 선조가 노닐던 곳에서 유유자적할 땅이 되었다. 또 장차 뜻이 맞는 이들과 그 사이에서 책을 읽을 것이니 이 또한 어찌 우연이라 하겠는가?

_이유원, 「천일정기天一亭記」(『가오고략嘉梧藁略』 315:467)

기우제를 지내던 우단雩壇이 있던 두모포의 서쪽, 보광동을 이르는 보촌保村이라는 마을 앞에 조그마한 집을 구하여 천일정을 지었다. 원래 이곳에는 조천정朝天亭이라는 정자가 있어 그 터에 이 정자를 만들었다. '천일'은 『주역』에서 "천일생수天一生水" 곧 하늘이 열릴 때 처음 물이 나온다는 의미를 취한 것이다. 하늘과 합쳐져 하나가 된다는 뜻인데 이곳에서 강물이 하늘과 어우러져 하나가 된다는 뜻도 함께 취한 듯하다. 이유원의 부친 이계조李啓朝(1793~1856)는 판서를 지낸 인물로, 자는 덕수德叟이고 호는 동천桐泉이며 지금 전하지는 않지만 『만벽당총서晩碧堂叢書』를 편찬한 인물이다. 그가 이항복李恒福(1556~1618)의 한강 별서를 복원할 꿈을 꾸었고 그 아들 이유원이 그 꿈을 실현한 것이라 하겠다. 이유원은 천일정을 세우고 10여 년 부친을 그곳에서 모셨다.

그런데 이유원이 천일정을 한강나루에 세운 뜻이 이곳의 경치가 빼어났기 때문만은 아니었다. 그곳이 선조 이항복의 별서 양벽정漾碧亭이 있던 곳이라 생각했기 때문이다. 아마도 이유원 당대까지 그곳이 양벽정 터로 알려져 있었던 모양이다.

우리 문중은 대대로 청백淸白을 전해왔기에 재물을 모아 사당을 세우

는 것은 의논한다고 쉽게 될 수 있는 것이 아닙니다. 유원에게 집이 셋
있는데 향저는 묘소를 지키는 집이고 경저는 벼슬살이할 때 쓰는 집이므
로 다 없앨 수는 없습니다. 다만 한강에 있는 천일정은 문충공께서 지난
날 지팡이를 짚고 배회하던 곳인데 양벽정의 제명기題名記와 팔경시八景詩
가 남아있습니다. 또 선조 임금 기유년(1609)에 문충공께서 중국 사신 극
봉極峯 웅화熊化와 이곳에서 배를 타고 시문을 지은 바 있습니다. 이런 일
은 역사책에 실려 있습니다. 헌종 을사년(1845) 유원이 예전의 주춧돌을
찾아보았더니 그 구조가 법도가 있었습니다. 깨끗하게 청소를 하고 나서
사당을 지어 문충공의 영령을 편하게 모시도록 하겠습니다.

　　_이유원, 「종계서宗契序」(『가오고략』 315:501)

　　이 글이나 앞서 본 「천일정기」에 따르면 이항복이 1609년 양벽정에
서 중국 사신 웅화熊化와 함께 뱃놀이를 하고 또 시문을 주고받은 바
있다. 그런데 이항복의 증손인 이세귀李世龜는 조금 다르게 알고 있었
다. 1613년 계축옥사가 일어나자 이항복이 5월에 동교東郊로 나갔는데
돌아가 머물 집이 없어 우이동牛耳洞 임춘발林春發의 집에서 사흘 머물
렀다고 하였다. 또 영산군靈山君의 강가 집에 머물려 하였는데 그의 집
이 바로 양벽정이라 하였다.[43] 양벽정은 영산군 이예윤李禮胤의 소유로
이항복이 임시로 묵은 집인 것이다. 그런데 바로 이곳은 이항복이 20
년 전 꿈속에 본 곳과 풍광이 매우 흡사하였다. 이항복은 1584년 가을
병이 위중하여 4개월이나 비몽사몽간에 지냈다. 병이 깊을 때에는 무
려 16일 동안이나 혼수상태에 빠지기도 하였다. 이때 평구平丘의 강가
에 물러나 쉬고 싶어 하던 일이 꿈으로 나타난 것이었다. 세 번 연이어
같은 꿈을 꾸었다. 붉은 흙으로 집을 짓고 국화를 심었다. 그 장소는
동쪽으로 도미진渡迷津이 있고 서쪽으로 광릉廣陵이 보이며 고탄高灘의

---

43) 이세귀, 「東岡精舍圖跋」(『養窩集』 b48:408).

급한 여울이 언덕을 치며 흐른다고 하였다. 곧 남양주를 가로질러 흐르는 왕숙천王宿川이 한강과 만나는 현재의 남양주시 양정동 평구마을로 추정된다. 꿈속에서 찾아가 집을 지은 평구의 독음촌禿音村이 이 무렵 잠시 우거하게 된 한강나루의 양벽정과 참으로 흡사하였던 것이다. 이항복은 이러한 사연을 「양벽정제명기漾碧亭題名記」에 적고 양벽정이라는 현판을 내걸었을 듯하다. 그리고 그 일대의 풍경을 다시 「양벽정의 팔영(漾碧亭八詠)」으로 읊조렸다.[44]

> 먼 집에선 밥 짓는 연기가 설핏 피어오르는데
> 들판은 온통 하늘에 떠 있는 강물처럼 보이네.
> 젓대 옆으로 불며 소 거꾸로 타고 가노라니
> 지는 해 저녁 바람이 한 폭의 산수화 같구나.
> 遙舍炊煙膚寸興 郊原混作浮天水
> 橫吹蘆管倒騎牛 落日晩風如畫裏(前郊牧笛)
>
> 동글동글 푸른 일산인가 멀리서 알아볼 수 없는데
> 아득히 가물거리는 그 너머에 비둘기가 울어대네.
> 안개 속 어부의 집에서 들리는 소곤거리는 말소리
> 봄물이 사립에 들면 고기가 여울로 오른다 하네.
> 靑蓋童童遠不分 鳩鳴遙在依微外
> 煙中漁舍語星星 新水入扉魚上瀨(東屯煙樹)
> _이항복, 「양벽정의 팔영(漾碧亭八詠)」(『백사집白沙集』 62:174)

남한산성의 아침 안개 남한조람南漢朝嵐, 청계산의 저녁 햇살 청계석조淸溪夕照, 사평원 앞 여울의 고기잡이 등불 사탄어화沙灘漁火, 도미진의

44) 이항복, 「漾碧亭題名記」(『白沙集』 62:194) ; 「漾碧亭八詠」(『白沙集』 62:174).

바람 받은 배 도미범풍渡迷風帆, 앞 들판 목동의 피리소리 전교목적前郊
牧笛, 뒷산의 어사용 후산초창後山樵唱, 동쪽 들판의 아스라한 나무숲 동
둔연수東屯煙樹, 서산의 서리 맞은 단풍 숲 서엄상림西崦霜林 등 팔경八景
을 담았는데 한 편 한 편이 모두 아름답다.

그러나 이항복이 뚝섬의 양벽정에서 늘그막을 함께하자고 영산군
과 약속하였지만 얼마 후 영산군이 집을 구해 도성 안으로 들어가 버
리고 그 자신도 이곳을 떠났다.[45)

그런데 이항복은 1609년 관반사館伴使로 웅화와 한강에서 뱃놀이를
하였고 이때 주고받은 시가 이유원의 『임하필기林下筆記』에 보이지만
그 공간이 양벽정이라는 기록은 확인되지 않는다. 양벽정은 웅화와는
무관하고, 계축옥사가 일어난 후 잠시 기거한 집으로 보는 것이 옳을
듯하다. 양벽정의 고사는 이유원의 손에 의하여 만들어지면서, 양벽정
을 빛내기 위하여 웅화와의 수창을 덧붙인 것이라 하겠다. 이유원은
1861년 종중의 동의를 얻어 천일정의 동쪽건물에 이항복의 사판祠版과
영정을 봉안하였다. 그리고 양벽정이라는 편액을 걸었다. 이항복이 쓴
「양벽정제명기」와 「양벽정팔경시」도 함께 걸고 그 관리는 종손인 이유
헌李裕憲에게 맡겼다.[46) 이것이 양벽정의 유래다.

천일정 자체는 늦어도 1846년 이전에 세워졌다. 박윤묵朴允默(1771~

---

45) 이항복은 崇禮門 안쪽 남산의 紫閣峯 아래 倉洞에 경저가 있었는데 그곳에
세운 雙檜亭이 조선 후기 이름을 날렸다. 19세기 石帆 徐念淳이 쌍회정을 구
입하여 단풍나무를 많이 심고서 紅葉亭이라고 이름을 바꾸었는데 이유원이
다시 이를 구입하여 쌍회정 현판을 새로 달고 없어진 노송 한 그루를 심어
이름에 걸맞게 한 바 있다. 또 彌雲臺에도 장인 權慄로부터 받은 저택이 있
었던 것은 널리 알려져 있다. 이와 함께 이항복은 노년에 망우리 고개 남쪽
無任江 강변에 집을 짓고 기거하다가 다시 망우리에 東岡精舍를 세우고 호
를 東岡老人이라 하였다. 증손 이세귀는 동강정사를 그림으로 그려 정사는
사라지더라도 그 땅과 모습이 영원히 전해지도록 한 바 있다. 이항복의 별서
에 대해서는 『조선의 문화공간』(휴머니스트, 2006)에서 자세히 다룬 바 있다.
46) 이유원, 「宗契序」(『嘉梧藁略』 315:501).

1849), 박영원朴永元(1791~1854) 등이 이곳에서 지은 시가 전하는데 박윤묵의 시가 이 무렵의 것이기 때문이다. 또 박영원은 1854년 초여름 판중추부사判中樞府事로 있었는데 조두순趙斗淳, 김흥근金興根, 정원용鄭元容 등 당대 이름난 문인들과 함께 천일정으로 나들이를 하고 함께 시를 지었다.

> 한강의 정자가 도성 남쪽 자락을 베고 있는데
> 지리한 비 막 그치자 여름 햇살 맑구나.
> 짙푸른 숲은 사람을 닮았나 후덕한데
> 맑디맑은 강물은 밝은 세상인양 통명하네.
> 사공의 뱃노래 그치자 맛난 생선 나오는데
> 보리밭 같은 푸른빛 두둥실 좋은 술이 가득하네.
> 돌아가는 고운 풀밭길에서 머리 돌려 바라보니
> 높다란 누각이 반나마 지는 노을에 비껴 있네.
> 漢皐亭子枕南城 宿雨初收夏景清
> 深碧林如人篤厚 澄涵湖似世休明
> 櫂歌唱罷纖鱗出 麥色浮來好酒盈
> 芳草歸程回首望 危樓一半落霞橫
> _박영원, 「초여름 중추부中樞府의 여러 대감들과 동천 상서의 천일정에 모였다가 돌아가는 길에 시를 짓는다(首夏與西樞諸僚閣, 會于桐泉尚書之天一亭, 歸路唫成)」(『오서집梧墅集』 302:305)

지루하게 내리던 비가 그치고 햇살이 반짝이는 한강의 아름다움과 천일정에서의 풍성한 잔치가 낭만적으로 그려져 있다. 박영원은 동천 상서桐泉尚書의 천일정이라 하였는데 동천상서는 이유원의 부친 이계조를 이른다. 그가 주인으로 있을 때 당시 조정의 대신들이 이 천일정에 모여 시회를 가졌던 것이다.

이처럼 천일정은 19세기 풍류의 공간으로 이름이 높았다. 부친보다 앞서 1846년 겨울 이유원은 아들 이기복李基福과 함께 천일정에서 눈 구경을 하면서 벗들을 불러 모아 한바탕 시회를 열었다.[47) 또 홍석주洪奭周의 외손자인 한장석韓章錫(1832~1894)도 젊은 시절 천일정을 찾아 이렇게 노래하였다.

가벼운 배로 저녁 무렵 한강을 건너오다 본 것은
한 귀퉁이 차지한 아스라한 붉은 누각이라네.
화려한 문 안에 오래된 서화가 있어 그윽한 멋 풍기는데
대나무 엮은 문은 멀리 길게 뻗은 물과 구름 머금고 있네.
선생의 자취 푸른 띠 덮인 집에 남았는데
학사의 풍류는 백옥의 전당에 빛이 나네.
다시 이름난 꽃 삼백 포기가 있어서
강마을은 사계절 향기가 끊이지 않는구나.
輕槳晩渡漢之陽　縹緲丹樓在一方
繡闥通幽書畫古　竹扉銜遠水雲長
先生往蹟靑茅宅　學士風流白玉堂
更有名花三百本　江鄕不斷四時香
_한장석, 「천일정天一亭」(『미산집眉山集』 322:160)

이유원의 별서는 남양주 천마산 동쪽 가오곡嘉梧谷에 있었는데 집이름은 벽려원薜荔園이라 하였다. 또 사시향관四時香館을 두었는데 그곳에는 먹과 벼루나 인장 등 명품이 소장되어 있었으며 백장미白薔薇, 백모란白牡丹, 백련화白蓮花 등 특이한 꽃들로 덮여 있었다. 위의 시를 보면 이유원이 천일정도 이렇게 꾸민 듯하다. 집안으로 들어서면 서화고동이 소장되어 있어 이른바 서권기書卷氣와 문자향文字香이 풍겨 나오고

---

47) 朴允默, 「墨農學士李公裕元與家兒基福, 賞雪於漢江天一亭, 時余有寒疾, 恨未能從, 謹賦此詩, 庸寓區區微忱」(『存齋集』 292:374).

사계절 꽃을 피우는 화분이 도처에 놓여 있었음을 확인할 수 있다.

이후 19세기 말까지 이 집안에서 관리하던 천일정은 1908년 민영휘閔泳徽와 소유권을 두고 소송이 벌어졌다. 민영휘가 관찰사를 지낸 이규환李圭桓에게 15,000냥에 매입하여 67칸의 정자를 모두 훼철하고 백여 칸 규모로 완전히 새로 건축하였다. 그러나 이항복의 종손인 이규환은 민영휘를 찾아가 천일정은 강탈당한 것이니 돌려달라고 하면서 소송을 내었다.[48] 천일정은 19세기 말까지는 이 집안에서 관리되었지만, 민영휘가 권력을 잡으면서 그에게 넘어간 것이다. 소송이 진행되면서 매도한 사실이 확인되었고 결국 천일정은 민씨 집안의 소유가 되었다. 그 후 천일정은 그 소유주를 알 수 없지만 6·25 전쟁 때까지는 번듯하게 남아 있었다. 넓은 터에 아득한 안채가 있고 그 서쪽에 정남향으로 중사랑채 청원당清遠堂이 있었으며 바깥사랑채에 천일정이라는 현판이 붙어 있었다고 한다.[49]

이항복 후손가의 전장과 관련하여 이항복의 증손 이세필李世弼(1642~1718)과 그 후손들이 살던 동작나루의 별서도 함께 소개한다. 엄경수는 「연강정사기」에서 이씨장李氏庄을 들고 "이씨는 곧 이세필로 참판 이태좌李台佐의 부친이다. 젊어서 학문하는 일에 종사하여 송시열宋時烈과 윤증尹拯의 사이에서 노닐었다. 벼슬하지 않았으나 관직은 참의에 이르렀다. 동작나루 상류의 산이 돌아간 곳에 집과 정자를 짓고 앞에는 버드나무를 심었다. 후원에는 원림이 울창하니 좋은 정자이자 주택이다"라 하였다.[50] 동작나루 상류라 하였으니 반포 가까운 곳에 있었다고 하겠다.

이세필은 자가 군보君輔이고 호가 귀천龜川인데 후에 소론이 되었지

---

48) 『황성신문』(1908년 8월 9일).

49) 김영상, 『서울육백년사(5)』(대학당, 1994)과 『서울의 누정』(서울시사편찬위원회, 2012)에 실린 정보를 참조하여 보완하였다.

50) 엄경수, 「沿江亭榭記」(『부재일기』 권4).

만 송시열과 박세채, 윤증, 최석정 등 당대 최고 학자들의 문하에 출입하였으며 특히 예학과 음악에 뛰어났다. 이세필이 동작강으로 물러난 것은 1699년 무렵이다. 남학명南鶴鳴은 "기묘년 3월 동강銅江으로 이군보李君輔를 찾아갔다. 나현도羅顯道(양좌良佐)와 모일 약조를 하고 동작나루 남쪽 백사장에 말을 세웠다. 푸른 강에 가랑비가 실처럼 뿌리는데 나루 머리 언덕에는 진달래와 철쭉이 성대하게 피었기에 주먹처럼 동글동글 한 덩이 뭉쳐서 강물빛에 비추어보았다"라 한 바 있다.[51] 그러나 벼슬을 그만두고 완전히 동작강으로 물러난 것은 1702년이었다.[52] 그곳에서 강학과 저술에 힘을 쏟았다.

이세필의 문집에는 시가 전혀 실려 있지 않은데 평소 시 짓는 것을 좋아하지 않았기 때문이다. 그래서 자신의 별서를 두고 지은 글도 보이지 않는다. 다만 벗 김유金楺(1653~1719)가 1708년 무렵 시를 지어 그의 별서에 보냈다.

어부의 집 높은 언덕에 붙어 있는데
들쑥날쑥 대나무 사립문이 보이네.
저녁 햇살은 산 너머 사라지고
마을 나무에는 저물녘 까마귀 돌아가네.
漁戶臨層岸 參差見竹扉
夕陽山外盡 村樹暮鴉歸

8월이라 강물은
바람 자서 고요하네.
물고기와 새 떼 놀라게 할까
낚싯배를 풀지 않노라.

---

51) 남학명, 「遊賞小記」(『晦隱集』 b51:318).
52) 趙泰億, 「贈議政府左贊成行刑曹參判李公諡狀」(『謙齋集』 190:120).

八月江湖上 風微浪面平
恐驚魚鳥隊 不放釣船行

풀과 나무는 성했다 시들지만
강과 산은 고금에 한가지라.
고요한 가운데 아무 일 않으니
이르는 곳마다 천심을 보겠네.
草樹有榮落 江山自古今
靜中無一事 隨處見天心
_김유, 「이군보의 강가 집을 두고 시를 지어 보내다(寄題李君輔江居)」(『검재
집儉齋集』 b50:61)

　　강 언덕에 어부들의 집이 닥지닥지 붙어 있는데 그 곁에 있는 대나
무 문을 단 소박한 집이 바로 이세필의 별서다. 이세필은 물새와 물고
기들이 놀랄까 우려하여 배를 띄우지 않는다 하였으니, 만물의 생의生
意를 중시한 것이요, 자신의 마음이 늘 고요함을 잃지 않도록 하였음을
알 수 있다.
　　이세필의 아들이 이태좌(1660~1739)인데 자가 국언國彦이고 호는 아곡
鵝谷이다. 벼슬은 좌의정을 지냈으며 소론의 영수로 활동하였다. 또 그
아들 오천梧川 이종성李宗城(1692~1759)은 영의정에까지 올랐다. 이 집안
은 이 무렵 최고의 문벌로 우뚝 섰다. 삼대가 모두 문집을 남겼지만 그
럼에도 정작 동작강과 관련한 글은 보이지 않는다. 다만 이세필의 사
촌형인 이세귀의 아들 이광좌李光佐(1674~1740)가 잠시 이곳에 기거한 바
있다. 영의정을 지낸 이광좌는 1724년 무렵부터 조정에서 수세에 몰릴
때면 늘 동작강의 별서로 물러났는데 그 집이 바로 이세필의 별서였을
것으로 추정된다.[53]

8. 이주국의 이가정과 강세황의 두운지정

채팽윤이 살면서 글로 빛 낸 빙호는 전주 이씨 덕천군파德泉君派의 후손들과도 인연을 맺었다. 이경석李景奭이 노년에 빙호에 주로 물러나 있었거니와,[54] 같은 집안의 후손으로 정조 때 훈련대장과 판서를 지낸 이주국李柱國(1721~1798)이 노년에 은퇴하여 이가정二可亭이라 이름을 붙인 작은 정자에서 살았다. 창랑滄浪의 물이 맑든 흐리든 모두 좋다는 뜻을 담은 집이었다.[55] 이주국은 자가 군언君彦이고 호가 오백梧栢이며, 정조 때 어영대장과 훈련대장 등 군권을 잡은 권력자였다. 이주국의 증손자가 이재의李載毅(1772~1839)다. 그는 자가 여홍汝弘이고 호가 문산文山인데 홍직필洪直弼과 친분이 깊은 노론의 학자였다. 그런데 1791년 이곳에 들러 비감에 젖었다.

정원은 아직 예전 봄날과 같은데
문득 비감이 이날 갑절이나 심하네.
고운 풀 붉은 꽃은 누구 위해 좋은가
내가 와도 도리어 누각의 손님인 것을.
亭園猶似舊時春 陡覺悲懷倍此辰
芳草紅花爲誰好 我來還作閣中賓
_이재의, 「이가정에 이르니 예전 생각에 비감을 이길 수 없어 절구 한
수를 읊조린다(到二可亭, 不勝感舊之懷, 吟成一絕)」(『문산집文山集』 b:39)

증조부가 세상을 떠난 것은 아니었지만 이 무렵 이가정이 남의 손에 넘어갔기에 비감에 잠긴 것이다. 원재명元在明(1763~1816, 자字 유랑孺良)

53) 이유원은 이태좌의 아우 李鼎佐의 5대손이다.
54) 이경석, 「戊申正月二十四日, 出寓氷湖」(『白軒集』 95:568).
55) 宋煥箕, 「判書李公神道碑銘幷序」(『性潭集』 244:409).

이 이 무렵 새로운 주인이 되었다. 원재명의 조부가 판서를 지낸 원경하元景夏이고, 부친이 우의정을 지낸 원인손元仁孫이며, 외조부가 문학으로 이름이 높은 남유상南有常이다. 1812년 무렵 원재명의 벗 김려金鑢 (1766~1821)가 이가정을 찾았다.

> 이끼 덮인 섬돌에서 대숲이 보이는데
> 찻상에는 향 연기 자욱하게 스몄네.
> 주인은 청운의 길로 나섰는데
> 나그네는 큰 강가에 있다네.
> 나뭇잎 진 잠두봉이 나오고
> 하늘 맑은 노량강이 갈라지네.
> 조카가 자리를 파하고 물러나니
> 버섯 모양 누각에 푸른 구름 비치네.
>
> 落砌容看竹　茶床滕襲薰
> 主人淸漢路　游子大江濱
> 木落蠶丘出　天淸露渚分
> 阿咸回席罷　菌閣照靑雲
>
> _김려, 「시랑 원유량을 찾아 이가정에 갔지만 만나지 못하여 짧은 율시를 바친다(尋元侍郎, 孺良二可亭不遇, 聊奉短律)」(『담정유고藫庭遺藁』 289:402)

김려가 찾은 버섯 모양의 이가정은 섬돌에 이끼가 끼어 예스러운데 그 앞으로 대숲이 펼쳐져 있었다. 향을 피워둔 찻상은 있지만 주인은 벼슬을 하느라 그곳에 있지 않았다. 북쪽으로 남산의 잠두봉과 남쪽으로 노량강을 바라보고 걸음을 돌렸다. 원재명은 제대로 이가정을 누리지 못하고 1816년 겨울 세상을 떴다. 이때 김려는 이듬해 10월 연산 현감으로 내려갔다. 이때 낭만적인 악부시 「황성리곡黃城里曲」을 지었는데 그중 하나가 원재명의 죽음을 회상하고 쓴 것이다.

육관각에 실처럼 비가 내리는데

이가정 동쪽에는 눈썹 같은 달이 떴겠지.

문채와 풍류를 이제 볼 수 없으리니

상자 속의 그대 곡하는 시만 있다네.

六觀閣裏雨如絲 二可亭東月似眉

文彩風流今不見 篋中唯有哭君詩

_김려, 「황성리곡黃城俚曲」(『담정유고』 289:408)

　육관각六觀閣은 부임지 연산에 있던 누각이다. 그곳에서 김려는 비가 내리는 날 벗을 떠올렸다. 아마 지금쯤 이가정에는 초승달이 떴겠지만, 다시 벗을 만날 수는 없겠지, 이런 생각에 비감에 잠겼다. 원재명은 호가 지정芝汀인데 둔지산의 물가라는 뜻을 취한 듯하다. 둔지산 물가에 바로 그의 별서 이가정이 있었던 것이다.

　둔지산은 18세기 이름난 문인화가 강세황姜世晃(1713~1791)이 찾음으로써 더욱 빛이 났다. 강세황은 본관이 진주이고 자가 광지光之이며 호는 첨재忝齋, 산향재山響齋, 박암樸菴, 의산자宜山子, 견암繭菴, 노죽露竹, 표암豹菴, 표옹豹翁, 해산정海山亭, 무한경루無限景樓, 홍엽상서紅葉尚書 등 여러 가지를 사용하였다. 강세황은 젊은 시절 가세가 기울어 처가가 있던 경기도 안산安山에 내려가 있었는데 이 시기 빙호의 둔지산과 짧은 인연이 있었다. 1747년 무렵 이주국이 이가정의 주인으로 있을 때 강세황이 그를 위해 다음과 같은 시를 지었기 때문이다.

　장군이 늘그막에 속세를 싫어하여

　서강의 강가에 돌아가서 누워 있다지.

　벽에는 용이 울음 우는 큰 칼이 걸려 있는데

　마루에서 잘 익은 막걸리 술통을 연다지.

　높은 풍모라 우아한 투호 놀이 어찌 창피하겠나

노년의 계획은 원래 농사 배우려던 것 아니었지.
맑은 강물에 작은 배를 불러 찾아가서
그윽한 회포를 그대와 논하고 싶다오.
將軍老去厭塵喧 歸臥西江江水濆
掛壁龍鳴雄劍匣 開軒蟻泛濁醪樽
高風肯愧投壺祭 晚計元非學圃樊
準擬澄波呼小艇 好將幽抱對君論
_강세황, 「이가정 주인에게 바치다(和呈二可亭主人)」(『표암고豹菴稿』 b80:355)

이백李白의 「홀로 술을 거르면서(獨酌篇)」에서 "웅장한 칼을 벽에 걸어
두었으니, 때때로 용이 울음을 터뜨리네(雄劍挂壁 時時龍鳴)"라 한 고사로,
무장으로 입신했지만 낮은 자리를 전전하는 이주국의 신세를 위로하
였다. 또 후한後漢의 제준祭遵이 잔치를 벌이면 우아한 노래를 읊고 투
호놀이를 즐겼다는 고사를 끌어들여 이주국의 호방한 풍류를 칭송하
고, 다시 공자孔子가 농사에 대해 질문을 한 번지樊遲의 고사를 끌어들
여 그가 벼슬에서 물러난 것이 어쩔 수 없는 환경 때문이라 위안하였
다. 그리고 강세황은 자신이 사는 안산에서 배를 타고 빙호로 가서 그
와 함께 그윽한 회포를 풀고 싶다는 뜻을 말하였다. 그런데 이 시에서
이가정이 빙호가 아닌 서강에 있다고 하였다. 이를 보면 강세황은 이
가정에 가보지는 못한 듯하다. 그가 이가정이 있던 둔지산으로 간 것
은 그로부터 30년도 훨씬 지나서이다.
강세황은 61세가 되어서야 영조의 각별한 배려로 벼슬길에 올랐고
병조참의, 한성부 판윤 등을 지냈다. 그가 한양으로 다시 올라와 살던
집은 남산 기슭 회현동의 무한경루無限景樓였다. 1774년 사포별제司圃別提
로 있을 무렵 마련한 것으로 보인다.

텃밭의 채소와 산의 과일 많을 것 있나

마음 알아주는 거문고가 고운 노래 돕는데.

취해 거꾸러진 시인은 맑은 흥이 족하여랴

앞 숲에 성긴 비가 낮은 담장을 지나오네.

園蔬山果不須多　況是洋絃侑艶歌

醉倒詩翁淸興足　前林疎雨短檐過

_강세황, 「정광충 대감, 순의군 이훤, 화천 이수봉, 정사안과 밤에 무한경루에 모여 거문고와 노래를 듣고 그 시에 차운하다(鄭台士元光忠, 順義君烜, 李花川儀叔壽鳳, 鄭士安, 夜會無限景樓中, 聽琴歌次韵)」(『표암집豹菴稿』　b80:344)

순의군順義君 이훤李烜, 대사헌 정광충鄭光忠(자 사원士元), 화천花川 이수봉李壽鳳(자 의숙儀叔), 정사순鄭師淳(자 사안士安) 등 다양한 사람들이 그의 무한경루를 찾았음을 알 수 있다. 또 강세황은 이 무렵 홍검洪檢(자 성오省吾), 목만중睦萬中(자 유선幼選), 생질 박도익朴道翊, 이상리李尙履(자 태소太素)와 그의 자손들이 자주 무한경루를 찾았기에 그들과도 시회를 가졌다.[56]

정사순과 같은 집안의 인물인 정기용鄭耆容(1776~1798)은 1794년 강세황이 죽고 그 손자 강이천姜彝天(1768~1801)이 거주하고 있던 무한경루를 찾은 적이 있다. 「무한경루를 유람한 기문(遊無限景樓記)」에 따르면[57] 무한경루는 목멱산 서쪽 기슭에 있는데 도성 안과 함께 인왕산과 백악이 환히 보였다고 한다. 바위의 폭포가 시원하게 흘러내리고 동쪽 봉우리에 달이 뜨면 맑은 빛이 뼛속까지 스민다고 했으니, 그 아름다움을 짐작할 수 있다. 무한경루는 도성 안의 아름다운 경치를 무한하게 즐길 수 있다는 뜻이다. 두보杜甫가 「봄날의 강마을(春日江村)」에서 "울타리에

---

56) 강세황, 「洪省吾, 睦幼選, 朴甥道翊, 李太素, 偶會無限景樓, 拈唐韻共賦, 儇, 俒, 儨兒, 從孫彝正在焉」(『豹菴稿』 b80:345).

57) 정기용, 『蓼庵遺稿』(버클리대학 소장본). 이 자료에 대해서는 필자의 「鄭東愈와 그 一門의 저술」(『진단학보』 110호, 2010)에서 다룬 바 있다.

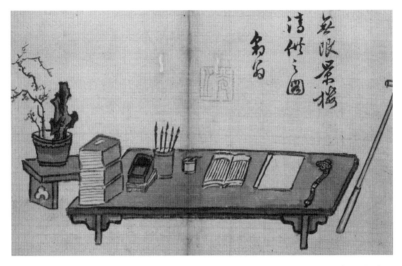

강세황, 「무한경루청공지도(無限景樓清供之圖)」(선문대 소장). 무한경루에서 맑은 운치를 즐길 수 있는 물건들을 그렸는데, 화분의 매화와 괴석, 서적, 여의, 지팡이, 붓과 벼루 등이 보인다.

서 보이는 끝없는 풍경에, 마음껏 강과 하늘을 돈 주고 산 듯(藩籬無限, 恣意買江天)"이라 한 뜻을 취한 것이다.

강세황은 무한경루에 화분의 매화와 괴석, 서적, 여의如意, 지팡이, 붓과 벼루 등 마음을 맑게 하는 물건을 두고 운치를 즐겼다. 그러나 이 것만으로는 부족하여 둔지산 기슭에 별서를 하나 마련했다. 1784년 무렵 조정에서 한창 벼슬하고 있을 때의 일이다.

도성의 남대문을 나서 꺾어져 조금 동쪽으로 10리 못 미친 곳에 둔지 산이 있다. 봉우리와 바위, 골짜기가 있는 것은 아니지만 산이라는 명칭 이 있고, 둔전屯田을 둔 땅이 없지만 둔전이라는 땅 이름이 있으니, 굳이 따져 힐난할 것은 되지 못한다. 들길이 구불구불하고 보리밭 두둑이 높 았다 낮아지는데, 마을 수백 호가 있다. 두운지정逗雲池亭은 그 서북쪽에 걸터앉아 있다. 기와집으로 수십 칸인데 대략 앉거나 누울 정도는 된다.

한 칸의 작은 누각이 있어 두 개의 작은 못을 내려다보고 있다. 연꽃을 심고 물고기를 키운다. 수양버들을 빙 둘러 심었다. 앞으로 관악산과 동작나루를 마주하고 있다. 첩첩의 봉우리가 병풍을 친 듯하고 흰 모래가 비단을 펼쳐놓은 듯하다. 뜰에는 여러 가지 꽃을 심고 동산에는 밤나무 숲을 두었다. 가끔 너무 고운 들꽃은 뽑아내고 비린 물고기는 건져서 버렸다. 정말 긴긴 날 소일거리가 되고 남은 생애를 보낼 만하다. 내 나이 이미 일흔이 넘고 여든을 바라본다. 온갖 근심에 마음이 어두워지면 이곳에 돌아와 눕는다. 또한 내 처소를 얻었다고 할 만하다. 내가 앞으로 얼마나 살지 모르겠지만, 긴긴 하루에다 이튿날까지 계속 조용히 앉아 있으면 늘그막의 소득이 어찌 많지 않겠는가!

_강세황, 「두운지정의 기문(逗雲池亭記)」(『표암고』 b80:375)

강세황은 둔지산의 둔지를 두운지逗雲池로 변형하였다. 두운지는 구름이 머무는 못이다. 당의 시인 맹호연孟浩然이 「천태산 동백관에 묵으면서(宿天台桐柏觀)」에서 "바닷길은 바람 받는 돛에 맡기고, 저녁에는 구름 머무는 섬에서 자노라(海行信風帆, 夕宿逗雲島)"라고 한 풍류를 빈 듯하다. 큰 못과 작은 못 둘을 조성하여 물고기를 키우고 연꽃을 심었으며 수양버들로 에워싸게 만들었다. 두운지정은 기와를 인 그리 크지 않는 건물이지만 일흔이 넘은 나이 노년의 한가함을 즐기기에는 더할 나위가 없었을 것이다.

강세황은 둔지산을 둔산屯山 혹은 지산芝山이라 우아하게 고치고 그곳의 별서를 둔산별사屯山別墅, 지산교사芝山郊榭라 하였다. 1784년 자신이 사랑하는 별서에 서당도 하나 세우고 다음과 같은 시를 붙였다.

둔지촌의 시골스러운 맛이 가장 좋아라
작은 누각 서쪽에 다시 서당도 세웠네.
누가 담장 머리 나무를 베어 없애주겠나

산 모습과 물빛을 통쾌하게 보고 싶으니.

最愛屯村野趣長 小樓西畔又書堂

誰能剪却墻頭樹 快覩山容與水光

_강세황, 「둔산별사에 쓰다(題屯山別榭)」(『표암고』b80:347)

둔지촌의 시골스러움이 오히려 마음을 끈다. 별서 곁에 조그마한 책방을 두어 글을 읽는다. 다만 담장 위로 솟은 나무 때문에 강 남쪽의 산과 강이 보이지 않아 고민이라 하였다. 아마 누군가를 시켜 이 나무를 베어 통쾌한 시야를 확보했을 것이다. 그리고 둔지촌의 별서를 더욱 곱게 꾸몄다. 구름이 못에 머무는 두운지정은 줄여서 두운정逗雲亭이라고도 하였다. 그리고 1784년 3월 그곳으로 가서 이 별서를 그림으로 그려 길이 기억될 수 있게 하였다. 먼저 「두운정전도逗雲亭全圖」에 붙인 시를 보인다.

교외의 집 수십 칸인데

내 본분에도 너무 사치하다네.

정묘교와 비교하여 더 낫다 말게나.

망천장에 감히 비의한 것 아니리니.

郊屋數十間 於分亦已侈

卯橋休較勝 輞庄非敢擬

_강세황, 「갑진년 3월 지산교사로 나가 머물렀다. 긴긴 날 할 일이 없는데 우연히 부채 열여섯 자루를 구했기에 정자와 원림의 경치와 꽃, 새, 벌레를 마구 그림으로 그리고 그 위에 시를 적었다. 두운정전도다(甲辰三月, 出住芝山郊榭, 長日無事, 偶得十六扇子, 漫畫亭園卽景及花卉禽虫, 仍各題其上, 逗雲亭全圖)」. (『표암고』b80:347)

강세황은 둔지촌의 별서가 수십 칸이라 하였다. 곤궁한 시절을 생각하면 남산의 무한경루와 함께 자신의 분수를 넘어서는 사치한 집이라 하겠다. 당唐의 시인 허혼許渾이 다리 곁에 별서를 두었기에 자신의 호를 따서 그 다리 이름을 정묘교丁卯橋라 한 바 있다. 또 왕유王維는 종남산終南山 아래 별서 망천장輞川莊을 경영하였다. 자신의 두운정 별서는 이들과 다르다 겸손하게 말하였지만 그에 못하지 않을 것이라는 자부심이 엿보인다.

강세황은 나머지 열다섯 자루의 부채에 차례로 두운정의 이모저모를 그림에 담았다. 두운정에 딸린 누각이 있어 그 이름을 화선루畵扇樓라 하였는데 부채에 그려둔 누각이라는 뜻이다. 위의 글에서 못 가에 1칸의 누각이라는 것이 바로 이 화선루인 듯하다. 화선루 앞에 단 창이 부채 모양으로 되어 있어 앉아서도 창으로 들어오는 강과 산의 경치를 볼 수 있게 되었다. 강세황은 전면과 측면, 동쪽 면과 서쪽 면, 북쪽 면에서 보이는 경치를 두고 하나하나 그림을 그리고 시를 붙였다.

높은 누각에서 홀로 기거하면서
아침 내내 관악산을 마주한다네.
서로가 보아도 지겹지 않으니
따로 다른 즐거움은 필요없다네.
高樓獨臥起 終朝面冠岳
不是兩不厭 別無他可樂
_강세황, 「화선루의 전면도(畵扇樓前面圖)」(『표암고』 b80:347)

화선루에서 남쪽 창으로는 관악산이 보였다. 이백李白의 유명한 시 「홀로 경정산에 앉아서(獨坐敬亭山)」에서 "바라봄에 서로 다 싫증나지 않는 것은, 오직 경정산이 있을 뿐이네(相看兩不厭 只有敬亭山)"라 한 바 있다. 강세황에게 관악산은 이백의 경정산처럼 아무리 바라보아도 지겹지 않은 존재였다. 다시 서남쪽, 정자의 측면에서는 동작강이 바라보였다.

느지막이 교외의 별장에 누워 병든 몸 요양하니
높은 누각 아스라하게 동작강을 내려다보네.
맑은 강 한 줄기 늘어선 천 그루의 버드나무에
완연히 강남 땅 봄이 온 그림이 된다네.

晚臥郊庄養病軀　高樓縹緲俯銅湖

滄波一帶千株柳　宛是江南春意圖

_강세황, 「화선루의 측면도(畫扇樓側面圖)」(『표암고』 b80:348)

강세황은 동작강을 보노라면 완연히 봄이 온 중국 강남 땅의 풍경
을 그린 「춘의도春意圖」와 같아진다고 하였다. 강세황은 명의 화가 두기
杜驥가 그린 「춘의도」를 본 적이 있었는데 너무 그림이 좋아서 귀국한
후 이를 임모한 그림을 그린 적이 있다.[58] 그 그림처럼 아름다운 풍광
을 동작강에서 다시 보게 된 즐거움을 이렇게 노래하였다. 강세황은
화선루의 동쪽과 서쪽에서 보이는 풍경도 그림으로 그렸다.

작은 누각 푸른 버들이 숲에 기대 있는데
버들 숲 너머 두 개 훤한 못이 있다네.
멀리 산 아래 마을이 보이는데
담담하게 밥 짓는 연기 피어난다네.

小閣依翠柳　柳外雙池明

遠看山下村　澹澹炊烟生

_강세황, 「화선루의 동면도(畫扇樓東面圖)」(『표암고』 b80:348)

---

58) 강세황, 「題江南春意圖後」(『豹菴稿』 b80:388). 杜驥는 중국에서도 잘 확인되
지 않는 明의 화가인데 강세황의 이 글을 보면 자가 士良이고 江南의 풍경을
잘 그렸으며 그의 畫軸이 한양에 들어와 있었다는 사실을 알 수 있다. 淸 徐
沁의 『明畫錄』에 杜士良은 호가 笑仙毫이며 姚允在가 山水를 그에게 배웠다
고 하였다.

누각 서쪽 무엇이 있는가

하얀 담장에 포도넝쿨 있다네.

가끔 지팡이 짚고 올라서

밤 숲 아래서 서성인다네.

樓西何所有 粉墻葡萄架

有時携杖登 逍遙栗林下

_강세황, 「화선루의 서면도(畵扇樓西面圖)」(『표암고』 b80:348)

화선루 동쪽에는 버드나무 숲이 있고 그 너머 두 개의 연못이 있었다. 멀리 응봉 기슭에는 인가가 늘어서 있었음도 확인할 수 있다. 또 화선루 서쪽에는 하얀 회칠을 한 담장을 두고 그 위에 포도넝쿨을 올렸으며 그 너머에 밤나무 숲이 있었음도 알 수 있다.

강세황은 1783년 한성부 판윤으로 있다가 그해 11월 한직인 사직司直에 임명되어 둔지산 기슭으로 물러나 있었다. 다시 조정으로 복귀하고자 하는 바람이 있었다. 이러한 멋진 건물을 세웠지만 그의 시선은 자꾸 대궐을 향했다.

교외 생활 벌써 한참 지났건만

경성의 그리움이 남아 있다네.

그래서 남산과 삼각산을

가끔 집 뒷동산에 올라 바라본다네.

郊居倐已久 尙有京城戀

南山與三角 時登屋後見

_강세황, 「집 뒤에서 북쪽을 조망한 그림(屋後北眺圖)」(『표암고』 b80:348)

강세황은 대궐을 그리워하는 마음에서 뒷동산에 올라 남산과 삼각산을 바라보면서 이를 그림으로 그렸다. 지금 전하는 「남산여삼각산도

강세황, 「남산여삼각산도(南山與三角山圖)」(개인 소장)

南山與三角山圖」에 위의 시가 적혀 있다. 험준한 악산嶽山 삼각산과 부드
러운 토산土山 남산이 보인다. 앞쪽의 마을은 그림에 담지 않은 두운정
에서 보이는 마을 풍경일 것이다.

이와 함께 강세황은 두운정의 마당을 아름다운 꽃과 나무, 바위로
장식하였고 이를 그림으로 그렸다. 그의 정원은 작약芍藥, 난초, 대나
무, 홍매화, 복숭아나무, 월계화月桂畵 등 아름답고 운치 있는 식물이 자
라고 있었음을 알 수 있다.[59] 강세황은 여기에 더하여 태호석太湖石까
지 두었다. 태호석은 풍화와 침식을 쉽게 받아 기묘한 모습을 띠는 석
회석의 일종이다. 원래 소주蘇州의 동정호洞庭湖에서 나오는 것을 가리
켰지만 태호太湖 자체가 넓은 강이나 호수를 가리키므로 다른 지역에
서 나는 기괴한 석회암도 모두 태호석이라 불렀다. 강세황이 1748년 그
린 「지상편도池上篇圖」에도 이 태호석이 나오지만 이는 백거이白居易의
전장을 상상으로 그린 것이었다. 정조正祖가 세손 시절 이 태호석을 좋
아하여 평소 열심히 구하던 끝에 1774년에야 구한 것을 보면 강세황이

---

59) 강세황, 「芍藥圖」(「豹菴稿」 b80:348) ; 「蘭草圖」(b80:348) ; 「竹圖」(b80:348) ; 「紅
梅花圖」(b80:348) ; 「桃花圖」(b80:348) ; 「月桂圖」(b80:348).

이 태호석을 얼마나 어렵게 구했을지 짐작할 수 있다.[60]

> 그윽한 꽃이 기이한 바위를 짝하니
> 담담하여도 생의生意가 넉넉하다.
> 무슨 상관이랴 다른 복사꽃과 오얏꽃이
> 봄바람에 고운 얼굴 보이든 말든.
> 幽花伴奇石　雖澹生意足
> 任他桃與李　春風逞顔色
> _강세황, 「태호석도太湖石圖」(『표암고』 b80:348)

이 시에서 강세황은 태호석이 생물이 아니지만 살아 있는 듯한 느낌이 들기에 복숭아나무나 자두나무와 같은 화려한 꽃도 그에 비할 바가 아니라 했다. 태호석을 그의 정원에 둔 데서 두운정이 얼마나 화려하였는지를 짐작할 수 있다. 강세황은 여기에 다시 두 편의 그림을 그렸다. 나뭇가지 위에 작은 참새를 깃들인 그림과 두운정에 있는 소나무와 바위 곁으로 사람들이 왕래하는 모습을 그린 그림이 그것이었다.[61] 두운정에 대한 각별한 사랑을 읽을 수 있다.

그러나 그가 사랑한 두운정과 화선루는 그가 죽은 후 조용히 잊혀졌다. 빙호 가까운 곳에 인연을 가졌던 이유원의 『임하필기林下筆記』에는 "그가 살던 시골집에 쥘부채를 펴 놓은 것처럼 누문樓門을 세우고 이름을 선자루扇子樓라 하였다. 그 그림을 40~50년 전에 한 번 본 적이 있는데 매우 완상할 만하였다"라 하였다. 화선루가 선자루로 변하였고, 그곳이 둔지산 기슭인지도 이유원이 알지 못하였던 것이다.

---

60) 태호석에 대해서는 필자의 『양화소록−선비, 꽃과 나무를 벗하다』(아카넷, 2012)에서 자세히 다루었다.

61) 강세황, 「枝頭小雀圖」과 「山亭松石遊人往來圖」(『豹菴稿』 b80:348).

5부

동작과 노량

오늘날 한강 남쪽 서초구와 동작구, 영등포구 등은 조선시대에 과천현에 속하였는데 근대에는 시흥군으로 불렸다. 청계산과 관악산에서 발원한 반포천과 사당천이 합류하여 동작나루에서 한강으로 흘러들었고, 관악산에서 발원하여 서북쪽으로 흐르는 도림천과 대방천 등이 안양천과 합류하여 양화나루에서 한강으로 흘러들었다. 그 사이에 동작리, 흑석동, 노량진, 영등포, 당산리 등의 마을이 있고 강 가운데 여의도와 밤섬이 있었다.

동작나루는 과천 방향으로 오갈 때 주로 이용하였다. 줄여서 동진銅津이라고 부른다. 이 일대의 한강은 동작강 혹은 동호銅湖라 불렸다. 후한의 은사 엄광嚴光이 어린 시절 벗이었던 광무제光武帝가 벼슬을 주면서 불렀지만 끝내 동강桐江에서 낚시로 세상을 마친 고사가 유명하다. 그래서 동작강은 동강桐江으로도 불리면서 은자의 공간으로 일컬어졌다.

「한양도(漢陽圖)」(서울역사박물관 소장, 1760년 전후). 한강 남쪽에 동작, 흑석, 노량, 육신묘, 사충사, 월파정, 방학정 등이 나란히 보인다.

그러나 동작강 일대는 동강의 고사와 달리 권세가의 차지가 되었다. 광해군 대의 권신 김제남金悌男과 박승종朴承宗 등이 새로 잡은 권력으로 동작에 별서를 마련하였다. 또 비슷한 시기 이광익李光翼이라는 사람이 있어 동작나루 위에 쌍청정雙淸亭을 짓고 살았다.[1] 이안눌李安訥, 이식李植 등이 그와 친분이 있어 시를 지어준 바 있고 후대 윤휴尹鑴, 홍주원洪柱元, 이하진李夏鎭 등이 같은 운으로 시를 지었으니,[2] 당시 꽤 알려진 별서임이 분명하지만 이광익이라는 인물 자체는 역사에 이름을 남기지 못하였다. 또 심희수沈喜壽의 별서도 비슷한 곳에 있었던 듯하고, 앞서 본 대로 이항복의 증손 이세필의 전장도 동작나루 동쪽에 있었다.[3] 특히 의미 있는 것은 윤휴, 남용익南龍翼, 박필주朴弼周, 유길준兪吉濬 등 명가의 별서다.

동작나루 서쪽 흑석리에도 나루가 있어 흑석진黑石津이라고 불렀다. 검은 돌이 많아 후에 여호黎湖, 금호琴湖 등의 이름도 얻은 곳이다. 오늘날의 흑석역 인근 언덕에 옹막瓮幕이라 부르던 마을이 있었는데 이석형李石亨, 서거정, 강희맹 등 당대 명인들의 시문에 자세히 그려져 있다. 조선 초기 정승을 지낸 노한盧閈과 그 손자 노사신盧思愼(1427~1498)이 그 언덕에다 효사정孝思亭과 추원정追遠亭을 두었다.[4]

---

1) 具思孟의 「次雙淸亭八詠韻」(『八谷集』 40:450)에서 "宗室原川君徽, 有別墅于東郊, 賤八詠詩要和, 次而復之"라 하였는데 東郊에 있던 宗室 原川君 李徽의 별서도 쌍청정이라 하였다.
2) 이안눌, 「題李都事雙淸亭」(『東岳集』 78:476) ; 이식, 「銅雀李都事光翼亭子次東岳韻」(『澤堂集』 88:262) ; 윤휴, 「題銅雀雙淸亭」(『白湖集』 123:35)와 「雙淸亭韻」(123:36) ; 홍주원, 「次雙淸亭東岳諸公韻」(『無何堂遺稿』 b30:405) ; 이하진, 「次霅淸亭韻」(『六寓堂遺稿』 b39:31). 윤휴는 1680년 2월 두모포의 수철리에서 이곳으로 이주한 바 있다.
3) 심희수는 「銅雀亭玩月示諸門親」(『一松集』 57:221)에서 "昔年京國羡吾門 花樹筵開勝事繁"라 하였으므로 이 집안의 별서가 이곳에 있었음을 확인할 수 있다.
4) 효사정에 대해서는 『한강의 누정』(서울시사편찬위원회, 2012)에 자세히 소개되어 있다. 이규상은 「江上說」에서 흑석에 宋判書의 정자가, 동작에 趙判書의 정자가, 그리고 店村에 慕閑亭과 大閑亭이 있다고 했다. 송판서와 조판서

정선, 「동작진」(개인소장). 왼편 나귀를 탄 사람들은 과천 쪽으로 향하는 듯하다. 왼쪽 높다란 봉우리는 국립현충원 뒷산, 가막재라고 부르는 釜峴이다. 가운데 마을이 국립현충원 자리다. 이곳에 박승종, 이귀, 박필주, 남용익 등의 별서가 있었을 것이다. 오른쪽 끝에 기와집이 보이는데 윤두수와 윤근수 집안의 별서로 추정된다.

그 서쪽에 노량도鷺梁津(노량도露梁渡로도 표기한다)가 있었다. 조선 후기에는 흑석나루보다 노량나루를 주로 사용하였다. 여의도에서 물길이 갈라지기 전 그 앞의 강폭이 넓어지는데 이를 노호鷺湖, 노강鷺江, 노량강鷺梁江이라 불렀다. '노鷺' 대신 '노露'로 표기하기도 한다. 노량나루 인근에는 조선 전기부터 이무강李無彊, 허자許磁, 이양원李陽元 등 권귀의 별서가 들어섰다. 또 이산해李山海와 그 아들 이경전李慶全, 윤근수尹根壽와 그의 후손들도 인근에 대대로 별서를 경영하였다. 조선 중기 시학에서 이름이 높은 정두경鄭斗卿(1597~1673)의 명월정明月亭이 노량나루 인근에 있었다는 기록도 보인다.[5] 인조반정의 공신 장유張維와 그 아들

의 정자에 대해서는 다른 문헌에서 확인하지 못하였다. 점촌은 서빙고촌과 보광촌 사이에 있었는데 모한정과 대한정은 찾지 못하였다.

장선징張善澂의 별서도 근세까지 노량의 명물로 존재했다. 이들 외에도 노량에는 명가의 별서가 많았거니와 18~19세기에는 이시수李時秀와 이만수李晚秀 형제, 오희상吳熙常과 홍직필洪直弼 등이 노량의 주인으로 행세하였다.

여의도 남쪽의 번당촌樊塘村도 우리 문화사에서 의미 있는 공간이다. 번당촌은 오늘날 대방동 일대다. 근대에 방곶리方串里라 불렀는데 관악산에서 발원한 도림천이 여의도 샛강으로 흘러 들어가는 신길역 근처를 방하곶方下串이라 하고 그 앞의 강을 우아하게 방학호放鶴湖라 하였다. 최석정崔錫鼎이 이곳에 우거하였고 그와 절친한 벗 홍수주洪受疇가 비로정飛鷺亭을 경영하였다.

---

5) 『과천현읍지』(장서각본)에는 그의 정자를 明月亭이라 하였다. 南鶴鳴의 「詞翰」(『晦隱集』 b51:372)에서도 "鄭東溟의 露梁亭舍가 있어 내왕하였다"라 하였다.

1. 권귀의 별서와 박승종의 퇴우정

동작나루와 노량나루 일대에는 조선 전기 이래 권귀의 별서가 많았
다. 명종 연간 이기李芑의 심복 이무강李無彊의 별서 청양정靑陽亭이 있었
다. 가까운 서초에 선영이 있던 허봉許篈이 이를 풍자하는 시 「청양정
자가靑陽亭子歌」를 지어 "노량나루 청양정은, 남산과 삼각산이 멀리 보인
다네. 내 와서 예전 주인이 누구냐 물었더니, 선대의 학사 이무강이라
하네. 학사는 부호함이 하늘까지 미치니, 벼랑을 깎아서 둥근 회랑 세
웠다네. 당시 노닐고 구경하느라 황금 휘장 다 썼으니, 맛난 술이 매일
아름다운 술잔에 가득하였지. 아름다운 술잔 한 번 엎질러지자 물을
다시 담을 수 없으니, 봄바람에 쌍쌍이 나는 제비만 회랑에 깃들이네.
고운 사람이 한 번 백만 금을 던졌으니, 세상의 공물이 모두 청양정으
로 돌아갔다지"라 하였다.[6] 이무강은 노량강 남쪽 벼랑을 깎아 둥근
회랑을 만들어 온갖 사치를 부렸지만 그가 패망한 후 정자도 허물어
졌다.

또 비슷한 시기 허자許磁(1496~1551)의 이우정二憂亭이 사육신 묘역 서
쪽에 있었다. 허자는 자가 남중南仲이고 호가 동애東崖인데 17세기 큰
학자 허목許穆의 증조부다. 윤원형尹元衡, 이기李芑 등과 함께 소윤少尹으
로서 대윤大尹 윤임尹任을 제거하고 공신이 되어 양천군陽川君에 봉해졌
다. 그가 노년에 기거한 곳이 바로 사육신 서쪽에 있던 이우정이었다.
을사사화의 공으로 이 별서를 얻게 된 것으로 보이니, 청양정과 성격
이 유사하다 하겠다. 정사룡鄭士龍은 이우정에 붙인 시에서, "물가에 이
리저리 밀물이 잠시 빠지자, 나무숲 우수수 낙엽지고 기러기 찾아오네

---

6) "靑陽亭子白鷺梁 終南華岳遙相望 我來爲問舊主人 云是先朝學士李無彊 學士
　豪貴富熏天 斲開崖厂架虹廊 當年遊賞盡金張 綠酒日日盈華觴 華觴一覆水不
　收 春風雙燕棲回廊 佳人一擲百萬錢 世間公物畢竟歸靑陽." 허봉, 「靑陽亭子歌
　」(『荷谷集』 58:368).

(洲渚縱橫潮漸退 樹林搖落雁來賓)"라고 하였다. 이 구절이 아름다운 시구로 평가되어 허균의 『학산초담鶴山樵談』에 소개된 적이 있다.

이우정은 허자의 아들 허강許橿이 물려받아 서호주인西湖主人으로 자처하였다.[7] 허목은 박팽년朴彭年의 후손인 박숭고朴崇古에게 보낸 편지에서 육신총六臣塚 서쪽에 고목이 서 있는, 4대에 걸쳐 전해 오는 정자 이우정이 자신 집안의 별서라 하였다.[8] 허목은 허강의 아들 허교許喬와 임제林悌의 딸 사이에 태어났으니, 이우정과 각별한 인연이 있었던 것이다. 이 때문에 마포의 수철리, 오늘날 신수동에 살던 허목이 노량나루에도 별서를 가질 수 있었던 것이다.

그리고 한산부원군漢山府院君에 봉해지고 우의정에까지 오른 이양원李陽元(1526~1592)의 별서는 동작나루에 있었다. 이이의 『석담일기』에는 국사에 뜻을 두지 않고 크게 치부하였는데 동작강 가에다 정자를 짓고 강에다 명주실 어망魚網을 가로질러 둔 것이 두어 벌이나 되었다고 하였다. 그의 호가 노저鷺渚인 것으로 보아 동장나루와 노량나루 사이에 가까운 곳에 살았던 것으로 추정된다.

광해군의 집권과 인조의 반정을 계기로 하여 새로운 권력층이 등장하면서 이들이 시대를 달리하면서 이 일대 별서의 주인이 되었다. . 선조의 장인이 되어 연흥부원군延興府院君에 봉해진 김제남金悌男(1562~1613)의 별서가 세인의 관심을 끌었다. 서양갑徐羊甲, 박응서朴應犀 등이 1612년 조령鳥嶺에서 은을 다루는 상인을 살해하고 은자를 강탈한 사건이 발생하였는데, 이때 이이첨李爾瞻과 정인홍鄭仁弘 등 대북파의 계략에 의해 김제남이 외손자인 영창대군永昌大君을 옹립하려는 역모를 꾀한 것으로 꾸며졌다. 계축옥사라 부르는 이 사건으로 김제남은 사형에 처해

---

7) 이황, 「東厓許相公有嗣子, 素聞其志行高峻, 今而精誦其絶句, 又知其文雅如此, 嘉歎之餘, 用其韻見意云」(『退溪集』 31:67). 서호가 주로 마포와 서강, 양화나루 일대를 가리키지만, 노량강 일대까지 지칭하기도 했다.

8) 허목, 「答朴翊贊書」(『記言』 98:92).

졌다. 서양갑 등과 역모를 꾀한 곳으로 지목된 장소가 바로 동작정銅雀亭이라 부르던 김제남의 별서였다.[9]

비슷한 시기 박승종朴承宗(1562~1623)의 별서도 동작에 있었다. 박승종은 자가 효백孝伯이고 호가 퇴우정退憂亭인데, 퇴우정은 바로 동작에 있던 그의 별서다. 박승종은 광해군 때 권력의 정점에 있었다. 아들 박자흥自興의 딸이 광해군의 세자빈世子嬪이 되었거니와 그 자신은 영의정에까지 올랐고 밀창부원군密昌府院君에 봉해졌다. 사돈인 이이첨 등이 경운궁慶運宮에 난입하여 인목대비를 살해하려 할 때 죽음을 무릅쓰고 막았고 폐모론이 본격화될 때 극력 반대하였지만, 인조반정이 일어나자 자책하여 죽음을 택하였다.

박승종은 낙선방 후조당後凋堂 동편 산기슭에 읍백당挹白堂이라 이름 붙인 집을 지었다. 읍백당은 백악산白岳山의 흰빛을 당긴다는 뜻인데 오늘날 필동 지역이다. 박승종은 이와 별도로 동작나루에 퇴우정을 세웠다.[10] 계축옥사로 조정이 소란하던 1615년 무렵이다. 세사에 뜻을 잃었기에 한강 건너 동작에 들어가 살고자 한 것이다. 조희일趙希逸은 1616년 퇴우정을 두고 기문을 지었다.

> 한강을 끼고 남쪽과 북쪽은 대개 모두 경치가 빼어나다. 그러나 강물은 남쪽과 북쪽을 공유하지만, 산은 이와 달라서 수도 한양을 끼고 가파르게 치솟고 범처럼 웅크리고 용처럼 서려 있으며 남쪽을 면하고 뒤쪽을 등지고 있다. 이 때문에 북쪽에 있는 빼어난 풍광은 볼 수가 없으니, 남쪽에서 거처하여 산과 물의 빼어남을 겸한 것만 같지 못할 듯하다. 한강의

---

9) 1612년과 1613년 『광해군일기』의 여러 곳에 이 사건을 다루었다.
10) 엄경수의 『부재일기』(권1)에 따르면 박승종의 별서가 斗浹의 八堂村에도 있었다고 한다. 정자 터가 넓고 강물을 마주하고 있는데 돌을 쌓아 계단을 만들었고 계단 아래에는 푸른 절벽이 서 있으며, 개울 가운데 바위가 있어 맑은 물소리를 낸다고 하였다. 또 팔당이라는 말은 고려 말의 현자 8인이 은거해서 생긴 이름이라 하였다. 지금의 팔당댐 일근이다.

물은 동에서 남으로 꺾어져 구불구불 흐르다가 서쪽으로 달려가는데, 물
살이 느려지는 곳을 만나 걸음을 멈추게 되는 곳이 동작나루다.

강 남안이 일어났다 엎드렸다 하여 언덕이 되고 깎아지른 듯 서서 암
벽이 되어 천 길 우뚝하게 강바닥에 꽂혀 있으니 강물에 부딪혀도 떠다
니지 않는 것이 바위의 힘이다. 바위 조금 서쪽에 산기슭을 베고 있는
언덕 하나가 나오는데 골짜기가 호젓하고 소나무와 삼나무가 울창하다.
으슥한 쪽은 울타리를 치기에 적합하고 훤한 쪽은 비워 두기에 적합하다.

두루 바라보면 이러하다. 훤한 모래와 비단 같은 바위가 그림처럼 찬
란한 곳은 모래톱이 겹겹으로 돌아드는 것이요, 푸른빛과 흰빛을 얽어
놓아 수놓은 비단을 쌓아놓은 듯한 곳은 비뚤한 구릉지역이다. 옆으로
보면 안개 낀 숲과 어부들의 마을이 보일 듯 말 듯 아스라한 것은 저자도
요, 울타리가 이어지고 바람 받은 배가 왕래하는 곳은 용산과 노량이다.
맑은 물결 아득하여 끝없이 바라다보이는데 노을 속의 오리가 아득한
허공에 잠겼다 떴다 하는 것은 양화나루와 파릉巴陵이다. 곧바로 바라
면 한양의 아름다운 기운이 울창하고 무성하게 성곽을 에워싸고 있다.
감싸 안고 있는 봉우리가 엄숙하게 창과 칼처럼 높다랗게 솟아 허공을
찌르는 것이 삼각산이요 도봉산이다. 목멱산은 빙글 돌아 날아오를 듯하
고 인왕산, 모악산이 첩첩이 다가선다. 많기도 하여라, 한강의 동쪽과 서
쪽과 남쪽에 아름다운 땅이여. 맑으면서도 빼어나고 기이하면서도 묘한
것을 한 눈에 다 거두어들여 볼 수 있다. 내가 예전에 배를 타고 지나갈
때 손가락으로 가리키면서 좋아하여 남몰래 마음에 부합한 지가 오래되
었다.

_조희일, 「퇴우정기退憂亭記」(『죽음집竹陰集』 83:288)

조희일은 동작나루 인근의 풍광을 적는 것으로 기문의 반을 할애하
였다. 강 북쪽보다 강 남쪽이 산과 물의 아름다움을 겸할 수 있다 하였
는데, 아무래도 남산과 삼각산, 인왕산 등 한양을 에워싸고 있는 산을

겸하여 보려면 동작나루 인근이 가장 좋았던 점을 지적한 것이다. 동으로 잠실 앞쪽의 저자도가, 서쪽으로는 양천향교 인근의 파강巴江, 그리고 그 사이 용산과 노량, 양화나루가 보이고, 멀리 삼각산, 도봉산, 인왕산, 모악산이 모두 다 보인다 하였다. 또 동작나루 부근에서 높은 바위가 천 길 높이로 솟구쳐 있다고 하였다. 이러한 지세를 보면 국립현충원 산자락에 퇴우정이 있었을 것이다. 언덕에는 소나무와 삼나무가 울창하고 그 앞에는 백사장이 펼쳐져 있다 하였거니와 지금도 이일대에서 한강을 바라보는 풍광은 여전히 아름답다.

　　하루는 어떤 객이 편지를 가지고 와서 나에게 보여주면서 말하였다. "이는 곧 아무개 벼슬을 하고 있는 아무개 공의 새 집일세. 장차 정자를 지어 낙성을 하려 하는데 자네에게 기문을 부탁하니 사양하지 말게." 내가 놀라서 말하였다. "사물은 진실로 가려진 다음에 드러나는 법, 강산이 이제 주인이 생겼구려." 이윽고 그 편액을 보고 탄식하여 말하였다. "공은 왕실의 초석과 동량이며 지금 세상의 심장과 같은 존재라, 장차 나아가 즐기고 있는데 어찌 물러나서도 근심한다고 하였을까?" 이윽고 다시 풀이하여 이렇게 생각하였다.

　　공이 근심하는 것은 정말이다. 큰일을 맡은 사람은 책임이 더욱 크고 큰일을 책임진 사람은 근심이 더욱 깊은 법이다. 저 높은 벼슬과 많은 녹봉은 영광된 것이 아니요, 아름답고 빛나는 관복은 화려한 것이 아니다. 살펴보건대 일은 할 수 없는 시기가 있고 행하기 어려운 형편도 있는 법이니, 부득불 행적을 거두어 물러나지 않을 수 없다. 오직 지극한 정성으로 임금을 사랑하는 마음을 바꾸지 않아야 할 것이요, 가벼이 고상한 행실을 보이려 들지 않아야 할 것이다. 이에 공은 문득 물러나 살 곳을 경영하고 편히 쉬면서 시를 짓고 노래하면서 회포를 깃들였다. 잘 모르는 사람들은 질탕한 즐거움으로 여기지만 공을 알아주는 사람은 공의 마음이 근심스럽다고 할 것이다. 그렇다면 공이 정자 이름으로 삼은 뜻을 대략 알 만하다.

아, 나아가는 것만을 즐거운 것으로만 아는 자들이 어찌 물러나서도 근심한다는 뜻을 알겠는가? 오직 물러나도 근심한 다음에야 나아가서도 즐길 수 있는 법이다. 이것이 예전 사람들이 나아가는 것을 어렵게 여기고 물러나는 것을 쉽게 여기며, 먼저 근심하고 나중에 즐거워한다고 한 까닭이다. 아, 이렇게 근심하는 마음이 있다면 몸이 강호에 있든 조정에 있든 처지만 바뀐 것이니 한가지다. 지척에서 임금님을 뵙게 되면 성심으로 보필할 것을 생각하고, 강 가운데 굳센 바위를 보면 그 흔들리지 않는 바를 생각할 것이다. 사공이 강을 건너기 좋은 것을 보면 세상을 구제할 방도를 생각하고, 풍파가 휘몰아치는 것을 보면 마음을 고요히 누를 방도를 생각하여야 할 것이다. 양기가 흩어지고 음기가 강해지는 것을 보면 열렸다 닫히는 만물의 오묘한 조짐을 생각하고, 비가 오고 구름이 끼는 것을 보면 혜택이 만물에게 미칠 수 있도록 생각할 것이다. 사물과 만나 감흥이 이는 것은 모두 자신만을 위한 근심이 아니요 곧 나라를 위한 근심을 하는 것이다.

그렇다면 우리 공께서 조석으로 이 정자에 있으면서 그저 근심할 바를 근심하고만 있게 하는 것은 이 정자를 대우하는 뜻이 아닐 것이요 우리 백성에게는 불행일 것이다. 그러니 어찌 공으로 하여금 크게 뜻을 펼칠 때를 만나 오늘의 근심하는 마음을 백성에게 베풀 수 있도록 할 수 있으랴? 공무에서 물러난 여가에 가벼운 옷을 걸치고 허리띠를 느슨하게 하고서 한 척 배를 저어 가끔 이곳으로 오셔서 난간에 기대어 백사장의 갈매기를 보고 웃음을 짓고, 또 시인과 묵객으로 하여금 그 곁에 끼어 앉게 하고서 술잔을 들어 축하를 하고 붓을 당겨 시를 짓게 한다면 공의 근심을 사라지게 할 수 있을 것이다. 그렇게 되면 비단 이 정자를 옳게 대우하는 것일 뿐만 아니라 이 백성의 행복이 될 것이다. 내가 예전에 공의 뜻을 사모하였는데 개연히 생각이 일어나 이렇게 적는다.

_조희일, 「퇴우정기(退憂亭記)」(『죽음집』 83:288)

이어지는 글에서 조희일은 동작나루에 퇴우정이 들어서면서 박승
종이 이 일대의 주인이 되었다고 칭송한 다음, 물러나서도 근심하는
'퇴우'의 뜻을 풀이하였다. 송의 명상 범중엄范仲淹은 「악양루기岳陽樓記」
에서 "묘당廟堂에 높이 있을 때는 그 백성을 근심하고 강호에 멀리 있
을 때는 그 임금을 근심하니, 이는 나아가도 근심하고 물러나도 근심
하는 것이다. 그렇다면 어느 때 즐거운가? 반드시 천하가 근심하기보
다 먼저 근심하고 천하가 즐거워한 뒤에 즐거워할 것이다"라고 하였
다. 박승종이 그 뜻을 이어 강호로 물러나서도 임금과 백성을 근심한
다고 표방한 것이다. 현달한 관료들이 벼슬에서 물러나더라도 임금을
잊지 않겠다는 다짐으로 퇴우退憂라는 말을 좋아하였으니 유홍俞泓, 이
정암李廷馣, 김수홍金壽興 등이 퇴우정 혹은 퇴우당이라는 당호를 사용한
바 있다.

퇴우정과 관련하여 장서각에 소장되어 있는 편자 미상의 『기문잡록
記文雜錄』이 주목된다. 박승종 집안의 문헌 자료를 모은 책인데 여기에
'퇴우정기退憂亭記'라는 제목 아래 조희일의 「퇴우정기」를 위시하여 퇴
우정과 관련한 많은 시문이 수록되어 있다. '퇴우정필첩'이라 부를 만
하다. 이 필첩의 첫머리에는 유홍훈劉鴻訓, 양도인楊道寅 두 중국 사신의
시가 먼저 실려 있다. 이들은 조선에 많은 뇌물을 요구하였고 그 때문
에 조정에서 은이 7만 냥이나 들였다고 하는 탐학의 상징적인 존재다.
그럼에도 박승종은 중국 문사의 글을 빌려 자신의 퇴우정이 후세에 오
래 전해지기를 바랐던 것이다. 양도인에게 시와 함께 「퇴우정기」도 청
탁하였지만 그의 일정이 촉박하여 대신 「의정공의 퇴우정에 붙인 장가
(題議政公退憂亭長歌)」를 받는 데 그쳤다. 말미에 이러한 사연을 붙여 기문
을 대신한 것이다.[11] 이어 당시 노량진에 살던 이경전의 시가 실려 있
다. 박승종이 1622년 유홍훈과 양도인의 시를 간행하고 이를 이경전에

---

11) 劉鴻訓, 「題議政公退憂亭」; 楊道寅, 「題議政公退憂堂」와 「題議政公退憂亭
長歌」.

게 보이자 이경전이 축하의 뜻을 담아 써 준 작품이다.[12]

그런데 박승종이 '퇴우정필첩'을 만들기 시작한 것은 그보다 앞선 1615년 무렵이다. 그는 가장 먼저 이항복에게 시를 부탁하였다. 이에 이항복이 지어 보낸 시는 이러하다.

> 우습도다 희문보希文甫여
> 근심은 많고 즐거울 때는 적었구나.
> 어찌해서 저 동야 늙은이가
> 근심과 즐거움 다 잊은 것만하랴.
> 笑爾希文甫 多憂少樂時
> 何如東野老 憂樂兩忘之
> _이항복, 「박상서의 퇴우정에 부치다(寄題朴尙書退憂亭)」(『백사집』 62:180)

희문希文은 앞서 설명한 범중엄의 자다. 이항복은 범중엄이 조정에 대한 미련 때문에 강호의 즐거움을 누리지 못한 데 비하여, 소식蘇軾이 「박박주薄薄酒」에서 "당장 눈앞에서 술 마시고 취하여, 시비와 우락을 다 잊는 것이 낫겠지(不如眼前一醉 是非憂樂兩都忘)"라고 한 대로, 박승종이 진정한 강호의 즐거움을 누린다고 칭송하였다.

박승종은 이 시를 가지고서 다시 당시 명사들에게 두루 시를 청하였다. 『기문잡록』에는 이때 지은 심희수, 이호민李好閔, 유근柳根, 홍우원洪宇遠, 김신국金藎國, 김현성金玄成, 이안눌, 김시국金蓍國, 오익吳翊, 오정吳靖, 유충립柳忠立, 이식 등의 시가 실려 있으며 식기자息機子, 성동산인城東散人 등 인명을 확인할 수 없는 인물의 시도 함께 실려 있다.[13] 이들

---

12) 李慶全, 「天啓壬戌仲春日, 密昌相公投示新刊劉楊兩仙題退憂亭什, 乃求拙語 不敢辭一獻云」. 이 시는 이경전의 문집에 실리지 않았다.
13) 심희수의 시는 작자가 鞿線子로 되어 있는데 문집에 이 시가 실려 있으므로 鞿線子가 그의 호임이 분명하지만 다른 문헌에서는 확인이 되지 않는다. 이 필첩에 실려 있는 상당수의 작품이 현전하는 문집에 보이지 않는 것이 많다.

은 이항복의 시와 같은 운자를 사용하였지만 오언절구가 아닌 오언율시로 2수를 지었다. 심희수의 작품 제목을 보면 이항복의 시에서 운자를 따되 부연하여 오언율시를 지었음을 알 수 있다.[14] 또 심희수는 2수의 칠언절구를 따로 더 지었는데 다른 인물들 역시 이 운자에 따라 대부분 2수의 칠언절구를 지었다.

당대 명사에게 시를 구하고자 하였지만 이를 탐탁찮게 생각하는 이도 있었다. 1617년 박승종이 사람을 보내어 북평사北評事로 함경도에 있던 이식李植에게 기문과 시를 지어달라고 요청하였다. 그 전에 박승종이 이식을 구원해준 인연이 있었기 때문이라 그가 거절하지 않을 것이라 여긴 것이었다. 그러나 이식은 기문은 짓지 않고 이안눌과 함께 시만 한 수 지어 보냈다. 박승종이 이이첨에게 휘둘린 것이라 하더라도 당시 삼창三昌으로 매도되고 있던 시절이라, 기문을 짓다 보면 박승종을 추켜세우는 말을 쓰지 않을 수 없을 것이고 그렇게 되면 남들로부터 손가락질을 받을까 몸을 사린 것이었다. 그리고 지어서 보낸 시 자체도 칭송보다는 풍자의 뜻만 담았기에 박승종은 퇴우정 시첩의 제일 끝에 이식의 작품을 한 수만 실었다고 한다.[15]

이를 보건대 대략 1615년에서 1617년 무렵까지 박승종이 시문을 모아 '퇴우정필첩'을 1차적으로 완성하였음을 알 수 있다. 그런데 이식의 시 다음에 윤방尹昉, 이정귀李廷龜, 남이공南以恭, 신익성申翊聖, 이명한李明漢, 이소한李昭漢, 현덕승玄德升, 강류姜籀, 양만고楊萬古 등의 시가 실려 있는

이로 보아 문집을 간행할 때 꺼려서 뺀 것으로 추정된다. 문집이 전하지 않는 인물의 시가 실려 있다는 점에서 자료적 가치가 높다. 또 이 글에서 직함을 표기하고 있는데 당시의 것이 아니라 최종의 직함이다. 그리고 글을 지은 것으로 되어 있는 홍우원(1605~1687)은 이때 나이가 너무 어렸다. 필첩을 만들 때 착오가 있었던 듯하다.

14) 심희수, 「退憂亭用白沙絶句韻, 演成短律」(『一松集』 57:339).
15) 이식, 「敍後雜錄」(『澤堂集』 88:549). 이안눌과 이식의 시 역시 문집에 실려 있지 않다. 박승종이 인조반정 후 관작이 삭탈되었기에 서인 그룹의 문인들이 문집을 편찬할 때 박승종과 관련한 시문은 삭제한 것으로 보인다.

데 1620년과 1621년, 1622년 지은 작품이므로 박승종은 이식에게 퇴짜를 맞은 후에도 이들에게 더 시를 청하여 덧붙였다고 하겠다. 그리고 이를 가지고 1622년 중국의 두 사신에게 시를 받았고, 다시 이경전에게 보여 그의 시를 받은 듯하다. 박승종은 이렇게 완성한 '퇴우정필첩' 마지막에 자신의 시를 붙였다.

선정문 앞에서 임금님 모실 때
상서로운 구름과 햇살이 소매를 비추었지.
한 마디 말로 주상을 깨칠 분수 아님을 알지만
만 번 죽어 갚아야 할 성은은 아직 남아 있다네.
잠 깨면 술동이 열어 술을 따라 마시고
근심 일면 문을 젖히고 홀로 책을 본다네.
새해에는 내 잘못 꾸짖는 것 듣고 싶으니
계해년 춘왕 정월 초하루의 일이라네.
宣政門前奉起居　靄雲祥旭照雲裾
一言悟主知無分　萬死酬恩倘有餘
睡破開缸時酌酒　愁來開閣獨看書
願從新歲聞新過　癸亥春王正月初

1623년 정월 초하룻날 지은 이 작품에서 박승종은 광해군이 자신을 다시 불러줄 것을 은근히 기대하였다. 그러나 이해 3월 12일 인조반정이 일어났고 이틀 후 아들 박자흥朴自興과 함께 스스로 목숨을 끊었다. 이날의 실록 졸기卒記에 따르면, 당시 박승종은 영의정으로 서북 지역의 체찰사體察使를 맡고 있었고 박자흥은 경기 관찰사로 있었는데, 반정을 다시 엎으려고 군사를 일으키려 하였지만 이미 돌이킬 수 없다는 소식을 듣고 광주에 있던 선산에 가서 배알하고 원찰願刹의 승방에 들어가서 아들과 함께 술에 독약을 타서 마시고 죽었다고 한다.

박승종은 당대 최고의 문인들에게 부탁하여 '퇴우정필첩'을 성대하게 꾸미고 이로써 퇴우정을 길이 전하고자 하였지만 이러한 최후를 맞았기에 인조반정 이후에는 그 이름이 기탄의 대상이 되었고 퇴우정도 잊혀졌다. 지나는 길손들이 손가락으로 가리키면서 그의 정자임을 말한 것 역시 오래가지 않았다.

> 흰칠하게 화려한 정자 물가에 서 있는데
> 달 비치고 바람 부는 정자 오랜 세월 겪었지.
> 백발의 사공만이 예전 이야기를 하면서
> 이 정자 예전에는 밀창정이라 불렀다지.
> 華亭軒豁枕滄溟 月戶風欞閱幾蓂
> 白髮津夫能說古 此亭曾是密昌亭
> _조우신, 「동작정에서(銅雀亭)」(『백담유집白潭遺集』 b21:172)

17세기 중반 활동한 조우신趙又新의 이 시를 보면 퇴우정은 동작정, 혹은 박승종의 봉호를 따서 밀창정密昌亭이라고도 하였음을 알 수 있다. 조우신은 본관이 한양이고 자가 여읍汝揖이며 호는 백담白潭이라 하였는데, 젊은 시절 정인홍, 이이첨, 유희분의 처벌을 요구하는 상소를 올린 상주 출신의 문인이다. 이 시의 주석에 따르면 벗 조문수曹文秀가 퇴우정에서 읊은 시와 함께 그가 지은 시를 보여주기에 차운하였다고 한 것으로 보아, 박승종의 사후에도 얼마간 퇴우정 시첩은 사람들의 기억에 남아 있었던 모양이다.

2. 이귀와 그 후손의 창회정

인조반정의 공신 이귀李貴(1557~1633)도 동작나루 인근에 별서를 마련
하였다. 이귀는 자가 옥여玉汝이고 호가 묵재默齋이며, 본관은 연안으로
세조 때의 명신 이석형李石亨의 5대손이다. 젊은 시절 이이李珥, 성혼成渾
의 문하를 출입하면서 문명을 떨쳤다. 1603년 문과에 급제하여 광해군
아래에서 벼슬을 시작하였는데 인조반정을 주도하여 일등공신이 되고
연평부원군延平府院君에 봉해졌다.

이귀가 동작에 마련한 정자는 창회정蒼檜亭이다. 『한경지략漢京識略』
(규장각본)에 따르면 창회정은 서빙고의 언덕에 있었는데 세조가 왕위에
오르기 전에 기거한 곳으로 자신이 왕위에 오르는 데 큰 도움을 받은
권람權覽을 여기서 처음 만났다고 한다. 그러나 조선 전기 창회정과 관
련한 기록은 다른 곳에서 보이지 않는다. 그러다가 17세기 무렵 이귀
의 별서로 이 창회정이 등장하기 시작하는데 그 위치는 서빙고가 아니
라 동작나루 인근으로 나타난다. 박필주朴弼周가 지은, 이귀의 증손자
이세저李世著의 묘지명에 따르면, 이귀가 동작의 강가에 정자를 세웠는
데 노송나무 한 그루가 뜰 가운데 있었기에 그 정자의 이름을 창회정
이라 하였고 세한歲寒의 뜻을 부쳤다고 했다.[16] 1625년 송이창宋爾昌, 심
종직沈宗直, 성문준成文濬, 안방준安邦俊 등이 이귀의 초청을 받아 동작강
의 별서에서 하룻밤을 묵은 적도 있었다.[17] 이 무렵 이귀가 신흠申欽
등으로부터 탄핵을 받고 도성에서 물러나 이곳에 기거하면서 벗들과
회동하였던 것이다.

그러나 정작 이귀가 생전에 자신의 정자를 창회정이라 한 적도 없
고 또 당대 그곳에서 제작한 시문도 확인되지 않는다. 박승종의 퇴우

---

16) 朴弼周, 「尙瑞院副直長李公墓碣銘」(『黎湖集』 196:485).
17) 宋浚吉이 편찬한 부친 宋爾昌의 연보 「先考淸坐窩府君年譜」(『同春堂集』 107: 462)에서 이렇게 밝혔다.

정과 위치가 거의 비슷하므로, 인조반정 후에 퇴우정을 차지하고 이를 창회정으로 바꾼 것인지도 모르겠다. 창회정이 문헌에 등장하는 것은 그의 손자 대에 이르러서다. 이귀는 이시백李時白, 이시담李時聃, 이시방李時昉 세 아들을 두었는데 특히 이시백(1581~1660)의 이름이 높다. 이시백은 자가 돈시敦詩고 호가 조암釣巖인데 부친의 음덕에 힘입어 영의정에까지 올랐으며 연양군延陽君에 봉해졌다. 아우 이시담(1584~1665)은 충주목사에 그쳤지만 막내 이시방(1594~1660)은 공조판서를 역임하여, 백형과 함께 이 집안을 17세기 벌열가의 반열에 올려놓았다. 이세저(1644~1677)는 이시담의 손자로 자는 창경昌卿인데 그가 창회정을 물려받았다. 벌열가의 후손이지만 벼슬을 좋아하지 않고 창회정에서 유유자적하는 것을 즐겼다.

이세저가 동작강에 창회정을 경영할 때 남용익南龍翼이 인근에 살고 있었기에 그를 위하여 창회정의 여덟 가지 풍경을 시로 지었다. 창회정의 팔경은 일대청강一帶淸江, 십리명사十里明沙, 삼각조운三角朝雲, 종남석봉終南夕烽, 화장효종華藏曉鍾, 용산야등龍山夜燈, 기도방초棋島芳草, 한강귀범漢江歸帆 등이다. 그중 창회정 일대의 한강을 읊은 「일대청강」은 다음과 같다.

창회정 앞으로 흐르는 강물은
멀리 월계月溪에서 흘러온 것.
늘 동작의 이름이 머물러 있으니
업중鄴中의 누대보다 훨씬 낫네.
蒼檜亭前水 遙從月峽來
長留銅雀號 絶勝鄴中臺
_남용익, 「창회정의 팔경(蒼檜亭八景) 중 한 줄기 맑은 강(一帶淸江)」(『호곡집壺谷集』 131:166)

월계협月溪峽은 오늘날 팔당댐 인근에 있던 협곡이다. 그곳에서부터 한강이 흘러 내려와서 경강이 된다. 중국의 삼국시대 위魏를 세운 조조 曹操는 수도 업중鄴中에 동작대銅雀臺를 세워 가무를 즐겼지만 그가 패망 한 후 동작대는 사라졌다. 그러나 경강에는 동작이라는 지명이 있어 오히려 동작대보다 낫다고 하였다.

창회정 앞으로는 십리에 뻗은 백사장이 있어 이를 '십리명사'라 하 였다. 반포 쪽의 모래톱 기도棋島는 푸른 풀이 아름다웠다. 또 아침에 는 삼각산에 구름이 피어오르고 저녁이면 남산에 봉화 연기가 피어올 랐다. 밤이면 용산에 어부들이 밝혀놓은 등불이 풍경을 더욱 아름답게 하였다. 동작나루와 한강나루로 모여드는 배들도 이 일대의 풍광을 운 치 있게 하였다. 또 창회정에서는 눈만 즐거운 것이 아니라 귀도 즐거 웠다. '화장효종'은 창회정 뒤에 있던 사찰 화장사華藏寺의 새벽종이라 는 뜻이다. 화장사는 오늘날 동작동 국립묘지 안에 있던 절인데, 지금 은 호국지장사護國地藏寺라고도 부른다. 19세기 문인 김매순金邁淳이 그 곳을 유람하면서 남긴 글에서 "산을 따라 왼편으로 가서 흑석촌黑石村을 지나 험준한 산길을 오르내리면서 몇 리를 갔다. 처마와 기와가 나타 나더니 절문의 현액 글자를 읽을 만해졌다. 승려 몇이 나와 맞아 길을 안내하여 불이정不二亭에 올라 자리를 깔고 앉으라 하였다. 난간에 기 대어 사방을 조망하였다. 고운 봉우리가 오른쪽을 감싸고 맑은 강이 왼쪽에 갈라져 흘렀다. 대단한 볼거리는 없지만 좋은 사원이라 일컬을 만하였다"라 한 바 있다.[18]

그 후 창회정은 이세저의 장남 이사일李思一의 소유가 되었다. 이사 일은 자가 관지貫之 혹은 도백道伯이다. 예천군수를 역임하였지만 세상 에 이름을 남길 일을 하지 못하였다. 그럼에도 윤봉구尹鳳九(1683~1767) 형제와 친분이 있어 그들의 글에 창회정이 후세에 이름을 전할 수 있

---

18) 김매순, 「遊華藏寺記」(『臺山集』 294:421).

었다. 1711년 무렵 윤봉구는 그곳에 머물러 하루를 유숙하면서 다음과
같은 작품을 지었다.

> 은은한 강가의 숲에 이르니
> 뱃머리에 창회정이 보이네.
> 저물녘 강은 막 어둑해지는데
> 노 젓는 소리는 홀로 간절하구나.
> 아이들 다시 찾은 내 얼굴 기억하는데
> 배는 예전 알던 물가에 멈추었다네.
> 주인이 나를 맞아 술을 따르려고
> 가랑비 내리는 사립문에 허겁지겁 나오네.
>
> 隱隱來江樹　船頭蒼檜亭
> 暮江方暗淡　鳴櫓獨丁寧
> 童記重尋面　帆停舊識汀
> 主人迎我酒　微雨倒深扃
>
> _윤봉구, 「저물녘에 배를 타고 가다가 이도백의 강가 정자에 유숙하면서
> (日暮行舟止宿李友道伯思一亽江亭)」(『병계집屛溪集』 203:10)

　아이들이 자신의 얼굴을 기억할 정도로 윤봉구는 이사일이 주인으
로 있던 창회정을 자주 찾았다. 그의 아우 윤봉오尹鳳五(1688~1769)의 시
에도 이때의 일이 기록되어 있는데[19] 이에 따르면 1711년 4월 윤봉구
가 종형인 윤봉조尹鳳朝(1680~1761)와 함께 충청도 단양 일대로 유람을
떠날 때 아우 윤봉오와 함께 창회정에 가서 전별을 하였다고 한다. 윤
봉조는 이날 창회정에서 묵으면서 다음과 같은 시를 지었다.

---

19) 윤봉오, 「四月, 四兄與校理堂兄, 姜丈士咸啓溥, 入四郡, 余與伯堂兄送別, 舟往
　　蒼檜亭, 翌日泝上」(『石門集』 b69:376).

맑은 기운이 뱃전에 비를 보내는데
찬 기운이 나무 위 별빛을 엿보네.
안개가 떠나가는 포구에 걷히고 나니
노송나무가 유독 정자임을 드러내주네.
강물에는 늘 날아다니던 물새가 자는데
창에는 예전 책 읽던 반딧불이 남아 있네.
10년 동안의 생각이 가물거리기에
술을 찾아 으슥한 난간에 앉았노라.

淸送帆頭雨 寒窺樹頂星

烟光盡歸浦 檜色獨標亭

水宿長飛鷺 窓留舊讀螢

依然十年意 呼酌坐深欄

_윤봉조, 「창회정에서 자면서(宿蒼檜亭)」(『포암집圃巖集』 193:103)

이 시를 보면 윤봉조, 윤봉구 등이 젊은 시절 이곳에서 독서를 하였
음을 알 수 있다. 한여름 더위를 씻는 소나기가 내리고 날이 개자 숲
위에 별빛이 초롱초롱하다. 안개가 걷히고 나자 언덕에 노송나무가 독
야청청한 풍경이 드러나는데 그곳이 바로 창회정인 줄 알겠다고 했다.
물새들과 어울려 형창螢窓에서 책을 읽던 시절을 회상하고 비감에 젖
었다. 이런 젊은 시절 추억이 있던 곳이라 창회정은 이귀의 후손보다
윤씨 집안에서 더욱 각별한 애정을 가졌던 것이다.

그러나 이들 형제가 세상을 떠나고, 또 이사일의 후손 중에도 잘난
이가 없어 창회정은 세상에 잊혀졌다. 그러다가 1816년 인근에 살던 홍
직필이 창회정의 역사를 마지막으로 기록하였다.

도도한 한강은 흐르고 또 흐르는데
동작나루 서쪽에 홀로 배에 올랐네.

구름은 푸른 절벽을 감싸고 비를 잡아두었는데
햇살은 단풍나무 붉게 비쳐 가을 온 것 알리네.
물고기와 더불어 부침을 다투지 않으리니
물새들이 뜨든 잠기든 아랑곳 않는다네.
훗날 나를 맞아 진짜 은자 되게 해준다면
그곳은 바로 백 길 높은 창회정이겠지.

江漢滔滔流復流　桐津西畔上孤舟

雲籠翠壁深留雨　日照丹楓爛欲秋

不與魚龍爭出沒　任他鳧鷺自沉浮

異時容我成眞隱　蒼檜亭頭百尺樓

_홍직필, 「동강의 배 안에서 쌍회정을 바라보면서(桐江舟中望雙檜亭)」(『매산
집梅山集』 295:69)

홍직필은 창회정을 두고 쌍회정雙檜亭이라고도 하였다. 창회정에 높
은 노송나무 두 그루가 있었기에 이런 이름으로도 불렸던 듯하다. 고
답적인 성리학자이지만 동작강에서 바라본 창회정의 아름다운 풍경에
함련과 같은 고운 뜻을 만들어내었다. 그리고 은자의 고사를 연상하는
동강桐江이기에 훗날 이 창회정에서 은거하고 싶다는 뜻을 다짐하였다.
그는 이 다짐대로 동작나루 서쪽에 있던 창회정에서 멀지 않은 노량에
서 노년을 보내었다.

3. 노호 이경전의 별서 초연정

임진왜란 전후한 시기 노량진의 주인은 이산해李山海(1538~1608)와 그 아들 이경전李慶全(1567~1644)이었다. 이산해는 자가 여수汝受이고 호는 아계鵝溪, 종남수옹終南睡翁, 죽피옹竹皮翁, 시촌거사柿村居士 등 여럿을 사용하였다. 본관이 한산으로, 성암省庵 이지번李之蕃의 아들이요 토정土亭 이지함李之菡의 조카다. 이산해가 어린 시절부터 재주가 뛰어났기에 부친이 어린 나이에 명성이 너무 성한 것을 염려하여 조용한 곳으로 집을 옮겼는데 그곳이 동작강의 정자였다는 기록이 이산해의 연보에 보인다. 이 무렵 동호東湖 독서당讀書堂에서 사가독서賜暇讀書를 하던 이황李滉, 임형수林亨秀 등이 찾아와 이산해에게 "동호의 독서당은, 도가의 봉래산이라東湖讀書堂 道家蓬萊山"라는 열 글자를 받아가 큰 병풍을 하나 만들어 독서당의 고사로 삼았다 하니 그 재주를 짐작할 수 있다.[20] 이산해는 이때부터 동작강과 인연을 맺었다.

이산해는 타고난 자질을 바탕으로 하여 젊은 나이에 양관대제학兩館大提學으로 문형文衡을 잡았으며 51세에 영의정에까지 올랐다. 그러나 임진왜란이 일어나자 파천播遷을 주장한 죄로 평해平海 바닷가로 귀양가서 살았다. 그 후 복권되어 조정의 일선에 나섰지만 파천의 멍에에서 벗어나지 못하였고 1600년에는 같은 대북파인 홍여순洪汝諄 등과 갈등을 빚어 대관臺官의 탄핵을 받고 파직되어 남양南陽의 구포鷗浦와 신창新昌의 시전리柿田里에 우거하였다. 3년이 지난 후 정세를 관망할 겸 한강 교외로 올라왔다. 당시 노량진 강가에는 우성정雨聲亭이라는 운치 있는 정자가 있었다.

노량의 서쪽에 있는 낡은 정자에서

---

20) 『鵝溪李相國年譜』에 보인다. 이 책은 고려대 등에 소장되어 있는데 여기서는 고전번역원의 번역본을 이용하였다.

굽어보니 구름 속 백사장 십리에 펼쳤네.
물은 창오탄을 지나 급한 물살 사라지고
산은 고사촌을 마주하니 가장 다정하여라.
은빛 베틀 북 튀듯 어지럽게 노니는 물고기 떼
금 기둥 강물 속에 뻗어있는 훤한 저녁노을.
강호에 시름이 더욱 깊은 것을 뉘라서 알아주랴
거울 속 머리카락이 나날이 세어 가는데.

路梁西畔舊軒楹　俯壓雲沙十里平
水過蒼梧無急浪　山當高寺最多情
銀梭亂擲游魚戲　金柱橫拖落照明
誰識江湖憂更緊　鏡中華髮日添莖

요즘 난간에 기대지 않는 날 없는데
그저 염량세태 겪은 뒤라 흥이 다하지 않네.
고사촌의 빗소리는 가을 온 후에 들려오고
서호의 안개 낀 숲은 산수화인 듯 보노라.
젊은 시절 늘 임금의 은총을 많이 입었더니
백발에 다시금 시골 늙은이 되어 한가롭다네.
상류에는 빼어난 경치 많다고들 말하지만
이 강산과 겨룰 만한 곳이 어디에 있으랴!

向來無日不憑欄　坐閱炎涼興未闌
高寺雨聲秋後聽　西湖煙樹畫中看
少年每被君恩繫　白首還隨野老閑
共說上游多勝槪　有誰相較此江山
_이산해, 「우성정雨聲亭」(『아계유고鵝溪遺稿』 47:534)

이 작품을 보면 우성정이 노량나루 서쪽에 있다고 했으니 사육신 묘역의 언덕에 있었던 듯하다. 그리고 이 시에서 이른 창오탄蒼梧灘은 노량나루와 용산 사이 한강을 가리키는 말인데 오탄梧灘이라고도 한다. 또 고사촌高寺村을 언급하고 있는데 1914년 『조선반도지도집성朝鮮半島地 圖集成』에는 노량진 서쪽에 고사리高寺里가 보인다. 이산해의 이 시는 윤 근수尹根壽(1537~1616)의 시와 함께 17세기 중엽에도 우성정의 현판에 걸 려 있었다. 심유沈攸(1620~1688), 홍주국洪柱國(1623~1680) 등이 이 시에 차 운한 바 있다.[21] 이 시에 따르면 우성정의 주인은 이언기李彦紀인데 자 세한 이력이 밝혀져 있지 않다. 이산해가 잠시 그의 정자를 빌려 기거 한 듯하다. 그리고 이산해는 1607년 노량에 집을 정하였다. 『노량록鷺梁 錄』이 이때의 시를 모은 시집이다.

이산해는 이듬해 선조 임금이 승하하자 원상院相으로 복귀하였고 바로 1609년 손자 이구李久가 요절한 충격으로 눈을 감았다. 선영이 있 는 예산禮山의 대지동大枝洞에 묻혔으니, 노량의 별서에 오래 머물지는 못하였다.

이산해가 말년을 보낸 노량의 별서에는 아들 이경전이 자주 오갔 다. 이경전은 자가 중집仲集이고 호는 석루石樓 혹은 초연자超然子다. 이 경전은 문과에 급제하고 사가독서에 선발되었으며 홍문관 교리, 사헌 부 지평 등 명예로운 벼슬을 역임하였다. 그러나 1608년 유영경柳永慶 과의 불화로 대간의 탄핵을 받아 정인홍鄭仁弘, 이이첨李爾瞻 등과 함께 함경도로 유배길에 올랐다. 그리고 광해군이 즉위한 후 풀려났다. 다 음 작품은 유배에서 풀려나 노량의 별서를 찾아 지은 작품으로 추정 된다.

---

21) 심유, 「次雨聲亭月汀諸老韻, 爲李進士彦紀賦」(『梧灘集』 b34:322) ; 洪柱國, 「次 雨聲亭題板韻, 以副李君彦紀之索」(『泛翁集』 b36:231). 그런데 이산해의 이 시 는 윤근수의 문집에 「題映碧亭要和月汀相公鵝溪」(『月汀集』 47:210)라는 제목 아래 함께 실려 있다. 여기서는 우성정이 아니라 映碧亭으로 되어 있는데 심 유, 홍주국 등의 시를 참조할 때 영벽정은 우성정의 오류라 하겠다.

행장을 풀고 말안장 내려놓으니
아이들 기뻐하며 다투어 와서 보네.
파란 이끼와 흰 국화에 뜰이 깔끔한데
고목과 푸른 물결에 강마을이 훤하네.
먼 곳에 있을 때 그리움 얼마나 간절했던가
나그네 돌아오니 더욱 청한함을 깨닫겠네.
이웃 노인네 정이 있어 낚싯대 들고 가더니
물고기를 잡아 아침 반찬 하라 보내어주네.

解却裝包卸馬鞍 兒童相喜競來看
蒼苔白菊階庭淨 古木滄波水國寬
身遠幾回勞夢想 客廻方覺轉淸閑
隣翁有意持竿去 爲得秋鱗助曉餐
_이경전, 「노량마을(鷺村)」(『석루유고石樓遺稿』 73:335)

이경전은 노량의 이 마을을 노촌鷺村이라 불렀다. 이 작품에는 한적
한 강마을의 풍경과 따스한 이웃의 인심이 잘 그려져 있다. 먼 변방에
서 귀양살이를 하던 괴로움이 다 잊힐 듯하다. 부친 이산해가 노량의
별서에서 기거하던 노년의 시절, 아들 이경전은 한양에서 벼슬살이를
하는 도중에 부친과 가족을 보러 가끔 들렀기에 그 회포가 특별했을
것이다. 이보다 앞서 지은 다음 작품에서는 젊은 시절 썰매를 타고 놀
던 일을 떠올렸다.

백발로 서쪽으로 돌아오니 한이 정말 많은데
노량의 남쪽으로 우리 집을 가리키노라.
마을의 동산과 골목길은 예전 그대로구나
썰매 지치던 언 강을 눈 가리고 지나노라.

白髮西歸恨正多 露梁南畔指吾家

村園門巷渾依舊 雪馬氷湖掩面過
_이경전, 「다시 노호를 지나며(重過露湖)」(『석루유고』 73:321)

이경전은 1612년부터 다시 벼슬길에 나아가 충청도와 전라도 관찰
사를 지내고 1616년 형조판서로서 홍문관 제학을 겸하였으며 훈련도감
제조, 오도체찰사五道體察使 등 요직을 두루 맡았다. 인조반정 후 수세에
몰렸지만 인조의 책봉을 받아오는 일을 맡아 한평부원군韓平府院君에 봉
해졌다. 부친 이산해가 아성부원군鵝城府院君에 봉해졌으니 2대에 걸쳐
최고의 권력을 누린 것이라 하겠다.

그럼에도 이경전은 정적들로부터 자주 공격을 받았고 사직과 파직
을 거듭하였다. 그럴 때면 예산의 다지동多枝洞으로 내려가거나 그렇지
않으면 노량의 별서로 가 있곤 하였다. 다음은 1631년 겨울 노량의 별
서에 있을 때의 일을 기록한 글이다.

신미년(인조 9, 1631) 윤동짓달 21일, 나는 호서湖西의 고향에서 돌아와
노량강의 시골집에 묵고 있었다. 방의 구들은 비뚤어지고 문과 벽도 한
기가 들었다. 안개가 끼면 문을 열 수가 없었다. 낮이면 늘 우리 집 정자
터에 붙어 있는 시골집을 지키는 사람 언복彦福의 집에 앉아 있었다. 언복
의 집 또한 서까래 몇 개만 있는 오두막이어서 출입할 때 머리가 부딪칠
정도로 좁았지만 그 때문에 조금 따뜻하였다. 창을 열고 묵묵히 앉아 책
을 보기도 하고 붓을 놀리기도 하면서 외롭고 한적한 마음을 풀었다. 이
또한 아침저녁 시간을 보낼 만하였다.

이해 겨울 큰 눈이 내려 들판을 덮었다. 강과 뭍이 한 빛이 되었다.
평평한 백사장에 눈이 쌓인 것이 이미 몇 척이 넘었다. 눈이 녹아 땅이
보이려면 여러 달 여러 날을 기다려야 할 지 기약할 수 없었다. 때때로
밖으로 나가 끝없이 드넓은 곳을 바라보았다. 혹 얼음을 타고 허공을 내
달리고 싶은 마음이 들었지만, 처지를 돌아보니 늙고 병들어 있는 데다

추위 또한 두려웠다. 또 나를 억지로라도 일으켜 세울 좋은 벗이 없었다. 나는 그저 혀만 쯧쯧 찰 뿐이었다.

세월이 흘러 섣달이 훌쩍 다가왔다. 새 봄이 오게 되면 눈앞의 맑은 경치가 한꺼번에 다 사라져버려 나중에는 가려 해도 갈 수 없을 것 같았다. 섣달도 이레가 지나도록 쓸쓸한 마음으로 외롭게 앉아있노라니, 더욱 마음이 무상하였다. 부질없이 소동파蘇東坡의 "문을 나서도 갈 곳이 없다(出門無所之)"는 시구만 외우고 있었다. 가물가물 무엇인가를 기다리는 듯한 마음이 든 지 한참이 되었다. 집안의 종이 달려 들어오더니, 파강巴江 김두남金斗南 공이 왔다고 알렸다. 바쁜 마음에 넘어질 듯 나가서 맞았다. 너무너무 기분이 좋아 미칠 지경이었다. 평소에 들를 때보다 천 배 만 배 이상 기뻤다. 서로 손을 잡고 무릎을 맞대고, 조용히 말을 나누었다.

이웃에 이보李莆 씨가 있는데 새로 진주판관晉州判官에 제수되었다. 이에 파강이 말하였다. "함께 불러 이별의 말이나 나누는 것이 좋지 않겠소?" 하인을 시켜 불러왔다. 세 사람이 둘러 앉아 정답게 있노라니, 가슴속에 끼어 있던 구름이나 안개 같은 것이 한바탕 즐겁게 농을 주고받는 사이에 모두 다 사라졌다.

그래도 임시로 살고 있는 거처가 황량하여 좋은 차를 끓일 구기자나 국화를 구하기 어려운 것이 흠이었다. 차를 달이려 물을 끓였지만 흥을 돋우기에는 부족하였다. 마침내 울타리 아래서 나물을 캐고 어촌에서 탁주를 사서 술잔에 부어 내어놓으면서 말하였다. "맛이 있구나. 비록 새끼 양을 삶은 것이라 하더라도 바꾸고 싶지 않구나."

이윽고 또 동쪽에 사는 이웃 한찰방韓察訪이 왔다. 찰방의 이름은 성일誠一이며 재상을 지낸 한 아무개의 손자다. 일찍 벼슬살이를 포기하고 산수에서 세월을 보내는 사람이다. 안부를 물을 틈도 없이 파강을 한 번 보더니 오랜 벗처럼 되었다. 그가 우리 놀이의 군사 수를 보탠 것이 기뻤다. 스스로 그 종을 불러 귀에다 몇 마디 말하였다. 그 득의한 낯빛을 보니 그가 술을 구하려한 것임을 짐작할 수 있었다.

날이 저물고 있었다. 파강이 돌아갈 뜻을 비쳤다. 아쉬운 마음이 그치지 않아 그를 강가에서 전송하려 하였다. 내가 먼저 지팡이를 짚고 아래로 내려가 모래언덕 위에 서자 파강과 두 손님이 따라 내려왔다. 파강이 웃으면서 말하였다. "이제부터 자네의 양생법이 바탕이 있음을 알겠네. 다리 힘이 어찌 이리 좋은가?" 내가 돌아보고 대꾸하였다. "정말이네그려. 자네가 은근하게 사람을 놀리는 말 속에 본마음이 들어 있음이. 이러한 병이 언제 나을까?" 대개 파강이 젊을 때부터 사람을 놀리는 병이 있었기에 한 말이다. 족히 한바탕 웃을 거리가 되었다.

머뭇거리면서 잠시 서 있노라니 제법 좋은 생각이 떠올랐다. 갑자기 눈썰매 몇 개가 앞에 이르렀다. 훨훨 날 듯이 각기 올라탔다. 어디로 갈지는 정하지 않았다. 나루의 아이들이 참새처럼 뛰어와 다투어 각기 썰매를 둘러매고 달렸다. 잔설이 얼음을 덮어 걸음걸이가 미끄럽지 않았다. 밤이 되어도 그다지 춥지 않았는데, 사람이 절로 추운 줄을 몰라서 그러한 것이었다. 얼음은 흰 비단을 다림질 해놓은 듯, 수정을 매끈하게 갈아놓은 듯하였다. 시원스레 마치 허공에 날아올라 바람을 타는 듯한 느낌이 들었다. 편안하게 앉아 있으니 마치 침상에 있는 것 같고, 가노라니 속도가 빨라 날아가는 새 이상이었다. 신선이 사는 요지의 준마駿馬도 이보다는 늦을 것 같다. 도사가 가지고 다니는 요술지팡이인 은교銀橋도 그저 그렇다는 놀림을 받을 것이다. 반평생 먼지구덩이에서 살아온 상념이 시원스럽게 묵은 때를 씻듯, 곤충이 허물을 벗듯이 사라졌다. 근심걱정, 질병이 오더라도 또한 어느 겨를에 잠시라도 마음에 이를 수 있겠는가?

이윽고 용암龍巖 위를 지났다. 층층 벼랑과 끊어진 절벽이 몇 리에 걸쳐 뻗어 있고 기암괴석이 무수하게 쌓여 있었다. 강면이 가장 넓은 곳은 별세계를 이루었다. 모두 평소 배로 지나다녔으나 자세히 보지 못하던 것들이었다. 함께 감탄하며 구경을 멈추지 않았다. 강 아래쪽 얼음판을 돌아보니, 여자 종 몇 명이 화로를 들고 술병을 끼고 멀리서부터 점점 가까이 왔다. 재촉하여 앞으로 오게 하였더니 바로 찰방의 집에서 불시에 찾을 것을 대비하여 미리 준비해 둔 것이었다. 이렇게 사람으로 하여금 기운을 돋우게 하다니 대단하다. 앞을 다투어 술잔을 채우고는 각기 몇 잔씩을 마셨다. 이에 마음대로 구경하고 즐긴 것이 지극하여 남김이 없다 하겠다.

북쪽으로 용산龍山을 바라보았다. 등불이 연이어 있었다. 아래위로 훤하게 비치는데 밝기가 별과 같다. 살고 있는 사람이 밤에 잠을 이루지 못하고 있으리니, 꾀하고 있는 일이 무엇일까, 이익을 얻기 위해서인가, 선행을 하기 위해서인가, 공적인 일 때문인가, 사적인 일 때문인가, 아니면 세모歲暮가 가까워져서 고생스럽게 술과 음식을 준비하여 제 배를 채워달라고 굿을 하려 하는 것인가? 저들의 고락을 생각해보니 반드시 크게 비슷한 것은 아니겠지만, 각기 무심하게 절로 존재하는 사물들이, 놀러 나온 우리 같은 사람의 감정이 있는 눈에 들어온 것이어서, 우리들로 하여금 그 즐거움을 즐기게 하니, 이 또한 한 가지 도움이라 하겠다.

그 서쪽에는 금화도金華島가 어른거리고 잠두봉蠶頭峰이 우뚝 솟아 있다. 두 봉우리가 입을 벌리고 마치 옷깃을 합친 듯하였다. 밤섬이 그 안에 있고 선유봉仙遊峰이 그 밖을 막고 있다. 멀리 삼각산, 남산과 표리를 이루며 에워싸고 있다. 정말 도성의 문설주요, 조물주가 힘을 긴요하게 쏟아부은 곳이다. 그 기상이 웅심하고 공고한 것을 생각하니, 또한 우리나라가 천 년 만 년 무궁하기에 부족함이 없을 듯하다.

_이경전, 「노량강에서의 눈썰매(露湖乘雪馬記)」(『석루유고』 73:420)

이경전은 노량나루에 살 때 여름이면 배를 타고 겨울이면 썰매를 타고 놀았다. 김두남金斗南(1559~1647), 이덕형李德泂(1566~1645), 박정현朴鼎賢 등의 벗들과 함께 노량나루에서 출발하여 잠두봉蠶頭峰, 양화나루 등을 배로 유람하면서 한바탕 시주를 즐겼다. 이를 김두남이 「노호를 배로 유람한 글露湖船遊記」로 기록하였고 여기에 이경전은 발문을 지어 자신들의 아름다운 풍류를 과시한 바 있다.[22] 이해 겨울에는 양천에 기거하던 김두남이 찾아와 노량에 살던 한성일韓誠一, 이보李甫 등과 함께 썰매를 타고 놀았다. 잠두봉, 선유봉, 용바위(龍巖), 금화도 등을 감상하였다. 양화대교 북단에는 누에의 머리를 닮은 아름다운 잠두봉이 있고 건너편 강가에는 높다란 선유봉이 있어 한강에서 가장 아름다운 곳이었다. 용바위는 용산의 명칭이 유래한 바위로 후대 농암聾巖이라고도 불렸다. 금화도는 난지도를 이르는 말인 듯하다. 그리고 사람들이 많이 사는 용산을 바라보면서 바쁜 인생을 돌아보았다. 이 글은 다시 이렇게 이어진다.

　　이때 밤이 이미 깊어 사방을 돌아보아도 적막하였다. 파강의 집이 성곽 바깥에 있으니 느릿느릿 돌아가도 무슨 문제가 있겠는가? 마침내 일어나 다시 썰매에 앉았다. 어깨를 나란히 하고 허리띠를 잡아당겨 옆으로 펼쳐 날개를 이은 듯한 형상을 지었다. 곧바로 나루를 향해 가니, 일제히 다 놀랐다. 마음대로 천천히 가기도 하고 빨리 가기도 하고 또 멈추기도 하고 달리기도 하였다. 문득 술을 준비하게 하여 양껏 마셨다. 흐드러지게 마셔 술잔을 헤아리지 않았다. 또 계집아이 하나가 술잔을 들고 나아갔다 물러났다 하는데, 곧 찰방 집의 가야금을 타는 아이다. 나이가 열여섯도 되지 않았지만 예쁘장하였다. 정말 낙수洛水의 파도를 버선발로 걷고 다니는 선녀라 하겠다. 가녀린 노랫가락이 끊어질 듯 이어졌다. 울려 퍼지는 소리가 맑고 우아하였다. 화려한 집에서 귀를 시끄럽게 하면서 떼를 지어 떠드는 것보다 훨씬 나았다. 모래 언덕으로 가까이 가서는 빙 둘러 앉아 이별을 고하는 대형을 지었다. 미련이 많아 차마 떠날 수 없었다. 그저 "내일 아침 일들이 해를 따라 나오리니, 어찔어찔 신선 사는 요대에서 자고 난 나그네 같구나明朝人事隨日出, 怳然一夢瑤臺客"라는 시

---

22) 이경전, 「金巴江露湖舡遊記跋」(『石樓遺稿』 73:428). 김두남의 양화 별서는 서호 지역에서 다시 다룬다.

를 외웠다.[23] 정말 오늘 일을 이른 것 같았다.

내가 여러 사람들에게 말하였다. "사람일은 앞을 알 수가 없는 것이 이와 같구려. 예전에 답답하게 만나지 못하고 살 때를 생각해보면 어찌 오늘 만나게 될 것을 알았겠소. 오늘 아침 우연하게 이렇게 만났지만 또한 오늘 저녁처럼 이렇게 놀게 될 줄 어찌 알았겠소? 만났다 헤어지는 것은 모두 다 주관하는 존재가 없는 것이 아니겠지만, 사람이 절로 알지 못하는 것뿐이라오. 오직 저들이 구구하게 맹세하고, 중언부언하며 반복하고 간곡하게 하지 아니함이 없건만, 과연 끝까지 뜻하는 바를 손에 넣을 수 있게 된 자를 그 얼마나 볼 수 있겠소? 그렇다면 사람일은 기약이 있지만 조물주는 기약이 없는 법이라오. 기약이 있는 사람이 기약을 하는 것이 어찌 기약이 없는 조물주가 기약하는 것만 같겠소? 게다가 영달하고 곤궁한 것은 운수가 있는 법이라오. 끝없는 몽환夢幻에 사는 인생에서 사시四時가 차례로 바뀌고 음양陰陽이 생겼다 없어지니, 믿을 수 있어 영원한 것으로 삼을 수 있는 것은 얼음과 달이라오. 그러나 얼음 또한 녹았다 얼었다 함이 있고, 달 또한 찼다 기울었다 함이 있으니, 사람일이란 홀연히 왔다가 홀연히 가는 것이 당연하지 않겠소? 설령 우리들이 몇 년 후에 편안하고 건강하여 마음대로 노닐 수 있다 하더라도, 부평초처럼 정처 없이 떠다니는 처지인지라 혹 우리의 이름이 어느 곳에 붙어 있을지도 모를 일이요, 혹 우연하게 함께 모이고 약속하지 않고서 함께 있게 될 수 있다 하더라도, 언 강물, 눈 속의 달빛이 완전히 오늘과 같아서 한결같이 오늘과 같이 노닐 수 있을지는 알 수가 없지요. 기약하였는데 기약이 없어지거나 기약하지 않았는데 기약이 이루어지는 것은 한결같이 조물주의 뜻에 달려 있으니, 사람으로서는 어찌 간여할 수 있으리오?"

여러 사람들이 그렇다고 하고 부절符節을 치면서 즐겁게 웃었다. 다시

---

23) 蘇軾, 「中秋見月和子由」를 가리킨다.

술 한 순배를 내었다가 헤어졌다. 이 일이 기러기가 날아가 버리고 안개가 흩어지듯 자취를 남기지 않고 허공에 부질없이 사라질 것 같아 내가 무척 안타까웠다. 이에 돌아와 등불을 돋우고 이렇게 대략 적는다.

_이경전, 「노량강에서의 눈썰매(露湖乘雪馬記)」(『석루유고』 73:420)

　　이경전은 이런 생각을 하면서 노량의 별서에서 노년을 보내기로 마음을 먹었다. 그래서 1632년 초연정超然亭을 강가에 지었다.[24] 이때 붙인 기문의 서두에서 "초연정은 주인 늙은이 한평자韓平子가 만년에 노호露湖 남쪽 언덕 위에 지은 것이다"라 밝혔으니 스스로 주인임을 분명하게 드러낸 것이다. 한평은 고향인 한산의 별칭이기에 스스로를 한평자라 하는 한편, 물외物外로 초탈하고자 하는 뜻을 담은 '초연자'를 자호로 삼았다. 초연에 대해서는 소식蘇軾이 「초연대기超然臺記」에서 풀이한 바 있다. 사람들이 진정한 즐거움을 누리지 못하는 것은 사물의 안에 갇혀있기 때문이다. 구멍 안에서 바깥을 보면 모든 것이 다 높고 커 보이므로 마음이 현혹되어 좋고 나쁜 것이 생긴다고 했다. 이경전은 이 뜻을 확충하였다. 바깥이 있다는 사실을 인식하여 안에만 답답하게 갇혀 있어서는 되지 않을 것이라 하였다.

　　그리고 이어지는 대목에서 "삼각산이 구름과 허공 위에 우뚝 솟아 있으니, 높다면 높겠지만 몸이 피곤한 사람을 오르게 한다면 그가 오를수록 속은 뜨거워질 것이요, 눈이 어두운 사람을 오르게 한다면 그가 멀리 바라볼수록 정신이 어두워질 것이다. 노호의 강물이 도도하고 질펀하게 흘러 멀리 푸른 바다 너머로 나아가니, 넓다면 넓다고 하겠다. 그러나 물고기를 잡고자 하는 사람은 마음이 물고기에만 있고 물을 건너려는 사람은 건너는 데만 급급하므로, 어느 겨를에 뱃전에 기대어서 여유를 부리고 노를 두드리면서 배회하여 강호의 흥취를 느낄

24) 광나루에도 초연정이 있었는데 그 주인은 宋正明이다. 앞서 광나루 지역에서 살폈다.

수 있겠는가? 오직 그 마음이 같지 않고 호오好惡가 수백 배 수천 배 제각기 다른 법이다"라 하였다. 어떤 이는 남들이 좋아하지 않는 것을 좋아하여 이를 벽癖이라 부르고, 어떤 이는 남들이 즐기지 않는 것을 즐기면서 스스로는 괴롭다고 여기지 않는다. 이런 사람들은 늘 기이한 것만 추구하다보니 오히려 그것이 마음의 짐이 되어버린다. 이경전은 이러한 의식조차 툭툭 털어버리고 마음을 비워야 초연의 경지에 올라 진정한 즐거움을 누릴 수 있다고 했다. 그런 다음 자신이 초연의 마음으로 초연정을 즐기는 모습을 이렇게 그렸다.

정자가 마침 완성된 다음 날 어떤 객이 먼 곳에서부터 와서 술동이를 끄르고 안주 그릇을 열어서 마음껏 흐드러지게 마셨다. 술은 향이 맑고 물고기와 게는 살이 막 올랐다. 강산이 텅 비고 경물이 음산한데 굼실굼실 흘러오는 것은 한 줄기 긴 강이요, 쓸쓸히 떨어지는 것은 온 숲의 낙엽이다. 평평한 백사장은 눈처럼 하얗게 펼쳐지는데 보일 듯 말 듯 가리고 있는 것은 붉은 여뀌꽃과 흰 갈대꽃이다. 노 젓는 소리 삐걱삐걱 앞으로 지나가고, 뒤에서 따라가는 것은 술 실은 배요 고기 잡는 그물이다. 갈매기와 해오라기가 다투어 날면서 자태를 드러내고 봉우리들은 빼어남을 다투면서 자태를 보인다. 말을 타고 가는 사람, 걸어가는 사람, 등짐 지고 가는 사람, 짐을 싣고 가는 사람 등 행인들이 나루에 끊임이 없다. 맑았다 비가 오고 개었다 흐려지면서 기상이 한순간에 변화를 일으켜 한도 끝도 없으니 조물주의 무진장無盡藏이라 하겠다. 절로 눈길이 닿고 흥이 일어 우리들이 함께 즐기는 것이다.

함께 술을 가득 따라 마시고 무릎을 치면서 탄식하여 말하였다. "한양이 세워진지 200년, 호화로운 자가 무수하고 부귀한 자도 한정이 없으니, 이곳에서 살고 이곳으로 왕래한 사람 또한 얼마나 많았겠는가? 그럼에도 아득한 강가의 이 언덕을 황량한 시골 한 구역으로 방치하였다. 어쩌다 시원찮은 선비들이 언덕에 몸을 의탁하였지만 밭만 일구는 데 그쳤고

숲만 조성하는 데 그쳤다. 누가 다시 이곳을 눈 여겨 보았겠는가? 이제 이 정자에 오른 후에야 비로소 기이하고 빼어남이 이와 같다는 것을 알게 되었다. 속세가 만 리 먼 곳으로 사라지고 세속의 번거로움이 다 사라진다. 이를 다 합쳐 초연이라 이름 붙이기에 합당하고 물외에서 스스로 즐기는 것이 마땅할 것이다.

_이경전, 「초연정기超然亭記」(『석루유고』 73:423)

이경전은 장편의 글을 지어 초연정에 붙였다. 그리고 다시 시를 지어 그곳에서의 초연한 삶을 노래하였다. 노량나루 언덕의 높다란 바위가 있어 이미 초연대超然臺라 이름 붙였으니 이경전이 이 시기 가장 좋아한 말이 초연이었다. 사육신 묘역이 있는 곳이 비교적 높으므로 그 인근에 초연정이 있었을 듯하다.

초연정이 노량강 강가에 있는데
백발로 푸른 물결에 숨어 사노라.
여윈 말로 강둑길을 홀로 거닐고
일엽편주로 물에 비친 나를 실어본다네.
평평한 모래와 가는 풀을 한가하게 가려보고
목욕하는 해오라기와 조는 갈매기와 어울린다네.
백년 인생 이렇게 살면 마음에 흡족하니
한 구역 안개와 강물 있으면 가난한 것만은 아니라네.
超然亭子露湖濱 白髮滄波老隱淪
瘦馬獨行江上路 扁舟時載鏡中身
平沙細草閑分別 浴鷺眠鷗摠狎親
消得百年堪取適 一區煙水未全貧
_이경전, 「초연정超然亭」(『석루유고』 73:345)

　　1634년 봄을 맞아 초연정에서 초연한 삶을 누리는 이경전의 모습을 그려볼 수 있다. 여윈 말을 타고 강둑길을 거닐기도 하고 조각배를 띄워 강물 위를 오르내리기도 하였다. 초연정에서 이렇게 초연한 삶을 살고자 했다. 물론 이것이 쉬운 일은 아니었다. 1638년 형조판서에 임명되어 도성으로 나갔지만 병을 핑계로 들어 사직하였다. 1640년 다시 형조판서를 맡았지만 자신의 아들을 심양에 인질로 보내지 않기 위해 사직하다가 파직되었다. 그렇게 노량의 별서를 오가면서 살다가 1644년 세상을 떠났다. 그리고 그의 초연정도 역사에서 사라졌다.

4. 윤두수와 윤흔의 창랑정

앞서 본 이경전의 글 중간 대목에 노량나루 일대에 살던 사람들에 대한 이야기가 나온다.

즐겁게 한참 시간을 보내노라니 밤이 오래 되었다. 사람들의 그림자가 얼음에 비쳤다. 구름 끝에 조각달이 홀연 약속이나 한 듯 걸렸다. 별들이 점차 드물어졌다. 아래쪽과 위쪽이 훤하였다. 동으로 동작나루를 바라보니 푸른빛이 가물거렸다. 가까워질 듯 멀어질 듯 거의 천상의 궁전이 있는 것처럼 보였다. 얼음 위의 사람 행렬이 많아 흩어졌다 모였다 하였다. 어부들이 얼음에 구멍을 내고 그물을 거두는 모습이었다. 남쪽 벼랑이 우뚝 끊어져 있는데 그 위에 언덕이 있고 비스듬하게 흙을 다져 놓았다. 누대를 만들려 하다가 반만 한 것 같았다. 장계군長溪君 황정욱黃廷彧이 집을 지으려다 이루지 못한 곳이다. 그 부귀와 공명이 반도 이루어지지 못한 것을 생각해보면, 일시를 요란하게 했지만 필경 편지의 진위 때문에 시끄럽게 손가락질을 받는 것을 면하지 못하였다. 하늘의 운명이 아니겠는가?

조금 길을 돌아 내려왔다. 그 아래 봉우리가 있는데 우뚝 솟아 강가에 있었다. 숲이 듬성듬성하였다. 초가 몇 채가 있는데 매우 가난한 집이다. 월정月汀 윤근수尹根壽 선생이 예전에 남에게 사서 구한 것이다. 이에 지난 날 내가 이 강에 살던 때가 생각이 났다. 평평한 백사장에 눈바람이 치는 것을 바라보고 있었다. 날던 새도 자취가 끊어졌는데, 한 필 말에 도롱이를 걸치고 쓸쓸하게 언 강을 건너는 이가 있었다. 누구인지 알 수 없더니, 와서 우리 집 문을 두드리는데 곧 선생이었다. 그 고고하고 맑은 기상, 단출한 생애는 가끔 생각해보면 신선 세계에 사는 사람 같았다. 그러나 이제는 어디에 있는가?

_이경전, 「노량강에서의 눈썰매(露湖乘雪馬記)」(『석루유고』 73:420)

황정욱黃廷彧(1532~1607)은 임진왜란 때 손녀사위인 선조의 왕자 순화군順和君을 모시고 함경도로 피란하다가 포로가 되었다. 왜군이 왕자를 죽이겠다는 협박을 받아 이 때문에 항복한다는 글을 쓰고 다시 자세한 사정을 적은 한글 편지를 함께 만들어 의주에 있던 선조에게 전달하였다. 그러나 항복의 글만 전달되고 한글편지는 비에 젖어 훼손되는 바람에 전해지지 않았다. 전쟁이 끝난 후 왜적에게 항복했다는 죄명으로 함경도에서 오랜 귀양살이를 하였다. 선조가 각별히 황정욱을 아꼈기에 거듭 유배에서 풀어 도성으로 부르려 하였으나 신하들의 반대에 부딪혀 뜻을 이루지 못하였다. 이에 황정욱은 한양으로 들어가지 못하고 근교에서 방황하였다. 1607년 병든 몸으로 의약醫藥의 편의를 위하여 노량진에 집을 정하였지만[25] 얼마 있지 않아 세상을 떴다. 그가 지으려던 건물이 터만 휑하게 남은 것을 보고 이경전은 비애에 잠겼다. 이 글을 볼 때 황정욱의 집은 한강대교 남단의 언덕에 있었던 듯하다.

또 이경전이 스승처럼 모시던 윤근수尹根壽(1537~1616)가 눈 오는 밤 흥을 이기지 못하여 강을 건너 찾아온 일이 있었다. 윤근수는 자가 자고子固고 호가 월정月汀이며 본관은 해평海平이다. 임진왜란에 공을 세워 공신에 책봉되었고 판서를 역임한 명환이지만, 이 글을 보면 만년에는 노량진 황정욱의 집터 아래 작은 집을 짓고 소박하게 살았음을 알 수 있다. 그의 별서에 대한 기록은 다른 문헌에서 확인되지 않지만 그 후손들은 이곳에서 세거하여 여러 별서를 경영한 바 있다. 그중 이름을 떨친 곳이 창랑정滄浪亭이다. 창랑정의 주인은 윤흔尹昕(1564~1638)이다. 윤흔은 윤근수의 형 윤두수尹斗壽(1533~1601)의 아들이다.

해원부원군海原府院君에 봉해진 윤두수는 자가 자앙子仰이고 호가 오음梧陰인데, 선영이 있던 장단長湍의 오음리梧陰里에서 딴 것이지만, 강 건너 청파리靑坡里에 집이 있었으니 창오탄의 북쪽이라는 뜻까지 함께

---

25) 황정욱의 대표작으로 알려져 있는 「將卜居鷺梁, 錄此贈人」(『芝川集』 41:446)이 이때의 작품이다.

담은 것으로 보아도 무난할 듯하다.[26] 윤두수는 오늘날 청파동에 선지당先志堂과 애산당愛山堂을 경영하였으며 최립崔岦과 김덕겸金德謙이 기문을 지은 바 있다.[27] 또 반송방 동자동東子洞에도 집이 있었다. 그가 죽은 뒤에 큰아들 윤방尹昉이 중국 사신 주지번朱之蕃을 찾아가 부친의 충효가 중국에까지 전파되었기에 편액을 써서 늘 마음에 두고 사모하고자 하는 뜻을 붙이겠다고 청하여 그로부터 충효당忠孝堂이라는 글씨를 받아 걸었다는 고사가 전한다.[28]

윤근수가 노량에 별서가 두었거니와 윤흔이 인근에 창랑정을 경영한 것으로 보아 이 일대에 이들 집안의 전장이 조성되어 있었던 모양이다. 창랑정의 주인 윤흔은 초명은 윤양尹暘이고 자는 시회時晦이며 호는 도재陶齋 또는 청강晴江인데 지중추부사知中樞府事를 지냈다.[29] 그가 경영한 창랑정은 김상헌金尙憲(1570~1652)의 글에 자주 보인다. 김상헌은 윤흔과 친분이 깊었기에 그의 창랑정을 여러 편의 시로 빛내주었는데 그의 문집에는 윤흔이 지은 작품이 함께 실려 있다.[30]

> 저자도의 안개와 파도 십리에 평평한데
> 흰 갈매기 왔다갔다 봄볕에 멱을 감네.
> 술 깨자 높은 누각에 아무런 생각 없는데
> 난간 너머 어부의 노랫가락만 들려오누나.
>
> 楮島煙波十里平　白鷗來去漾春晴
>
> 酒醒高閣無情思　檻外漁歌三兩聲

---

26) 李恒福, 「記夢」(『白沙集』 62:418)에 꿈속에서 본 윤두수의 梧陰別墅를 자세히 기록하고 있지만 현실의 집과는 관련이 없다.

27) 최립, 「愛山堂記」(『簡易集』 49:261) ; 김덕겸, 「愛山堂記」(『靑陸集』 b7:384).

28) 『동국여지비고』(제2편, 한국고전번역원DB).

29) 규장각에 『溪陰漫筆』이 따로 전한다.

30) 김상헌, 「次韻尹參判時晦滄浪亭寄詩」(『淸陰集』 77:38) 아래 붙어 있다.

수양버들 어둑하게 가려진 물속 바위에서
여기저기 낚시하느라 돌아갈 것 잊는다.
지척의 남산은 돌아보지 않으리니
한 점의 먼지조차 시비가 붙었기에.
垂柳陰陰掩石磯　釣魚隨處坐忘歸
終南咫尺休回首　一點紅塵有是非

창랑정 정자가 물과 구름 속에 있는데
정자 위 학발의 노인네 너울너울 춤을 추네.
물오리 명아주 꽃이 낚싯배를 따르니
낚싯대 하나를 삼정승과 바꾸지 않으리.
滄浪亭在水雲中　亭上婆娑鶴髮翁
鸂鶒藜花隨釣艇　一竿終不換三公

　　윤흔의 한가한 삶을 낭만적으로 그려낸 작품이다. 창랑이라는 말은
굴원屈原의 「어부사漁父辭」에 "창랑의 물이 맑거든 나의 갓끈을 씻을 것
이요, 창랑의 물이 흐리거든 나의 발을 씻을 것이로다滄浪之水清兮 可以濯
吾纓 滄浪之水濁兮 可以濯吾足)"라 한 데서 나온 말이니, 창랑정은 은자의 공
간이었다고 하겠다. 소순흠蘇舜欽, 귀유광歸有光 등이 중국의 창랑정에
붙인 명문이 전하거니와 조선에도 도처에 이 이름의 정자가 있었다.
임진강 이이李珥의 화석정花石亭 곁에 성씨成氏 집안의 창랑정이 있었고,
여강驪江에도 같은 이름의 정자가 있었다. 이 밖에 세상에 널리 알려진
창랑정은 경상도 초계草溪와 전라도 동복同福과 회진會津, 충청도 청주
등지에도 있었다. 후술하겠지만 인근 현석동에도 창랑정이 있어 금평
도위錦平都尉 박필성朴弼成이 주인이었고 박세채朴世采가 그곳에 우거한
바 있다.
　　이 시에 차운한 김상헌의 작품이 1635년 제작된 것으로 보아, 윤흔

이 창랑정을 세운 것이 이즈음의 일인 듯싶다. 그런데 김상헌은 이 작품에 차운하여 세 수의 시를 지어 보내었고, 이로도 부족하여 다시 세 수의 오언절구를 더 지어 보내었다.

새 정자는 동작나루 아래 있고
옛집은 바위 벼랑 곁에 있다네
왕래하며 괴로울 것 없으니
맑은 강에 낚싯배 있기에.
新亭銅雀下 舊築石岡邊
來往無勞苦 淸江有釣舡
_김상헌, 「창랑정에서 참판 윤시회의 시에 차운하다(滄浪亭次尹參判時晦韻)」
(『청음집淸陰集』 77:17)

바위 벼랑에 있다고 한 옛집은 윤두서가 살던 곳과 관련이 있어 보인다. 바위벼랑이라 하였으니 한강대교 남단 흑석동 쪽 강변이 아닌가 싶다. 비슷한 시기 노량나루 인근에 살던 이경전은 창랑정을 두고 다음과 같이 시를 지었다.

창랑정 정자는 세 칸으로 되어 있는데
산자락에 섬돌도 없고 문도 달지 않았네.
강 가운데 물결 흔들리는 곳에 그림자 비치는데
사나운 산의 뼈대를 깎아서 지은 집이라네.
성긴 울타리 작은 마을엔 어부와 농부가 섞여 살고
가는 풀 평평한 백사장에선 조망이 한가롭다.
날씨에 따라 천태만상 달라진다 자랑만 말고
서쪽 이웃 사는 나에게도 나눠주어 보게 하소.
滄浪亭子屋三間 斷麓無除不設關

影落波心搖混漾 鑿來山骨破堅頑
疏籬小聚漁農雜 細草平沙眺望閑
莫把暉陰誇萬象 西隣吾亦幸分看
  _이경전, 「윤도재의 창랑정(尹陶齋滄浪亭)」(『석루유고石樓遺稿』 73:351)

이를 보면 창랑정은 초가삼간 조그마한 소박한 정자였다. 한강 변 높다란 바위를 깎아 그 위에 터를 잡았기에 정자 그림자가 강물에 어린다고 하였다. 산기슭에 옹기종기 촌락이 있고 그 곁에 언덕에 밭들이 있었으며 앞의 강가에는 푸른 풀로 덮인 모래톱이 뻗어 있었으리니 더욱 조망이 아름다웠을 듯하다. 사나운 산의 뼈대를 깎아 창랑정을 지었다고 하였으니, 아마도 오늘날 한강대교 남단 서쪽 절벽 지역에 이 창랑정이 있었을 것이다.

이 집안은 이 인근에 전장을 여럿 가지고 있었다. 윤근수의 손자이자 윤흔의 백형인 윤방尹昉(1563~1640)의 별서도 노량에 있었다고 하니 지척의 거리였을 것이다. 윤방은 자가 가회可晦고 호는 치천稚川이다.[31] 해창군海昌君에 봉해지고 부친에 이어 영의정에까지 올랐지만, 고단한 시절 위안을 준 곳은 바로 이 노량의 별서였다. 윤방은 1637년 강화도 함락과 관련하여 무고를 받아 연안延安에 유배되었다가 돌아온 후 노량의 별서에서 은거하였다.[32] 윤방이 노량의 별서에 있을 때 늘 함께 모신 사람이 장남 윤이지尹履之(1579~1668)였다. 윤이지는 자가 중소仲素, 호가 추봉秋峯이고 벼슬은 참판을 지냈으며 부친을 이어 해은군海恩君에 봉해졌다.

한편 윤이지의 아우 윤신지尹新之(1582~1657)는 강 북쪽 현석동에 별서를 두었다. 선조의 딸 정혜옹주貞惠翁主와 혼인하여 해숭위海嵩尉에 봉

---

31) 문집 『稚川遺稿』가 계명대도서관에 전하지만 노량의 별서에 대한 기록은 보이지 않는다.
32) 鄭澔, 「判敦寧府事海恩君尹公諡狀」(『丈巖集』 157:446).

해졌고, 자는 중우仲又, 호는 연초재燕超齋와 함께 현주산인玄洲散人을 사용하였다. 현주는 곧 현석동의 모래톱이라는 뜻이다. 다음 작품은 1617년 무렵 현석동에 살 때 제작된 것으로 추정된다.

현주를 오가면서 몇 칸 집을 지었으니
강 언덕의 조그만 땅도 옛 인연 있었다네.
이웃마을 꽃이 피면 새들이 다투어 울고
먼 포구에 바람 불면 배들이 닻을 올린다네.
밤이 되면 어부의 배에 밝혀놓은 불빛 보이고
주렴 걷으면 멀리 술집의 연기가 피어오른다네.
서호의 밝은 달은 내 능히 맡으리니
무슨 일로 귀거래사를 부질없이 노래하랴!

揭來玄洲結數椽 江皐寸土亦前緣
隣村花發鳥爭鬧 遠浦風鳴帆正懸
入夜時看漁艇火 捲簾遙認酒家烟
西湖明月吾能管 有底空吟歸去篇

_윤신지, 「옹촌의 정자에서 마냥 시를 읊조리다(瓮村亭舍謾吟)」(『현주집玄洲集』 b20:286)

오늘날 마포대교 북안에는 사기그릇을 굽는 동네가 있어 옹막甕幕, 혹은 옹촌甕村이라 하였는데 그곳에 윤신지의 별서가 있었다. 본가가 있던 청파동에서 멀지 않은 한강 가에 마련한 별서였다. 옛 인연이 있어 정자를 마련하였다고 하였으니 윤두수와 윤방 이래 이곳에 이 집안 소유의 땅이 있었기에 윤신지가 정자를 세웠음을 짐작할 수 있다. 이 정자의 이름은 알 수 없지만 이단하李端夏의 시장諡狀에는 윤신지가 "현석강 강변에 몇 칸 정자를 지었는데 재목을 다듬지도 않았고 단청을 칠하지도 않았다. 때때로 은자의 차림인 각건야복角巾野服으로 이곳에

서 유유자적하면서 스스로의 호를 현주산인玄洲散人이라 하였다"고 하
였다.[33] 윤신지는 중년에 남산 기슭에 서재를 꾸미고『도덕경道德經』에
서 이른 "아무리 굉장한 구경거리가 있다 하더라도 동요되지 않고 편
안히 거하면서 외물外物을 초월한다"는 뜻에서 그 이름을 연초재宴超齋
라고 하고 1632년 이식李植으로부터 기문을 받아 건 적도 있었다.[34] 집
은 바뀌었지만 마음은 달라지지 않았다. 도성 안의 집에 있거나 현석
동의 별서로 나와 있거나 윤신지는 이러한 마음으로 살았다.

그러나 병자호란으로 이러한 평화가 깨어졌다. 강화도로 피란을 갔
다가 그곳에서 의병을 규합하여 적과 맞서 싸웠지만 전세가 불리해지
자 절벽에서 투신하였다. 다행이 하인에 의해 구조되었지만 이후 그의
삶은 실의의 연속이었다. 윤신지는 병자호란이 종식된 이후 다시 옹촌
의 별서로 나와 지냈다. "강가 세 칸의 집, 난리 끝에 초목조차 황량하
다. 모기와 등에가 얼굴을 치고, 도마뱀이 멋대로 침상에 오르네. 들판
의 통곡 소리 아직 괴로운데, 오랑캐 말소리 차마 듣지 못하겠네(江岸三
間屋 兵餘草樹荒 蚊蝱從撲面 蛇虺任登床 野哭聲猶苦 夷音聽可傷)"라 하였다.[35] 세상
이 혼란스러워진 때 아름다운 한강의 별서에서도 마음이 편치 못하였
던 것이다.

---

33) 이단하,「海嵩尉尹公諡狀」(『畏齋集』125:503).
34) 이식,「宴超齋記」(『澤堂集』88:347).
35) 윤신지,「經亂後, 移寓瓮村江舍, 謾成」(『玄洲集』b20:328).

5. 윤해의 취선대 망신루

윤두수는 윤방, 윤흔, 윤휘尹暉, 윤훤尹暄 네 아들을 두었다. 윤방은 영의정을, 윤흔은 지중추부사를, 윤휘는 판서를, 윤훤은 부윤府尹을 지 냈으니 이 시기 이 집안의 성황을 짐작할 수 있다. 잘난 집안이었기에 이들의 후손들도 한강 아름다운 곳에 별서를 여럿 두었다. 윤휘의 후 손들은 동작에 별서를 두었다. 이 별서의 이름이 망신루望宸樓요 그 주 인은 윤해尹塏(1622~1692)였다. 윤해는 윤휘의 손자요 윤면지尹勉之의 아 들이다. 자가 태승泰升이고 호는 하곡霞谷이라 하였다. 1672년 북경에 사신을 다녀온 바 있으며 제주목사, 황해도관찰사, 도승지, 형조판서 등을 지냈다. 『동사東史』 등의 저술이 있었다 하지만 전하지는 않는다.

『여지도서輿地圖書』에 이 망신루가 소개되어 있는데 과천 관아에서 북쪽 20리 흑석동에 있고 작고한 판서 윤해의 강가 정자라 하였다. 윤 해는 1685년 무렵 형조판서에서 물러난 이래 벼슬에 임명되어도 잘 나 가지 않고 흑석동의 별서에 자주 기거하였다. 그의 별서는 흑석동 강 변에 높다랗게 솟아 있는 취선대醉仙臺 곁에 있었다. 취선대는 명수대明 水臺의 옛 이름인 듯하다.[36] 윤해의 아들과 손자들이 바로 이곳에서 세 거하였다.

일찍이 강가의 정자에서 아침저녁 하곡 공을 따랐다. 이때 계부인 윤 세경尹世經이 또한 아이로 취선대 아래에서 함께 놀고 있었는데 세경이 갑자기 강에 빠졌다. 춘경春卿이 강물로 뛰어들어 그를 붙잡았지만 만 길 물결 속에 잠겼다 떴다 하였다. 사공이 강가의 언덕에 있으면서 소리만 지를 뿐 어찌할 바를 몰랐다. 춘경이 크게 소리쳐 "삿대를 던지시오. 삿대

---

36) 『서울지명사전』에는 1920년 일본인 부호 木下榮이 이곳에 별장을 짓고 놀이 터를 만든 다음, 맑은 한강물이 유유히 흐르는 경치 좋은 곳이라고 하여 명 수대라는 이름을 붙인 것이라 하였다.

를 던지시오"라 하였다. 사공이 삿대를 던지자 손으로 잡고서 모두 온전
하게 빠져나왔다. 위기에 임해서도 혼미하지 않음이 이미 어릴 때부터
이와 같았다. 사람들 중에 듣고서 기이하게 여겨 시를 남겼는데 "만 길
물 속으로 몸을 던진 용기여, 남아의 철석간장이라네(萬丈投淵勇 男兒寸鐵心)"
라 하였다.[37]

윤해는 윤세강尹世綱, 윤세기尹世紀, 윤세경尹世經 등의 아들을 두었다.
윤세강의 아들이 윤택尹澤(1665~1719)인데 정호鄭澔는 그의 묘갈명에서
위와 같은 일화를 소개하였다. 이 글에서 이른 춘경春卿이 바로 윤택의
자이다. 이 글을 보면 취선대 곁에 이들 집안의 별서가 있어 윤세강 형
제 및 그 아들, 조카 들이 모여 살았음을 알 수 있다.[38]

취선대 곁 이 집안의 별서는 18세기 문인들이 즐겨 찾는 명소가 되
었다. 1710년 병조판서로 있던 윤세기가 흑석의 별서로 물러나자 홍세
태洪世泰가 시를 지어 전송하였다.

무슨 놈의 벼슬이란 것이 육신의 재앙인가
강호로 물러남에 각건만 있어도 되는 것을.
이전에 병조판서였음을 누가 알아보겠나
문득 오늘은 한가한 사람이 되어 있으니.
들판의 안개 아득하여 산은 비를 맞은 듯
강가의 버들 흔들흔들 물결은 벌써 봄이라네.
홀로 높은 누각에 기대어 북쪽을 바라보시니
그곳은 오색구름 깊은 구중궁궐이겠지.

---

37) 鄭澔, 「府使尹君墓碣銘」(『丈巖集』 157:381).
38) 장자 윤세강은 僉正에 머물렀지만 차자 윤세기는 예조와 병조 등의 판서를
지냈다. 자는 仲綱이고 호가 龍浦이며, 규장각에 『孝獻公立朝記事錄』이라는
일기가 전한다.

軒裳何物也災身 歸臥江湖有角巾

誰識當時大司馬 却爲今日一閑人

野烟漠漠山如雨 汀柳搖搖浪已春

獨倚高樓堪北望 五雲深處是中宸

_홍세태, 「흑석의 강가 집으로 물러가시는 윤상서를 전송하면서(奉送尹尙書歸黑石江舍)」(『유하집柳下集』 167:386)

이 작품의 주석에는 윤판서의 집에 망신루望辰樓가 있다고 하였다. 1710년 윤해가 작고하였으므로 이때의 윤판서는 그 아들 윤세기(1647~1712)일 것이다. 망신루는 대궐을 바라보는 누각이라는 뜻이다. 북한산이 보이기에 이러한 이름의 정자를 지어 대궐을 그리워하는 뜻을 담은 것이다. 물론 두보杜甫가 「한밤중에中夜」에서 "한밤중 강산이 고요할 적에, 높은 누대 올라 북극성을 바라보네(中夜江山靜 危樓望北辰)"라 하였으니 이 구절도 염두에 두었을 것이다. 조태채趙泰采도 이 무렵 망신루에 올라 시를 지었다.

어딘가 맑은 강가 호젓한 집을 찾아가니

작은 배로 물결 따라 노를 맡겨 두노라.

벗들과는 석 잔 술로 묵은 마음은 푸는데

주인은 상 가득한 책으로 한가함을 즐기네.

흉금을 다 토하니 말씀마다 옳은데

지난 일 그리워라 만사가 허무하다.

슬프다, 내일 아침 이별의 한 일어나리니

석양에 돌아가는 길은 더욱 느리기만 하겠지.

淸江何處訪幽居 短棹乘流任所如

親友舊情三盞酒 主人開趣一床書

冲襟討盡言言㦲 往事懷來物物虛

悄悵明朝生別恨　夕陽歸路更徐徐

_조태채, 「망신루에서 윤판서의 시에 차운하다(望宸樓次尹台韻)」(『이우당집二
　憂堂集』 176:8)

조태채는 윤세기와 나란히 판서로 근무한 바 있어 친분이 깊었다. 게다가 조태채의 별서는 인근 대방동에 있었다. 이 때문에 자주 망신루를 찾을 수 있었던 것이다. 날짜를 달리 하여 지은 다음 시를 함께 본다면 조태채는 자주 이곳 출입을 하였음이 분명하다.

배를 옮겨 홀로 망신루에 오르니
가는 풀 한가한 꽃 길 하나 호젓하다.
주인이 어디 갔는지 물었더니
파도 위 무심한 갈매기를 가리키네.
移舟獨上望宸樓　細草閒花一徑幽
借問主人何處去　無心惟有泛波鷗
_조태채, 「망신루에서(望宸樓)」(『이우당집』 176:9)

홀로 배를 타고 망신루로 벗을 찾아 갔을 때 지은 작품인데, 맑은 선비의 마음이 담겨 있다. 세사에 욕심이 없는 윤세기의 삶을 함께 칭송하였다.

윤세기가 세상을 떠난 후 망신루는 다시 그의 형 윤세강의 아들 윤택이 차지하였다. 이 무렵 인근에 살던 박필주朴弼周(1680~1748)가 자주 망신루를 찾았다. 박필주는 윤택의 처남이니 왕래가 잦았을 것이다.

기우뚱한 벼랑 험한 바위에 철쭉꽃 붉은데
환한 백사장 저녁 햇살 그림 속 풍경인 듯.
홀연 마음에 아무 일 없어 여유로움을 알겠으니

생동하는 강물이 굼실굼실 만 리로 흘러가네.

側岸危巖躑躅紅 明沙晩照畫圖中

悠然忽覺心無事 活水渾渾萬里通

_박필주, 「자형 윤춘경의 흑석강 별서 곁 물가의 바위에 앉아서(坐姊兄尹春卿澤黑石江舍水邊石)」(『여호집黎湖集』 196:10)

1701년 제작한 것으로 추정된다. 철쭉 붉게 타는 봄날 흑석동 높다란 취선대 벼랑 바위에 앉아서 흘러가는 강물을 바라보고 이렇게 시를 지었다.

박필주는 자가 상보尙甫이고, 본관이 반남潘南으로, 금계군錦溪君 박동량朴東亮이 고조부고 선조의 딸 정안옹주貞安翁主와 결혼하여 금양위錦陽尉에 봉해진 박미朴瀰(1592~1645)가 증조부다. 박미의 손자가 박세교朴世橋(1611~1663, 자 여승與乘)인데 박세채朴世采와는 종형제 사이다. 박세교는 높은 벼슬에 오르지는 못했지만, 박필주 외에 박지원朴趾源 박영효朴泳孝, 박규수朴珪壽, 박기수朴綺壽 등 명망 높은 인물이 그의 후손이다. 박세교는 남호南湖에 망련정望蓮亭을 지은 것으로 되어 있다.[39] 망련정은 노량에 있던 그의 별서로 추정된다. 『여지도서』에는 망신루와 따로 노량리의 망북루望北樓와 흑석리의 망원정望遠亭를 소개하였다. 『과천현읍지』(장서각본)에는 특히 망북루의 주인이 박세교라 했다. 북쪽을 바라보는 망북루나 북쪽 대궐을 바라보는 망신루나 그 뜻은 다르지 않을 것이다. 박세교의 손자 박필주는 그러한 마음으로 망북루를 물려받았을 것으로 추정된다.

박필주는 젊은 시절 남대문 곁에 거주하였다. 증조부 박미의 취미헌翠微軒이 있어 수백 년 된 은행나무가 서 있던 집이다. 1701년 다시 남대문 안쪽으로 이주하여 호를 신문晨門이라 하였다. 또 1714년에는 도

---

39) 박세채, 「掌樂院僉正朴公墓誌銘」(『南溪集』 142:26).

성 안 우대에 살아 우대雨臺 등의 호도 사용하였다. 특히 여호黎湖가 가장 널리 알려졌는데 '여'는 검다는 뜻이므로 여호는 곧 '흑호黑湖'요 흑석동 앞의 강을 지칭한다. 여호라는 말은 박필주가 호로 사용하면서 널리 알려졌으니 여호는 가히 박필주가 주인이라 할 만하다. 박필주는 1725년 자형 윤택의 망신루 가까운 곳에 집을 짓고 눌러앉았다.

강가에다 조그마한 초가를 엮었으니
고단한 인생 어진 누이의 힘을 입었네.
몇 권 남은 경서라도 생애를 붙일 만하니
성곽 너머 좋은 밭 없다고 탓할 것 없다네.
小築江干縛草椽 孤生得荷女嬰賢
殘經數卷生涯足 不恨曾無負郭田
_박필주, 「독서하던 여러 곳을 추억하여 적은 시 중 여호(追記讀書諸處, 黎湖)」
(『여호집』 196:40)

평생 책을 읽던 공간을 두루 적으면서 여호에서 지내던 시절을 돌아본 것이다. 이 시의 주석에 따르면 1721년 여름부터 여호에 집을 짓기 시작하여 1725년 봄 완공되자 그곳에서 기거하였다고 한다. 누이의 덕분에 강가에 집을 마련할 수 있게 된 것을 기뻐하였다. 박필주는 그후 다른 곳에 지내더라도 매년 봄과 여름이 되면 늘 망신루를 빌려 지냈음을 스스로 밝힌 바 있다.

박필주가 누이의 힘으로 동작에 새 집을 짓기 이전부터 그의 별서는 정국의 소용돌이 속에서 그의 벗들이 잠시 쉬어간 공간으로도 의미가 있었다. 대제학과 판서 등 청현직을 역임한 송상기宋相琦가 1721년 숙종이 승하한 후 소란한 정국에서 벗어나 지내던 곳이 바로 박필주의 집이었다. 이때의 기록 「남천록南遷錄」을 보면 "다시 흑석촌 영평 군수 박필주의 몇 칸 작은 집으로 옮겼다. 대개 이곳과 청풍부사 윤공의 정사가 가깝다"고 하였다.[40] 청풍부사는 윤택을 가리키니, 박필주의 집이 바로 인근에 있었던 모양이다.

그런데 묘하게도 박필주는 자신이 살던 여호의 별서에 대해서 글을 남기지 않았다. 여호든 흑석촌이든 늘 그의 누이 집 이야기만 나온다.

> 어디서 온 객이 누각에 올랐나,
> 예나 지금이나 이 강은 흘러가는데.
> 배는 마치 허공으로 가는 듯
> 정자는 물 위에 둥실둥실 떠 있네.
> 맑은 강물이라 나무가 또렷한데
> 고운 풀은 물가에 무성하게 자라네.
> 최호의 시를 함께 읽어보아도
> 황학루에 양보할 것 없구나.
>
> 登臨何處客 今古此江流
>
> 帆若空中去 亭如水上浮
>
> 晴川歷歷樹 芳草萋萋洲
>
> 崔顥詩相看 不須讓鶴樓
>
> _박필주, 「내가 흑석에 거주한지 오래 되었는데 매번 망신루의 경치를 사랑하였지만 시구 하나도 읊어본 적이 없으니 이 좋은 강산을 저버린 것이라 하겠다. 이제 오언율시 한 수를 비로소 지어 묵은 빚을 갚는다(余居黑石久矣, 每愛望辰樓景致, 而未嘗吟一詩句, 負此好江山, 今始得五言律一首, 小償其宿債云)」
>
> (『여호집』196:24)

1731년 지은 작품이다. 누이의 소유인 망신루의 풍광이 아름답지만 그곳에서 시를 지은 적이 없어 아름다운 강산에 빚을 졌노라 하였다.

---

40) 송상기, 「南遷錄」(『玉吾齋集』171:540).

당시 뛰어난 시인 최호崔顥의 시에 나오는 황학루黃鶴樓도 부럽지 않다고 자랑하였다. 그러나 정작 자신이 사랑한 자신의 별서 여호에 대해서는 빚을 갚지 못했다.

6. 장유의 별서 월파정의 역사

노량진 수산시장 생선 비린내가 진동하는 곳에 월파정月波亭이라는 운치 있는 이름의 정자가 있었다. 정약용은 "우리나라에 월파정이라고 불리는 정자가 세 군데 있는데, 나는 세 곳 모두 가 보았다. 하나는 영남의 낙동강 강가에 있다. 내가 일찍이 진주로부터 예천에 가서 이 정자에 올라간 적이 있다. 그러나 그때는 대낮이었기 때문에 달빛이 비치는 물결(月波)은 볼 수 없었고 강에 반사되어 반짝이는 햇빛만 눈부시게 비칠 뿐이었다. 또 하나는 노량진의 서편에 있다. 내가 일찍이 권씨權氏, 이씨李氏 등 여러 사람과 이 정자 아래서 배를 띄우고 달빛이 비치는 물결을 바라본 적이 있다"라 한 바 있다.[41] 정약용은 노량진 월파정에 대해서 따로 기문을 지어 자세히 적었다. 1787년 여름에 이기경李基慶의 마포 별서에서 변려문騈儷文을 익히다가 권영석權永錫, 정필동鄭弼東 등과 함께 월파정을 구경하였다.

조그마한 배를 타고 용산에서부터 물결을 거슬러 올라갔다. 강 가운데서 한가롭게 동쪽으로는 동작나루를 바라보고 서쪽으로는 파릉巴陵 입구를 바라보았다. 안개가 낀 강은 넓고도 아득한데 드넓은 물결이 한가지로 푸르다. 월파정에 도착하자 해가 졌다. 난간에 기대어 술을 가져오라고 하고 달이 떠오르기를 기다렸다. 조금 있으려니 물에 낀 내가 비스듬히 걷혀가고 잔잔한 물결이 점점 밝아졌다. 이 군李君이 "달이 지금 떠오른다"라고 하였다. 마침내 다시 배에 올라 달을 맞았다. 오로지 만 길이나 되는 황금빛 줄기가 수면을 내려 쏘더니, 잠깐 돌아보는 동안에도 천태백상千態百狀으로 순간순간 광경이 바뀌었다. 수면이 움직일 때는 부서지는 모습이 구슬이 땅에 흩어지듯 하고, 조용할 때는 평활平滑하기가 유

---

41) 정약용, 「黃州月波樓記」(『與猶堂全書』 281:300).

리가 빛을 내는 것과 같았다. 달을 잡고 물놀이를 하는 등 서로 돌아보며
매우 즐거워했다.

_정약용, 「월파정의 밤놀이(月波亭夜游記)」(『여유당전서與猶堂全書』 281:290)

　서정적인 필치에 월파정의 야경이 잘 묘사되어 있다. 여러 벗과 함
께 배를 타고 월파정에 이르러 밤에 뱃놀이를 하면서 지은 시에서 "월
파정 아래 조각배 대니, 마을에 연기 일고 해가 막 지네. 정자에 올라 술
마시고 내려와 노래하는데, 때때로 물결 위에 큰 고기 뛰노는 것 보이네
(月波亭下扁舟泊 墟里煙生日初落 登樓飮酒下樓歌 時見潮頭大魚躍)"라 한 곳이다.[42]

　정약용이 이렇게 즐거운 한때를 보낸 월파정은 조선 중기 이래 명
성이 매우 높았는데 그 주인이 바로 장유張維(1587~1638)였다. 장유는 자
가 지국持國이고 호는 계곡谿谷 혹은 묵소默所라 하였다. 본관이 덕수德水
인데 부친은 판서를 지낸 장운익張雲翼이다. 이 집안의 선영은 당시로
는 안산, 지금의 시흥시 조남동에 있었고 방배동方背洞에도 선영이 있
었다. 장유는 광해군 연간에 출사하여 필운동弼雲洞에 살았지만 얼마
있지 않아 벼슬에서 물러나 안산에 해장정사海莊精舍를 짓고 은거하였
다. 고조부인 장옥張玉이 경영하던 호호정浩浩亭이 있어 그곳에도 기거
하였다.[43] 장유는 젊은 시절 동작에서 살았던 것을 보면 그곳에도 별
서가 있었던 것이 분명하다. 다음 시에서 보듯 젊은 시절 한겨울 동작
에서 노량까지 썰매를 타고 노닐었다.

　갈기도 없는데 어찌 말(馬)이라 부르는가?
　얼음 위에 달리는데 왜 눈(雪)이라 하는가?
　기계가 너무 편하여 힘이 들지 않건만
　속도가 하도 빨라 조절하기 어렵다네.

42) 정약용, 「同諸友乘舟至月波亭汎月」(『與猶堂全書』 281:16).
43) 이에 대해서는 필자의 『조선의 문화공간』에서 다룬 바 있다.

바람처럼 몰아가니 고삐 재갈 필요 없고

날아가는 바퀴인지라 자국이 남지 않네.

총알이라 한들 이보다 더 빠를소냐,

화살도 그 빠르기는 사양해야 하리라.

우레가 치는 듯하니 다리는 벌벌벌,

벼락이 치는 듯하니 눈앞은 아찔아찔.

물속의 규룡虬龍이 깜짝 놀라

지레 치솟을까 겁이 덜컥 나는구나. (하략)

非轡曷稱馬　行氷何取雪

機便不費力　勢激難緩節

飆馭謝轡銜　飛輪絕軌轍

走丸翻覺遲　激矢須讓疾

脚戰萬雷輾　眼眩千電掣

却怕虯潛虹　徑欲趁奔日

_장유, 「동작나루에서 썰매를 타고 노량까지 와서 장난으로 짓다(自銅雀津, 乘雪馬, 至鷺梁, 戲成俳語十韻)」(『계곡집谿谷集』 92:400)

1608년 무렵 지은 작품이다. 동작나루에서 썰매를 타고 노량까지 신나게 달렸다. 젊은 시절의 작품 중에 오늘날 현충원 안에 있던 절인 화장사華藏寺에 들러 시를 짓기도 하고 한 것을 보면 동작에 별서가 있었던 것이 분명하다.

장유는 1623년 인조반정에 가담하여 공신이 되고 딸이 효종의 비 인선왕후仁宣王后에 책봉되어 신풍부원군新豐府院君에 올랐다. 이 무렵 월파정을 소유하게 된 듯하다. 장유의 별서 월파정의 역사에 대해서는 홍석기洪錫箕(1606~1680)가 "장계곡의 정자 이름張谿谷亭號"이라는 주석을 달고 다음과 같이 아름다운 변려문에 담았다.

개벽 이래 강산이 정말 아름답게 절로 있어 왔는데

누정이 아름답다 하지만 흥폐는 실로 무상한 법이라.

사치에 대한 경계가 이에 있었으니

가득차면 비게 되는 이치를 볼 수 있다네.

이제 여기에 땅 잡고 세운 집 그 예전 누가 경영한 것인가?

빼어난 땅에 알맞은 것은 문안공文安公의 우아한 뜻이요

정자 이름 때를 기다린 것은 덕수자德水子의 높은 자태라네.

여기 오르는 흥취가 이미 많기에 물러날 계획 또한 빨랐다네.

가을바람에 임금을 뿌리치고 떠나감이 옳지 않기에 대궐에서 멀지 않고

봄비에 영원히 그리운 마음 애달파 선영 가까운 곳에 터를 잡았다네.

재상을 배출한 명문세가라 어찌 전원이 많지 않으랴만

성은이 하도 깊어 한강은 더욱 넓구나.

단청을 하지 않아도 절로 그림이 되니

날개가 돋지 않아도 이미 신선이라네.

아침에 나아갈 때 패옥 소리 조정을 울리고

저녁에 물러날 때 배 떠 있는 강물을 즐긴다네.

양호楊湖(양천 앞의 강)가 섬으로 파고드니 육오六鰲가 해상에 떠 있나

화악華岳(북한산)이 하늘에 솟았으니 삼각산이 구름 끝에 우뚝하네.

천하의 장관도 여기에 비길 것 없으니 악양루岳陽樓와 자웅을 다투리라.

양안의 인가들 들어서 신기루가 펼쳐지기 어렵고

만 척 배들의 고기잡이 등불 밝아 하늘에 별조차 보이지 않네.

게다가 울음 우는 기러기 가을비 뿌리는 백사장에 내려앉으니

그 소리가 포구에 흐르고

떠나가는 배가 석양 비치는 섬으로 돌아가니

그 그림자 주렴으로 들어온다.

앞에 난간을 두고 뒤에 기둥을 두어야 하겠지

서쪽은 정원을 두고 동쪽은 채마밭이 맞으리라.

고산孤山의 눈 같이 흰 꽃은 임포林逋의 찬 향기를 함께 나누고
율리栗里의 서리 맞은 꽃잎은 도연명陶淵明의 만절晚節을 취하였다네.
세한歲寒에도 시들지 않은 기약이 여기 있으니
시절이 평화로운 즐거움이 어떠하랴.
시인 묵객을 맞아들이니 술동이 하나 크게 채워야지,
안개와 노을의 흥취를 늘 즐기니 등산 신발 신을 것 있겠나.
이에 흰 달이 둥글어지려 하고 한겨울이 오히려 따스하니
강바람 막 불어와 겹겹의 물결에 꽃이 일고
하늘이 슬쩍 흐려 층층의 구름이 잎처럼 흩어지네.
달 속의 은두꺼비 삼경에 고운 빛을 토하고
흰 까마귀 만경창파 황금빛을 머금고 있네.
하룻밤 유람을 하기만 하여도 사시사철 구경거리 짐작할 수 있다네.
아, 흐르는 세월은 쉬 가는 법, 좋은 일이란 다시 만나기 어렵다네.
속세에는 백년의 즐거움이 없건만 산하에는 만겁의 느꺼움이 많다네.
누대에 눈길을 준 이 앞뒤로 그 몇이었나
시주詩酒로 흉금을 연 것 고금에 한가지라.
붓을 적셔 경치를 그리려니 누가 화가의 솜씨를 지녔는가.
종이를 찾아 시를 지으려니 큰 물결 자게 할 솜씨 아니로구나.
이에 사운四韻의 시를 지어 천추의 역사에 사죄하노라.

江山信佳 開闢自在 亭榭雖麗 廢興無常 奢儉之戒斯存 盈虛之理可見
今玆卜築 昔誰經營 勝地宜人 文安公之雅志 名亭待時 德水子之高標
登覽之興旣饒 退休之計亦早

秋風無可去之義 北闕非遙 春雨有永思之悲 先丘且近

相門世業 田園豈多 聖主恩波 江漢逾濶 非丹靑而自畵 不羽翼而已仙
朝趍則鳴珮鵷班 暮出而弄舟鷗渚

楊湖浸島 六鰲疑海上之浮 華岳磨霄 三角見雲間之屹

無天下之較壯 與岳陽而爭雄

雙岸人家 蜑難工市 萬船漁火 星不在天

而況叫鴈下秋雨之沙 聲流浦潊 征驪歸夕陽之嶼 影入簾櫳

宜前檻而後楹 復西園而東圃 孤山雪萼 分處士之寒香 栗里霜葩 取先生之晚節

歲寒之期在此 時淸之樂如何 逢迎翰墨之徒 一罇須滿 坐臥烟霞之趣 雙屐何煩

于時素月欲圓 玄冬猶煖 江風初起 疊浪生花 天氣乍陰 層雲散葉

銀蟾吐三更之彩 白鳥含萬頃之金 雖辦一夜之遊 可推四時之賞

嗟乎流光易邁 勝事難逢 塵世少百年之歡 山河多萬劫之感

樓臺留眼 前後幾人 文酒開襟 古今一致

抽毫寫景 誰是粉繪之工 覓紙題詩 顧非波濤之手 聊成四韻 庸謝千秋

_홍석기, 「월파정의 시 서문(月波亭詩序)」(『만주유집晩洲遺集』 b31:141)

이 글에 따르면 월파정은 원래 주인이 문안공文安公이라 하였다. 성임成任의 시호가 문안이었고 그 증손 성자항成子沆이 장유의 조부 장일張逸과 혼인하였으므로 월파정의 원래 주인이 성임이었을 가능성이 높다. 성임의 아우 성현成俔은 성임의 아들 성세명成世明의 집 월파당月波堂을 두고 강정江亭의 서실西室이라 하였다.[44] 월파당이 곧 월파정으로 성임과 성세명 등이 경영하던 한강의 별서라고 추정할 수 있겠다. 그러다가 17세기 무렵 외손인 덕수 장씨, 곧 장유의 집안으로 넘어간 듯하다. 따로 실려 있는 홍석기의 시는 아래와 같다.

문안공 이미 가도 옛 정자 남았는데
공은 문안공의 성 다른 후손이라지.
그 때문에 선영 근처에다 땅을 구입하여
꽃과 대를 넉넉히 심어 정원을 만들었다네.
긴 강은 바다에 접하여 양화나루 드넓은데

---

44) 成俔, 「題如晦月波堂」(『虛白堂集』 14:300).

여러 봉우리 하늘에 떠서 관악산은 높다랗다.

조정에서 물러나 올라보기 가장 알맞으니

무한한 달빛과 강물은 또한 임금님 은총일세.

文安已去舊亭存 公是文安異姓孫

爲近松楸曾買地 剩栽花竹且開園

長江接海楊津闊 衆峀浮天冠岳尊

最合登臨朝退後 月波無限亦君恩

_홍석기, 「월파정에 쓰다(題月波亭)」(『만주유집』 b31:105)

여기서도 문안공과 성이 다른 후손 장유가 선영이 있는 안산에서 그리 멀지 않은 노량에다 월파정을 마련하였음을 밝히고 있다.[45]

그런데 월파정의 역사는 홍석기의 기록과 다르게 전하기도 한다. 유몽인柳夢寅의 문집 중 규장각과 국립중앙도서관 등에 필사본으로 전하는 『묵호고黙好稿』에는 「월파정기月波亭記」라는 글이 실려 있다.

이부吏部의 우시랑右侍郎 유인초柳軔初 씨가 한강 서쪽 언덕에 정자를 새로 지었다. 벽을 다 바르고 다시 단청 칠하는 일이 다 끝나자 태부인太夫人을 모시고 성대한 연회를 베풀어 낙성식을 하였다. 그 정자의 편액을 월파정이라 하고 동료인 좌시랑 고흥高興 유몽인에게 기문을 부탁하였다. 몽인은 막 문자로 인해 임금의 견책을 입고 입는데, 어찌 감히 주둥이를 놀리고 필묵을 휘둘러 공의 화려한 건물을 욕되게 할 수 있겠는가? 다만 생각해보니 이러하다.

달은 천상에 흐르는 빛이요, 물결은 물 위에 일렁이는 무늬이다. 내가

---

45) 申欽의 「寒食日歸自先壟, 東陽來迎於楊花渡口, 因登江畔小亭暫憩, 問其亭主則乃張判書雲翼別墅云」(『象村稿』 71:384)에서 申欽이 선영에 다녀올 때 아들 申翊聖이 양화나루 입구로 마중을 나왔기에 함께 강가의 언덕에 있는 정자에 올라 쉬었는데 바로 장운익의 별서였다고 하였다. 이 정자가 월파정일 수도 있지만 노량나루와는 다소 거리가 있어 별도의 정자였을 가능성이 더 크다.

그대에게 풍간諷諫하는 일이 전혀 사심이 없는 것이요, 그대가 나를 받아들이는 것도 또한 전혀 사심이 없을 것이니, 비록 말하고 싶은 바를 입에서 나오는 대로 마음껏 하더라도 장차 누가 이를 허물로 삼겠는가? 이제 동쪽 바다에서 떠올라 높은 하늘 한 가운데에 이르렀다가 서쪽 바다로 빠지는 저 달은 그 맑고 밝으며 희고 깨끗한 광채가 부상扶桑의 해를 이을 만하다. 달을 완상하기에 좋은 시기는 어느 밤이라도 편할 때를 택하면 되니, 앞에 이른 달빛이 지나가고 나중의 달빛이 다시 이르면 반짝반짝 이어져서 강물의 거죽을 만들기 때문이다. 밝고 깨끗하게 일렁이는 물빛은 강물 가운데서 하늘을 비추고 경물을 띄울 수 있으니 물결을 감상하기에 마땅한 시기는 밤낮을 가리느라 쉴 필요가 없겠다. 여기에 달이 물결을 비추어 그 그림자를 유영遊泳하게 하고 물결은 달빛을 받들어 그 광채를 휘날린다. 마치 옥거울 속에서 얼음에 적셔서 옥에 도장을 찍은 듯하고 은하수 위에다 황금을 녹이고 얼음을 녹여 놓은 것 같다.

이에 공이 하늘과 땅, 달과 강이라는 두 공물公物을 앉은 채로 받아들여 한결같이 이 정자를 다함이 없는 창고 무진장無盡藏으로 삼아서 태부인에게 바치고 있다. 태부인이 여러 아들과 손자를 거느리고 맑고 시원한 난간에 임하면, 대궐의 남은 산해진미를 내시들이 날듯이 수레에 싣고 와서 전한다. 화려한 잔치를 베풀고 아리따운 아가씨들로 하여금 『시경』, 「월출月出」의 시와 창랑滄浪의 노래를 부르도록 하여, 바다와 산과 같이 장수하시기를 축원하면 태부인은 그 경사를 독차지할 수 없어 구중궁궐의 임금께 돌린다. 바로 이때 공이 홀을 바르게 쥐고 두 손을 모아 말하였다.

"저 희발이 이 정자의 이름을 붙인 것이 어찌 다만 즐겁게 잔치를 하면서 완상하는 도구로만 삼고자 한 것이었겠습니까? 달이 해를 빌려 빛이 되는 것을 보고 군자는 그것으로 신하의 도리를 다합니다. 물결이 근원에 의지해 다함이 없는 것을 보고 군자는 그것으로 근본의 학문에 힘씁니다. 달빛이 대낮 같이 밝은 것을 보고 군자는 그것으로 그 밝은 덕을

밝힙니다. 물결이 아득히 끝이 없는 것을 보고 군자는 그것으로 그 도량
을 넓힙니다. 달이 초하룻날에 사라지지만 초하룻날에 다시 차기 시작하
는 것을 보고 군자는 그것으로 가득 찬 것의 경계로 삼습니다. 물결이
장마에 흐려지고 회오리바람에 일렁이는 것을 보고 군자는 그것으로 물
욕을 깨끗이 씻어야 한다는 것을 압니다. 가난한 집에까지 맑은 빛을 나
누어주고 온 천지사방에 남은 물결을 미치게 하여 온 천하 사람들로 하
여금 함께 얻은 사물로 삼아 우리 한 집안만의 즐거움이 되지 않게 하기
에 이른다면, 이 정자의 달빛과 물결이 모두 우리의 마음속에 있게 됩니
다. 이러한 것으로 우리 임금께 바친다면, 어찌 만세토록 맑고 밝은 정치
가 이루어지지 않겠습니까?"

　　몽인은 일찍부터 공에게 알아줌을 입었고 지금은 같은 곳의 동료로
있은 지 이미 4년이 되었다. 감히 글로 꾸미고자 하지 않고 그저 보고
들은 바를 기록하여 기문으로 삼는다.

　　＿유몽인,「월파정기月波亭記」(『묵호고默好稿』 규장각본)

　　이 글에서 유몽인은 월파정의 주인이 유희발柳希發(1568~1623)이라 하
였다. 유희발은 본관이 문화文化고 자가 인초軔初다. 부친은 문양부원군
文陽府院君에 봉해진 유자신柳自新이고, 여동생이 광해군의 비가 된 문성
군부인文城郡夫人 유씨柳氏다. 외척으로 권세를 누리다가 1623년 인조반
정이 일어나자 형 유희분柳希奮과 함께 참형을 받았다. 이 글을 보면 유
희분이 정자를 월파정이라 한 뜻이 무척 고상하다. 그의 부정적인 이
미지는 노론 집권 후 덧씌워진 것이리라.

　　유몽인이 이 글을 썼을 때 유희발이 이부시랑, 곧 이조참의로 있다
했으니, 1617년 무렵 이 글이 제작되었음을 확인할 수 있다. 이 글에서
이른 태부인은 바로 유희발의 누이동생 문성군부인 유씨를 가리킨다.
유몽인은 벗을 풍간하는 뜻을 담았다고 하였다. 원래 유희발의 마음은
월파정에서 달빛과 물결을 구경하는 데 있었다고 하겠지만 그가 월파

정을 지은 뜻이 여민동락與民同樂에 있다고 하여 그로 하여금 여민동락
에 힘쓸 것을 권면하였다. 1617년 이조참판으로 있던 유몽인은 이 월파
정에서 다음과 같은 시를 한 편 지었다.

아름다운 술잔에 맛난 술이 그득한데
고운 잔치자리에 단장한 여인들 늘어섰네.
달빛은 강물에 비친 그림자를 당기는데
매화는 대숲 너머로 꽃향기를 전하네.
이조에서 3년 동안 함께하였고
고양에선 10리 떨어진 곳 살았지.
하루해 다가도록 풍광을 실컷 즐기고
집에 돌아오면 희망을 잃곤 하였지.
瓊盃飛綠酊 瑤席列紅粧
月挹波心影 梅傳竹外香
三年同吏部 十里隔高陽
竟日風光飽 還家我缺望
_유몽인, 「월파정月波亭」(『어우집』 63:497)

이보다 앞서 1608년 유몽인은 서호西湖에 우거한 적이 있는데 그 무
렵 유희발은 집이 고양에 있었다. 거리가 10리 정도밖에 떨어져 있지
않아 자주 오가면서 풍광을 즐긴 인연이 있었다. 게다가 이때는 함께
이조에서 나란히 근무하고 있었기에 기생과 풍악이 어우러진 월파정
의 사정을 유몽인이 누구보다 잘 알고 있었을 것이다.

그런데 이 월파정이 장유가 소유한 노량나루의 월파정인지 확언하
기는 어렵다.[46] 유몽인은 월파정이 한강의 서쪽에 있다고만 하였다.

---

46) 서울시사편찬위원회의 『한강의 누정』에서는 월파정이 인평대군의 대은정 곁
　　에 있고 주인이 유희발이라 하였다. 또 인조의 동생 능원대군이 이를 수리하

그러나 최소한 인조반정 이전 한강의 월파정은 그 주인이 늘 유씨로
나타난다.

> 은거할 곳 한강 서쪽 귀퉁이로 잡았으니
> 높다란 난간이 강을 마주하여 트여 있네.
> 반짝이는 달빛은 늘 땅에 그득한데
> 넘실거리는 물빛엔 먼 하늘이 떠 있네.
> 유리를 깔아놓은 듯 밝은 빛 동탕치고
> 수은을 녹여 만든 듯 부서졌다 둥글어지네.
> 적의당 텅 비어 절로 흰빛이 생겨나니
> 맑은 기운 거두어서 단전에다 쌓겠구나.
> 芚裘爲卜漢西偏 危檻臨流勢豁然
> 的的月光恒滿地 盈盈波色逈浮天
> 琉璃鋪却明難定 鉛汞鎔成碎亦圓
> 適意堂虛自生白 應收灝氣貯丹田
> _유근, 「월파정에 쓰다(題月波亭)」(『서경집西坰集』57:470)

　　이 시의 주석에는 "주인 유공柳公이 당명堂名을 묻기에 적의適意로 편
액을 하라고 청하였다"라 하였으니, 월파정 곁에 적의당適意堂이라는 건
물도 있었음이 분명하다.[47] 유근은 『장자』에 보이는 "텅 빈 방 안에서
밝은 빛이 생겨난다(虛室生白)"라는 말로 월파정의 주인이 욕심 없이 맑
게 은거하는 뜻을 기렸다. 이 시에서 주인이 유씨라 하였는데 훗날 문
집을 편찬할 때 성만 남기고 이름은 뺀 것으로 추정되니, 이 월파정의
주인이 유희발이었을 것이다. 이호민李好閔이 1619년 지은 시에서도 월

여 綾原亭이라 하였다고 했다. 그러나 그 근거는 밝히지 않아 확인할 수 없
다. 앞서 보았듯이 능원대군의 정자는 沐恩亭으로 서빙고 인근에 있었다.
47) 적의당은 漢陰, 오늘날의 미사리에도 있었는데 조태억 집안의 별서였다.

파정의 주인은 유씨로 나타난다.

> 백년 황량한 언덕에 세워진 화려한 정자
> 빼어난 땅 주인을 만났으니 궁하지 않았네.
> 선경仙境이라 배들이 주렴 너머 보이는데
> 팔방으로 난 고운 창이 거울 위에 비치네.
> 종소리는 삼막사와 과천에서 들리는데
> 산빛은 청계산과 관악산이 한가지라네.
> 월파정이라고만 붙인 것 너무 좁은 것 아니던가
> 사계절 아름다운 경치 조물주의 솜씨를 다했으니.
>
> 百年荒皐畫堂風 勝地遭逢本不窮
> 十島帆檣簾影外 八窓紈綺鏡光中
> 鍾聲三藐果林半 山色淸溪冠嶽同
> 獨揭月波無亦隘 四時佳景罄天工
>
> _이호민, 「유참판의 월파정 시에 차운하다(次柳參判月波亭詩韻)」(『오봉집五峯集』
>   59:400)

월파정은 무척 화려하였던 모양이다. 팔방에 창을 내었다고 하였으니 그 규모를 짐작할 수 있다. 또 월파정 앞으로 강물이 흐르고 뒤로 관악산과 청계산이 있다고 하였는데 노량진 수산시장에 있던 것으로 추정되는 장유의 월파정과 그 위치가 크게 다르지 않다. 또 그 백여 년 동안 월파정의 언덕이 황량하다고 하였으니 성임의 월파당이 이미 폐허가 되었음도 짐작할 수 있다. 유희발이 바로 그 곳에 새로 월파정을 세운 것이라 하겠다. 이러한 점을 고려한다면 원래 조선 초기 성임이 경영하던 월파당이 있었고 인근의 땅을 장유 집안에서 물려받았는데, 광해군 연간 권력을 누린 유희발이 그곳에 월파정을 새로 지었고 인조반정 후 유희발이 죽자 몰수된 월파정이 다시 장유 집안으로 넘어갔다고 보아야 할 것이다. 다만 장유가 월파정을 소유하게 되었지만 장유의 글에는 월파정이 나타나지 않는다. 유희발을 기억하는 사람들이 많았기 때문이리라.

월파정이 이 집안의 문헌에 나타나는 것은 장유의 아들 장선징張善澄 (1614~1678)에 이르러서다. 장선징은 자가 정지淨之고 호는 두곡杜谷이며 벼슬은 판서를 지냈는데 세상을 떠날 무렵 이 월파정에 기거하였다. 용산의 수명루水明樓에 기거하고 있던 벗 심유沈攸(1620~1688)가 1678년 월파정으로 장선징을 찾아갔다.

예전 노닐던 월파루를 함께 찾아가노라니
정자 아래 이끼 낀 바위에 작은 배가 묶여 있네.
웃으며 하는 말, 봄이 온 저 강물을 술로 삼아서
허망한 세상 이별의 근심 녹여볼까 하노라.
舊遊同訪月波樓 樓下苔磯繫小舟
笑倚春江江作酒 欲消浮世別離愁
_심유, 「범옹과 태승과 함께 배를 타고 월파정으로 상서 장선징을 찾아갔는데 이때 태승이 마침 진주로 갈 일이 있어 범옹이 시를 지어 모임을 적었고 이에 차운하여 답한다(與泛翁泰升同舟訪張尙書善澄于月波亭, 泰升時有晉陽之行, 泛翁有詩記會, 次韻以酬)」(『오탄집梧灘集』 b34:203)

흑석동에 살던 윤해가 진주로 가게 되자 심유는 전별연을 열기 위해 홍주국과 함께 장선징의 월파정을 찾은 것이다. 장선징이 말년에 월파정 아래 조그만 배를 매어두고 왕래하였음을 이 시에서 확인할 수 있다.

생전에 그와 인연이 있던 많은 사람들이 월파정으로 찾아와 잠시 묵어가곤 하였거니와 장선징이 죽은 후에는 그보다 명성이 높은 여러 문사들이 빌려 기거함으로써 월파정의 명성은 오히려 높아졌다. 이민서李敏敍(1633~1688)도 그러한 인물 중 하나다. 그 아들 이관명李觀命이 장선징의 사위니, 이민서가 가끔 사돈의 별서 월파정에 나들이한 것은 자연스러운 일이다. 이민서는 자가 이중彝仲이고 호가 서하西河며, 본관은 전주로 이경여李敬輿의 아들이다. 그 자신 대제학과 판서를 역임하였으며, 좌의정을 지낸 이관명과 이건명李健命이 그의 아들이고 홍중기洪重箕, 남학명南鶴鳴, 김창립金昌立 등 이름난 문인들이 그의 사위니 그의 위세를 짐작할 수 있다. 이민서는 독특한 인물이다. 1670년 부응교로 있을 때 옥당에서 숙직을 하던 중 과음으로 광증狂症이 일어나 자살을 기도한 적이 있으며 이 때문에 벼슬에서 물러나 교하交河의 시골집에 내려가 있었고, 1673년에는 이조와 호조의 참판에 임명되었지만 나가지 않았으며 이듬해 대사성이 제수되었지만 바로 물러났다. 이러한 부침의 시절 향저와 경저 사이에 있던 월파정을 자주 이용한 것이다. 이웃에 별서를 둔 송규렴宋奎濂은 잠시 월파정을 물러난 벗 이민서에게 위로의 시를 지어 "부럽다, 강가로 돌아간 땅이, 물고기와 새, 안개와 구름과 이웃하겠네(羨君江上歸休地 魚鳥煙雲共作隣)"라 하였다.[48] 이에 이민서는 다음과 같이 답하는 시를 지어 보냈다.

적막한 집에 열흘 누워 지내노라
꽃과 버들 늘어선 마을에서 봄을 보지 못했네.
새로 지은 시가 나를 일으켜 세우니
흥이 일어 술을 찾아 서쪽 이웃을 찾노라.

僑居寂寞臥經旬　花柳村中不省春
賴有新詩還起我　興來呼酒問西隣

_이민서, 「송도원의 시에 차운하다(次宋道源奎濂韻)」(『서하집西河集』 144:42)

---

48) 송규렴, 「寄贈李彝仲敏敍」(『霽月堂集』 137:340).

그 후에도 이민서는 자주 월파정으로 물러나 살았다. 1682년 이조 판서가 되었지만 이듬해 이상진李尚眞을 탄핵하였다가 오히려 감찰을 받았고, 또 대제학으로서 성균관 감제柑製를 주관할 때 부정의 혐의가 있다 하여 도성을 떠나야 했을 때도 월파정을 이용하였다. 이보다 앞서 조지겸趙持謙(1639~1685)이 월파정에 우거한 적이 있어 현판에 붙은 그의 시를 보고 차운한 바도 있다.[49] 신정申晸도 월파정에 들러 그와 시를 주고받았다.[50]

특히 심유는 월파정의 증인이라 할 만하다. 장선징이 살 때부터 그곳을 출입하였고 이민서가 머물 때에도 그곳을 찾아갔다. 또 1685년 무렵 유창兪瑒(1614~1692)이 월파정에 기거하고 있을 때에도 그곳을 찾았다. 유창은 본관이 창원이고 자가 백규伯圭이며 호는 추담楸潭 혹은 운계雲溪, 설빈雪鬢, 반언反諺 등 여러 가지를 사용하였다. 벼슬은 개성 유수를 지냈다. 그가 노년의 시기 월파정에 기거한다는 소식을 들은 심유는 병 때문에 직접 가보지는 못하고 먼저 시를 지어 보내었다.

> 강가의 탁 트인 누각에서 모임을 갖는데
> 바로 일엽편주 타고 아래위로 노닐고 싶네.
> 병 끝에 문을 나서면 풍물이 기이하리니
> 자고 나 침상을 옮기면 나무 그늘 짙어졌겠지.
> 안개와 파도 이는 금화도와 접해 있고
> 구름과 햇살 가득한 자각봉을 먼저 보게 된다지.
> 노년에 은거하는 뜻 부질없이 그리워하나니
> 그대의 호기로움은 진원룡陳元龍을 닮았구나.

---

49) 이민서, 「次月波亭壁上趙光甫持謙韻」(『西河集』 144:42) ; 「挽趙副學持謙」(144: 80). 이민서는 1670년 선유봉에 별서를 지었는데 이에 대해서는 서호에서 다룬다.

50) 심유, 「西河大學士僑寓月波亭, 寒食前一日, 乘舟歷訪, 座中示梅澗詩, 追次其韻, 西河李彝仲號」(『梧灘集』 b34:334) ; 이민서, 「寄謝汾厓」(『西河集』 144:76).

江樓通望會相逢　直擬扁舟上下從

病欲出門風色異　眠餘移榻樹陰濃

烟波近接金華島　雲日先瞻紫閣峯

漫憶暮年高臥意　賞君豪氣似元龍

_심유, 「참판 유백규가 새로 월파정에 우거하고 있는데 병 때문에 찾아가
　지 못하고 먼저 시를 보내어 마음을 부친다(俞參判伯圭新寓月波亭, 病未相訪,
　先以詩寄情)」(『오탄집』b34:344)

　심유는 용산에 별서가 있었기에 바로 강을 건너면 월파정에 갈 수
있지만 병 때문에 그렇게 하지 못하는 안타까움을 시에 적었다. 유창
이 월파정을 빌려 정착하자 많은 시우들이 그곳으로 찾아왔다. 벗들과
함께 시를 주고받았고 또 뱃놀이를 즐겼다.[51] 유창은 1690년 무렵 동작
동으로 이주한 것으로 보아 월파정의 풍광이 마음에 들어 노량과 가까
운 곳이나마 아예 집을 구하게 된 것이라 하겠다.

　유창과 비슷한 때인 1686년 이상진李尙眞(1614~1690)도 월파정에 우거
하였다.[52] 이상진은 본관이 전의全義고 자는 천득天得, 호는 만암晩菴이
며, 우의정을 지낸 명환으로 인현왕후의 폐출을 반대한 인물이다. 원
래 이민서는 이상진의 탄핵을 받아 물러났고 그때 월파정에 기거하였
는데 그를 공격한 이상진 자신도 다시 월파정을 빌려 살게 되었으니
그 또한 기이한 인연이다. 남용익南龍翼도 문외출송門外出送의 벌을 받던
1691년 7월 잠시 월파정에 기거하였다.

　시야는 아스라이 끝없이 펼쳐져 있는데

---

51)　심유, 「寄潭翁」(『梧灘集』b34:345)」에 "예전 장 상서가 月波亭에 머물 때 매일
　　손님과 벗들이 나란히 찾아와 모였는데 나도 배를 타고 여러 차례 방문한 적
　　이 있다"라는 주석이 달려 있다.
52)　吳道一의 「右議政晩菴李公謚狀」(『西坡集』152:470)에 월파정에 기거한 기록
　　이 보인다.

높은 난간이 멀리 흰 구름 속에 솟아 있네.

누각은 자고로 일정한 주인이 없는 법

물과 달은 이에 이 늙은이에게 맡겨졌네.

지극한 이치는 소동파가 터득하였는데

이름난 땅은 예전 죽루竹樓와 통하였지.

문득 예전 초가에 살던 시절 떠올리면

마치 신선의 궁궐에 직접 간 듯하여라.

眼界蒼茫浩不窮 危欄逈出白雲中

亭臺自古無常主 水月如今屬此翁

至理已敎蘇子得 名區曾與竹樓通

飜思昔在衡茅裡 怳若身登閬苑宮

_남용익, 「7월 8일 노량의 월파정으로 이주하였는데 실상을 적고 풍경을
그린다(七月初八日, 移住露梁月波亭, 記實寫景)」(『호곡집壺谷集』 131:80)

소동파는 「적벽부赤壁賦」에서 "가는 것은 이 물과 같이 쉬지 않고 흐
르지만 영영 가 버리는 것이 아니요, 차고 이지러지는 것은 저 달과 같
지만 끝내 아주 없어지지도 더 늘어나지도 않는다오. 변한다는 관점에
서 보면 천지간에 한순간도 변하지 않는 것이 없겠지만, 변하지 않는
다는 관점에서 보면 만물과 나는 모두 무궁한 것이니, 또 무엇을 부러
워할 것이 있겠소?"라 하였고 또 "천지간에 붙어 있는 하루살이 같은
목숨, 망망한 바다 속 한 알의 좁쌀일세(寄蜉蝣於天地 渺滄海之一粟)"라는 명
언을 남겼다. 이러한 구절을 활용하여 노량의 월파정이 소동파의 적벽
과 유사하다고 하였다.

이처럼 월파정은 17세기 후반 정객들이 잠시 머무는 공간으로 활용
되었거니와 이후에도 사정은 비슷하였다. 『승정원일기』를 보면 1727년
에는 이민서의 아들 이관명이, 1751년에는 조현명趙顯命이 정국에서 잠
시 물러나 이곳에 거주한 것으로 되어 있다. 이 무렵 홍세태洪世泰, 이

해조李海朝, 남유용南有容, 신정하申靖夏, 송명흠宋明欽 등 많은 문인들이
이곳에 올라 시를 지은 것을 보면 그 주인이 누구였던지 시인과 묵객
이 사랑하는 곳이었음에 틀림이 없다.

　그사이 월파정의 주인도 거듭 바뀌었다. 황경원黃景源의 증언에 따
르면 자손이 영락하여 월파정이 충훈부忠勳府로 들어갔는데 장선징의 고
손자인 장석리張錫履(1731~1762)가 다시 이를 구입하였다고 한다.[53] 앞서
본 대로 정약용이 젊은 시절 찾아가 아름다운 시문을 지었을 때까지는
그 주인이 장석리였을 듯하다. 또 『과천현읍지』(장서각본)에는 옹막瓮幕
에 있는 월파정이 장선징의 정자인데 서윤庶尹 유병주俞秉柱(1778~1840)의
소유가 되었다고 적고 있다.

　유병주는 자가 덕여德汝이고 본관이 기계杞溪로 유언술俞彦述의 손자
이며 유신환俞莘煥(1801~1859)의 재종숙이다. 벼슬은 평양 서윤과 상주목
사尙州牧使 등을 지냈다.[54] 홍직필洪直弼과 오희상吳熙常 등과 친분이 있
어 1827년 월파정 아래에서 배를 띄우고 함께 놀았다는 기록이 보인
다.[55] 장석리가 어렵게 월파정을 다시 구입하였지만 그가 죽은 후 얼
마 지나지 않아 다시 유병주 집안으로 넘어간 것이다. 이만용李晩用의
다음 시가 이 무렵의 월파정 모습을 알려준다.

　　강가의 누각 강 위의 달빛이 밤에 어떠하랴
　　강에서 노닐던 옛일 생각하니 멍하니 슬퍼진다.
　　복사꽃 뜬 봄 물결 일면 배 그림자 비치겠고
　　피리 소리에 버드나무 새벽바람에 흔들리겠지.

---

53)　황경원, 「通訓大夫三登縣令成川鎭管兵馬節制都尉張君墓誌銘幷序」(『江漢集』
　　224:342).
54)　홍직필, 「尙州牧使俞公墓碣銘幷序」(『梅山集』 296:230). 월파정 인근에 유신환
　　의 외조부인 朴宗厚의 별서가 있었고 또 현석동에도 따로 집을 지어 1638년
　　무렵 유신환이 거주한 바 있다.
55)　홍직필, 「年譜」(『梅山集』 280:564).

가련타, 오늘 저녁 몇 사람이 취하였는가!
한스러워 하겠지, 이 사이 내 시가 없다고.
서쪽 안개 낀 강물로 귀거래 하지 못하였으니
이 마음을 흰 갈매기에게 전하여 알게 하리라.

江樓江月夜何其　江上前遊漭漭欲悲

帆影桃花春浪後　笛聲楊柳曉風時

可憐今夕幾人醉　應恨此間無我詩

西望烟波歸未得　此情報與白鷗知

_이만용, 「남강설이 근체시 한 수를 부쳐 보내면서 월파정 밤놀이에 초청
하였는데 내가 병으로 가지는 못하였다. 그 시에 차운하여 돌려보내고
모임에 참석한 여러 벗들의 화답을 구한다(南絳雪寄示近體一首, 兼速月波亭夜遊,
余病未赴, 步韻却寄, 更要會中諸益之和)」(『동번집東樊集』 303:545)

남강설南絳雪은 남병철南秉哲(1817~1863)이다. 그가 밤에 월파정에서 만
나 뱃놀이를 하자고 청하였지만, 이만용은 마침 몸이 좋지 않아 참석
하지 못했다. 이 시의 주석에 따르면 이만용의 별서 벽감정碧酣亭에서
반나절 거리에 월파정이 있어 월파정 주인과 해마다 뱃놀이를 즐겼다
고 하였는데,[56] 그 주인이 바로 유병주로 추정된다. 비슷한 시기 남공
철南公轍, 김매순金邁淳 등도 월파정에서 시를 지은 바 있지만 유병주가
그다지 행세하지 못한 인물이라 역시 월파정의 주인으로 기억되지 못
하였다.

1897년 12월 9일 『독립신문』에는 "민씨의 시골 있는 노들 건너 월파
정 집"을 언급하고 있는데 여기서 민씨는 곧 구한말 명성황후를 모셨
던 민형식閔亨植이다. 이 무렵 다시 월파정의 주인이 민씨로 바뀐 것이
다. 일제 강점기에는 아라이 아츠타로(荒井草太郞)라는 일본인이 소유하

---

56) 이 시의 주석에 따르면 벽감정은 반나절 거리에 있는 이만용의 정자인데 터
만 남았다고 하였다. 그 위치는 밝혀져 있지 않다.

였다. 해방 무렵에는 미군을 상대로 한 사교장이 되었는데 1977년 6월 6일 경향신문에 따르면 라바울 마담으로 알려진 김정순이라는 자가 이곳을 구입하여 사교장으로 삼았다고 한다. 그 후에는 장택상張澤相이 차지하여 별장으로 삼았다. 월파정은 근현대 정치사의 비화가 서린 공간이었다.[57)]

---

57) 근대 월파정의 역사에 대해서는 홍경화·한동수, 「서울 노량진 月波亭址의 시기별 변천에 관한 연구」(『건축역사연구』 8, 2014)에서 자세히 밝혔다.

7. 남용익의 상지동 별서

월파정이 그러하였거니와 숙종 연간 동작과 노량 일대는 당벌의 혼란에서 잠시 물러나 정국을 지켜보던 곳이었다. 앞서 본 대로 남용익(1628~1692)이 월파정에서 시를 지은 것도 그 자신이 당쟁의 와중에 문외출송의 벌을 받아 어쩔 수 없이 도성에서 물러나 있을 때 그곳에서 우거하였기 때문이다.

남용익은 본관이 의령이고 자가 운경雲卿이며 호는 소용당疎慵堂, 호곡壺谷 등을 사용하였다. 소용당은 낙산 기슭에 있던 그의 경저 이름인데 일섭정日涉亭을 두어 도성 안에서도 도연명의 삶을 지향하였다. 이 집안의 선영은 수락산 동쪽 자락 양주楊州의 동이골(東海谷), 지금의 남양주시 별내에 있었는데 여기에서 그의 호 호곡이 여기서 나온 것이다. 남용익은 부친상을 당한 1678년 무렵 동이골에 쌍백정雙柏亭을 짓고 살았다. 1689년 이조판서로 대제학을 겸하고 있을 때 기사환국己巳換局이 일어나 노론이 축출되고 그 자신도 삭탈관작에 문외출송의 벌을 받았다. 이때 호곡으로 물러나 만년의 절조를 지키겠다는 뜻에서 보만당保晚堂을 짓고 살았다. 그리고 이듬해 봄 무고를 받아 금고禁錮의 형벌을 받았다. 이에 8월 조정의 국면을 살피기 위해 동작으로 거처를 옮겼다.

원래 동작에는 매부인 이중번李重蕃이 살고 있었다. 청나라에서 병자호란에 패배한 인조에게 왕의 동생과 대신을 볼모로 보낼 것을 요구하였는데 이때 인조의 아우로 가장하고 청의 진영으로 간 인물이 능봉군綾峰君 이칭李偁이다. 남용익은 그의 죽음을 애도하는 시를 지으면서, 그의 집이 동작나루에 있다고 하였다.[58] 남용익의 매부 이중번이 바로 능봉군의 아들이다. 이중번은 자가 백실伯實인데 삶의 이력은 자세하지 않다. 의과醫科에 합격한 것으로 보아 주로 의원으로 활동한 듯하다.[59]

---

58) 남용익, 「綾峯君挽卽妹壻之翁, 家在銅雀津」(『壺谷集』 131:27).
59) 李觀命의 「次內醫李重蕃韻賦露宿」(『屛山集』 177:31)을 볼 때 內醫를 지냈다.

이중번이 동작나루에 세운 집이 망원당望遠堂이다.[60] 남용익은 망원당의 여덟 가지 아름다운 풍경을 하나하나 노래하였다.[61] 그곳의 팔경은 화장사의 저녁 종소리 화사모종華寺暮鍾, 한강 위에 돛을 달고 떠나가는 배 한수귀범漢水歸帆, 농암에 피어오르는 저녁 안개 농암만연籠巖晚煙, 반포 기도의 봄이 온 숲 기도춘수棋島春樹, 부현에 떠오른 가을 달 부현추월釜峴秋月,[62] 관악산의 맑은 안개 관악청람冠岳晴嵐, 용산에 떨어지는 저녁 햇살 용산낙조龍山落照, 노량진의 고기잡이배에서 밝혀놓은 등불 노포어등鷺浦漁燈 등으로 되어 있어, 앞서 본 이귀의 후손이 경영하던 창회정의 팔경과 여러 곳이 겹치므로 창회정 인근에 망원당이 있었음을 알 수 있다.

이곳 동작의 별서는 남용익이 생의 마지막 몇 년을 보낸 곳이다. 물길을 따라 선영인 동이골로 오가기 편한 곳이기도 하였다. 1690년 동이골에 있다가 동작으로 와서 살면서 그 즐거움을 이렇게 노래하였다.

> 좋구나, 동작나루 객이 머물 수 있으니
> 강과 산, 들판은 멋을 아우를 수 있구나.
> 물결 소리 달빛을 흔들며 외로운 베개가로 들어오고
> 나무 그림자 안개와 어우러져 짧은 처마에 물방울 짓네.
> 반쯤 터진 밤은 반지르르 맛난 밥과 함께하고
> 새로 살진 게는 은빛 가는 물고기와 같이 먹지.
> 반찬도 좋겠지만 숲속의 삶이 훨씬 좋은 것은
> 그저 가까운 도성 발걸음 절로 싫기 때문이라.
>
> 好是銅津客可淹 江湖山野趣能兼

---

60) 『과천현읍지』(장서각본)에는 望遠亭이 동작강 강가에 있는데 慶平君의 정자라 하였다. 경평군은 선조의 아들 李玏이다. 이중번의 망원당과 위치가 비슷하므로 望遠亭은 望遠堂과 무슨 관련이 있었을 듯하다.
61) 남용익, 「望遠堂八景爲甥姪輩作」(『壺谷集』 131:156).
62) 부현은 동작중학교에서 국립현충원으로 넘어가는 가막재를 이르는 듯하다.

波聲撼月來孤枕　樹影和煙滴短簷
半磹栗交香飯軟　新肥蟹並玉鱗纖
盤飱較却林居勝　只近城闉跡自嫌
_남용익「강마을에서 흥을 적다(江村記興)」(『호곡집』131:76)

가을을 맞아 살진 게와 물고기를 반찬으로 하여 햅쌀로 지어 기름
이 자르르한 밥을 먹는 즐거움도 크거니와, 강과 산, 들판까지 두루 겸
한 풍광이 더욱 좋았다. 지근의 거리에 있는 도성으로 발걸음을 들여
놓지 않기 때문에 동작의 강마을이 더욱 좋다고 하였다.

남용익이 별서를 둔 동작의 마을은 상지동商芝洞이라 불렸다. 국립
현충원이 있던 자리를 예전에 상지목이라 불렀으므로 아마 그곳인 듯
하다. 남용익은 1690년 9월 이곳으로 집을 옮겼다.

동작나루에 한강 물 굽이도는데
비단 같은 흰 물결 눈앞에 펼쳐지네.
먼 포구에 낚싯대 걷으니 물고기 뛰어오르고
고운 모래톱에 풀이 시들자 기러기 날아올 듯.
문밖에 배가 보이니 글 잘하는 손님이 찾아오려나
강 언덕에 정자 빼어나니 위나라 동작대보다 낫다네.
상지동에 막 집을 정하고 나니
강가의 생애는 슬퍼할 것 없다네.

銅雀津頭漢水回　白波如練眼中開
竿收極浦魚猶躍　葉悴芳洲雁欲來
門外櫓疑吳客舫　岸邊亭勝魏王臺
商芝洞裡棲初定　楚澤生涯且莫哀
_남용익,「9월 초2일 상지동으로 집을 옮겼는데 강을 마주한 멋이 있어
두보의 강촌 시에 차운한다(九月初二日, 移寓商芝洞, 多有臨水之趣, 次老杜江村韻)」

(『호곡집』131:76)

한강이 굽이도는 동작나루 곁 산자락 아래 마련한 집에서 가을을 보내고 겨울을 맞았다. 절친한 벗 유창兪瑒이 세상을 떠나자 용산에 있던 그의 집을 찾아가 조문을 표하고 그 곁에 있던 심유의 아들 심한주沈漢柱가 주인으로 있던 수명루水明樓를 찾기도 하였다.[63] 또 서초에 있던 나양좌의 집을 방문하기도 하고 심한주와 함께 인근 화장사를 찾아 하루를 유숙하고 돌아오기도 하였다.[64] 그렇게 가을을 보내고 겨울을 맞았다. 그리고 상지동에서의 한적한 삶을 아름다운 시에 담았다.

강마을 새벽에 어지럽게 눈이 내리기에
문 밀고 나서 시 읊조리니 술이 얼큰하구나.
그림자에 가려졌던 동쪽 봉우리는 막 해를 토하는데
한기가 더해진 북쪽의 물가에는 구름이 피어오를 듯.
높은 돈대에 늙은 전나무는 푸른빛 변함이 없건만
큰 들판 넓은 백사장은 흰빛을 분간하지 못하겠네.
그림으로 그리려 해도 그리기 어려운 것은
도롱이 걸치고 배에 올라 부는 피리소리라네.

江村曉雪落繽紛 拓戸吟詩酒半醺
影翳東岑初吐日 寒添北渚欲生雲
高臺老檜靑無變 大野平沙白未分
堪畵處中難畵處 一蓑歸艇笛聲聞

_남용익, 「눈이 온 후 막내 조카의 시에 차운하다(雪後次季甥韻)」(『호곡집』131:77)

---

63) 남용익, 「携兒與孫, 舟往龍山, 弔秋潭, 仍過鄭弟世沃, 浮榭沈弟漢柱水明樓, 醉甚暮還」(『壺谷集』131:76)
64) 남용익, 「十月之望, 訪華藏菴, 沈鄭兩弟來會, 同枕細酌」(『壺谷集』131:76).

　　노년 동작강 강변의 상지동에 머물 때 함께한 사람은 매부 이중번의 아들이었던 듯하다. 그와 시를 수창하면서 한가한 삶을 살았다. 어둑하던 동산에 해가 막 뜨고 물가에는 새벽안개가 피어오른다. 백사장은 간밤에 내린 백설로 온통 흰빛이지만 언덕의 전나무는 독야청청하다. 이런 아름다운 풍경은 그림에 담을 수 있겠지만 어디선가 도롱이 걸친 은자가 부는 피리소리는 그림에 담을 수 없으니, 이럴 때는 차라리 시가 낫다고 하였다.

> 온 밤 추위가 심하여 이불을 끌어당기는데
> 흐르는 동작강도 반쯤은 얼어붙은 듯하네.
> 아침에 주막에는 술값이 갑자기 오를테고
> 밤에 낚시 바위에는 어부의 등불이 사라졌겠네.
> 상지동에는 다듬이질 하는 소리조차 사라지고
> 화장암에는 중들도 움츠리고 발걸음을 끊었네.
> 호곡 노인의 생계가 가장 썰렁하구나
> 작은 화로 끼고 있노라니 새벽 흥도 사라지네.
> 寒威一夕攬衾稜 銅雀江流半欲氷
> 朝店忽高沽酒價 夜磯全失釣魚燈
> 聲收芝洞調砧女 跡蟄華菴壅衲僧
> 最是壺翁生計冷 小爐深處廢晨興
> _남용익, 「추위(寒)」(『호곡집』 131:77)

　　강마을의 겨울 풍경이 잘 묘사되어 있다. 온 세상이 얼어붙었으니 주막에는 술이 바닥나 값이 오를 테고 날이 이렇게 추우니 어부들도 밖으로 나오지 않았을 것이다. 여인들도 다듬이질을 멈추고 중들도 바깥출입을 끊었다. 그 자신도 작은 화로를 끼고 앉아 있을 뿐이다.
　　남용익은 상지동을 사랑하였다. 상지동은 도성과 가까우면서도 강호의 즐거움을 누릴 만큼 아름다운 데다 좋은 벗이 인근에 있었기 때문이다. 그 벗은 바로 1685년 월파정에 우거한 바 있는 유창이었다. 유창은 1682년 벼슬을 그만두고 영평永平의 백운산白雲山 기슭으로 내려가, 귀락당歸樂堂, 관가정觀稼亭, 곡구정谷口亭, 지락정知樂亭 등을 짓고 살았다. 그가 물러갈 때 그를 전송하는 그림 「동문송별도東門送別圖」가 규장각에 전한다. 이보다 앞서 1655년 남용익은 통신사通信使를 따라 종사관從事官으로 일본에 다녀온 바 있는데 이때 유창이 부사副使로 함께한 인연도 있었다. 남용익은 상지동에 있을 때인 1690년 그가 세상을 떴기에 용산 그의 별서로 찾아가 조문하였다. 남용익은 유창은 물론 그의 아들 유득일俞得一(1650~1712)과도 절친하였다. 다음은 남용익이 1691년 추석날 지어 유득일에게 보낸 작품이다.

가을 구름 다 걷히고 은하수 보이는데
나그네는 상강에 누워 구가九歌를 부르노라.
천 리로 달려가는 큰 강은 어디로 가는가
한 해 중 달 밝은 것 오늘밤이 최고라네.
처마에 걸린 여러 봉우리는 술잔에 들어 방울 짓고
숲 너머로 떠나가는 큰 배는 문을 스치고 지나간다.
슬프다, 미인은 아직도 저 강 너머
영귀정 아래 아득한 안개 속에 있겠지.
秋雲捲盡露銀河 客臥湘潭且九歌
千里大江何處去 一年明月此宵多
當簾亂岫侵杯滴 出樹高帆掠戶過
怊悵美人猶隔水 詠歸亭下渺煙波
_남용익, 「8월 15일 밤, 창을 열고 강물을 보면서 율시 한 편을 얻어 유영숙의 강가 정자로 보내어 화답을 구하다(八月十五夜, 拓窓觀水, 吟得一律, 寄俞寧叔江亭要和)」(『호곡집』 131:76)

남용익은 자신의 집이 바로 강가에 붙어 있어 배가 스칠 듯 지나간 다고 하였다. 그 너머 한강으로 향하는 관악산 줄기가 처마 끝자락에 어른거린다고 하였다. 이러한 곳에 살면서 남용익은 스스로를 상강湘江 으로 유배 가서 구가九歌를 불렀던 굴원屈原에 비하였다. 남용익은 이 작품에서 강 건너 영귀정詠歸亭에 아름다운 사람이 있다고 했다. 영귀 정은 바로 유득일이 별서에 세운 정자였다.

좋구나, 강가 너의 작은 누각이여
젊은 나이의 계획이 고인처럼 맑구나.
벼슬 좇는 듯 뛰는 해오라기 사절한지 오래라
물가에 둥실둥실 갈매기만 이제 탐하고 있다네.
부자가 한가하게 함께 즐거움을 누리는데
물외의 강산에 있어 사람들 소리가 싫구나.
사람 떠난 생선 팔던 시장은 날이 저무는데
끝없는 안개 낀 물결 속에 취흥이 도도하다.
愛爾臨湖有小樓　早年身計古淸幽
趨班久謝振振鷺　遠渚方耽泛泛鷗
父子閑中同一樂　江山物外厭群咮
人歸漁市斜陽晚　無限烟波醉興悠
_유창, 「아들 득일의 영귀정에 쓰다(題家兒得一詠歸亭)」(『추담집秋潭集』 b33:148)

유창은 아들의 영귀정에 이런 시를 붙였다. 유득일은 자가 영숙寧叔 이고 호가 귀와歸窩이며 병조판서를 지낸 명환이다. 공자의 제자 증점 曾點은 "저문 봄날 봄옷이 이루어지거든 어른 대여섯 사람, 동자 예닐곱 사람과 함께 기수沂水에 목욕하고 무우舞雩에서 바람을 쐬고 시를 읊으 면서 돌아오겠다"라고 말하였으니 영귀정은 바로 여기서 이름을 가져 온 것이다. 귀거래의 집이라는 뜻의 호 귀와와 호응을 이룬다. 이 영귀

정은 당시 명성이 높았다. 박태보朴泰輔, 이세화李世華 등 당대 명사들이
영귀정을 노래한 그의 시에 답하는 시를 지어준 바 있다.[65] 원래 영귀
정은 호안군湖安君 이오李澳(1596~1665)의 별서였는데[66] 이 무렵 유씨 집
안의 소유가 된 듯하다.

　남용익은 앞서 본 대로 1691년 7월 벗 유창이 우거하던 월파정으로
이주하였다가 한 달 남짓 지나서 선영이 있는 동이골로 들어갔다. 그
곳에서 가까운 영지동靈芝洞에 살던 이단상李端相과 함께 시와 술을 즐
기기도 했다.[67] 그러나 1691년 10월 이운징李雲徵 등의 상소로 남용익은
함경도 명천明川 땅으로 유배를 떠났고 그곳에서 생을 마쳤다. 동이골
은 죽은 후 돌아와 묻힌 곳이었지만, 상지동은 영혼조차 찾지 못하였
을 것이다.

---

65) 박태보, 「次俞甯叔學士詠歸亭韻」(『定齋集』 168:305) ; 이세화, 「次俞校理詠歸
　　亭韻」(『雙栢堂集』 b39:394).
66) 許穆, 「詠歸亭記」(『記言』 99:87). 그런데 李瀷의 「詠歸亭記」(『星湖全集』 199:478)
　　에는 尹某의 정자라 하였는데 허목의 글씨를 새긴 현판이 붙어 있었다고 하
　　였으므로 같은 정자일 가능성이 있다.
67) 이단상의 영지동 별서에 대해서는 필자의 『조선의 문화공간』에서 다룬 바
　　있다.

8. 번당촌의 주인 홍수주와 최석정

관악산에서 발원한 도림천이 여의도 샛강으로 흘러 들어가는 신길역 근처를 방하곶方下串이라 하고 그 앞의 강을 우아하게 방학호放鶴湖라 하였다.[68] 방학호 기슭을 방곶리方串里라 하였는데 그곳에 번당촌樊塘村이라는 마을이 있었다. 번당촌은 지금의 대방동 일대에 있던 마을로, 번당燔塘 혹은 번당番堂이라고도 적으며 번대방樊大方이라고도 하는데 우리말로는 벤댕이마을로 불린다. 고려의 명환 서견徐甄이 살던 곳으로 번당樊塘이라는 그의 호가 여기서 비롯하였다. 강박姜樸의『총명쇄록聰明瑣錄』에 따르면 서견이 고려가 망한 후 이곳에 은거하였고 이곳에 묻혔는데, 당시까지 사람들은 그 마을을 덕동德洞이라 하고 무덤이 있던 곳을 묘동墓洞이라 부른다 하였다. 임진왜란 때 이일李鎰의 종사관從事官이 되어 상주에서 싸우다가 전사한 박호朴篪의 무덤도 이곳에 있었다.[69] 의병장으로 활동한 김수金晬의 묘소도 이곳에 있었으며 영조의 이복동생 연령군延齡君 이훤李昍의 묘소도 인근에 있었다.[70] 또 숙종 때의 문인 이세운李世雲(1657~1713)이 세운 취암정醉巖亭이라는 정자가 있었는데『여지도서』에 이 정자가 보이지만 다른 문헌에는 기록이 확인되지 않는다.

17~18세기 번당촌의 주인은 홍수주洪受疇(1642~1704)와 최석정崔錫鼎(1646~1715)이었다. 홍수주는 자가 구언九言이고 호는 호은壺隱, 호곡壺谷

---

68) 18세기 그려진「漢陽圖」(서울역사박물관 소장, 1760년 전후)에는 放鶴亭이 월파정 서쪽에 보이니 이 무렵 꽤 이름이 높았던 듯하고 문인들의 글에 가끔 등장하기도 하지만 그 주인은 알 수 없다. 1936년『동아일보』에 방학정에 대한 기사가 보이므로 이 무렵까지 방학정이 남아 있었던 것이 분명하다.

69) 申箕善,「故忠臣弘文館校理贈直提學朴公墓表」(『陽園遺集』348:298).

70) 그 남쪽 10리에 三賢祠가 세워졌는데 姜邯贊, 徐甄, 李元翼을 모시는 사당이다. 이원익을 따로 모시는 곳은 寒泉祠라 하였는데 후에 忠賢書院으로 바뀌었다. 오늘날 광명시 소하동에 그 터와 함께 묘소가 남아 있으며 인근에 충현박물관이 들어섰다.

등을 사용하였는데 문학뿐만 아니라 그림에도 뛰어나 그의 작품이 전하는 것이 제법 있다. 1685년 홍수주는 상소를 올렸다가 그 때문에 파직되어 도성에서 물러나 번당촌으로 내려왔다. 이 시기 제작한 시를 『지동록芝洞錄』으로 묶은 것을 보면 번당촌을 지동芝洞으로도 불렀던 모양이다. 홍수주는 그곳에 별서 비로정飛鷺亭을 세웠다. 이곳에서 최석정을 위시한 그의 벗들이 시회를 열었다.

> 귀거래의 약속 저버리지 않고
> 강물과 바위 사이에 은거하노라.
> 시는 나귀 등에서 나오나 보다
> 여윈 뼈가 산처럼 으쓱하는 것 보니.
> 不負歸田約 幽居水石間
> 詩從驢背得 瘦骨聳如山
> _홍수주, 「비로정에서 밤에 이야기를 나누다가 백주집의 운자를 이용하여 시를 짓다(飛鷺亭夜話, 用白洲集中韻)」(『호은집壺隱集』 b46:223)

이 시의 주석에서 비로정이 곧 금양별서衿陽別墅에 세운 것이라 하였다. 번당촌은 당시 금양 혹은 금천衿川 땅에 속하였다. 소동파는 당의 가난한 시인 맹호연孟浩然이 눈 속에 나귀 타고 시 읊던 모습을 그리면서 "그대는 보지 못했나 눈 속에 나귀 탄 맹호연이, 눈썹 찌푸리고 시 읊느라 산처럼 어깨 으쓱 솟은 것을(君不見雪中騎驢孟浩然 皺眉吟詩肩聳山)"이라고 한 바 있다. 이를 끌어와 비로정에 있으면 절로 시인이 된다고 하였다.

홍수주는 벗들과 『백주집白洲集』의 운자를 따른다고 하였는데 곧 이명한李明漢의 문집이다. 이 무렵 이들은 무슨 이유에서인지 이명한의 문집을 읽으면서 비로정에서 자주 시회를 가졌다. 이 비로정은 줄여서 노정鷺亭이라고도 하였다.

사방이 푸른 산 양쪽은 모래밭

그 가운데 초가에 생애를 부쳤노라.

물을 향한 사립문은 열었다 닫고

숲 사이 돌길은 가늘어졌다 기우뚱.

술을 사서 다행히 오늘 밤 모임을 가지니

시를 읊조리고 노년의 풍경을 애석해하노라.

가을에 벌써 산 오를 신발을 장만했으니

내일 그대와 함께 자하동에 들어가보세.

四面靑山兩岸沙 中間茅屋寄生涯

柴扉向水開還掩 石路穿林細更斜

酤酒幸成今夜會 吟詩共惜暮年華

秋來已理尋山屐 明日携君入紫霞

_홍수주, 「비정에서 밤에 이야기를 나누며 백주의 시에 차운하다(鷺亭夜話, 次白洲韻)」(『호은집』 b46:224)

홍수주는 이 무렵 같이 죄를 입어 번당촌에 머물고 있던 최석정과 관악산 삼막사三藐寺를 유람하고자 제안하여 산행을 즐긴 바 있다.[71] 이에 차운하여 최석정이 시를 지었다.[72]

10년 귀거래의 꿈 갈매기 나는 백사장에 이르니

골짜기 한 곳에 그윽한 집이 강물을 끼고 있다네.

하고많은 세상사는 구름처럼 천변만화하는 법

적막한 교외의 집에는 해가 막 저물어가네.

---

71) 홍수주, 「余於乙丑上疏疏後, 待罪衿陽, 明谷崔汝和錫鼎, 以辭職亦來磻江, 聞尋三藐寺, 復次鷺亭韻, 求見遊山詩」(『호은집』 b46:223) 최석정, 「入紫霞洞, 訪三岳寺, 路中口占」(『명곡집』 153:456).

72) 申翼相도 비로정에 들러 「次題洪九言飛鷺亭」(『醒齋遺稿』 146:50)을 지은 바 있다.

푸른빛 더하는 깊은 술잔은 시흥을 재촉하는데

붉은빛 다한 성긴 숲에는 세모의 안타까움 일어나네.

이웃에 살고자 하니 자네 허락해주겠는가?

반평생 내 이미 천석고황의 병이 깊어졌으니.

十年歸夢落鷗沙 一壑幽棲傍水涯

世事紛紛雲幾變 郊扉寂寂日初斜

綠添深盞催詩興 紅盡疏林感歲華

有意卜隣君許未 半生吾已痼煙霞

_최석정,「비로정에서 백주의 운을 써서 홍구언과 함께 짓다(飛鷺亭用白洲韻,
同洪九言賦)」(『명곡집明谷集』 153:455)

이 시에서 최석정은 벗 홍수주에게 이웃에 살 수 있도록 도움을 달
라고 하였다. 최석정은 초명이 석만錫萬이고 자는 여시汝時였는데, 나중
에 이름을 바꾸면서 자도 여화汝和로 바꾸었다. 호는 명곡明谷이 널리
알려져 있지만 존와存窩, 존소자存所子 등도 사용하였다. 최명길崔鳴吉이
장만張晩의 딸과 혼인하여 최후량崔後亮을 낳았고 다시 최석진崔錫晉, 최
석정, 최석항崔錫恒 세 아들은 두었다. 최석정은 최후량의 아우 최후상
崔後尙의 후사로 들어갔고 최석항은 최명길의 아우 최혜길崔惠吉의 손자
최후원崔後遠의 후사가 되었다. 최석항은 이경억李慶億의 딸과 혼인하여
최창대崔昌大를 낳았으며 오두인吳斗寅을 사위로 맞았으니 가히 조선 후
기 최고의 명문가 중 하나라 하겠다.

최석정은 1685년 같은 소론인 윤증尹拯을 신구伸救하다가 오히려 파
직되어 번당촌으로 내려왔다. 이 집안의 선영이 진천鎭川과 청주淸州에
있었고 금천衿川에도 전장을 가지고 있었다. 그의 조부 최명길도 1640
년 금천의 시골집에서 우거한 적이 있었다. 이때 지은 시에서 최명길
은 이렇게 적고 있다.

동글동글 푸른 일산 같은 칠괴정이여
오뉴월에도 맑은 바람 마당에 가득하다.
문득 집을 짓고 이웃에 살고 싶으니
짙푸른 산빛을 창으로 맞아들이리라.

童童靑蓋七槐亭 六月淸風滿一庭
便欲誅茅卜隣舍 盡邀濃翠入窓櫺
_최명길, 「금천의 시골집에 우거하면서(寓衿川村舍)」(『지천집遲川集』 89:265)

이 시에 등장하는 칠괴정七槐亭은 그 주인의 성이 남씨南氏라는 정도
만 확인되는데, 최석정이 머물던 번당촌이 최명길과 최후량이 우거한
금천의 시골집과 관련이 있어 보인다. 칠괴정이라 하였으니 커다란 홰
나무 일곱 그루가 있었던 모양이다. 번당촌은 특히 최석정의 처가와도
인연이 깊었다. 장인인 이경억(1620~1673)은 이시발李時發의 아들로 좌의
정에까지 올랐는데, 노년에 금천의 번당촌에 물러나 채소밭을 가꾸며
살려고 한 적이 있었다.[73] 최석정이 번당촌으로 물러날 때 처가로부터
도 상당한 도움을 받았다고 하겠다.[74] 홍수주가 『지동록』을 엮은 것처
럼, 최석정은 번당촌에 살면서 지은 시를 모아 『번강록磻江錄』으로 엮었
다. 번강磻江은 대방동 앞쪽의 한강을 이르는 말인데 번호磻湖라고도 불
렀다. 최석정은 이곳에서 홍수주와 연구聯句를 지으면서 강호의 우정을
다짐하기도 했다.[75]

최석정이 번당촌에 머문 것은 불과 몇 달 되지 않는다. 1685년 2월
에 번당촌으로 들어왔다가 그해 9월 조정으로 들어가 부제학, 참판, 대
사성 등 청요직淸要職을 두루 역임하였다. 그러나 당벌黨閥의 싸움이 격

---

73) 최석정, 「華谷李相國行狀」(『명곡집』154:439) ; 朴世堂, 「左議政李公墓碑銘」(『西
溪集』 134:233).
74) 최석정은 1678년에 校理로 있다가 벼슬을 삭탈당하고 西門 밖 春田 李慶徽의
집에 우거하였는데 李慶徽는 곧 장인인 이경억의 형이다.
75) 최석정, 「江漢聯句」(『명곡집』 153:455).

해진 시기라 자주 탄핵을 받고 또 벼슬에서 내쳐졌다. 1691년 여름 다시 파직되자 황화방皇華坊의 경저를 떠나 진천鎭川의 초평草坪으로 내려가게 되었는데 그 전에 잠시 번당촌에 기거한 바 있다. 한여름 번당촌의 별서에서 홍수주, 박태순朴泰淳, 홍세태洪世泰 등과 친하게 지내면서 시를 주고받았다. 홍세태가 1682년 일본에 갔을 때 야학산野鶴山이라는 사람이 그린 「한강조설도寒江釣雪圖」를 받아왔는데 1691년 이 그림을 번당촌의 별서에 두고 박태순을 불러 함께 감상하였다.

> 맑은 강 눈 내릴 때 배를 띄운 그림
> 고인은 은자 대효위臺孝威를 닮았네.
> 부드러운 비단이 막 벽에 걸리자
> 시원한 기운이 벌써 옷으로 스며드네.
> 물고기의 즐거움을 내 이해하리니
> 갈매기야 맹약을 네 어기지 말라.
> 번호에 가을 물결 드넓은데
> 관복을 벗어던지고 귀거래하리라.
> 雪棹滄江上　高人似孝威
> 軟綃初掛壁　涼氣已侵衣
> 魚樂吾能解　鷗盟爾不違
> 磻湖秋水闊　投紱可言歸
> _최석정, 「한강조설도에 쓰다. 박태순의 시에 차운한다(題寒江釣雪圖, 次朴汝
> 厚泰淳韻)」(『명곡집』 153:498)

한겨울 눈 내린 강에서 낚시를 하는 그림을 벽에 걸어놓자 최석정의 별서는 절로 시원해졌다. 박태순의 시에 차운하여 이렇게 그림에다 시를 써넣었다.[76] 첫 번째 작품에서 "번호에 가을 물결 넓으니, 벼슬을 걷어치우고 돌아갈거나(磻湖秋水闊 投紱可言歸)"라 한 것을 보면 복잡한 정치

현실에서 번당촌을 휴식과 위안의 공간으로 삼고자 한 것이 분명하다.

그렇지만 다시 초평으로 내려가 있다가 얼마 후 한양으로 올라왔다. 부친의 상을 당했기에 몇 년 벼슬을 쉬었지만 1696년 조정으로 복귀하였다. 한성 판윤, 대사헌, 이조판서, 대제학 등 청요직을 맡았고 이듬해 드디어 우의정에까지 올랐다. 그리고 주청사奏請使로 부사 최규서崔奎瑞, 서장관 송상기宋相琦와 함께 연경燕京에 다녀왔다. 그러나 1698년 숙종에게 붕당朋黨의 폐해를 진언하다가 6월 파직되었고 8월 문외출송門外出送의 벌을 받자 도성을 떠나 마포의 복파정伏波亭을 잠시 빌려 우거하게 되었다. 복파정은 능평군綾平君 구일具鎰(1620~1695)이 세운 정자다.[77]

최석정은 이해 겨울 복파정을 떠나 인천의 산정촌山井村으로 물러나 살았다. 얼마 있지 않아 좌의정으로 복귀하였고 1701년에는 영의정에까지 올랐다. 물론 몇 번 더 벼슬에서 쫓겨났다고 돌아오기를 반복하였다. 그 사이 진천과 인천 등지에 물러나 있을 때도 있었다. 1704년에는 홍수주와 즐거운 산행의 추억이 있던 관악산 기슭 자하동紫霞洞으로 들어가 기거하였다. 또 반포로 이주하여 잠시 산 때도 있다. 그러는 사이에도 늘 번당촌의 한가한 삶을 그리워하였다.

> 남호 강가에 집을 빌리니
> 삭막한 곳 찾아주는 이 없네.
> 나랏 일은 완벽完璧을 이루었건만
> 조정의 비방은 중구삭금衆口鑠金이라네.
> 임금에게 보답할 초심은 남았는데
> 나라 경영한 옛 꿈은 사라졌다네.
> 번강의 가을 물결이 드넓으니

---

76) 박태순의 「崔台汝和家, 詠寒江釣雪圖」(『東溪集』 b51:153)에 차운한 것이다.
77) 복파정은 마포와 서강을 다룰 때 자세히 보기로 한다.

돌아갈 마음 물고기 보려는 데 있다네.

僦屋南湖上 無人問索居

王程懷璧後 官謗鑠金餘

報主初心在 經邦宿計虛

礏江秋水闊 歸意在觀魚

_최석정, 「홍도장의 시에 차운하다(次洪道長韻)」(『명곡집』 153:524)

위항의 시인 홍세태가 그의 우거를 찾아와 시를 지어주었기에 최석
정이 이에 답시를 지은 것이다. 북경에 다녀오는 고생을 겪었건만 조
정으로 옳게 들어가지도 못하고 내쫓긴 분함을 이렇게 시에 담았다.
그러나 물고기가 물을 즐기듯이 자연을 벗 삼아 살겠노라 스스로 위안
을 삼았다. 번당촌이 최석정에게 이러한 공간이었다.

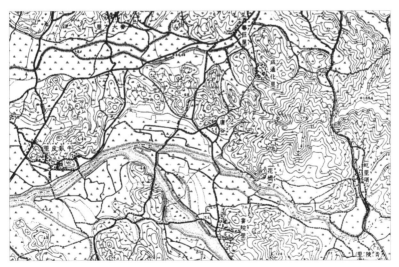

『조선반도지도집성(朝鮮半島地圖集成)』(1914년 측정, 국립중앙도서관 소장) : 상단에 번
대방리가 보인다. 그 아래 우와피리가 보이고 오른편 끝에 흘리항이 보이는데 후
술한다.

9. 조태채의 우와피 이우당

신대방동 보라매공원 서쪽의 도림천 북쪽의 야트막한 야산을 조선시대 우파牛坡 혹은 우피牛陂라 불렀다. 소가 누워 있는 듯한 형상이라 하여 우와파牛臥坡, 우와피牛臥陂라고도 한다. 강준흠姜浚欽(1768~1833)은 수도 한양 일대의 풍물을 담은 「한경잡영漢京雜詠」에서 당시 꽤 먼 교외였던 이곳의 풍광을 다음과 같이 그렸다.

우와피 곁의 숲은
난초가 우거진 언덕이라지.
온 마을은 물을 두르고 있는데
평평한 들은 산에서 떨어져 나온 것.
농부는 자주 품앗이를 하기에
사람들은 반이나 얼굴을 안다네.
아직 좋은 것은 다리 위에 달빛 받으며
깊은 밤 산보하고 돌아온 추억이라네.

牛臥陂邊樹 蘭皐莽蒼間

一村橫帶水 平野落來山

農者頻傭力 居人半識顔

尙憐橋上月 杖屨夜深還

_강준흠, 「우와피에서(牛臥陂)」(『삼명시집三溟詩集』 b110:282)

강준흠은 선산이 난곡蘭谷에 있었다.[78] 오늘날 관악산 기슭의 난곡

---

78) 강준흠, 「李正言休吉以詩見贈, 有餘年寄老樵之語, 故感而和之, 爲廣其意」(『三溟詩集』 b110:172)의 주석에서 "蘭谷은 곧 우리 집의 선영이다. 盤溪 또한 李氏 집안의 墓所가 있다"라 하였다. 盤溪는 반포를 가리킨다. 休吉은 李基慶의 자다.

을 오가는 길에 익히 우와피를 보았기에 이런 시를 지은 것이다. 지금
도 난곡에는 강사상姜士尙, 강신姜紳, 강홍립姜弘立, 강홍수姜弘秀 등 이들
집안의 묘소가 있다.

조선시대 많은 문인들이 우와피에 살면서 전장을 꾸렸고 또 죽어서
이곳에 묻혔다. 이산해가 "도성의 수레에는 부귀한 이 많건만, 우파의
병든 늙은이 그 누가 기억하리(鳳城車盖多豪貴 誰記牛陂一病翁)"라 하였으
니[79] 이곳에도 그의 땅이 있었음이 분명하다. 비슷한 시기의 문인 조
정호趙廷虎(1572~1647) 역시 여기에 전장을 두었기에 노량진에 별서를 가
졌던 장유의 시에 자주 등장한다.[80] 또 홍위洪葳(1620~1660)가 이곳에 전
장이 있어 몇 칸의 초당을 엮고 대나무를 두루 심었다.[81] 18세기 위항
의 시인으로 알려져 있는 차좌일車佐一(1753~1809) 역시 이곳에 묻혔다.
강준흠의 벗 중에 박종민朴宗民이라는 사람이 바로 이곳에 살아 신위申
緯 등의 시에도 자주 등장한다.

조선후기 이곳을 가장 빛낸 인물은 조태채趙泰采(1660~1722)다. 조태
채는 본관이 양주이고 자가 유량幼亮이다. 우파에 살아 호를 우파라 하
였고, 우파에 이우당二憂堂을 짓고 살았기에 이우당도 호로 삼았다. 이
집안은 조선 초기 조사수趙士秀, 조존성趙存性 등 명환을 배출하였거니와
조선 후기에 더욱 명가로 발돋움하였다. 조존성의 아들 조계원趙啓遠과
손자 조귀석趙龜錫, 조사석趙師錫, 조희석趙喜錫, 다시 그 아랫대 조태채,
조태구趙泰耈, 조태억趙泰億 등과 조도빈趙道彬, 조관빈趙觀彬 등 시대를 울
린 인물들이 쏟아져 나왔다. 조태채는 조계원의 손자요, 조희석의 아
들이다.

조태채는 이러한 집안의 명성을 배경으로 하여 1686년 문과에 급제
하고 승문원 정자에 임명된 이래 큰 굴곡 없이 승진가도를 달렸다. 청

---

79) 이산해, 「黔陽牛陂村」(『아계유고』 47:534).

80) 장유, 「送趙仁甫佐幕湖西」(『계곡집』 92:412).

81) 홍위, 「種竹記」(『淸溪集』 125:97).

직과 요직을 두루 거치고 1703년 드디어 호조판서에 올랐는데 바로 이때부터 정적으로부터 견제를 받아 자주 탄핵을 당하게 된다. 우파는 바로 이러한 정쟁의 소용돌이에서 잠시 쉬어가는 곳이었다.

> 굳이 매섭게 추워야 갖옷을 구할까
> 일찍 산림으로 돌아가 즐겁게 쉬어야지.
> 시골살이 마음에 맞아 돌아가 늙겠지만
> 나랏일 마음에 걸려 물러나도 근심이라.
> 잘되고 못되는 것 원래 새옹지마인지라
> 한가하고 바쁜 것 그림의 소만 보면 되지.
> 보게나, 들판의 물은 풍랑이 일지 않으니
> 평평한 곳에서 편안히 흘러갈 수 있다네.
> 不必隆寒始素裘 早宜林壑樂時休
> 郊居適意歸將老 國事關心退亦憂
> 得失元知同塞馬 閒忙只可辨陶牛
> 試看野水無風浪 平處方能作穩流
> _조태채, 「우파의 이우당에 쓰다(題牛坡二憂堂)」(『이우당집二憂堂集』 176:12)

이우당의 '이우'는 범중엄范仲淹이 「악양루기岳陽樓記」에서 "천하의 걱정거리를 먼저 걱정한다(先天下之憂而憂)"라고 한 데서 가져온 것이다. 외부의 강요에 의한 것보다 자의로 일찌감치 물러나는 것이 낫고, 강호에서의 한적한 삶이 뜻에 맞지 않은 것은 아니지만, 그럼에도 늘 국가와 임금에 대한 걱정을 잊지 않는 것이 선비의 도리인지라 이우당이라는 현판을 내건 것이다. 벼슬을 하러 나오라고 부름을 받은 도홍경陶弘景이 소 두 마리를 그려 보냈는데 한 마리는 한가하게 물가에서 풀을 뜯고 있고, 다른 한 마리는 머리에다 쇠 굴레를 씌우고 채찍과 고삐에 휘둘리는 그림이었다. 그를 부른 양梁 무제武帝가 이를 보고서 도홍경이 출사하지 않을 것임을 알았다는 고사가 있다. 이 고사를 끌어들여 새옹지마塞翁之馬와 같은 조정에서의 승진과 좌천에 일희일비하지 말고 들판의 한가한 소가 되고 싶다고 하였다. 마지막 구절이 세상을 깨우치는 뜻이 있다. 큰 강과 바다는 풍랑도 크지만, 작은 개울은 풍랑이 적은 법, 지나친 부귀권력을 탐하지 않겠노라는 뜻을 피력하였다.

이 시가 당시 노론의 핵심세력들 사이에 상당히 널리 알려졌던 모양이다. 『여지도서輿地圖書』에는 훗날 함께 노론사대신으로 일컬음을 받은 김창집金昌集, 이이명李頤命 등이 차운한 시가 실려 있다.[82]

　가을에 눈 내리려 갖옷을 걸쳐야 할 듯
　두루 숲속의 정자 찾아 말을 쉬게 하였네.
　화단에 늦게 핀 국화 있어 그대 절조 아끼고
　마당에 남은 곡식 없어 백성의 근심 살피네.
　어찌 연못에서 쭈그린 봉황이 되어서
　길거리에서 헐떡이는 소를 물어 보겠는가.
　한 해 가도록 귀거래 못한 것 부끄러우니
　그대 한가히 누운 풍류도 부럽기만 하네.
　秋天雨雪欲披裘　歷叩林亭倦馬休
　圃有晚花憐爾節　場無餘稼察民憂
　肯從池畔爲蹲鳳　曾向街頭問喘牛
　年至自慙歸未得　羨公開臥亦風流

김창집은 가을인데도 눈보라가 치므로 가죽옷을 입는 것이 마땅하다 하여 이런 정국은 잠시 피해 있는 것이 상책이라 은근히 말하였다. 그리고 오상고절의 국화를 배워 그 절조를 지키는 한편, 비록 조정에

---

82) 이들의 시가 정작 문집에는 보이지 않는데 그 이유를 알 수 없다.

서의 근심은 벗었지만 백성들의 고단한 삶에 대한 근심을 잊지 않는 것이 이우당의 뜻이라 하였다. 시의 원문에서 준봉蹲鳳과 천우喘牛는 모두 재상과 관련한 고사가 있다. 宋송의 증공량曾公亮이 노년에도 물러나지 않자 이복규李復圭가 시를 지어 "늙은 봉이 못가에 쭈그리고 앉아 떠나지 않네(老鳳池邊蹲不去)"라 풍자한 바 있다. 또 漢한의 병길丙吉이 재상으로 있을 때 굶어 죽은 사람이 길에 늘려 있는 것은 그냥 지나치고 소가 헐떡거리는 것을 보고는 근심하다가 비웃음을 받은 고사가 있다. 김창집은 이 고사를 가져와, 무능하게 조정에 눌러 앉아 있으면서 백성을 근심하지 않는 재상을 비판하고 조태채는 그와 달라 뛰어난 능력을 갖추고 있어 조정과 백성을 모두 근심하고 있다고 하였다.[83]

그러나 조정과 백성을 함께 근심하면서 잠시 물러나 있던 조태채는 바로 조정으로 복귀하여 육조의 판서를 두루 돌아가면서 맡았다. 주인이 자리를 비운 이우당이지만, 널리 알려져 있었기에 인근을 지나던 사람들이 이곳을 찾곤 하였다. 김시걸金時傑의 아들 김영행金令行은 1713년 이곳에 들러 사계절의 아름다움을 노래한 바 있다.

높은 정자 우뚝하게 강 언덕에 솟았는데
언덕 너머 봄바람이 산들산들 불어오네.
마당 가득한 푸른 풀은 사람이 깎지 않아
조용한 가운데 한가한 정취를 여기에서 알아보겠네.
高亭超忽壓江湄 隔岸微風習習吹
靑草滿庭人不除 靜中閒趣此間知

복사꽃 어지러이 지고 해당화 붉은데

---

83) 나란히 실려 있는 이이명의 시는 다음과 같다. "三淸伴直葛仍裘 慣聽披襟說 退休 漢水南陂聊取適 荷花小院亦名憂 殊恩特進新司馬 盛業爭推再問牛 知足 初心驚歲暮 永懷湖海舊風流."

봄이 지난 강마을에 남풍이 불어오네.

때마침 비 내려 나락이 익어가리니

한바탕 온화한 기운에 풍년을 기약하네.

桃花亂落海棠紅 春盡江郊又凱風

時雨好看禾黍熟 一團和氣屬年豐

잎 진 가을 산 이슬이 맑은데

숲 가득 단풍은 가을 소리 보내주네.

거문고와 책뿐 다른 벗은 없는데

숲 너머 이름 모를 산새가 종일 울어대네.

寥落寒山露氣淸 滿林楓葉送秋聲

琴書靜寂閑無伴 隔樹幽禽盡日鳴

한겨울 찬 날씨는 이미 다했건만

쌓인 눈이 꽃떨기를 꺾어놓았네.

오직 동산의 푸른 송백이 있어

세한의 굳은 절개 공은 힘쓰시길.

玄冬氣候已云窮 積雪摧殘衆卉叢

唯有園中松栢翠 歲寒勁節勖明公

_김영행, 「조 상서 정자의 사계절 풍경(咏趙尙書亭子四時景)」(『필운고弼雲稿』
  b58:123)

금천 우파에 있는 충익공忠翼公의 정자라 하였으니 조태채의 이우당
에서 지은 것이 분명하다. 조태채는 이 해 병조판서로 있다가 북경에
사신으로 가는 등 바쁜 나날을 보내고 있었다. 주인 없는 이우당에 들
른 김영행은 이우당의 아름다움과 함께, 정초부제庭草不除, 곧 주돈이周
敦頤가 마당의 풀을 베지 않고 그 생의生意를 즐긴 일을 본받아 수양에

힘쓰고, 또 한겨울에도 시들지 않는 송백후조松柏後彫의 정신을 견지해
줄 것을 당부하였다.

조태채의 주변 사람이나 같은 당여인 김영행은 조태채의 별서가 소
박하다고 하였지만 실상은 그와 달라 상당히 거대하고 화려했다. 엄경
수가 1715년 4월 노량진을 거쳐 양천으로 돌아가는 길에 조태채의 집
을 지나면서 쓴 글에 이 점이 분명하다.

> 다시 몇 리를 가니 조상서의 전장이 나왔다. 숲이 울창한데 건물이
> 굉장하였으며 마을이 큰데 땅 자체는 그다지 아름답지 않지만 치장한
> 것이 자못 사치하였다. 네모난 못을 파고 작은 정자를 세웠는데 그 앞에
> 버드나무를 늘어세워 어른거리는 것이 그윽한 멋이 있다. 전장 앞에 좋
> 은 전답이 있는데 어느 정도인지 짐작할 수 없었다. 그곳 사람에게 전후
> 로 들어간 비용을 물었더니 거의 2~3천 냥이 들었다고 한다. 그대로 믿을
> 수는 없지만 또한 큰 농장임은 분명하다. 어떤 이는 벼슬해서는 사기 어
> 렵다고 한다. 나는 "이것은 매우 쉽다. 벼슬하는 것이 어렵지, 이것이 무
> 엇이 어렵겠나. 벼슬이 높은데 이렇게 하지 않는 것이 어렵지"라고 답하
> 였다. 상서의 이름은 태채라고 한다.[84]

이우당은 2~3천 냥이 들어간 거대한 농장이 딸린 대저택이었다. 그
래서 소북小北의 인물인 엄경수의 눈에는 당연히 삐딱하게 보였다. 판
서를 거쳐 한성 판윤의 지위에 있었지만, 사람들은 녹봉이 아닌 다른
무엇으로 별서를 장만했을 것이라 의심을 하였던 것이다.

이 무렵 우파의 별서는 바쁜 부친을 대신하여 아들 조관빈趙觀彬
(1691~1757)이 가끔 찾았다. 조관빈은 자가 국보國甫고 호는 회헌悔軒, 광
재光齋, 동호퇴사東湖退士 등을 사용하였다. 회헌이나 동호퇴사라는 호는

---

84) 엄경수, 『부재일기』 권4.

죽을 고비를 넘긴 중년 이후의 것이겠지만 젊은 시절에는 우파에서 한가한 삶을 꿈꾸었다.

> 내 유유히 우리 집에 돌아와 누웠으니
> 병이 많아 세상과 멀어진들 무엇이 대수랴.
> 분에 넘치게 명성을 좇느라 두 다리가 피곤한데
> 고요히 사물을 보노라니 온 마음이 텅 비게 되네.
> 말로만 물러나겠노라 거짓 상소 올릴 것 있는가
> 마음이 오로지 경전에 있어 장차 책을 읽으리니.
> 시골 부엌에 밥과 죽이 맛난 것 보게나
> 중국의 강동만 순채와 생선 좋은 것 아니라네.
> 悠然吾自臥吾廬　多病何妨與世疎
> 分外趨名雙脚倦　靜中觀物一心虛
> 言歸飾讓休封疏　志在專經且讀書
> 卽看野廚粲飯美　江東不獨好蓴魚
> _조관빈, 「우파에서 동네 벗의 시에 차운하다(牛坡次洞友韻)」(『회헌집悔軒集』
> 211:161)

조관빈은 1714년 문과에 합격하고 이듬해 검열檢閱의 벼슬에 임명되었다. 그러나 과거 공부에 심신이 지쳤기에 휴식을 취하러 우파로 내려왔다. 헛된 명성을 좇지 않고 침잠하여 관물觀物의 공부를 하는 학자가 되겠노라 하였다. 진晉의 장한張翰이 순채국과 농어회가 생각나 벼슬을 그만두고 고향에 돌아간 고사를 떠올리고 그처럼 은자로서 살겠노라 하였다. 그러나 조관빈은 얼마 지나지 않아 홍문관 수찬과 교리라는 요직을 뿌리치지 못하여 한양으로 돌아갔다.

조태채도 승승장구하여 1717년에는 우의정에 올랐다. 그러나 다시 탄핵을 받아 이듬해 물러나 우파로 돌아왔다.[85] 잠시 물러나 있던 조

태채는 다시 조정의 부름을 받아 1719년 호위대장을 겸하는 조정의 실
세가 되었다. 그러나 이듬해 숙종이 승하하고 경종이 즉위하자 바로
몸을 숙이고 우파로 내려왔다. 위기를 넘기기 위해 1721년 사은정사謝
恩正使로 북경에 다녀왔지만 돌아오자마자 세제世弟의 대리청정을 주청
한 일로 북풍한설이 몰아치는 12월 진도珍島에 위리안치되었다. 이때
가장 그리웠던 것이 바로 우파에서 보낸 한적한 시절이었다. 조태채는
황량한 진도에서 1년동안 유배 생활을 하였다. 이듬해 가을 당의 시인
황도黃溍가 고향을 그리워한 시에 차운하여 이렇게 시를 지었다.

> 우파의 작은 집 호젓한 곳이었기에
> 전원의 취미가 절로 성글지 않았지.
> 개울 물 줄어드니 게는 정말 살쪘는데
> 가을걷이 하고나니 막걸리가 막 익었지.
> 솔과 국화는 마음의 기약이라 세 길에 심었고
> 뽕과 삼은 생계를 삼았기에 온 집 둘러 심었지.
> 가을 이르자 나그네의 꿈이 외로우니
> 이우정 곁을 그 몇 번이나 서성거렸나.
> 牛坡小築是幽居　趣味田園自不疏
> 椴蟹政肥溪落後　瓳醪新熟野收初
> 心期松菊存三逕　生理桑麻繞一廬
> 尙有秋來孤客夢　二憂亭畔幾躕躇
> _조태채, 「황도가 가을날 고향을 그리워하여 지은 시에 차운하다(次黃溍秋
> 懷故山韻)」(『이우당집二憂堂集』 176:32)

가을걷이 끝난 뒤 잘 익은 막걸리를 마시고 살이 오른 게를 안주로

---

85) 조태채, 「戊戌秋解議政在牛坡漫吟」(『二憂堂集』 176:13).

삼았다. 집 앞 소나무와 국화를 심고 은자로서 살려 했던 한가한 삶을 떠올렸다. 그리고 몇 달 있지 않아 사약을 받고 세상을 떴다.

　그의 아들 조관빈도 옥사에 연루되어 남해의 끝 나로도로 유배되었다. 노론사대신의 한 사람인 이건명이 1722년 5월에 나로도로 들어왔고 조관빈은 1723년 12월에 같은 곳으로 들어왔으니, 그 섬은 노론에게 죽음의 땅이었다 하겠다.[86] 다행히 조관빈은 죽음을 면하고 1725년 유배에서 돌아왔다. 이때 우파의 시골집에 머물고 있었는데 임신 중이던 아내가 세상을 떠나는 불행을 겪었다. 그러나 오히려 이때부터 승진 가도를 달렸다. 영조가 즉위한 후 세상을 떠난 부친의 음덕으로 강화유수, 대사성, 호조참판, 대사헌, 홍문관 제학, 공조참판, 이조참판 등을 지냈다. 그러나 정국의 변화가 잦은 시절이었기에 여러 차례 벼슬에서 내쫓기거나 아예 절도의 섬에 유배된 적까지 있었다. 특히 1731년에는 탕평책을 비난하다가 제주의 대정현大靜縣에 유배되어 몇 년간 야인의 생활을 하였다. 이런 파란만장한 정치 상황에서 1736년 도승지로 복귀할 때까지 휴식과 재충전을 위하여 우파를 자주 찾게 된 것이다.

새로 공사하여 옛 정자를 수리하니
백년 인생 늘그막의 계획 여기 있다네.
나뭇가지는 늙어 구름 속까지 뻗었는데
못물은 근원이 맑아서 달빛을 받아들이네.
곤궁한 사람 그저 의로워야 하는 법
선친께 마음에 딱 맞는 땅이었지.
끝없는 남은 자의 눈물이여
벽에 걸린 시를 어루만지노라.

新工修舊榭 晚計百年斯

---

86) 이에 대해서는 필자의 『절해고도에 위리안치하라』(아카넷, 2011)에서 자세히 다룬 바 있다.

枝老參雲樹　源淸納月池

窮人惟義可　先子所心宜

不盡餘生淚　摩挲揭壁詩

_조관빈,「우파의 옛 정자를 중수하면서『삼연집』의 운자에 차운하여 느
낌을 적다(重修牛坡舊亭, 用三淵集韻, 志感)」(『회헌집』 211:259)

조관빈은 벼슬에서 물러난 틈에 부친이 물려준 우파의 별서를 수리
하였다. 부친이 심은 나무는 어느 새 훌쩍 자라나 있고 연못은 여전히
맑아 달빛이 어린다. 연못과 달빛은 부친의 맑은 정신이 어린 것이기
도 하다. 의로움에 목숨을 건 부친의 뜻을 잇겠다는 뜻에서 정자를 수
리하고 그곳에 걸린 부친의 시를 어루만졌다.

부친처럼 조관빈 역시 임금이 부르면 바로 조정으로 달려갔다. 1736
년 도승지가 되었고, 이후 판서를 여러 차례 지냈다. 그 사이 송인명宋
寅明, 조현명趙顯命 등과 불화하여 파직당하기도 하고 또 자신의 뜻을 관
철하려다 유배되기도 하였다. 특히 1753년에는 육상궁毓祥宮의 책문冊文
을 쓰지 않겠다고 버티다가 영조의 친국親鞫을 받고 삼수三水에 위리안
치의 유배형을 받았다. 얼마 후 단천端川으로 옮겨졌다가 바로 풀려났
지만, 도성으로는 들어가지 못하였다. 이에 우파로 가려 하였지만 인
가와 너무 떨어진 것이 싫어서 바닷가인 안산의 수암秀巖으로 가서 집
을 짓고 살았다. 그렇게 살다가 1757년 세상을 떠났다.

조관빈은 후사를 두지 못했다. 첫 번째 부인인 유득일兪得一의 딸에
게서는 아들을 낳지 못하여 조영석趙榮晳을 양자로 들였지만 그 또한
아들을 두지 못했다. 쉰 살에 세 번째 부인 박성익朴聖益의 딸 사이에 조
영현趙榮顯과 조영경趙榮慶을 낳았지만 조영현은 서른을 넘기지 못하고
죽어 이우당 뒤편에 묻혔다. 둘째 조영경이 봉사손奉祀孫이 되어 조부
의 음덕으로 황주黃州 목사를 지냈다. 우파의 별서는 아우 조겸빈趙謙彬
의 아들인 조영순趙榮順(1725~1775)에 의해 그 역사가 이어졌다.[87]

내 정자 빼어남을 내 사랑하여

홀로 지팡이 짚고 늘 여기에 온다네.

이끼는 삼대의 골목길에 황량한데

나무는 백년 된 못가에 높구나.

토란과 밤은 가을에 좋으리니

두건에 짚신 신고 늙어 가야지.

한가하든 바쁘든 가끔 나들이하여

빗소리 들으면서 다시 시를 짓노라.

吾愛吾亭勝 孤筇每到斯

荒苔三世巷 喬木百年池

芋栗秋來好 巾鞋老去宜

閒忙多少跡 聽雨又題詩

_조영순, 「이우당에 밤에 앉아서 종제 안숙과 현판의 시에 차운하다(二憂堂
夜坐, 與從弟安叔, 次板上韻)」(『퇴헌집退軒集』 b89:282)

　　이때 지은 첫 번째 작품에서 이우당 뒤편에 묻힌 조영현을 언급한
것으로 보아 1769년 무렵에 지은 것으로 추정된다. 이우당이 3대가 지
났기에 교목喬木이 세가世家의 터전임을 드러내게 된 것을 자랑스럽게
생각하였다.

　　이우당의 역사는 다시 세월이 흘러 김조순金祖淳에 의해 계승된다.

　　선우후락의 마음 이 정자에 있었으니

　　산은 맑고 강은 비었는데 땅 또한 신령하다.

　　무슨 일로 늦가을 나그네 지나는 날에

---

87) 조영순은 자가 孝承이고 호가 退軒이다. 1771년 호조참판으로 있을 때 冬至
副使로 청나라에 다녀왔다. 소론의 영수 崔錫恒의 伸冤을 주장하는 등 소론
으로 기울었다.

울타리 가득 국화 피어도 문을 걸어두었나?
先憂後樂寓斯亭 山淨江空地亦靈
何事殘秋客過日 滿籬黃菊鎖塵局
_김조순, 「우피 이우 재상의 옛 정자를 지나면서(過牛陂二憂相國故亭)」(『풍고집楓皐集』289:94)

김조순은 조태채가 먼저 나랏일을 근심하고 나중에 즐긴다는 선우후락先憂後樂의 정신을 실천한 곳이 이우당이라 하였다. 비록 주인을 가고 없지만 울타리에 국화가 남아 있어 그 정신을 대변한다고 했다.

비슷한 시기 조태채의 장손인 조두순趙斗淳의 붓끝에 우파에 있던 별서의 마지막 모습이 보인다. 조두순은 용산에 심원정心遠亭을 소유하였고, 검지산, 곧 오늘날의 호암산 기슭에 선영이 있어 지산정사之山精舍를 경영하였는데 젊은 시절에는 우파의 별서에서 학업을 익혔다.

내가 장차 우파에 가서 독서를 하려 하였다. 아침 내내 눈이 내렸다. 나귀를 타고 문을 나서는데 바람이 자고 산이 어둑하더니 옥가루가 쏟아졌다. 성곽을 나서니 눈 때문에 두건과 소매가 묵직한 투구와 갑옷이 은으로 꿰매고 옥으로 지은 듯 가로세로 절로 문양을 이룬 것처럼 되었지만 굳이 털지 않았다. 나귀는 미끄러져 자빠질 듯한다. 어린 종놈이 입을 꾹 다물고 있다. 서쪽으로 10리 가니 나루가 나왔다. 얼음에 눈이 덮여 아득히 끝이 없었다. 마치 40리가 흰 비단 휘장을 펼친 듯하다. 봄과 여름 사이 바람과 물결이 일 때 아래위로 바람을 받은 배들이 기우뚱한 것과 비교하여 더욱 사랑스러웠다. 이에 나귀를 버리고 썰매를 타고 강을 건넜다. 걸음걸음 쏴하는 소리가 마치 유리가 부서지는 듯하다. 얼마 가지 않아 언덕에 올랐다. 반 리도 가기 전에 눈이 설핏 그치고 바람이 크게 일었다. 큰 눈이 다시 땅에서 일어났으니 바람의 힘에 날린 것이었는데 심히 사나웠다.

여기서부터 전진하여 동남으로 10여 리 간 다음 다시 길을 꺾어 오솔
길을 지나 고개 하나를 넘으니 비로소 우파가 나왔다. 이보다 앞서 정월
3일과 5일에 다시 이곳에서 묵으며 책을 읽은 적이 있는데 함께 있던
채천흠蔡天欽 군이 마침 일이 있어 돌아가고 권성여權聖汝 군이 대신하고
있었다. 내가 문에 들어가니 글 읽는 소리가 낭랑하였다. 누각은 더욱
맑은데 마당은 백 사람 정도가 들어간다. 마당 끝에 작은 못이 있는데
연꽃 수십 포기가 심겨 있었다. 가운데 작은 섬을 쌓고 초가 정자 하나를
세웠는데 애련정愛蓮亭이라 한다. 이곳에 올라보니 시계가 비로소 탁 트
인다. 무논이 펼쳐지고 밭두둑과 도랑이 이리 저리 나 있다. 서북으로
큰 길이 뻗어 있는데 여러 봉우리가 우뚝 솟아 있다. 동쪽에 동구가 있는
데 오래된 바위에 전서로 우파동牛坡洞이라 되어 있다. 이는 우리 이우당
선조께서 살던 집이다. 바위의 전서는 또한 직접 쓰신 것이다. 마을 사람
들은 아직도 상공 댁이라 부른다.

　_조두순, 「우파독서기牛坡讀書記」(『심암유고心庵遺稿』 307:578)

얼음과 눈으로 덮인 한강을 건너 우파에 이르는 대목의 표현은 운
치 있는 한 편의 서정 소품이라 하겠다. 당시 누가 이 별서의 주인으로
있었는지는 알 수 없지만, 연못 가운데 돌을 쌓아 만든 애련정愛蓮亭이
라 한 정자가 있었고 동구에는 조태채가 직접 바위에 전서로 쓴 우파
동牛坡洞 글씨가 새겨져 있었다. 보라매공원 야트막한 야산 기슭에 이
러한 역사가 있는지 세상에 잘 알려져 있지 않다.

　우와파에는 조태채 이전에 조석명趙錫命이라는 사람의 삼유당三悠堂
이 있었기에 함께 소개한다. 조석명은 의금부 도사都事를 지냈다는 것
외에는 거의 알려져 있지 않은 인물인데 본관이 배천白川으로, 조석윤趙
錫胤(1606-1655)과는 삼종간이다. 그의 삶은 조태채의 아들 조관빈이 지
은 기문에서 어렴풋이 확인된다.

내가 금양의 조백상趙伯相과 서로 친하다. 그 집을 지나간 적이 있는데 작은 당이 집 곁에 있었다. 삼유당이라 편액을 하였기에 내가 그 뜻을 물었더니 이렇게 답하였다. "아, 이곳은 내 조부인 도사공都事公께서 만년에 배회하시던 땅인데 우리 부친께서 폐치된 것을 수리한 것이라오. 삼유라는 두 글자 역시 조부께서 내건 이름이었는데 이에 새 집에다 예전 편액을 붙이게 된 것이라오. 당신이 자세히 알고자 하면 어찌 우리 조부의 시가를 보시지 않겠소?" 이에 시를 내어 보여주었다.

내가 이에 올려다보고 내려다보면서 탄식하고 비로소 공이 한가한 곳에 머물면서 마음을 즐겁게 한 뜻을 알 수 있었다. 산을 바라보면 산이 절로 비스듬하니, 이는 산이 공을 닮은 것이요, 물을 내려다보면 물이 절로 맑으니 이는 공을 닮은 것이다. 공이 이 집을 떠난 지 이제 얼마나 많은 세월이 흘렀는가마는, 산과 물은 아직 그대로 있으니, 공의 기개를 볼 수 있다. 스스로 호를 삼아 스스로를 비긴 것에서는 더욱 그 뜻이 맑고 원대한 것을 확인할 수 있다. (중략) 지금 산이 비스듬한 것은 곧 공께서 이른 유유하다는 것이요, 지금 물이 맑게 흐르는 것이 곧 공께서 이른 유유하다는 것이리니, 공께서 그 사이에서 아침저녁 기거하면서 외물을 잊고 욕심을 없앴으니, 공 또한 유유하다고 할 만하다. 산이 유유하고 물이 유유하고 사람이 유유하며, 다시 이들과 더불어 함께 유유한 것, 이것이 공이 삼유라고 집 이름을 붙인 까닭이다. 저들이 각자 유유한 것은 모두 주인이 유유한 것에 말미암는다. 유독 산과 물만 그러하겠는가? 공이 바람과 달을 만나면 바람과 달도 이렇게 되고, 공이 꽃과 새를 만나면 꽃과 새도 이와 같게 된다. 그렇다면 일마다 유유하고 물物마다 유유하니, 백유百悠라는 이름을 붙여도 좋을 것이다. 굳이 이 세 글자를 붙인 것에서 공의 즐거움이 산과 물을 넘어서지 않았다는 것을 상상할 수 있으니, 공은 진실로 인仁과 지智를 갖춘 군자라 하겠다. 후손이 되어서 선대의 아름다움을 계승하여 예전 집을 수리하고 유풍을 사모하여, 한가하고 맑으며 소박하고 솔직한 것이 앞 사람과 같으니 그 또한 이 집의 편액에 부끄럽지 않은 것이다. 백상이 나에게 기문을 청하기에 마침내 졸렬하지만 억지로 대충 써서 그의 근실한 뜻에 답한다.

　_조관빈, 「삼유당기三悠堂記」(『회헌집』 211:448)

　　삼유당은 『동여비고』에서 우와파에 있다고 하면서 이 글을 소개하였으니, 조태채의 집 인근에 있었던 것이 분명하다. 조석명은 산과 물을 사랑하는 마음에 우와파로 나와 삼유당을 짓고 살면서 호를 삼유옹三悠翁이라 하였다. 이 글에 등장하는 조백상趙伯相은 조태보趙台輔를 가리킨다. 조태보는 자가 백상이라는 것 외에는 전혀 알려져 있지 않은 인물로 조관빈과 친분이 있어 그로부터 기문을 받았다. 조태보는 조석명의 증손이다. 조석명의 아들이 조순趙恂이고 손자가 조완벽趙完璧이다. 조완벽은 고양의 화전花田에 별서를 지닌 이재李縡(1680-1746)와 친분이 있었기에 그로부터 삼유당의 기문을 받은 바 있다.[88] 이재는 이 글에서 조석명이 경서에 밝고 행실이 발라 천거를 받아 벼슬길에 나섰지만 1689년 기사사화己巳士禍가 일어나 남인이 집권하면서 벼슬을 버리고 관악산 아래로 들어와 여생을 보내면서 “산이 유유하고 물이 유유하고 사람도 유유하네(山悠悠 水悠悠 人亦悠悠)”라는 노래를 짓고 삼유당을 지었다고 하였다. 그리고 그 후손 조완벽이 일흔이 넘은 나이에 삼유당에서 마음에 억지로 하는 바가 없고 세상에 구하는 것이 없는 맑은 마음으로 살아가고 있다고 칭송하였다. 조석명이나 조완벽, 조태보 등이 삼유당을 지키며 살았지만, 그들을 아는 몇몇 문인에 의해 삼유당의 존재가 역사에 기록되었을 뿐 이후 그 역사는 조용히 잊혀졌다.

---

88) 이재, 「三悠堂記」(『陶菴集』 194:511).

10. 이시수와 이만수 형제의 금호

19세기 초반 노량에는 이시수李時秀(1745~1821), 이만수李晩秀(1752~1820) 형제의 별서가 자리하였다. 이들은 본관이 연안으로, 조부는 판서를 지낸 이철보李喆輔(1691~1775)이고 부친은 좌의정을 지낸 이복원李福源(1719~1792)이다. 이시수가 우의정에 올랐고 이만수가 대제학과 판서를 지냈으니 대를 이어 현달한 대표적인 경화세족의 하나다. 이시수는 자가 치가稚可이고 호가 급건재及健齋이며 『급건재만록及健齋漫錄』, 『속북정시續北征詩』 등의 저술을 남겼다. 또 이만수는 자가 성중成仲이고 호가 극옹屐翁인데 『극원유고屐園遺稿』, 『추수관산고秋水館散稿』 등의 문집이 전한다. 이들은 성균관 인근에 세거하여 관동이씨館洞李氏로 일컬어지는 이정귀의 후손인데, 이철보에 이르러 낙산 아래 신광한申光漢이 살던 기대企臺에 세거하였다. 특히 이만수는 말년인 1817년, 기대의 석벽에다 강세황姜世晃의 글씨를 받아 홍천취벽紅泉翠壁이라 새기고 홍천사紅泉社라는 시사를 결성하여 신작申綽, 신현申絢 형제와 우아한 삶을 누린 고사가 전한다.[89]

이만수는 정조가 가장 총애한 신하 중 한 사람이다. 1794년 문체반정文體反正을 실현할 적임자로 지목되었으며, 성균관 대사성과 규장각 직제학의 중임을 맡았다. 정조는 활쏘기를 즐겼는데 명중을 하게 되면 신하들이 고풍古風의 시를 지어 하례하였고, 그 글의 끝에다 원하는 선물을 적는 것이 관례였다. 1796년에도 정조가 신하들을 불러놓고 활을 쏘았는데 이때 이만수에게 원하는 바가 무엇인지 물었다. 이에 이만수는 공무를 마치고 돌아가면 나막신을 즐겨 신는다고 하였다. 이에 정조는 속태를 벗어난 것을 칭찬하면서 나막신 한 켤레를 하사하면서 거기다가 명銘을 지어 새겨 속물근성에 빠지지 말라는 당부를 하였다. 그

---

89) 이만수, 「泉社集序」(『屐園遺稿』 268:604).

리고 이때 자리에 함께한 신하들이 이 명에 차운한 시를 지어 시집을 만들었는데 『목극명갱재축木屐銘賡載軸』이라 하였으니, 정조 대의 새로운 고사가 된 것이다. 그 자신도 이러한 글을 모아 『사극집賜屐集』이라는 시집을 편찬한 바 있다.[90] 또 이해에 초계문신抄啓文臣에게 친시親試를 보일 때 시제 중 하나가 '이학사의 나막신(李學士木屐)'이었으니, 그 광영을 짐작할 수 있다.

이때부터 이만수는 자신의 집을 나막신의 집 극원屐園이라 부르고 나막신의 집에 사는 노인 극옹을 호로 삼았다. 1807년 함경도 관찰사로 나가 있던 이만수는 이 영광을 간직하기 위하여 극옹루屐翁樓를 지었다.

극옹이라는 자는 누구인가? 동북면東北面 관찰사 연안延安 이만수다. 무엇 때문에 극옹이라 하는가? 우리 선왕께서 금원禁苑에서 한가히 활을 쏘실 때 모시던 여러 신하들이 모두 성은을 입었는데 신 만수가 집에 있을 때 나막신을 신고 있고 있는 일이 속되지 않다고 하여 특별히 내부內府에 명하여 나막신 한 켤레를 하사하시고 어필로 쓴 8구의 명銘으로 은총을 베푸셨다. 예전에 홀笏이나 대帶, 궁弓, 배盃를 하사한 일은 있었지만 나막신을 하사한 일은 예로부터 없던 일이다. 하물며 내가 시원찮은 재주와 게으른 성품으로 한가하게 신을 끌고 세월을 보내기에 적합하지 않으니, 나막신을 신고 산을 오른 사영운謝靈運이나 밀랍을 칠한 나막신을 신고 유유자적한 완부阮孚라야 내 본분에 마땅할 것이다. 마침내 감격하여 머리를 조아리고 절을 올리고, 그 말씀을 소장하여 이에 스스로의 호로 삼았다.

_이만수, 「극옹루기屐翁樓記」(『극원유고屐園遺稿』 268:68)

자신을 아끼던 정조가 세상을 떠난 후 그 성은을 기리기 위하여 정

---

90) 이극원, 「賜屐集序」(『屐園遺稿』 268:103).

조가 하사한 나막신을 보관하기 위한 공간을 만들고 그 이름을 극옹루라 한 것이다. 극원이나 극옹루가 어디에 있었는지 명시된 문헌은 보이지 않지만 도성에서 퇴근할 때 머물던 집이었으니 낙산 기슭에 있었을 가능성이 높다. 남조南朝 송宋의 시인 사영운謝靈運은 심산유곡深山幽谷을 찾아다니는 것을 즐겨하였는데 그럴 때면 꼭 등산용 나막신을 준비하여 신고 다녔다는 고사가 있으며, 진晉의 완부阮孚는 나막신에 항상 밀랍을 반들반들하게 칠해서 신고 다닌 납극蠟屐의 고사가 전한다. 이만수는 산수를 사랑한 사영운과 완부에 자신을 비겼다.

정조 사후에도 이만수는 판서와 대제학을 지냈지만, 함경도와 평안도 등 외지의 관찰사로 나가 있던 시절이 많아진 것을 보면 위세가 예전 같지는 못하였던 듯하다. 1812년 1월 평안도 관찰사로 있을 때 홍경래洪景來의 난이 일어났는데 이때 직무를 제대로 수행하지 못했다 하여 경주로 유배되었다. 다행히 5월 유배에서 풀려났지만 벼슬길에 마음을 접었다. 노량 남쪽에 집을 짓고 그곳에서 노년을 보내려 하였다. 그리고 그 집 기둥에 "운한雲漢의 성은은 한 켤레 나막신이요, 훈지塤箎의 즐거움은 어부의 낚싯대 하나(雲漢恩光雙木屐 塤箎湛樂一漁竿)"라 쓴 시를 붙였다.[91] 운한은 은하수를 가리키는 말인데 여기서는 임금을 상징하고, 훈지는 조화를 잘 이루는 두 종의 악기인데 형제간의 우애를 상징한다. 이를 보면 노량의 별서에 극원의 현판을 옮겨 걸고 형 이시수와 나란히 살았음을 짐작할 수 있다.

이만수는 유배지에서 돌아온 후 도연명陶淵明처럼 살고자 하는 마음에서 그의 시에 차운하여 50수가 넘는 시를 지었고 훗날 이를 『화도집和陶集』으로 편찬하였다. 「문래사問來使」에 차운한 작품을 아래에 보인다.

극원은 나의 성명性命이요

---

91) 李世翼, 「家狀」(『屐園遺稿』 268:634).

금호는 나의 미목眉目일지니

친한 벗은 곧 물고기와 물새요

좋은 밥은 구기자와 국화라네.

고르지 못한 만년의 생활이라도

뜻은 찬 국화 향기에 두었다네.

밤마다 시골집을 꿈꾸고 있기에

아직도 돌아가는 길이 익숙하다네.

展園我性命 琴湖我眉目

親朋卽魚鳥 佳餐有杞菊

參差晚年業 志在寒花馥

夜夜鄕園夢 猶應歸路熟

_이만수, 「시골의 정원鄕園」(『극원유고』 268:589)

이만수가 '나의 미목眉目'이라 부른 금호琴湖는 흑석동 앞쪽의 한강
을 이르는 말이다.[92] 이곳을 박필주는 여호黎湖라 부른 바 있다. 흑석강
黑石江이라는 이름을 보면 이 인근에 검은 돌이 많았기에 자신이 사랑
하는 뜻에 따라 여호, 혹은 금호라 한자를 바꾸어 붙인 것이라 하겠다.
이만수는 이곳의 별서를 금호정사琴湖精舍라 이름 지었다.[93] 성은을 입
은 집 극원에서 은자가 물러나 사는 집 금호정사로 물러나 국화와 구
기자를 밥으로 삼고 물고기와 물새를 벗으로 삼는다 하였다. 이런 꿈
을 꾸면서 배를 타고 금호로 향하였다.

---

92) 김재찬의 「丙子首夏, 余在德隱丙舍, 領樞及健公左相晚悟公, 亦休浴在江上, 兩
公同舟訪余, 余以小棹溯迎中流, 留宿一宵而罷. 余又至仙遊峯下送之, 追次及
健公季氏尙書展翁上及健七律, 轉示兩公求和」(『海石遺稿』 259:405)에서 "琴湖
正在鷺湖東"라 하였으니 금호가 노량의 동쪽에 있었음이 분명하다. 朴永元
의 「和愼菴曺尙書儀卿軸中韻」(『梧墅集』 302:234)에도 "琴湖亭子鷺湖邊"라 하
였다. 이 시기 다른 문인의 글에서도 이 점이 확인된다.

93) 이만수, 「琴湖精舍次李供奉紫極宮感秋詩韻」(『展園遺稿』 268:35).

잠실의 모래톱에서 배를 띄워

봄바람에 재촉하여 돛을 달고서

노를 저어 동작나루로 내려가니

구름 속 햇살에 물결이 곱게 일렁이네.

쉽게 개석정을 알아볼 수 있으니

용마루가 정원의 나무 위로 솟아났기에.

날씨가 갑자기 차졌다 더워지는 것처럼

인심도 노래와 통곡 소리 바꾸어간다지.

머리 돌리니 바로 시안是岸인지라

갑작스레 꿈에서 깬 듯 놀라워라.

형님께서 작은 배를 몰고서

번거롭게 먼 데까지 마중을 오셨네.

아이들 나를 보고 웃으니

뱃머리에서조차 발걸음이 가벼워지네.

蠶渚初放船　東風上帆促

擊汰下銅湖　雲日澄歷錄

易知介石亭　甍角出園木

天氣倏凉燠　人情換歌哭

回頭卽是岸　忽如噩夢覺

阿兄具小艇　杖屨遠臨辱.

兒子望我笑　舷頭方翹足

_이만수, 「돌아오는 날歸日」(『극원유고』 268:602)

말을 타고 경주에서 문경 새재를 넘고 다시 배를 타고 남한강을 거슬러 올라온 모양이다. 잠실에 이르자 벌써 마음은 옛집에 이른 듯하여 동작나루까지 단숨에 왔다. 멀리 강가에 형 이시수가 경영하고 있던 개석정介石亭이 바라다 보였다. 이시수도 앉아서 기다리지 못하고 아우를 맞으러 배를 띄웠다. 아이들의 웃음소리가 들리니 배가 물가에 닿기도 전에 발꿈치가 들썩거린다. 그에게 금호별서는 '시안是岸'의 땅이었다. 시안은 주자가 "잃어버린 마음을 알면 이 마음이 문득 이 속에 있으니 다시 무엇을 구하겠는가? 마침 도인道人이 벽에 적어놓은 '고해는 끝이 없으나 머리 돌리면 바로 언덕이다(苦海無邊 回頭是岸)'라 한 것을 보니, 말이 매우 좋다"고 한 바 있다. 금호별서는 고해로부터 벗어날 수 있는 해탈의 공간이었던 것이다.

집으로 들어가니 아내가 술상을 내어놓았다. 오랜만에 집안에서 차려준 밥을 먹고 가족들과 손을 잡고 웃고 떠들면서 즐거운 재회의 시간을 가졌다. 이어지는 두 번째 시에서 이런 내용을 담았다.

> 문으로 들어가니 노소가 모였는데
> 아내는 술병과 술잔을 내어놓았네.
> 오늘 내 생일이라 한들 어떠랴
> 집 밥을 돌아와서 먹게 되었으니.
> 손을 잡고 거듭 얼굴을 살펴보고
> 빙 둘러 앉아서 웃고 떠든다네.
> 심신이 오히려 황홀하여라
> 초라한 집이라도 절로 빛이 나는 걸.
> 지난날 용산에서 이별하던 날
> 누가 일찍 고향으로 돌아올 줄 알았으랴?
> 고운 봄이 저문다고 근심할 것 없다네,
> 임원의 즐거움이 끝이 없을 것이니.
> 入門少長集 山妻設壺觴
> 何妨作弧辰 家食得歸嘗
> 握手重相看 笑語環座傍
> 心身尚悅惚 門巷自輝光

豈者龍湖別 誰知早還鄉

莫愁芳菲晚 林園樂未央

_이만수, 「돌아오는 날(歸日)」(『극원유고』 268:602)

앞의 시에서 동작나루에서 보인다고 한 개석정은 형 이시수가 노량
에 마련한 정자다. 이시수는 금호상공琴湖相公이라 불렸으니 그 역시 금
호를 사랑한 것이 분명하다. 1815년 강필효姜必孝(1764~1848)가 붙인 기문
에 따르면 이시수가 노년에 은퇴한 후 노량에 개석정을 짓고 살았는데
『주역』의 예괘豫卦에서 이른 "견고함이 돌과 같아서 과거의 잘못을 하
루가 지나지 않아 제거하니 정貞하고 길吉하다"는 뜻을 취하여 물러남
과 나아감에 절조를 취하였다고 한다.[94] 위항의 시인으로 서화가로도
이름이 높은 임득명林得明이 개석정으로 이만수를 찾아가서 지은 시에
개석정의 풍광이 잘 묘사되어 있다.

개석정은 한강 남쪽에 있는데

한강의 물빛은 쪽빛처럼 푸르네.

돌을 쌓아 산을 만들어 파란데

긴 안개가 슬쩍 피어오르네.

개울은 구불구불 먼 숲을 뚫고 흘러

정자 앞에 들어 아래위 못이 되었네.

소매에 어리는 대나무는 풀빛이 흘러내릴 듯

눈 가득 연꽃은 발갛게 술에 취한 듯.

극옹학사가 바로 이곳의 주인이라

조정의 모범 보이고 으슥한 곳으로 물러났지. (하략)

介石亭子漢水南 漢水之光綠如藍

---

94) 강필효, 「介石亭記」(『海隱遺稿』 b108:316).

累石爲山碧叢叢 膚寸惹起尋常嵐

有泉紆回穿遠樹 流入亭前上下潭

映袖竹葉翠欲流 滿眼荷花紅半酣

屐翁學士是主人 矜式朝端退幽探

_임득명, 「석류꽃 피는 시절, 동료들과 개석정에서 극옹 이학사를 알현하
고서(榴花節, 與寮友往謁屐翁李學士於介石亭)」(『송월만록松月漫錄』b110:68)

이를 보면 뒤편의 산에서 발원한 개울물을 끌어들여 개석정 곁에
두 개의 못을 만들고 연꽃을 심었으며 기암괴석을 쌓아 석가산石假山을
만들었음을 알 수 있다. 또 대나무를 근처에 많이 심어 푸른빛이 어리게
하였는데 푸른 안개가 끼면 더욱 운치가 일어났음을 짐작할 수 있다.
이시수는 개석정 외에도 창금정暢襟亭을 두었는데 강가에 있어 이곳
에 오르면 흉금이 탁 트이기에 붙인 이름이다. 이만수는 창금정에 상
량문을 지어 붙였다.

들보 동쪽에 떡을 던져라

숙몽정이 아스라이 보이는데

붉은 나무 노란 꽃은 은하수의 노래라

문미에는 밤마다 상서로운 무지개가 피어난다네.

들보 남쪽에 떡을 던져라

관악산 맑은 봉우리가 새벽안개 당기는데

그 아래 극옹이 숨어 사는 집이 있어서

금호의 가을 강물이 쪽빛보다 푸르다네.

들보 서쪽에 떡을 던져라

바다로 지는 햇살 저녁에 물결이 어찔한데

그대 보게 백 척의 배들이 풍파 속에 있어도

일엽편주 고깃배는 백로처럼 둥실둥실 떠다니는 것을

들보 북쪽에 떡을 던져라

봉래산 구름이 늘 오색으로 빛나니

궁중의 종소리가 낚싯배까지 들려오는데

조정에선 느지막이 옥 소리 올리면서 퇴근하겠네.

들보 위쪽에 떡을 던져라

맑은 허공에 문학의 별이 빛나니

천상의 신선들도 더 놀랄 것 없구나

사영운 떠나간 후 뛰어난 시가 사라졌다네.

들보 아래쪽에 떡을 던져라

소동파의 그림자 어린 물결에 파도가 깨끗한데

묘고대妙高臺 위에 울려 퍼지는 젓대 소리.[95]

못 아래 누가 잠자는 용을 깨우는가?

상량한 후에는 정자가 더욱 빛이 나기를.

술과 시가 있는 이곳에서

드넓은 운몽택雲夢澤 예닐곱 개를 삼킨 듯 흉금을 펼치고

즐거워라 이 언덕이여

항사恒沙 삼천 개를 눈으로 내려 볼 수 있기를.

한가한 이가 주인이라

닷새 휴가를 받아 오면 해오라기 사심 없는 내 마음을 알아주고

백년 태평세월이라 봉황새가 성군의 덕을 볼 수 있기를.

抛樑東 凤夢之亭莽蒼中 丹木黃花雲漢什 榍頭夜夜起祥虹

抛梁南 冠嶽晴峰挹曉嵐 下有屐翁棲隱處 琴江秋水碧於藍

抛梁西 海門斜日暮潮迷 君看百帆風濤裡 一葉漁舠泛似鷖

抛梁北 雲氣蓬萊常五色 長樂鍾聲到釣舡 內朝晩退鳴珂陌

抛梁上 奎璧光生玉宇亮 天上仙人不復驚 玄暉去後無高唱

---

95) 묘고대는 江蘇省 鎭江의 金山 위에 있는 절인데 蘇軾의 「金山妙高臺」가 유명
하다.

抛梁下 百東坡影銀波灑 妙高臺上一聲簫 潭底誰醒龍睡惰

上樑之後 棟宇增輝 觴咏得所 胥吞雲夢八九 樂哉斯邱 眼閱恒沙三千

閑者是主 五日休沐 鷺識忘機之心 百年昇平 鳳凰呈覽德之瑞

_이만수, 「창금정상량문暢襟亭上樑文」(『극원유고』 268:80)

　　동쪽으로는 압구정 인근 숙몽정이 보이고 서쪽으로는 서해로 나가는 배들이 보이며 남쪽으로는 높다란 관악산이 보이고 북쪽으로는 대궐이 바라다보이는 곳에 창금정이 있었음을 확인할 수 있다. 그곳에서 한가한 강호의 주인이 되고자 하면서도 구중궁궐의 임금에 대한 사랑도 잊지 않았다.

　　이렇게 아름다운 금호의 개석정과 창금정에서 이시수와 이만수는 서영보徐榮輔, 심상규沈象奎 등의 벗들과 어울려 한때를 즐기기도 하고 가끔은 배를 타고 강 건너에 있던 김이교金履喬의 죽리관竹里館에 하루를 유숙하기도 하였으며, 행주에 있던 김재찬의 덕은정사德隱亭舍를 찾기도 하였다. 특히 김재찬은 "삼대에 걸쳐 온 집안이 형과 아우로 지냈지(三世通家兄及弟)"라고 하였을 정도로 절친하여 자주 왕래한 바 있다.[96] 김재찬이 보낸 척독에 이들의 우정과 운치가 잘 그려져 있다.

　　밤에 누워 절구 한 수를 얻어 아침에 부쳐서 근황을 여쭙고자 하였더니 귀댁의 하인이 먼저 와서 서찰을 보여주었습니다. 기분이 서로 호응하는 것이 마치 산이 움직이고 종이 울리는 듯하니 참으로 즐겁습니다. 편지를 보니 기거하는 곳이 훤하고 잠자리가 편하며 음식이 청결한 것으로 보입니다. 게다가 천 마리의 큰 생선을 그물 한 번 던져 잡아왔다 하니 통쾌한 한 번의 강 나들이를 하신 것이라 하겠습니다. 더욱 사람으로 하여금 정신이 번쩍 뜨이게 합니다. 복어는 금년 봄 처음 맛보는 것인데,

96) 이만수, 「偶到琴湖, 奉次伯氏與德隱相公往復韻」(『展園遺稿』 268:49).

여종을 불러 닦달하여 아침 반찬으로 내어놓게 하셨습니다. 벗께서 내리신 것은 서촉西蜀 땅의 앵두보다 나을 것입니다. 정말 감사합니다. 어린 종이 물고기 꾸러미를 등에 지고 왔기에 바로 꾸러미에서 몇 마리를 꺼내보았습니다. 극옹께서 낙지, 숭어 등 다른 음식도 보내 주실 것으로 생각하였지만 소생이 얻은 것은 복어 세 마리뿐이었습니다. 참으로 유감스럽습니다. 다시 다른 생선을 이어 보내어 이 분함을 풀어주시는 것이 어떨지요. 껄껄 웃습니다.

_김재찬, 「금호상서께 답하는 편지(答琴湖相公書)」(『해천유고海石遺稿』 259: 451)

이시수는 아침 반찬을 하라고 복어 세 마리를 보냈지만 이를 받은 김재찬은 복어 외에도 송어와 낙지를 보내주지 않았다고 섭섭함을 표하였다. 이들의 농담이 절로 웃음을 자아낸다. 다음은 김재찬과 김사목金思穆이 노년에 이시수의 집을 찾아갔을 때의 일을 기록한 이만수의 작품이다.

백발의 세 원로 모인 것
푸른 갈대 가을 든 8월일세.
옷차림새는 온통 시골 사람 모습이요
담소하는 일은 오히려 풍류가 있네.
밭 사이로 지팡이 짚고 가다가
물가의 배에 술동이를 옮겨 실었네.
강호에 있어도 대궐이 그리운지
물고기와 새들도 즐기지 못하네.
皓髮三元老 蒼葭八月秋
衣冠渾野貌 談笑尙風流
放杖中田路 移樽下渚舟

江湖猶戀闕 魚鳥莫由由

_이만수, 「덕은 김 상공이 전동 김사목 상공과 말을 나란히 타고 백씨의
강가 별서에 오셔 회동하셨다. 왕유의 시에 차운하여 즐거움을 기록해
받들어 올린다(德隱金相公, 磚洞金相公思穆, 聯鞭來會于伯氏湖墅, 拈輞川韻, 識喜奉次)」
(『극원유고』268:44)

이 무렵에는 김사목도 정승의 반열에 있었을 것이니, 정승을 지낸
국가의 원로가 금호에 모여 시골 사람 흉내를 내면서 논 것이다. 과연
이 시절이 이렇게 즐길 만큼 태평세월은 아니었겠지만, 그럼에도 그
풍류가 그리 밉지 않다.

11. 오희상의 소파정과 홍직필의 노의정사

이시수와 이만수에 이어 오희상吳熙常(1763~1833), 홍직필洪直弼(1776~1852) 등이 노량에 별서를 경영하였다. 오희상은 본관이 해주로, 오원吳瑗의 손자요 오재순吳載純의 아들인데 숙부 오재소吳載紹의 후사로 들어갔다. 오원이 이천보李天輔와 절친하여 사돈을 맺었으니 이천보가 오희상의 장인이기도 하다. 해주 오씨 이 집안은 종암동에 별서를 두었는데,[97] 오희상 대에 이르러 노량에도 별서를 두게 되었다. 오희상은 자가 사경士敬이고 호가 노주老洲 혹은 노호老湖인데 노량의 노鷺를 노老로 바꾼 것이니 곧 노량과의 인연을 따랐다 하겠다. 오희상은 노량을 노호老湖라고도 표기한 바 있다.

오희상은 가끔 벼슬길에 나가기는 하였지만 그다지 환로에 뜻을 두지 않고 젊은 시절에는 종암동의 별서를 오가면서 강학에 몰두하였고 중년 이후에는 벗들과 팔도를 유람하는 것을 즐거움으로 삼았다. 1820년에도 벗들과 청풍淸風, 영월寧越 등 아름다운 산수를 유람하고 돌아왔고 그해 7월에는 노량에 소파정少波亭을 짓고 그곳에 거처하였다. 그런데 소파정은 원래 김치묵金時默(1741~1788)의 정자였다. 오희상의 생부인 오재순은 다음과 같은 기문을 지어준 바 있다.

정자는 노량강 남쪽 언덕에 있다. 청풍淸風 김정부金靜夫의 별업이다. 예전 은자의 시어詩語를 취하여 소파정이라는 이름을 내걸었는데 은자는 곧 고기를 잡는 사람일 뿐이다. 물가에 거주하면서 바람과 파도를 근심으로 삼는 것이 정말 마땅하다. 김정부는 조정에 서 있다가 가끔 정자로 나가서 쉬는 곳을 삼았으니 유독 이 뜻을 취한 것이라 하겠다.

이 강은 오대산에서 발원하여 온갖 하천이 합치면서 천 리를 내려와

---

97) 이 집안의 종암별서에 대해서는 필자의 『조선의 문화공간』에서 자세히 다루었다.

이 정자 아래에 이르면 좁은 협곡의 기운이 사라지고 가까이 바다 입구와 만나게 된다. 산은 넓고 나직하며 물은 천천히 흘러 질펀하다. 강물을 따라 내려가거나 거슬러 올라가면서 노닐 때 배가 그다지 놀라지 않는다. 정자의 이름이 이 때문에 지어진 것인가?

그러나 저 은자의 의미가 어찌 진짜 바람과 파도를 근심하기 때문이겠는가? 아마도 달리 위태롭게 여기는 바가 있을 것이다. 대저 사람이 나무나 바위와 함께 거처하거나 새나 짐승과 무리지어 살 수는 없으니, 벼슬길로 나가지 않을 수는 없다. 그러나 영화와 굴욕을 다투느라 근심이 생기게 되고 그러면 그 험함이 바람과 파도보다 심해진다. 예로부터 환해宦海라 칭한 것이 잘못이겠는가? 한 번 그 험한 것을 건너고자 돛을 걸고 노를 저어 가면서 제 몸을 잊고 돌아갈 줄 모르는 것은 모두들 그러하다. 이는 은자가 심히 위험하게 여기는 바요, 정부가 피하고자 한 것이며 정자의 이름을 이 때문에 이렇게 붙인 것이다.

돌아보면 지금 성상의 교화가 융성하여 조정과 재야가 편안한데 정부는 침착하고 돈독한 마음으로 문학에 힘을 쏟아 옥당玉堂에 섰으니, 그 도를 향해 나아간 것이 크다 하겠다. 비유컨대 파도를 잊고 배를 편안히 여겨 한 순간에 천 리를 가는 것이라 하겠다. 어찌 근심이나 위험과 같은 말을 할 것이 있겠는가? 그러나 정부는 근심이 없는 것을 경계하여 이를 말로 드러내었으니, 군자가 진퇴의 의리를 아는 것이라 할 만하다.

비록 그러하지만 사람의 마음에도 또한 풍파가 있는 법이다. 이욕을 얻고 잃는 것에 마음을 골몰하면 남이 마음을 흔들기 전에 먼저 흔들리게 되어 진정할 수 없다. 골몰하는 마음을 가지고서 험한 세상을 살아가려 하면 그 근심이 어찌 적겠는가? 이 때문에 마음을 다잡는 데 다른 기술이 없으면, 부딪히게 되어 그 험함이 더욱 험해지고, 마음을 다잡는 데 기술이 있으면, 바깥의 평탄함과 위험함이 내 몸에 관여를 하지 않는다. 이 때문에 군자가 세상에 있으면서 그 험함을 근심하는 것이 아니라 험한 곳에 거처하게 되는 것을 근심하는 법이다. 진실로 그 마음이 이욕

을 끊고 득실을 잊고서 오래된 우물에 물결이 치지 않는 것처럼 맑게
된다면 온 세상의 험함을 종식할 수 있을 것이니 어찌 근심할 것이 있겠
는가? 또 옛말에 "강물 가운데서 배를 잃으면 바가지 하나도 천금의 가치
가 있다"고 하였으니 저 바가지라도 험한 곳을 잘 건널 수 있는 것이 그
가운데가 비고 바깥이 딱딱하기 때문이다. 정부가 그 마음을 겸손하게
하고 그 행실을 돈독히 한다면, 무슨 위험함이 있다 하여 물을 잘 건너지
못하겠는가? 게다가 태평성세에 살고 있으니 더 할 말이 있겠는가? 정부
는 힘을 쏟으시게.

_오재순, 「소파정기少波亭記」(『순암집醇庵集』 242:471)

김치묵은 정조의 장인인 김시묵金時默의 아우로 자는 정부靜夫다. 소
파정의 이름은 당 옹조翁洮의 "강물이 맑고 바다가 잔잔하여 파도가 적
다河清海晏少波濤"라는 구절에서 온 듯하다. 여기서의 파도는 환해宦海의
세파世波일 것이다. 1776년 무렵 홍문관 교리로 있었으니 이 무렵 소파
정을 경영한 듯하다.

그런데 김치묵은 정조가 등극한 후 홍국영洪國榮과 함께 권력을 누
렸지만 공조참판을 지내던 중 세상을 떠났다. 얼마 있지 않아 든든한
버팀목이 되었던 정조가 서거하자 심환지沈煥之, 이병모李秉模의 공격을
받았다. 이미 세상을 떠났지만 벼슬이 추탈追奪되었다.

이 무렵 소파정의 기문을 지은 오재순이 주인 잃은 소파정을 구입
한 듯하다. 오희상이 노량진의 소파정을 물려받아 기거한 것은 1820년
이었다. 연보에 따르면 소파정은 길가 너무 드러난 곳에 있어 그윽한
맛이 없었다. 마음에 맞지 않았지만 이 무렵 아우 오연상吳淵常이 병이
있어 멀리 가기 어려워 부득이 거처로 삼은 것이다. 오희상은 소파정
곁에 관선재觀善齋를 짓고 그곳에서 후학을 가르치면서 산수의 흥을 누
렸다. 관선재는 주자의 서재 이름이기도 한데 주자가 "책상을 지고 어
디에서 왔는가, 오늘 아침 여기에 함께 자리하였네. 날마다 공부하느

라 여력이 없으니, 서로 마주보고 힘을 기울이세나(負笈何方來 今朝此同席 日用無餘功 相看俱努力)"라 시를 지은 바 있다. 초당 돈간재敦艮齋도 따로 지었는데 『주역』 간괘艮卦에서 "돈간의 길함은 마침을 돈후히 하기 때문이다(敦艮之吉 以厚終也)"에서 따온 것이었다.

그러나 소파정에 머물던 오희상에게 풍파가 몰아쳤다. 아끼던 아우 오연상의 아들 오치유吳致愈가 죽어 크게 상심하였는데 이듬해에는 아우마저 세상을 떠났기 때문이다. 그나마 다행인 것은 후학이지만 벗으로 사귀었던 홍직필이 소파정으로 찾아온 일이었다. 1821년 5월 그와 함께 함께 배를 타고 흑석동에 있던 박필주의 집을 찾고 관악산 자하동, 동호의 압구정, 용산의 읍청루挹淸樓를 둘러보았다. 비슷한 시기 청의정淸漪亭, 용양봉저정龍驤鳳翥亭, 개석정 등 노량강 일대의 이름난 정자에도 자주 나들이를 하였으며 인근의 노강사鷺江祠와 사충서원四忠書院 등에서 강회講會를 가질 때도 있었다. 이러한 자리에는 영서潁西 임노任魯(1755~1828), 죽리竹里 김기풍金基豐(1754~1827), 금계襟溪 이봉수李鳳秀(1778~1847) 등이 늘 함께하였다. 다음은 오희상이 죽던 해인 1833년 홍직필이 소파정으로 찾아가 함께 뱃놀이를 즐기면서 지은 작품이다.

용봉정 앞에 작은 배 띄우니
석양에 끝없이 큰 강은 흐른다.
모래톱은 차마 돌아보지 못하리니
그분께서 완연히 누각에 숨어계시기에.
龍鳳亭前放小舟 夕陽無限大江流
中洲不耐回頭望 隱約伊人宛在樓
_홍직필, 「노주 어르신을 뵙고 배에서 즉흥적으로 짓다(拜老洲丈人, 舟中口號)」
(『매산집梅山集』 295:81)

용봉정은 곧 정조가 주교舟橋 건설을 위해 세운 용양봉저정인데 한강대교 남단에 지금까지 남아 있다. 홍직필은 그 인근에 있던 소파정에서 오희상을 알현하고 작은 배에 올랐다. 마침 저녁 무렵이라 석양이 드넓은 한강을 붉게 물들이고 있다. 석양이 비치는 한강의 모래톱을 차마 고개 돌려 보기 어렵다고 한 데서 비감의 뜻이 읽힌다. 소파정에 머물고 있던 오희상이 이 무렵 건강이 좋지 않았기에 다시 뵙기 어렵다는 생각이 들었던 모양이다. 이 때문에 『시경』의 「겸가蒹葭」에서 "저기 저 사람이 물가에 있어, 물길 거슬러 찾아가리니 강 가운데 모래톱이 또렷하네(所謂伊人 在水之湄 遡游從之 宛在水中坻)"라 한 노래를 떠올렸다.

1833년 9월 7일 오희상은 세상을 떠났다. 광주의 이호梨湖 곁 선영에 묻혔다. 그가 떠난 후 노량강은 그와 절친하여 가끔 찾아온 적이 있는 후학 홍직필이 집을 짓고 눌러 앉게 되었다. 홍직필은 본관이 남양南陽이고, 처음에는 이름을 긍필兢弼, 자를 백림伯臨이라 하다가 중년에 이 이름으로 바꾸고 자도 백응伯應으로 고쳤다. 경저는 주자동鑄字洞에 있었고 중년에는 회현방會賢坊에도 기거하였다. 1828년 부친과 모친의 묘를 시흥의 매산梅山으로 옮겨 합장한 후 스스로 매산노부梅山老夫라고 칭하였다.

홍직필은 1835년 현석동의 소동루小東樓로 이사하여 7년 남짓 기거하다가[98] 1842년 9월 노호鷺湖, 곧 노량진 강마을로 이주하였다. 그사이 홍직필은 선영을 자주 찾았고 또 이봉수와 함께 석실서원石室書院이나 관악산 등을 오가면서 노량진을 자주 찾았다. 특히 1840년에도 이봉수와 함께 미호渼湖의 석실서원에서 만나기 위하여 현석강에서 배를 띄웠는데 멀리서 소파정이 보였다.

난새 타고 한 번 가시자 푸른 하늘 어둑한데
흐르는 강물 돌아가는 구름은 잠시도 멈추지 않네.

---

98) 소동루에 대해서는 서호에서 자세히 다룬다.

지는 해에 배의 봉창을 걷고 머리 돌려 바라보니

가을바람 부는 소파정 있어 눈물을 뿌리노라.

鸞驂一去杳靑冥 流水歸雲不暫停

斜日褰篷回首望 西風灑淚少波亭

_홍직필, 「10월 그믐 이자강과 석실서원에서 만나기로 하고 현호에서 배
를 띄워 소파정을 바라보니 감회가 일기에(十月之晦, 與李子岡相期于石室書院,
自玄湖放舟, 望少波亭感懷)」(『매산집』 295:87)

오희상이 세상을 떠난 지 불과 7년 만에 그의 별서 소파정은 주인
조차 바뀌어 있었다.[99] 그래서 더욱 비감에 젖게 된 것이다.

홍직필은 1842년 9월 강 건너 현석동에서 이곳으로 거처를 옮겼다.
연보에 따르면 집 이름은 노의정사蘆漪精舍라 하고 방은 박후실博厚室이
라 하였으며 다락은 고명루高明樓라 하였다. 또 고명루 동쪽에 서재 한
칸을 마련하고 그 이름을 열락재悅樂齋라 하였다. '노의'는 갈대가 있는
물가라는 뜻이니 노량진 모래톱을 가리키는데 홍직필은 아예 그 마을
이름은 노의촌이라 하였다.[100] 노량이 해오라기(鷺) 혹은 이슬(露)에서
갈대(蘆)로 바뀐 것이다. 또 『중용中庸』에서 성인의 덕을 천지天地에 비유
하면서 "유원하면 박후하고 박후하면 고명하다. 박후는 만물을 실어주
는 것이요 고명은 만물을 덮어주는 것이며 유구함은 만물을 이루어주
는 것이니, 박후함은 땅을 짝하고 고명함은 하늘을 짝하고 유구함은
끝이 없다(悠遠則博厚 博厚則高明 博厚 所以載物也 高明 所以覆物也 悠久 所以成物也
博厚配地 高明配天 悠久無疆)"라는 구절이 보인다. 여기서 박후실과 고명루
의 이름을 딴 것이다. 또 열락재는 도연명의 「귀거래사」에서 "친척과의

---

99) 이 시의 주석에서 "정자는 곧 老洲 吳公의 옛집인데 이미 주인이 바뀌었다"
라 하였다.

100) 후학 任憲晦가 「移宅蘆漪」(『鼓山集』 314:24)에서 "노의는 예로부터 절로 이
름이 났는데, 지금 이제 내가 거주하노라(蘆漪名自昔, 今我又居然)"라 하였
으니 그 역시 노의촌에 거주한 적이 있음을 알 수 있다.

정다운 이야기가 즐겁고 거문고와 책으로 근심을 푸는 것이 즐겁다(悅親戚之情話 樂琴書以消憂)"라는 구절에서 가져왔다. 그러니 노의정사는 귀거래의 공간이면서 수양의 공간이라 하겠다.

그런데 홍직필은 이 노량의 노의정사에 정을 온전히 붙이지 못한 듯하다. 이주한 후에도 오히려 현석동을 고향처럼 여겼기 때문이다.

> 도성 문 한 번 나선 후 여덟 해라
> 밤낮으로 떠도는 영혼은 한양에 있다네.
> 이제 다시 노의로 건너가게 되었으니
> 문득 바라보니 현호가 고향 같구나.
> 都門一出八回霜 日夜游魂在漢陽
> 如今更涉蘆漪去 却望玄湖是故鄉
> _홍직필, 「현석동에서 노량으로 집을 옮기고 예전 집이 그리워서 가낭선의 시 '상건을 건너면서'를 외우고 그 시에 차운하고 그 시체를 모방하여 짓는다(自玄石移宅鷺梁, 回戀舊居, 仍誦賈浪仙渡桑乾詩, 仍步其韻效其體)」(『매산집』 295:89)

가도賈島는 「상건을 건너면서渡桑乾」라는 시에서 "병주의 타향살이 십 년 세월이 흘렀는데, 밤낮으로 고향 함양으로 돌아가고 싶은 마음. 무단히 또다시 상건의 강물을 건너노라니, 문득 병주를 바라보고 고향인 듯 싶구나客舍并州已十霜 歸心日夜憶咸陽 無端更渡桑乾水 却望并州是故鄉"라고 한 시가 유명하다. 이를 보면 현석동에 대한 애착이 더욱 강했던 것이 분명하다. 게다가 노량진조차 도성의 소란스러운 소식이 자주 들려왔다. 이에 더욱 먼 곳에 들어가 살려 하였지만 뜻을 이루지 못하였다. 그리고 그곳에서 10년을 살다가 그곳에서 죽었다. 다음은 그가 죽던 해 지은 작품이다.

늘그막에 한강으로 돌아온 지

어느새 20년의 세월이라.
일편단심 대궐을 그리는 마음
인간만사 강물에 부쳤노라.
거문고와 책으로 즐거움을 삼고
수레와 말 타는 근심을 모두 잊었네.
이 세상 나그네 된지 오래인지라
노년의 신세는 아득하기만 하여라.

投老歸江漢 居然二十秋

一心懸北闕 萬事付東流

爲有琴書樂 渾忘車馬憂

乾坤爲客久 身世晚悠悠

_홍직필, 「병들어 누워 지내면서 회포를 적다(病枕敍懷)」(『매산집』 295:103)

  현석동과 노량진 강가로 물러나 산 20년의 세월을 이렇게 돌아보았
다. 철종이 등극한 후 산림의 영수로 대사성과 형조판서가 되었지만
그것이 그리 의미 있는 일은 아니었을 것이다. 노의정사에서 눈을 감
고 광주의 구수동九壽洞에 묻혔다.

12. 용양봉저정과 유길준의 조호정

조선 후기 노량진 일대에서 가장 명성이 높은 곳은 사육신 묘역에 세워진 육신사六臣祠와 임금의 주정소晝停所로 이용되던 용양봉저정龍驤鳳翥亭일 것이다. 용양봉저정은 원래 망해정望海亭이라 불렀고 노량 나루 남쪽 언덕, 곧 한강대교 남안에 있었다. 정조가 현륭원顯隆園에 행차할 때 1790년 노량진에 주교舟橋를 설치하고 휴식의 공간으로 이 건물을 지었다. 1793년 정조가 직접 지은 용양봉저정의 기문은 이러하다.

다리에는 3종이 있는데 그중 하나가 부교浮橋다. 전傳에 부교라 일컬은 것은 바로 주교舟橋다. 대개 배로 다리를 만든 것은 주周나라에서 시작되었는데 후세로 이르러 점점 그 제도가 확대되어 낙수洛水의 효의교孝義橋, 하수河水의 포진교蒲津橋 등과 같은 것이 생겨났다. 수많은 선박을 긴 밧줄로 가로로 잇고 긴 널빤지를 엮어서 묶은 다음 아름드리 통나무를 매달아서 일정한 거리를 유지하게 한다. 이렇게 하면 그 신묘한 효과와 용도가 전설에 나오는 자라나 물고기가 만들어 놓은 징검다리에 버금간다고 할 것이다.

내가 해마다 현륭원에 갈 때, 의장이나 물품 등 호조에서 제공할 것들은 모두 장용영壯勇營에서 정리하게 하였는데, 나루에서 배로 건너자면 그 일이 크면서도 잦아서 노량강에다 주교를 설치하고 관사를 두어 그 일을 맡게 했다. 이에 강가의 작은 정자 하나를 구입하여 주필駐蹕의 장소로 삼았다. 정자는 예전에 망해정이라 하였다. 적힌 기문에는 발돋움을 하고 서쪽으로 바라보면 허명한 기운이 떠오르는데 그곳이 바로 우리나라의 서해이기 때문에 붙인 이름이었다. 그러니 정자가 높은 곳에 위치하여 멀리 바라볼 수 있음을 대략 알 수 있다.

내가 주교가 만들어진 이듬해인 신해년(1791) 이 정자에 올랐다. 마침 먼동이 트고 해가 떠오르고 있었다. 붉은 구름이 피어오르고 하얀 비단 같이 강물이 맑았다. 두르고 있는 듯, 무너져 내리는 듯, 읍을 하는 듯, 상투를 튼 듯, 쪽을 지은 듯한 모습의 강을 에워싸고 있는 여러 봉우리들이 부슬비 내리는 주렴과 안개 낀 자리 사이로 어른어른 비치면서 나타났다 사라졌다 하였다. 뿌연 기운이 자욱한데 천리가 온통 푸른빛이었다. 가물거리는 모습을 하나하나 손가락으로 가리키노라니 문밖을 나서지 않아도 다 눈 안으로 거두어들일 것 같았다. 그제야 이름이 있으면 반드시 상응하는 그 무엇이 있는 법, 정자에서 조망하기에 빼어나다는 것을 알게 되었다.

_정조, 「용양봉저정기龍驤鳳翥亭記」(『홍재전서弘齋全書』 262:241)

주교, 곧 배다리는 『시경』에서부터 보이니 그 역사가 오래된 것이다. 그 전례를 따르되 정조는 신료들의 지혜를 모아 배를 가로로 묶고 널빤지를 깔았으며 파도에 부서지지 않고 부력을 받을 수 있도록 통나무를 매달아 배다리를 완성하였다. 그리고 이 다리를 관리하는 주교사舟橋司를 설치하게 하였다. 정조는 배다리가 완성된 후 정자에 올라 아름다운 산천을 살펴보고 흡족해하였다.

그런데 원래 배다리 남쪽에는 망해정이라는 정자가 있어 멀리 서해 바다까지 바라다보았다. 정자의 이름을 망해정이라 그대로 쓸 수도 있지만 이 일을 기념하여 정조는 새로운 이름을 붙이고자 하였다. 이때 어떤 신하가 명의 영락제永樂帝가 금수교金水橋를 세웠을 때 황하에 얼음이 얼고 오색구름이 어렸으며 다섯 색깔의 아름다운 꽃이 나타난 일을 들어 제왕의 성덕聖德에 대한 감응이 일어나는 법이니 상서로운 감응의 정자라는 뜻에서 서응정瑞應亭이라 붙이기를 제안하였다. 이에 정조는 "북쪽에 높은 산이 우뚝하고 동쪽에서 한강이 흘러내려 마치 용이 굼틀거리는 듯하고 봉황새가 훨훨 날아오르는 형상이다"라 하고, 용루龍樓와 봉궐鳳闕에 영광의 서기가 자욱하여 억만 년 조선을 빛내어줄 것이라는 뜻을 담아 용양봉저정이라 이름을 하겠노라 선언하였다.

이 기문의 마지막 대목에는 대신으로 하여금 대자大字로 현판을 쓰게 하여 처마에 걸었다고 하였는데, 그 대신이 바로 채제공蔡濟恭이다. 지금은 이 현판이 사라지고 다른 사람의 글씨를 새긴 것이 걸려 있다.

강물은 숫돌처럼 잔잔한데
배다리는 시원하게 펼쳐져 있네.
물고기도 정말 좋아하여 머리에 이고
땅이 잘 다스려져 하늘도 태평이라네.
백성은 사모하여 구름처럼 바라보는데
군왕은 세월을 아끼는 효성을 보이시네.
아름다운 이름 다섯 글자 내리시니
정자도 또한 영예로운 성은을 입었네.

江水安如砥 舟梁盡意橫
魚龍眞愛戴 天地與平成
民庶如雲望 君王愛日情
嘉名五大字 亭子亦恩榮

_채제공, 「을묘년 윤2월 10일 주상께서 자궁慈宮을 모시고 현륭원에 참배를 가셨다가 새로 조성한 화성으로 돌아와 봉수당奉壽堂에서 와서 자궁께 진찬進饌의 예를 올렸다. 이해가 자궁의 환갑이기 때문이다. 못난 이 신하를 정리도제거로 삼으시고 먼저 가서 노량의 배다리에 머물고 있으라고 명하시기에 시를 짓는다(乙卯閏二月之旬, 上奉慈宮, 詣顯隆園展誠, 還至華城新邑, 御奉壽堂, 進饌慈宮, 蓋以是年爲慈宮周甲也. 以賤臣爲整理都是擧, 命先詣次鷺梁舟橋, 有吟)」. (『번암집樊巖集』235:346b)

1795년 2월 채제공은 화성華城 공사의 총책임을 맡은 총리사總理使로 있었는데 정조의 명을 받들고 배다리에 먼저 가서 점검하고 있었다. 이때 용양봉저정에 올라 이 시를 지었다. 그 주석에 "망해정은 용양봉저정이라 이름을 바꾸었는데 미천한 신하에게 명하여 현판을 쓰게 하였다"고 되어 있다. 강물이 잘 갈아놓은 숫돌처럼 잔잔한데 배다리가 시원스럽게 놓여 있다. 주나라 목왕穆王이 물고기와 자라, 악어로 다리를 만들어 춘산春山에 올랐다는 신화가 전하는데 배다리가 그러한 신이함을 가지고 있다고 한 것이다. 또 우禹가 치수治水 사업을 잘 처리하여 나라가 잘 다스려지게 되었음을 칭송하여 지평천성地平天成이라는 말이 나왔는데 이 고사를 끌어들여 정조를 칭송하였다. 또 백성들이 임금을 사모하고 임금은 효심을 다한다는 뜻으로 배다리의 의미를 설명하였다.

정조가 화성으로 행차할 때 늘 이곳에 머물면서 휴식을 취하였고 정조를 모신 신하들도 이 정자를 거듭 노래하였다. 정약용은 젊은 시절 정조를 모시면서 출입하던 용양봉저정의 추억을 다음과 같이 회상하였다.

노량나루의 방죽이 강을 따라 뻗어 있는데
임금님 가시던 길 화성까지 구불구불 이어졌지.
강가의 언덕 외로운 정자엔 구름 장막 펼쳐지고
바다 입구 정박한 배엔 고운 다리가 놓였다네.
방울 울리면서 가마가 움직일 때 화살 셋이 날았고
큰 북이 교대로 울리면 두 군영이 진을 풀었지.
그리워라 병조에 있으면서 행차를 모셨을 때
조정의 의장 행렬이 붉은 기둥 앞에 늘어서 있었지.

露梁津堡帶江横 輦路透迤接華城
水岸亭孤雲幕起 海門帆落畫橋成
鸞鑣欲動飛三箭 鼉鼓交鳴解兩營
憶忝兵曹陪羽衛 內班鞭弭列朱楹
_정약용, 「여름날 흥을 풀다(夏日遣興)」(『여유당전서與猶堂全書』281:79)

1800년 정약용은 천주교 문제로 조정이 시끄러워지고 또 정조도 세상을 떠나자 소내 옛집으로 낙향하여 "겨울에 시내를 건너는 것처럼 신중하게 하고, 사방에서 나를 엿보는 것을 두려워하듯 경계하라"는 뜻을 딴 여유당與猶堂에서 은거하였다. 그리고 1796년 정조를 모시고 화성을 다녀오면서 이 정자에 머물렀던 때를 추억하여 이렇게 시를 지은 것이다.

정조 사후 정국이 바뀌면서 용양봉저정은 찾는 이가 뜸해졌다. 그저 시인묵객들이 가끔 찾아 옛일을 떠올릴 뿐이었다. 신위申緯는 1821년 이곳에 들러 다음과 같은 노래를 불렀다.

> 여린 물결 위에 우뚝한 배다리가 누워 있는데
> 임금의 의장 행렬이 난간 빼곡히 둘러쌌네.
> 봉황이 날고 용이 뛰는 그 정자 아래에는
> 안개 속 버들 움이 나고 봄추위 풀렸겠구나.
> 舟橋偃蹇臥微瀾　鹵簿分頭擁畫欄
> 鳳驀龍驤亭子下　嫩黃烟柳解春寒
> _신위, 「2월 21일 병석에서 일어나 가마를 맞으면서 삼가 짓는다(二月二十一日, 病起迎鑾, 恭紀)」(『경수당전고警修堂全藁』 291:181)

신위가 춘천부사에서 해직되어 한가하게 지내고 있을 때 순조가 행차한다는 소식을 듣고 이 시를 지은 듯하다. 이때까지도 용양봉저정은 물론 배다리도 온전한 기능을 하였다. 그러나 정조가 세상을 뜬 후 임금이 용양봉저정을 찾는 일이 점차 줄었다. 몇몇 임금이 인근의 왕릉을 참배하러 가는 길에 잠시 들렀을 뿐이다.[101] 그 후 고종이 건릉健陵,

---

101) 헌종이 1843년 정조가 묻힌 健陵으로 가는 길에 봉저용양정 아래쪽에 살던 홍직필을 불러 학문과 道에 대한 설명을 듣고 정중한 대우를 한 고사가 그의 연보에 전한다.

인릉仁陵, 헌릉獻陵 등을 찾았을 때 이곳에 들렀다는 기사가 실록 몇 곳에 보인다.

배다리는 조선의 국운과 함께 허물어져 내렸다. 1900년 한강철교가 완공되었으니 배다리는 더 이상 의미가 없게 되었고 용양봉저정도 차츰 허물어졌다. 별 소용이 없어진 이 정자는 유길준俞吉濬(1856~1914)의 소유가 되었다. 유길준은 본관이 기계杞溪고 자는 성무聖武, 호는 구당矩堂이다. 젊은 시절 민영익閔泳翊과 박규수朴珪壽를 만나 신학문을 접하였고, 김옥균金玉均, 서광범徐光範, 홍영식洪英植, 김윤식金允植 등 개화사상가들과 교분을 맺었다. 1881년 조사시찰단朝士視察團의 일원으로 일본으로 건너가 게이오 의숙에 입학하여 개화사상을 배웠으며 임오군란 후 귀국하여 외무낭관外務郎官을 지내다가 미국으로 건너가 근대학문을 익혔다. 갑신정변이 일어나자 귀국하여 『서유견문西遊見聞』을 집필하기 시작하였다. 1894년 갑오개혁 때 외무참의外務參議, 내무협판內務協辦, 내부대신內部大臣 등을 역임하며 개혁을 주도하였지만 1896년 아관파천俄館播遷으로 내각이 해산되자 일본으로 망명했다. 일본에 머물면서 일심회一心會를 조직하고 의친왕義親王을 옹립하여 새로운 내각을 구상하였지만 사전에 발각되어 하하시마母島, 하치죠시마八丈島 등으로 유배되어 3년의 세월을 보냈다. 그리고 러일전쟁이 끝난 후인 1907년 순종의 특사를 입어 귀국했다. 이때 순종으로부터 하사받은 집이 용양봉저정이었다.

강호에서 흰 머리카락이 내 마음마냥 기다란데
만년의 은거할 계획은 아직 세울 겨를 없었다네.
화산의 세 봉우리는 진단陳摶이 은거하던 곳
섬계 한 구비는 하지장賀知章이 하사받은 땅.
도성의 남쪽에서 재산 일굴 마음이 없는데
무슨 공 있어 대궐 곁에서 광영을 가까이 하랴!
맑은 죽도 원래 임금님의 힘에서 나온 것이라

이 몸이 대대손손 성은을 차마 잊을 수 있겠는가.

江湖白髮與心長 晚計芼裘尙未遑

華岳三峯陳處士 鄈溪一曲賀知章

南都無意治資産 北第何功近耿光

饘粥從來皆帝力 臣家世世敢相忘

_유길준, 「노호의 용양봉저정은 수원으로 행차하실 때의 옛 행궁이다. 철
로가 완성되고 나서 배다리가 쓸 일이 없어지자 융희 원년 겨울 교지를
내려 하사하시기에 명을 받들고 감격하여 감히 옛 이름을 사용하지 못
하고 조호정이라 고쳐 부른다(鷺湖之龍驤鳳翥亭, 水原行幸時舊行宮也, 鐵路旣成, 舟
橋無用, 隆熙元年冬有旨下賜, 奉命感激, 不敢仍舊名, 改稱詔湖亭)」(『구당시초榘堂詩鈔』,
국립중앙도서관 소장본)

철도 부설과 함께 한강철교가 놓이니 무용지물이 된 용양봉저정이
유길준의 소유가 되었다. 권력을 잃은 임금이지만 그래도 성은을 입었

「주교도舟橋圖」 부분(국립고궁박물관 소장). 상단 휘장이 처진 건물이 용양봉저정이
고 그 아래 별채가 김윤식이 머물던 조호정이었을 것이다.

다고 여겨 정자의 이름을 조호정詔湖亭이라 바꾸었다. 당나라 현종玄宗이 아끼던 신하 하지장賀知章에게 감호鑑湖 섬계剡溪 일대를 하사한 고사가 전하니, '조호'라는 말은 임금이 조칙으로 내린 감호라는 뜻이 된다. 일본을 떠돌다 고국으로 돌아왔을 때 하지장처럼 임금으로부터 큰 집을 하사받게 된 것을 기뻐하였다. 화산華山에 은거한 송나라의 진단陳搏처럼 양생술을 익히면서 여생을 보낼 수 있는 것도 더욱 큰 즐거움이라 하였다.

유길준은 감히 임금이 머물던 정당正堂에 기거하지 않고 조호정이라는 현판을 단 별채에서 살았다. 그 사연은 김윤식의 글에 보인다.

이부吏部 규당樊堂 유공兪公이 일본에서 돌아오자 황제께서 그가 오래 외국에서 나그네 생활을 한 것을 생각하여 특별히 노량 강가에 집을 하사하였는데, 곧 예전 임금님이 행차할 때의 별관으로 용양봉저정이라 한 것이 이것이다. 구당이 특별한 은총에 감격하여 그 정당은 봉인封印하여 감히 거처하지 않고 그 방만 조호정이라 하였다. 대개 하지장의 감호 고사를 취한 것이다. 이 정자는 도성을 등지고 10리 가까운 곳에 있는 용호龍湖의 상류에 있어 평평한 들판을 내려다보는데, 삼남三南의 배와 수레가 몰려드는 곳이다. 산수汕水와 습수濕水 두 물길이 합쳐져 열수洌水가 되어[102] 정자 앞을 지나 도도히 흐르니 나라의 벼리(紀)가 된다 하겠다. 난간에 기대어 조망하면 상쾌한 기운이 옷깃에 가득하다. 풀과 나무, 안개와 구름이 아스라한데 바람을 받은 배와 백사장의 새들이 왕래한다. 이 모두가 사람의 마음과 눈을 즐겁게 하니, 머물러 있으면서 돌아가고 싶은 마음을 잊게 만든다.

---

102) 丁若鏞은 「汕水尋源記」(『여유당전서』 281:490)에서 "열수는 지금의 이른바 漢水이니, 이러고 보면 汕水와 濕水는 남강과 북강 두 강이 된다는 것을 분명히 알겠다"라 하였다. 산수는 북한강, 습수는 남한강, 열수는 한강을 가리킨다.

예전 하지장이 당의 황실이 어지러워질 것을 알고 벼슬에서 물러나 권세를 멀리하고 강호에서 방랑하였으니 가히 명철보신明哲保身을 이룬 자라 하겠다. 그러나 구당은 그러하지 않아서 나라에 몸을 바치고 백절불굴百折不屈의 굳은 뜻으로 자신의 곤궁과 영달에 따라 지조를 바꾸지 않았으며 나라가 흥하고 어지러워지는 것 때문에 의지를 바꾸지 않았다. 민심을 규합하고 세도世道를 만회하여 위태한 동양의 정세를 부지하려고 하였다. 그 상황과 지취志趣가 하지장과 절대 같지 않다고 하겠으니, 강호에 누대가 있다 한들 어찌 자신만 즐길 수 있겠는가?

전에 듣자니, 비심裨諶은 고대에 계획을 잘 세운 사람인데 들판에서 계획을 세우면 잘 되고 도성에서 계획을 세우면 그릇되었다고 한다. 한가하고 텅 빈 땅은 정신이 집중되는 곳이므로, 시끄러운 도회지에 비할 바가 아니므로 국정의 계획을 잘 수립할 수 있었던 것이다. 예전 성종成宗 때 독서당讀書堂을 용산의 폐사廢寺에 세우고 문학에 능한 선비를 잘 선발하여 휴가를 주어 학업을 익히게 하였는데 그 이름을 호당湖堂이라 하였다. 한 시대의 이름난 신하들이 모두 여기서 배출되었다. 당시 은택이 두루 흘러 조정과 재야가 태평을 누렸다. 선왕께서 인재를 배양할 때 꼭 산속의 절이나 강가의 정자를 택한 것이 또한 이 때문이었다. 이제 호당이 폐치된 지 300년이 넘는다. 구당이 특별한 은총으로 하사받은 집이 마침 그 땅에 있다. 산천은 예전과 같고 풍경도 다르지 않아서 맑고 한가하니, 시끄러운 소리나 더러운 먼지가 이르지 않는다. 이에 시무時務를 강구하고 영재英才를 육성하는 일이 들판에서 계획을 세운 고인의 방도와 깊이 합치한다. 유유자적하면서 품성을 함양하면 헤아려 얻지 못할 것이 없을 것이요, 유신維新의 공업을 보필하고 태평의 기틀을 보좌할 수 있을 것이니, 성상께서 강을 내린 뜻이 어찌 헛된 것이었겠는가?

_김윤식, 「조호정기詔湖亭記」(『운양집雲養集』 328:420)

김윤식(1835~1922)이 1909년 지은 기문이다. 하지장은 당이 쇠퇴하는 조짐을 보고 물러난 것이지만, 유길준은 새로운 국가 건설의 틀을 심사숙고하기 위하여 한적한 강호를 찾은 것이니 그 뜻이 다르다. 김윤식은 이렇게 권력의 뜻을 붙였다. 세종 때 만들어진 사가독서제賜暇讀書制는 처음에 일정한 독서의 공간이 없어 교외의 사찰을 이용하다가 성종 때 용산에 독서당을 만들어 이를 호당이라 불렀다. 연산군 때 폐지된 사가독서제를 중종이 다시 실시하면서 응봉 기슭에 독서당을 옮겨 짓고 동호 독서당이라 불렀다. 동서당이 조호정 건너 용산에 있었기에 김윤식은 이를 끌어들여 조호정을 학자의 공간으로 연결한 것이다.

김윤식은 여기에 더하여 다시 한 수의 시를 더 지어 유길준의 새로운 집을 빛내었다.

올라보니 상쾌한 기운 가을처럼 시원한데
삼각산 흰한 빛이 책상 위에 떨어지네.
휘황찬란한 오랜 전각은 보좌가 높다란데
굼실굼실 긴 강은 한양을 돌아 흘러가네.
맑은 강 은혜로운 물결은 하사한 집을 적시는데
태평성대 호당을 보니 옛 노닐던 일 그리워라.
늘그막에 이 풍진 세상 무의미함을 알겠으니
그대 따라서 고깃배 한 척을 더 사고 싶다오.
登臨爽氣颯如秋　華嶽晴光落案頭
古殿煌煌瞻黼座　長江滾滾繞皇州
恩波鏡水霑新賜　盛事湖堂憶舊遊
老覺紅塵無意味　憑君添買一漁舟
_김윤식, 「조호정으로 유구당을 방문하다(訪兪榘堂于詔湖亭)」(『운양집』 328:328)

1909년 김윤식은 중추원 의장으로 정1품 보국대부輔國大夫의 지위에 올랐지만, 망국으로 치닫는 현실이 그리 달갑지 않았기에, 임금의 보우

아래 독서당에서 학문에 전념하던 태평시절을 그리워한 것이리라. 그
래서 유길준과 더불어 풍진 세상에서 물러나 한가하게 살자고 한 것이
다. 유길준은 말년을 이곳 조호정에서 보내었다. 어려운 세월 강가로
물러나 야인으로 살면서 시인이 되었다.

> 은하수가 큰 강에 거꾸려져 훤하게 비치는데
> 바위 튀어나온 모래톱엔 달빛조차 울음 운다.
> 얼어터진 듯 푸른빛 산들은 먹을 풀어놓은 듯
> 맑은 거울에 비친 사람은 그림 속을 걸어가네.
> 星河倒影大江明 石出汀洲月有聲
> 凍碧群山如潑墨 鏡中人在畵中行
> _유길준, 「달밤 강가를 거닐면서(月夜步江上)」(『구당시초』 국립중앙도서관
> 소장본)

　별빛이 쏟아져 하늘과 강이 훤한데 가을을 맞아 물이 줄어 드러난
모래톱엔 달빛이 어린다. 바람인지 물결인지 모르지만 훤한 달빛 아래
맑은 소리가 들려온다. 푸른 산은 수묵화처럼 흐릿한데 이를 배경으로
강가를 거니노라니 자신이 그림 속에 들어온 듯하다. 망국의 소용돌이
에 선 경세가의 입에서 이런 시인의 고운 감정이 나올 수 있다는 것이
오히려 어색하다.

> 용퇴가 아니라 요양하러 나온 것
> 조용히 쉬게 된 것도 성은인지라.
> 물새와 함께 즐길 만하지만
> 강호에도 또한 근심이 있다네.
> 밤이면 아내가 알아서 술을 장만해주고
> 가을이면 아이놈이 책 읽어 달라 하네.

태평성세 한가한 날 많으니
유유자적하여 자유를 얻었구나.
養疴非勇退 習靜幸恩休
鷗鷺堪同樂 江湖亦有憂
妻知謀酒夜 兒說讀書秋
聖世多閒日 優遊得自由
_유길준, 「조호정의 가을詔湖亭秋日」(『구당시초』 국립중앙도서관 소장본)

기심機心을 잊어 갈매기와도 친해진 압구狎鷗의 마음가짐이지만 물러나도 나라와 임금을 근심하는 마음을 잊은 것은 아니었을 것이다. 아내가 차려주는 술상을 앞에 두고 손자를 안고 책을 읽는 즐거움을 말하고, 태평성세를 맞아 자유를 얻어 유유자적할 수 있게 되어 좋다고 하였지만, 그 자신이 어찌할 수 없는 상황인지라 현실을 이렇게 무시한 듯하다.

김윤식 역시 우울한 심사를 달래려 유길준을 찾아 조호정으로 나들이를 하곤 하였다. 김윤식은 두모포에 집안에서 내려온 사의정이 있었기에 강 건너 조호정에 자주 출입한 것으로 보인다. 대한제국의 멸망이 임박해진 1910년 양력 6월 10일 규원葵園 정병조鄭丙朝와 함께 조호정으로 유길준을 찾아갔다. 이때의 일을 김윤식은 다음과 같이 기록하고 있다.

아침을 먹은 후 두석동豆錫洞으로 갔다. 정병조를 끌고 함께 용산 사령부로 가서 자작子爵 오쿠보大久保를 방문하고 길을 돌려 노호老湖 조호정으로 가서 구당을 찾아갔는데 곧 용양봉저정이다. 구당은 연전에 일본에서 귀국한 후 집을 하사한 성은을 입었다. 그 집을 수리하고 꽃과 과일나무, 소나무, 삼나무 등을 많이 심어 정연하게 배치하였다. 시야가 탁 트여 더욱 구경할 만하였다. 그럼에도 다시 거금을 들인 다음에야 완공할 수 있었다. 안만수安萬洙 군, 이춘세李春世 군 등이 약속을 하지 않았는데 왔기에 함께 칠언율시 한 수를 짓고 저물녘에 집으로 돌아왔다.[103]

이 기록을 보면 유길준은 거금을 들여 조호정을 아름답게 꾸몄음을 알 수 있다. 이때 지은 율시가 어떤 작품인지 확인할 수 없지만, 김윤식의 문집에는 조호정에서 지은 시가 몇 편 보인다.

> 해 어스름에 사공 불렀더니
> 멀리 강가의 정자가 보이네.
> 깎아지른 벼랑에는 흰 구름 머물고
> 높다란 나무에 밝은 별이 숨어 있네.
> 술추렴으로 추운 밤을 보내는데
> 자라난 소나무가 빈 마당을 가르고 있네.
> 속세의 조롱에 누가 얽매여 살랴
> 구름 너머 날아갈 긴 날개 있는데.
> 薄暮招舟子　遙望江上亭
> 斷崖停白雪　高樹隱明星
> 謀酒消寒夜　種松割半庭
> 塵籠誰得縶　雲外有脩翎
> _김윤식, 「유구당의 시에 차운하다(次韻和兪榘堂)」(『운양집』 328:328)

유길준의 집을 찾아가 지은 작품이다. 이 시는 3수 연작으로 되어 있는데 다른 작품에서 "조호정은 맑고도 트였는데, 그대 숨어 살 집 여기 정했네(詔湖淸且曠 之子卜幽居)"라 한 것을 보면 조호정에서 지은 것이 분명하다. 사공을 불러 배를 타고 강을 건너니 건너편 강 언덕에 화려

---

103) 김윤식, 『續陰晴史』(隆熙4年 庚戌 5월 10일).

한 조호정이 보인다. 벼랑 위에 있는 조호정에는 마당 가운데 큰 소나무가 서 있었다.

『동아일보』 1936년 4월 2일 기사에 따르면 이 무렵 용양봉저정이 요정으로 팔렸다고 한다. 군왕의 머물던 집이 요정으로 바뀌었으니, 망국의 역사가 이런 결과로 나타난 것이다. 그래도 용양봉저정은 한강변에 남아 있는 몇 안 되는 조선시대 누정이다. 지금껏 정당 건물은 온전하지만 조호정으로 추정되는 정자는 사라졌다. 김윤식이 이곳 마당에 소나무가 한 그루 있다고 하였으니 조호정은 다시 짓지 않더라도 소나무라도 한 그루 심어 적막함을 가릴 수 있었으면 좋을 듯하다.

6부

용　산

　원효대교 북단에 나지막한 산이 있는데 용머리처럼 생겼다 하여 용산龍山이라 부른다. 만초천蔓草川이 모악母岳에서 발원하여 도성을 감싸고 흘러 청파靑坡 남쪽에서 한강과 합류한다. 널따란 이 일대의 강을 용산강龍山江 혹은 용호龍湖라 하였다. 대략 오늘날 한강철교에서 원교대교 사이 지역이 용호로 불렸던 것이다. 이곳은 강원도와 경기도는 물론 삼남三南의 세곡稅穀 운송선이 모였으니 조선시대 가장 번화한 곳 중의 하나였다. 물자의 운송이 편한 곳이기에 관곽棺槨의 제조를 담당한 귀후서歸厚署, 기와 제조를 맡아보던 와서瓦署가 이곳에 있었으며 군수 물자를 조달하던 군자감軍資監, 건물 자재를 조달하던 선공감繕工監

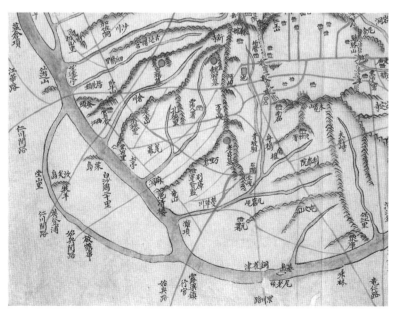

『동여도東輿圖』 중 「도성도都城圖」(규장각 소장본). 용산 주위에 군자감, 만초천, 읍청루 등이 보인다.

등의 분서分署도 이곳에 있었다. 또 성종은 1483년 귀후서 뒤쪽에 있던 용산사龍山寺에 사가독서를 위한 독서당을 만든 바도 있다. 이렇게 용산은 우리 역사에서 중요한 공간이었다.

용산 일대의 아름다움은 이석형李錫亨이라는 사람의 정자 낙오정樂悟亭에 붙인 허목許穆의 기문에 자세하다.

> 삼강三江에서 서호西湖가 가장 빼어나다. 한강이 노량과 용산에 이르러 가운데가 갈라져 두 갈래로 되었다가 서강西江과 용수龍首를 지나 다시 합류하여 도도하고 힘차게 서해 입구로 흘러 들어간다. 높은 언덕은 울룩불룩하고 긴 모래톱은 평평하게 펼쳐져 있는데 다른 곳의 섬과 모래톱도 질펀하다. 그곳에 사는 새로는 기러기, 거위, 갈매기, 따오기, 가마우지 등이 있고, 자라는 풀로는 갈대, 줄풀, 개구리밥 등이 있다. 목동들이 키우는 얼룩소와 숫양, 아낙네들이 가꾸는 뽕나무밭이 있다. 의원들은 약초를 심고 어부들은 그물을 던져놓았다. 강가의 절경은 봄날의 물가가 좋고 달이 뜰 때 좋고 포구에 비 내릴 때 좋고 저물녘 눈 내릴 때 좋다. 낙랑樂浪(평양)에서 탐모라耽毛羅(제주도)까지 조운선이 만 리 먼 곳을 왕래하고 어염과 화물을 실은 배들이 나루에 어지럽다. 여염집은 천 호에 이르는데 늘어선 상점에서는 장사를 하여 풍속이 부유하고 즐겁다. 언덕에 오르면 듬성듬성 큰 나무가 있고 누대가 여기저기 바라다보인다. 또 한가한 사람과 숨어 사는 사람들이 어부와 나무꾼들과 문답을 나눈다.
>
> _허목, 「낙오정기樂悟亭記」(『기언記言』 98:80)

허목은 이 글에서 한강이 용산과 노량에서 여의도와 밤섬을 만나 물길이 갈라졌다가 서강과 잠두봉鸞頭峰 근처에서 다시 합류한다고 하였다. 여의도와 밤섬의 새와 식물 등의 생태를 소개한 다음, 여의도의 양 목장, 밤섬의 어부, 용산나루 인근의 물류 수송을 위한 배들을 차례로 말하였다. 이것이 용산 일대의 풍광이라 하였다.

1790년 무렵 잠시 용산강 강가의 쌍호정雙湖亭에 우거한 바 있는 홍양호洪良浩(1724~1802)도 이 일대의 풍광을 최고로 들면서 다음과 같이 기술한 바 있다.

> 용산강은 한강의 하류에 위치해 있고 서호의 상류에 자리하고 있다. 서쪽으로 반룡산盤龍山과 와우산臥牛山의 봉우리를 등지고 있고 남쪽으로 관악산과 청계산을 마주하고 있다. 물이 그 앞을 돌아 갈라지면서 두 개의 넓은 호수를 이룬다. 오른쪽은 읍청루挹淸樓가 되고 왼쪽은 월파정月波亭이 되는데, 중국 사신들이 조망하고 감상하던 곳으로 시와 노래로 형상화되어 있다. 이 때문에 공자와 왕손, 명신, 시인들이 다투어 정자를 세우고 원림을 조성하여 기이함을 뻐기고 빼어남을 다툰다. (중략)
>
> 근래 내가 조정에서 편하지 못하여 용산의 물가에 임시로 거처하였다. 땅이 바로 동호와 서호가 만나는 곳에 있다. 긴 강이 드넓게 수십 리를 흘러 양화나루와 공암나루로 터져나가 서쪽으로 바다로 들어간다. 기이한 봉우리와 깎아지른 절벽이 좌우에 도열하고 깨끗한 백사장과 고운 섬이 점점이 둘러싸고 있는데 조운선과 상선은 돛을 나란히 하여 떠가고 높은 누각과 큰 집들은 용마루와 서까래가 즐비하다. 왕래하는 수레와 말이 끊임이 없고 갈매기와 해오라기가 우는 소리가 들린다. 이러한 것을 눈 한 번 들어 모두 차지할 수 있다. 대개 우리나라의 강산 중에 오직 한강이 큰데, 한강의 아래쪽 위쪽이 번화하고 넉넉한 곳으로는 용호가 으뜸이다.
>
> _홍양호, 「쌍호정기雙湖亭記」(『이계집耳溪集』 241:220)

용산 일대는 풍광이 매우 아름답다고 하면서 자세히 묘사하였다. 이 글의 생략한 대목에서 홍양호는 한강이 세상에서 가장 아름답다고 하였다. 여행에 대한 벽이 있어 국내의 이름난 땅을 두루 유력하였고, 중국으로 사신 가서 이름난 산수를 즐긴 바 있지만, 이러한 산수도 한

강에 비길 것 없으며 광막하기만 한 요동이나 요서 벌판과 달리 산과
강이 어우러지기에 한강의 운치를 따를 곳은 어디에도 없다고 하였다.

용산은 고려의 문인 이인로李仁老의 시에서부터 보이기 시작하거니
와 수많은 문인들이 거주하거나 노닐었다. 이 일대가 아름다웠기에 고
려의 충숙왕도 공주를 데리고 용산까지 놀러온 적이 있다. 조선시대에
는 이곳까지 바닷물이 들어왔다. 그런데 고려시대에는 지금처럼 바닷
물이 들어오지 않았기에 여름이 되면 연꽃이 흐드러지게 피어 그 풍광
이 더욱 아름다웠다. 충숙왕이 이곳에 장막을 치고 감상하곤 하였는데
장막을 친 동네를 어막현御幕峴이라 불렀다.[1] 비슷한 시대 김휘金暉의
추흥정秋興亭도 이름이 높았다. 이숭인李崇仁은 "용산은 본래부터 산수를
즐길 수 있는 경치가 있는 것으로 일컬어진다. 또 토지가 비옥하여 오
곡五穀이 잘 자란다. 강에는 배가 운행하고 육지에는 수레가 통행하여
이틀 밤낮이면 개성까지 도달할 수 있다. 그런 까닭에 여기에 별장을
마련하는 귀인들이 많다"[2]라 한 바 있다.

조선 중기에는 용산에는 김개金鎧의 별서가 있어 성혼成渾, 정철鄭澈,
신응구申應榘, 심동귀沈東龜 등 서인의 핵심 세력들이 여러 차례 우거한
기록이 보인다. 그리고 그 영향권에 있던 박장원朴長遠이 용산에 곡강
정曲江亭을 짓고 살았으며 심동귀의 아들 심유沈攸가 수명루水明樓를 경
영한 바 있다. 또 채제공蔡濟恭은 용산과 마포 등지에 우거하면서 많은
글을 남겼으며 서명응徐命膺은 농암정사籠巖亭舍를 경영하였고 19세기에
는 그 손자 서유구徐有榘가 풍석암楓石庵을 경영하면서 이 일대를 학문
의 공간으로 삼았다.[3] 비슷한 시기 조두순趙斗淳의 무진루無盡樓와 남공

---

1) 徐有本의 「江居雜詠十」(『左蘇山人集』b106:7)에 따르면 자신의 집 뒷산 중턱
   에 백여 인이 앉을 만한 넓은 터가 바로 장막을 친 곳이라 하였다. 비슷한
   내용이 『동사강목』에도 보인다.
2) 이숭인, 「秋興亭記」(『陶隱集』 6:588).
3) 이규상의 「江上說」에는 용산의 별서로 中村 趙江西의 亭閣, □浦 金教官의
   亭閣 등을 들고 있지만 이들 별서에 대한 기록은 잘 보이지 않는다.

철남공철澈南公轍의 심원정心遠亭이 들어서 풍류의 공간으로 자리하였다. 또 이정신李鼎臣의 일벽정一碧亭, 김이양金履陽의 오강루五江樓도 인근에 있어 운초雲楚, 금원錦園, 경산瓊山 등의 여류 시인들과의 시회가 열리던 곳이다. 김덕희金德喜의 삼호정三好亭도 이들 여류 시인들이 자주 찾으면서 19세기 중요한 문화공간으로 자리한 바 있다.

근대 최초의 신부인 김대건金大建이 이곳에 살면서 생계를 꾸린 것도 기억할 만하다. 『오주연문장전산고』에 따르면 "용인龍仁 김재준金在俊의 아들 재복再福이 중국에서 온 신부 유방제劉方濟를 따라 갔다가 병오년(1845)에 돌아왔는데 이름을 고쳐 대건大建이라 하였다. 그는 경강의 용산에 살면서 장사치를 시켜 이익이 두 배로 남을 물건만 바꾸고 팔게 하여 일일이 효험이 있었는데, 이로 인해서 포도청에 체포되어 형을 받았다 하였다"라 하였으니, 김대건의 또다른 면모도 볼 수 있다.

용산 건너편에 있던 밤섬도 고려 이래 명환과 인연이 있었다. 여말선초의 은자 김주金澍가 살면서 심은 은행나무가 조선 말기까지 은일의 상징으로 남아 있었는데 후대에는 길재吉再의 집터로 오해되기도 하였다. 김주와 비슷한 시기의 인물인 조반趙胖의 별서도 밤섬에 있었다. 그러나 조선시대에는 밤섬에 별서를 두었다는 이름난 문인들은 잘 보이지 않는다. 이광려李匡呂의 별서가 있었던 듯하지만 자세한 기록은 남아 있지 않다. 밤섬과 붙어 있던 여의도는 잉화도仍火島, 혹은 여화도汝火島 등으로도 불렸는데 곧 넙섬 혹은 너섬을 한자로 표기한 것이다. 목축을 담당하기 위한 백성들이 살았기에 사족들의 출입이 많지는 않았다. 한명회韓明澮의 이름난 정자 압구정狎鷗亭이 처음에는 이곳에 있다가 후에 동호로 옮긴 역사가 있다.[4] 그러나 밤섬과 여의도는 대체로 용산 쪽에 살던 사람들이나 그곳을 지나던 사람들의 붓 끝에 아름다운 작품으로 전하는 것이 대부분이다.

---

4) 『한강의 섬』(마티, 2009)에 실린, 필자의 「조선시대의 밤섬과 여의도」에서 자세히 다루었기에 간략히 줄인다.

1. 박장원의 사검와와 곡강정

조선 중기 용호에는 고령 신씨高靈申氏와 청송 심씨靑松沈氏, 고령 박씨高靈朴氏 집안의 별서가 있었다. 고령 박씨의 후손 박장원朴長遠(1612~1671)의 증언에 따르면 신숙주申叔舟의 고손자요 신용개用漑의 증손자인 신응구申應榘(1553~1623)가 만년에 용호에 집을 짓고 살았는데 그 주변에는 박장원 외가인 청송 심씨 일족들이 즐비하게 살았다고 하였다.[5] 또 신용개와 사촌인 신종호申從濩의 아들 신잠申潛이 용산에 은거하였다고 한다. 신숙주가 안평대군安平大君의 담담정淡淡亭과 함께 이 일대를 차지한 이래 후손에게 상속되었을 가능성이 높다.

17세기 후반에는 이태李邰 집안에서 동작대교 북단 어딘가에 팔승정八勝亭을 경영하였다. 임상원任相元이 팔경시를 지어 그 아름다움을 노래한 바 있는데, 관악산, 남산, 동작나루, 마포, 밤섬, 노량나루, 남한산성, 서암西巖 등이 등장한다.[6] 엄경수의 「연강정사기」에는 "땅의 모양이 솟았다 끊어져 여염집 사이에 우뚝 솟아있다. 옛날에는 물이 정자 아래로 흘렀는데 저절로 진흙이 쌓여서 강물이 물러나 더욱 멀어졌다고 한다. 이씨 집에서 구씨具氏의 서얼 자손에게 팔았다고 한다"라 증언한 바 있으니 18세기 초반에는 다시 구씨 집안의 소유가 된 듯하다.

고령 신씨와 함께 용산의 주인은 청송 심씨였는데 바로 박장원의 외가다. 1622년 박장원은 외조부 심현沈諰(1568~1637)의 명에 따라 신응구에게 나아가 수학하였다.[7] 신응구가 성혼成渾과 이이李珥의 제자였기

---

5) 박장원, 「記聞」(『久堂集』 121:429). 신응구는 자가 子方이고 호가 晩退軒인데 그 손자가 申翼相이다. 그의 별서가 靜林村, 곧 몽촌토성 인근에 있었음은 앞서 본 바 있다.
6) 임상원, 「題李汝封邰八勝亭」(『恬軒集』 148:372). 이태는 숙종 대의 문인으로 자는 汝封이고 본관이 전주다. 임상원의 「與諸友遊李汝封邰江亭」(148:289)도 팔승정에서 지은 작품인데 이 시에 따르면 申潛이 그곳에 은거한 바 있다고 한다.

에 박장원도 그 학통을 잇게 되었거니와, 그 자신은 물론 신응구와 심현 등이 모두 용산에 있었기 때문에 이러한 인연이 생긴 것이다.

박장원은 자가 중구仲久이고 호는 구당久堂, 습천隰川 등을 사용하였다. 손자 박사한朴師漢이 기록한 바에 따르면[8] 원래 이 집안의 종가는 서소문 바깥에 있었는데 몇 칸의 평범한 건물이었다. 나중에 박장원이 혼인 이후에 처가에서 다시 건물을 지어 주어 담장을 사이에 두고 나란히 살았는데 방이 2칸, 마루가 3칸이었다. 또 사랑채는 방 한 칸에 빈 공간 한 칸만 있었는데 구당久堂이라는 편액을 여기에 걸고 소박하게 살았다. 평상을 빈 공간에 두고 손님을 맞는 장소로 사용하였다. 재상이 되어서도 바꾸지 않았는데 만년에 자손들이 많아지자 그제서야 방 두 칸 마루 한 칸을 윗방 남쪽에 두어 여인들이나 아이들이 사용할 수 있게 하였다. 이 때문에 담으로 나누어진 두 집의 대부인 방에는 여인들과 손녀들이 좁은 방에 나누어 잠을 잤다. 이렇게 검소하게 살았다고 한다.

박장원이 용산과 인연을 맺게 된 것은 외조부 심현의 집을 물려받아 살았기 때문이다. 박장원은 그곳에 곡강정曲江亭이라는 정자를 짓고 살면서 이 별서의 역사를 다음과 같이 기록하였다.

> 내가 용호의 옛집을 중수한 것은 부득이한 일이었다. 대개 충렬공忠烈公의 정려旌閭가 있기 때문이요, 도연명과 주자의 한천정사寒泉精舍의 뜻이 간절하였기 때문이다. 완공을 하기 전에 갑자기 곡강曲江(흥해興海를 이른다)으로 갈 일이 있었는데 실로 계사년(1653) 가을의 일이다. 3년 후인 을미년(1655) 가을 성은을 입어 영남의 바닷가에서 돌아올 수 있게 되었다. 겨우 흙만 대충 바르고 이 방으로 들어와 거처하게 되었는데 그 집 이름을

---

7) 박장원은 金緻에게 杜甫의 시를 배웠는데, 김치의 아들이 그와 평생지기였던 金得臣이다.

8) 박사한, 「久堂朴先生言行錄」(『久堂集』 121:486).

표충당表忠堂이라 하였다. 이에 그 큰 것만 들면 이러하다. 표충당 동쪽에 다락이 있어 관수루觀水樓라 이름 붙였으니, 강물에 대해 눈으로 도모한 바가 이에 온전해졌다. 동서에 각기 방 두 칸을 두었는데 모두 10칸이며 툇마루가 2칸 반이다. 조금 서쪽 담장 모퉁이에 2칸의 집이 있는데 실로 우리 외조부께서 거처하시던 곳으로 예전 그대로 하되 지붕을 이어 추모의 뜻을 부치고 이름을 사검와師儉窩라 하였다. 이 이름에 대해서는 따로 기문을 지어 걸어야 할 것이다. 내가 이 집에 기문을 짓는 것이 비록 빠뜨릴 수 없는 일이라고는 하겠지만 또한 차마 글로 쓰지 못하는 바가 있다.

_박장원, 「곡강정기曲江亭記」(『구당집久堂集』 121:344)

이 글에서 이른 충렬공忠烈公은 외조부 심현을 가리킨다. 심현은 병자호란 때 강화도로 피난 갔다가 국난의 비운을 통탄하는 글을 올리고 부인 송씨와 함께 진강鎭江에서 순절한 인물이다. 그 공을 인정받아 이조판서에 추증되고 충렬忠烈이라는 시호를 받았으며 강화 충렬사에 김상용金尙容 등과 함께 제향되었다. 젊은 시절 먼저 아우 심집沈諿이 과거에 급제하자 자신은 벼슬을 그만두겠다고 한 데서 알 수 있듯, 심현은 도연명과 같은 은일의 삶을 추구하고 주자처럼 한적한 곳으로 물러나 학문을 익히는 데 뜻을 두었다. 그 공간이 바로 용산이었다.

박장원은 외조의 제사를 모시게 되면서 용산의 별서를 일부 물려받았다. 그곳에 표충당表忠堂과 관수루觀水樓를 지었다.[9] 심현의 사당 구실을 하던 건물을 보수하여 박장원이 거처한 표충당은 10칸이고 툇마루가 2칸 반 딸려 있었다. 그리고 그 곁에 심현이 살던 작은 건물이 있어 이를 사검와師儉窩라 하였는데 한漢의 재상 소하蕭何가 "후세에 어진 자손이 나오면 나의 검소함을 배울 일이다. 그러면 불초자라도 권세가에게 빼앗기는 일이 없을 것이다"라고 말한 고사에서 가져온 것이다. 이

---

9) 漢湖에도 같은 이름의 관수루가 있었는데 俞拓基의 별서로 추정된다.

사검와는 곧 사랑채로, 방이 1칸이고 마루가 1칸에 지나지 않았다.[10] 만년에 사람들이 많이 찾아오자 어쩔 수 없이 1칸의 초당을 더 지었지만 마루를 따로 두지 않았으니 그 검소함을 짐작할 수 있다.

사검와는 박장원의 또 다른 호가 되었으니, 검소함을 후손에게 물려주고자 한 것이다.[11] 그럼에도 한강을 즐기는 마음은 어쩔 수 없어 언덕 위에 곡강정曲江亭이라 이름 붙인 작은 정자를 하나 더 지었다.

사검와에서 조금 북쪽으로 몇 걸음 떨어진 곳에 작은 언덕이 튀어나와 있는데 그 위에 수십 명이 앉을 수 있다. 내가 아이들을 이끌고 올라가 조망하니, 동작과 노량 두 나루 안으로 흰 모래와 푸른 풀이 십 수 리에 걸쳐 이어져 있고 그 너머 관악산과 청계산 등 여러 봉우리가 두 팔을 벌려 읍을 하는 것 같다. 이것은 실로 유종원柳宗元의 옛글에 이른 "가까운 곳에서는 들판의 푸른빛을 끌어당기고 먼 곳에서는 하늘의 파란빛을 뒤섞었다"라 한 것이 아니겠는가? 노량나루의 하류 한 굽이가 이 언덕으로 다가와 조회를 한다. 안개처럼 뿌옇고 눈처럼 하얀 물결이 서쪽 집 숲 사이로 어른거린다. 마침내 그 면세를 따라 작은 정자 하나를 얽고 흰 짚을 덮어 우산처럼 만들었다. 하루도 걸리지 않아 완성되었는데 그 이름을 곡강정이라 하였다. 이 또한 눈에 보이는 바를 기록한 것일 뿐이다.
_박장원, 「곡강정기曲江亭記」(『구당집』 121:344)

사검와에서 조금 북쪽 언덕이라 하였는데 원효대교 북단 야트막한 작은 언덕에 곡강정이 있었을 것이다. 박장원은 이곳에 올라 남쪽으로 한강과 관악산, 청계산을 바라보았다. 당나라 때 진사 급제자들에게

10) 박사한, 앞의 글.
11) 박장원의 사위가 李世龜(1646~1700)인데 「師儉窩家狀補遺」(『養窩集』 b48:400)에서 장인을 사검와라 칭한 바 있으니 사검와가 박장원의 호로도 쓰였음을 알 수 있다.

곡강정曲江亭에서 연회를 크게 베풀어 준 고사가 있지만, 박장원은 곡 강정의 뜻을 여기서 찾지 않았다. 1653년 당쟁에 연루되어 "나라를 저 버리고 당파를 보호한다負國護黨"는 죄목으로 흥해興海에 유배된 적이 있는데 곡강은 바로 흥해의 별칭이다. 그래서 박장원이 정자를 곡강 정이라 한 것이다. 그의 벗은 박장원이 곤궁한 옛 처지를 잊지 않고 자 한 것이라 추정하였다. 이에 대해 박장원은 우연히 합치한 것일 뿐이지만 그 역시 불가한 것은 아니라 하면서도, "만약 사람이 만나 는 바는 영욕이 있는 법이요, 근심과 즐거움이 그 앞에 변화하는 것 이니, 이것이 곧 사람의 일이라네. 조금이라도 이 두 가지 너머로 초 탈하려 함이 있고 그 험함과 쉬움을 한가지로 본다면 그 즐거움과 그 근심이 모두 하늘의 뜻이겠지"라 부연하였다. 이와 함께 두보의 「곡 강曲江」에서 "날마다 조정에서 물러나 봄옷을 잡히고, 매일 강가에서 취해서 돌아오네.朝回日日典春衣 每日江頭盡醉歸"라 한 자유로운 삶을 지향 한 것이리라.

박장원이 용산강의 생활을 즐긴 것은 1655년 무렵 흥해의 유배에서 풀려나면서부터다. 정치에 관심을 끊고 한가로운 생활을 즐겼다. 그러 나 대부분의 한강 별서가 그러하였듯이 곡강정 역시 비어 있을 때가 많았다. 1658년 상주尙州 목사로 나간 후 강원도 관찰사 등의 외직을 맡 았으며 1660년 한양으로 돌아와 대사간, 대사성, 대사헌, 참판, 한성부 판윤과 개성 유수 등을 차례로 역임하였다. 1665년부터는 이조와 공조, 형조, 예조의 판서를 두루 지냈으니 관운이 좋았다 하겠다. 그러다가 1668년 이조판서로 있을 때 김좌명金佐明의 탄핵을 받아 벼슬을 그만두 었다. 이에 잠시 곡강정을 찾았다.

박장원은 이 무렵 짚으로 지붕을 인 검소한 곡강정에서 보이는 아 름다운 경치를 팔경시에 담았다. 관악조운冠岳朝雲에서는 붉은 햇살이 비치는 관악산 연주대가 아스라이 보이는데 그 위로 구름이 걸려 있는 모습을 그렸고, 청계모설靑溪暮雪에서는 청계산 먹구름이 찬 겨울바람을 몰아오는 풍경을 말하였다. 동작귀범銅雀歸帆에서는 강 건너 동작나루의 숲이 아스라한데 그 앞에 저녁 햇살을 받으며 떠나가는 배를 그렸고, 노량어화鷺梁漁火에서는 노량의 강물 위에 고기잡이 등불이 깜박이는데 그 위에 별이 총총한 어촌의 풍경이 마치 그림 병풍을 펼친 것 같다고 하였다. 용산 쪽의 풍경을 그린 동림추월東林秋月에서는 겨울이라 낙엽이 다 져서 앙상한 용산의 숲에 은빛 달이 솟아오르면 가슴속이 맑아져 세상의 티끌이 사라지게 된다고 하였고, 사주낙안沙洲落雁에서는 모래도 희고 갈대도 하얀 강변에 기러기가 내려앉는 풍경을 그렸다. 그중 봄 물결 출렁이는 남쪽 포구를 그린 남포춘조南浦春潮, 들길을 걸어가는 행인을 묘사한 야로행인野路行人은 다음과 같다.

눈 녹은 물에 강이 불어 포구의 다리 사라졌는데
긴 봄날을 맞아 갈대는 밤낮으로 싹이 자라네.
복어가 올라오나 보다, 어부들이 몰려들어
비 내리는 강물 따라 파강으로 달려가는 것 보니.
雪水添波失浦橋　蒹葭日夜長春苗
河豚欲上漁人集　催趁巴江帶雨潮(南浦春潮)

높은 곳에 앉아 오가는 이를 보노라니
큰 길 동서에 두 나루가 인접해 있네.
한가하게 거니는 이 그 몇 인가 알겠지만
그들이 그림 속 사람인지는 모르겠구나.
憑高坐閑去來人　官路東西接兩津
也解閑行能幾箇　不知渠是畫中身(野路行人)
_박장원, 「곡강정의 팔영(曲江亭八詠)」(『구당집』 121:183)

한강의 복어는 맛이 좋기로 유명하였다. 백사장에 파란 갈대 순이 올라오는 봄날 파강巴江, 오늘날 양천구청 인근 한강으로 올라오는 복어를 잡으러 어부들이 배를 띄우는 풍광을 바라볼 때는 마음이 절로 편안하였으리라. 또 한강변 여러 나루의 오가는 행인들을 보노라면 천천히 걷는 이가 몇 없으니 과연 그들이 진정한 은일의 삶을 사는지는 모르겠다고 하였다. 풍경의 일부로 사는 자신의 한가한 처지를 이렇게 자랑하였다.

물론 이러한 곡강정에서의 한가함은 오래가지 못하였다. 바로 조정으로 복귀하여 대사헌과 우참찬, 한성부 판윤, 예조판서, 공조판서 등 현직을 맡았다. 그러나 1671년 병이 깊어지자 선영이 가까운 개성 유수를 자청하여 나갔다가 그해 10월 그곳에서 세상을 떠났다. 그리고 장단長湍 서곡瑞谷에 묻혔다.

박장원은 김득신金得臣(1604~1684)과 평생의 벗이었다. 김득신 집안의 별서도 용산에 있었다. 그의 부친 김치金緻는 호를 용호龍湖라 하고 지금 전하지는 않지만 문집 『용호고龍湖稿』가 있었다고 하니, 그가 용산의 강가에 별서를 두었던 것은 분명하다. 박장원의 증언에 따르면 김치는 박장원의 부친과 젊은 시절 동고동락을 함께하였는데, 광해군의 난정을 보고 용호에 집을 짓고 살면서 두문불출하였다고 한다. 또 박장원은 12살 때 김득신과 함께 같은 마을에서 살면서 김치에게서 당시唐詩를 배웠다고 한다.[12] 김득신이 용산과 이런 인연이 있었기에 그의 대표작으로 알려져 있는 다음 작품의 무대가 바로 용산이었다.

찬 구름 속 늙은 나무
뿌연 빗발 속 가을 산.
저물녘 풍랑이 이나 보다
어부가 급히 배를 돌리니.

---

12) 박장원, 「記聞」(『久堂集』 121:429).

古木寒雲裏 秋山白雨邊

暮江風浪起 漁子急回船

_김득신, 「용호龍湖」(『백곡柏谷集』 104:19)

　용산에서 바라본 한강의 모습을 그림처럼 묘사한 작품이다. 판사判事 정선흥鄭善興이 입시하였을 때, 이 시를 적은 부채를 소매 속에 넣어두고 자주 보았다. 이를 본 효종이 부채를 어탑에 두게 하고 다른 부채를 내렸다 하며, 후에 김득신이 장악정掌樂正이 되었을 때 빈 병풍을 준비하여 김득신에게 이 시를 적게 하였다고 한다.[13] 흰 구름, 단풍 든 붉은 산, 푸른 강물 등 색감이 돋보인다. 김득신은 용산에서 젊은 시절을 보내었거니와 노년인 1675년 용호로 다시 옮겨와 살았기에 김득신은 용산강의 아름다움을 즐겨 시에 담았다. 그리고 이미 세상을 뜬 박장원의 집을 둘러보고는 비감에 잠기기도 하였다.

　　오늘 용호에 나 혼자 돌아오니

　　산 남쪽 피리 소리 슬픔을 어이 이기랴!

　　선비님의 풍류를 어디서 찾으랴

　　그래도 그때처럼 달빛이 다가오누나.

　　今日龍湖我獨廻 山陽笛裏不勝哀

　　風流儒雅尋何處 猶有當時月影來

　　_김득신, 「용호에서 죽은 벗의 집을 지나면서(龍湖過亡友宅)」(『백곡집』 104: 52)

　명시하지 않지만 김득신의 이 작품에서 죽은 벗은 박장원을 가리키는 듯하다. 젊은 시절 함께 누린 용호기에 그 비감이 더욱 컸으리라.

---

13) 『백곡집』 부록에 실린 「記聞錄」(104:236)에 보인다. 『백곡집』 부록에 실린 「搜錄」에는 효종이 이 시를 보고 『唐音』에 넣어도 부끄럽지 않다고 칭찬하고 畵工에게 이를 그림으로 그리게 하였다고 되어 있다.

다시 볼 수 없는 벗의 얼굴인양 떠오른 달을 결구에 넣은 것이 더욱 묘미가 있다.

　박장원이 죽은 후 용산 그의 별서는 아들 박선朴銑(1639~1696)에게로 계승되었다. 박선은 자가 회숙晦叔인데 심현의 행장을 작성하여 외증조부의 이름을 후세에 알렸다. 박선은 여주의 별서와 용산의 별서를 함께 상속받았다. 박선이 용산에 머물 무렵 부친과도 교분이 있던 김득신과 자주 만나 시를 주고받은 바 있다. 박선의 아들 박태한朴泰漢(1664~1698)도 박장원이 사랑한 용산을 빛내었다. 박태한은 자가 교백喬伯이고『박정자유고朴正字遺稿』를 남겼다. 박태한은 용산의 별서를 조부 박장원을 기리는 공간으로 만들었다. 종가의 가묘家廟를 이곳에 세우고 조부의 효자정문孝子旌門을 세웠는데 외조부 내외의 충과 열을 기린 정문이 함께 있기에 삼강동三綱洞이라 부르게 되었다고 한다.[14] 그렇지만 그가 가꾼 유적은 물론 삼강동이라는 이름도 얼마 지나지 않아 세상에서 기억되지 못하였다.

---

14) 박태한, 「伏次家君新居詩韻」(『朴正字遺稿』 b55:362).

2. 심유의 창오탄 수명루

심우정沈友正(1546~1599)의 큰아들 심현(1568~1637)은 아들을 두지 못하여 외손자 박장원에게 제사와 함께 용산의 별서를 물려주었지만, 둘째 아들 심집沈諿(1569~1644)도 용산 별서의 일부를 부친으로부터 물려받았다. 심집은 자가 자순子順이고 호가 남애南崖이며, 문과에 급제하여 벼슬이 판서에까지 오른 인물이다. 그 아들이 심동귀沈東龜(1594~1660)인데 자는 문징文徵이고 호는 청봉晴峰이다. 문집『청봉집晴峰集』이 전한다. 심동귀 역시 문과에 올라 홍문관 교리에 올랐지만 재종인 심기원沈器遠이 1644년 역모에 가담하였다 하여 폐고되어 고단한 삶을 살았다.

이들 집안의 선영은 검양黔陽의 흘리항吃里項에 있었는데 흘리항은 우리말로 호미목이라 한다. 심집의 묘소가 오늘날 낙성대역의 서북쪽 구릉에 있었다고 하며 다른 기록에 봉천리奉天里로 된 곳도 있다. 심동귀는 선영 아래에 따로 별서를 두었는데, 개울을 끌어들여 못을 만들고 여러 나무와 꽃을 심어 폐고를 당한 시절 삶의 고단함을 잊었다고 한다.[15]

이와 함께 이 집안은 용산에도 별서가 있었다. 심집은 중년인 1618년 폐모론廢母論이 일어나자 벼슬에서 물러나 강화도 마니산으로 들어가 살고자 하였는데 그 모친이 한양에 있어 어쩔 수 없이 용산 강가에 작은 정자를 짓고 소요하였다.[16] 심동귀 역시 폐고되어 있을 때 관악산 기슭의 전장과 용산의 별서를 오가면서 지냈다.

17세기 남호를 글로 빛낸 사람은 심동귀의 아들 심유沈攸(1620~1688)다. 심유는 자가 중미仲美고 호는 오탄梧灘이라 하였는데 오탄은 노량나

---

15) 沈攸, 「先考通訓大夫行弘文館應敎知製敎兼經筵侍講官春秋館編修官府君行錄」(『梧灘集』 b34:449).

16) 심유, 「先祖考正憲大夫禮曹判書兼知義禁府事五衛都摠府都摠管府君行錄」(『梧灘集』 b34:434).

루 앞쪽의 한강을 이르는 창오탄蒼梧灘을 줄인 말이다. 심유는 문과에 급제하여 홍문관 수찬 등의 벼슬을 지냈지만 용산의 별서로 물러나 살 때가 많았다. 심유가 살던 별서는 수명루水明樓라 하였다. 두보의 「달月」 에서 "한밤중 산이 달을 토해 내니, 남은 밤 물빛에 누각이 환하네(四更 山吐月 殘夜水明樓)"라는 유명한 구절에서 가져온 것이다.

그러나 자신은 이 수명루에 대해 한 번도 언급한 적이 없다. 또 언 제 세워졌는지도 확인하기 어렵지만 심동귀의 문집에 수명루가 등장 하지 않으므로 심유 당대에 세워진 것이라 하겠다. 벗 이민구李敏求가 인근에 물러나 살던 1652년 그를 위하여 열두 가지 아름다운 풍광을 노래한 작품에서 이 수명루가 보이므로 심유가 젊은 시절부터 수명루 를 경영한 것은 분명하다. 이민구의 「수명루십이영水明樓十二詠」 중에는 박장원이 곡강정의 팔영으로 설정한 관악조운冠岳朝雲, 청계모설靑溪暮雪, 동작귀범銅雀歸帆, 야로행인野路行人 등은 그대로 가져오고, 동림추월東林 秋月 대신 동쪽 돈대에 떠오르는 밝은 달 동대명월東臺明月을, 사주낙안沙 洲落雁 대신 백사장에 기러기가 나는 평사안진平沙雁陣을, 노량어화鷺梁漁 火 대신 먼 포구의 물고기 잡으려 밝혀놓은 불빛 원포어등遠浦漁燈을 넣 었다. 남포춘조南浦春潮는 빼고 여러 산이 빙 둘러 있는 군산환공群山環 拱, 여의도와 밤섬에 의해 물길이 나누어지는 풍경을 그린 이수중분二 水中分, 화창한 봄날의 아름다운 밤섬을 노래한 율도춘청栗島春晴, 창오 탄의 밤비 내리는 광경을 그린 오탄야우梧灘夜雨, 서쪽 숲으로 지는 저 녁 햇살 서림낙조西林落照 등을 추가하였다. 이를 보거나 심현과 심집 의 관계를 고려할 때 수명루는 곡강정과 인접한 곳에 있었을 가능성 이 높다.[17]

두 물길이 두 섬을 감싸고 흘러

---

[17] 마포에 朴彝叙가 세운 水明亭이 따로 있었는데 이민구가 그곳에 거처한 바 있다. 이에 대해서는 뒤에서 다시 살핀다.

그 가운데에다 백로주를 열었네.

물살 따라 휩쓸려 가지 않고

늘 지형이 둥둥 떠 있다네.

들판의 주점은 모래 언덕에 기대 있고

관아의 논밭은 나루 머리에 접해 있네.

태평성대의 기상이 넘쳐흐르니

어부의 피리소리 노랫가락과 어우러지네.

二水縈雙島　中開白鷺洲

不隨江勢去　長遣地形浮

野店依沙岸　官田接渡頭

太平饒氣象　漁篴帶村謳(栗島春晴)

칠월이라 오동잎에 지는 비

위태한 여울엔 밀물이 올라오네.

가을 물결 덩달아 소리치고

밤 풍경은 정히 아스라하네.

드문드문 고기잡이 등불 자그마한데

어디선가 절구질 소리 아득하구나.

어둑한 들창문이 바위를 베고 있기에

꿈에 어우러져 처량하게 들리네.

七月梧桐雨　危灘半上潮

秋濤兼淅淅　夜色正迢迢

漁火疏仍小　村舂翳更遙

幽窓枕厓石　和夢聽蕭騷(梧灘夜雨)

봄 물결에 복사꽃 따스한데

고기잡이배는 포구 북쪽에 머무네.

바람과 조수에 그물이 흐트러지고

안개와 노을에 등불 하나 으슥하다.

갈매기는 날았다 다시 내려앉고

은하수는 그림자 반쯤 강물에 잠겼네.

내일 아침 어시장 일찍 열리면

가느다란 회가 칼 아래 흩어지겠지.

春浪桃花暖 漁舟逗浦陰

風潮群網亂 煙靄一燈深

鷗鷺飛還定 星河影半沈

明朝魚市早 鱠縷落刀砧(遠浦漁燈)

_이민구, 「수명루십이영(水明樓十二詠)」(『동주집東州集』 94:211)

수명루에서 보이는 여의도와 밤섬의 풍경을 묘사하고 태평성대를 노래하였다. 앞쪽 창오탄 곁의 어촌에는 고기잡이 등불이 깜박이고 아낙네의 절구질 소리도 아련하게 들린다. 인근 포구의 활발한 모습도 구경거리 중의 하나였다. 달빛으로 밤조차 훤한 수명루이기에 이렇게 아름다운 밤풍경을 노래한 것이다.

심유는 1667년 진도군수로 나가 있었는데 그 때 벗 박장원이 수명루를 노래한 시를 지어 "창오탄 끝의 수명루, 누각 위의 한가한 이는 진도에 있다네(蒼梧灘尾水明樓 樓上閑人在沃州)"라 하였다.[18] 이 무렵부터 수명루는 심유의 상징으로 굳건히 자리하였고, 특히 심유가 노년에 벗들과 시회를 가지면서 더욱 명성이 높아졌다. 용산에는 그의 벗들이 집결해 있었기 때문이다. 특히 이지걸李志傑(1632~1702)은 1675년 무렵부터 한가한 곳에 물러나 살고자 하였는데 처음에는 청파동에 임시 거처를 마련하였다가 이듬해 용산에 아예 집을 짓고 살았다.[19] 1680년 벼슬길

---

18) 박장원, 「憶沃川沈使君」(『久堂集』 121:186).

19) 이지걸은 호가 琴湖인데 琴湖는 앞서 본 대로 흑석동 앞의 한강을 이르기도

에 나아갈 때까지 몇 년 동안 서호에 살면서 용산에 별서가 있던 심유, 유명일俞命一(1639~1690) 등과 어울렸다.[20]

시단에서 수창하다 돌아갈 줄 잊었으니
맑은 밤 한밤중 옷이 이슬에 젖는다네.
강마을에 술 받아와 다들 진탕 취하세
도성에선 벗들이 없어졌다 할 것이니.
騷壇迭唱却忘歸 淸夜三更露濕衣
沽酒江村須盡醉 洛中應見故人稀
_이지걸, 「유만초와 오탄 심중미의 수명루를 방문하고 취중에 수창하다
（與萬初訪梧灘沈仲美[攽]水明樓, 醉中酬唱）」(『금호유고琴湖遺稿』 b40:269)

이지걸과 유명일이 수명루를 찾아 밤새 시를 짓고 술을 마신 풍류를 잘 보여준다. 다음 작품 역시 1684년 무렵 심유가 여러 벗들과 수명루에서 자주 시회를 벌였음을 확인하게 한다.

노량에서 배를 돌려 용산으로 향하니
십 리 긴 물결에 노 하나로 돌아온다.
난간에 기댄 네 신선이 멀리 나를 기다리리니
수명루는 모두 그림 같은 풍경 속에 있겠지.

하지만, 호 琴湖는 낙동강의 지류인 금호강 강가에 물러나 살면서 붙인 것이다. 이지걸의 「登冰湖亭子仲祖忠肅公別業」(『琴湖遺稿』 b40:255)에 따르면 인조반정의 공신으로 판서에 오른 종조부 李尙吉(1556~1637)의 별서는 氷湖에 있었다고 한다.

20) 유명일은 본관이 기계이며 산림의 학자로 명성이 높은 市南 俞棨의 조카이고 俞棐의 아들이다. 자는 萬初고 의주부윤 등의 벼슬을 지냈다. 심유, 「重陽日, 俞萬初命一不來, 送其諸子, 令卽席作詩, 兒輩隣生亦同賦. 萬初時住龍山」(『梧灘集』 b34:191)가 유명일이 용산에 있을 때의 시회 장면을 보여주는 작품이다.

回舟鷺渚下龍山 十里長波一棹還

憑檻四仙遙待我 水明樓在盡圖間

_남용익, 「노량 포구에서부터 용산 심중미 아저씨의 수명루를 방문하니, 홍백함, 임문중, 송한경 등 세 벗이 모두 먼저 와서 기다리고 있었다(自鷺浦 仍訪龍山沈仲美叔水明樓, 洪伯涵任文仲宋漢卿[昌]三友, 皆先來待)」(『호곡집壺谷集』 131:143).

홍만용洪萬容(자 백합伯涵), 송창宋昌(자 한경漢卿), 임규任奎(자 문중文仲) 등이 수명루를 찾았는데 뒤늦게 남용익이 그곳으로 찾아갔다. 남용익의 문집에는 이때 지은 시만 수십 수에 이를 정도고, 홍만용의 문집에도 이때 지은 시가 여러 편 보이니, 이날의 시회가 얼마나 성황을 이루었는지 짐작할 수 있다.[21] 그래서 1688년 남용익은 심유의 죽음을 애도하면서 수명루에서의 시회를 떠올렸다.

강호의 빼어난 땅은 용산이 최고라
예전 홍백함과 함께 오가곤 했었지.
좋은 모임 다시 우리집에서 열렸는데
좋은 시가 술자리에서 많이 나왔지.
헤어진 지 열흘 만에 생사가 달라졌으니
어느덧 가을의 경물이 한가롭게 되리라.
슬프다, 수명루 위에 돋은 달은
지붕 위에 와서 벗의 얼굴이 되겠지.

江湖勝境最龍山 憶與華翁共往還

---

21) 심유의 「座中次壺谷示韻」(『梧灘集』 b34:210)이 남용익의 이 시에 차운한 것이다. 또 남용익은 같은 자리에서 칠언율시 「自鷺梁順流, 訪灘翁水明樓, 伯涵 文仲漢卿皆已來會」(『壺谷集』 131:55)도 지었는데 이 시에 차운하여 심유가 「樓中次壺谷韻」(『梧灘集』 b34:344)을 지었다. 남용익이 노량진 월파정에 기거하고 있던 兪場의 시에 차운한 「次潭翁寄韻」(『壺谷集』 131:55)에서 "月波亭對 水明樓"라 하여 노량진 월파정 맞은편에 용산 수명루가 있다고 하였다.

佳會更成僑寓處 好詩多得酒杯間

分離十日存亡判 倏忽三秋景物閑

怊悵水明樓上月 屋梁來作故人顔

_남용익, 「부제학 심중미의 만사(沈副學仲美挽)」(『호곡집』 131:66)

홍만용 등과 함께 한강에서 가장 아름다운 용산의 수명루를 찾아가 시회를 가진 일을 이렇게 추억한 것이다. 달이 밤을 밝게 비춘다는 뜻의 수명루이기에, 수명루 지붕 위에 떠오른 둥근달이 세상을 떠난 심유의 얼굴 같다고 한 것이 묘미가 있다.

수명루의 고사는 심유의 아들 심한주沈漢柱(1646~1714, 자字 일경一卿)에게 계승되었다. 심한주는 벼슬이 고양군수에 머물렀지만 김진규金鎭圭, 임방任埅, 홍중성洪重聖, 이병연李秉淵, 이병성李秉成, 김민택金民澤, 남유상南有常, 홍수주洪受疇 등 많은 이름난 문인들과 교분이 깊었다. 수명루는 이들과 문학과 풍류를 즐기는 공간이었다. 특히 마포에 살던 임방은 심한주와 친분이 깊어 자주 수명루를 찾았거니와 심한주가 죽은 후 지은 만사에서 수명루의 추억을 노래하였다. 전반부에서 40년 우정을 말하면서 시회에서 하룻밤 백 수에 이르는 시를 지은 추억을 회상한 다음, 다음과 같이 수명루에서의 아름다운 만남에 대해 노래하였다.

불우한 시대를 만나

함께 강호의 나그네 되었지.

나는 마포 언덕에 살고

자네는 용산 기슭에 있어

갈건과 명아주 지팡이로

잦은 왕래 지겨운 줄 몰랐으니

하루라도 보지 못하면

삼년을 떨어져 있는 듯하였지.

자네 집은 수명루라

빼어남이 동방의 으뜸이라지.

상쾌한 땅 어진 주인 만나

구경하고 노느라 밤낮을 보냈지.

꽃 피는 시절 소매 나란히 하여 보았고

달 밝은 밤 침상에 함께 잠을 잤었지.

중양절이 가장 좋았으니

높은 곳에 올라 국화주 몇 잔을 마셨던가?

긴 노래 짧은 노래 부르며

서로 답하여 호적수를 만난 듯하였지.

適丁時運否 俱作江湖客

我居麻浦岸 君在龍山麓

葛巾與藜杖 來往不厭數

一日或不見 有如三秋隔

君家水明樓 形勝冠東國

爽塏得賢主 賞弄窮日夕

花時並袂看 月夜連床宿

最是落帽節 登臨幾泛菊

長歌及短詠 迭和喜逢敵

_임방, 「고양군수 심한주의 만사(沈高陽一㵢漢柱挽)」(『수촌집水村集』 149:113)

용산에 별서가 있던 김춘택金春澤(1670~1717) 역시 심한주의 애사哀辭를 지어 지난날 수명루에서의 추억을 이렇게 회상하였다.[22]

---

22) 김춘택의 「臺啓請仍配, 待命江郊」(『북헌집』 185:17)에서 "六月龍山舍淹留枕簟淸"이라 하였고 「出江土」(185:18), 「舟行絕句」(185:18) 등 젊은 시절의 작품 중에서도 자신의 용산 별서를 다룬 것이 제법 있지만 집의 이름은 밝혀져 있지 않다.

지난 갑신년(1704) 봄 내가 용산에 물러나 살 때 수명루와 가까워 주인 심 공이 찾아왔고 또 시를 수창하곤 하여 연작으로 지은 시가 수십 편이 되었다. 내가 하루는 작은 배를 타고 강물을 따라 내려가다가 수명루 아래 정박하고 배에서 내려 언덕을 따라 올라갔다. 공이 두건을 비딱하게 쓰고 웃으며 맞았다. 복어국을 끓이고 술을 따라 마시면서 시를 지어 즐겼다. 이윽고 내가 부친의 병환 때문에 도성 안으로 들어갔다. 병이 차도가 있을 무렵 공이 의성 사또가 되어 조정을 떠나려 하였다. 이때 내가 부친의 명을 받들어 가서 공을 전송하였다. 마침 병조판서 윤 공과 지금 판결사로 있는 임 공이 자리에 있었고 다른 객들도 많았다. 윤 공이 술과 안주를 성대하게 갖추고 공을 전송하였는데 공은 바로 운자를 내어 여러 객들에게 시를 요청하면서 "시를 먼저 지은 이는 모두 술과 안주를 드시오"라 하였다. 임 공은 상중이라 사양하고 윤 공이 막 시상을 가다듬는데 나의 시가 마침 이루어졌다. 그 한 연에서 "서호의 저녁 햇살 어부의 낚싯대에 비치는데, 남국의 흐르는 구름 속으로 험난한 길이 뻗어 있다네(西湖斜日漁竿在 南國浮雲鳥道參)"라 하니 공이 보고 읊조리고 음미하였다. 윤 공은 취기가 올라 "이런 아이놈을 때려주어야 하오"라 꾸짖자, 공은 "무엇을 때린단 말이오? 술과 안주를 다 주어야 할 것이오"라 하였다. 윤 공이 웃고 좌중의 객들도 모두 웃었다.

_김춘택, 「수명루 심공의 애사(水明樓沈公哀辭)」(『북헌집北軒集』 185:293)

수명루 봄날의 모임이 낭만적으로 그려져 있다. 한강의 명물 복어국을 끓여 안주로 삼아 술을 마시고 시를 지었다. 속어로 밥을 먹는 것을 타반打飯이라 하고 술을 마시는 것을 타주打酒라 한다. 먼저 시를 짓는 사람이 술과 안주를 먹기로 하였는데 김춘택이 먼저 지었기에 술과 안주를 모두 먹어야 한다는 뜻에서 김춘택을 때려 주어야 한다고 농담을 한 것이다. 아름다운 수명루의 모임을 볼 수 있다.

수명루는 심한주의 아들 심봉휘沈鳳輝, 손자 심성희沈聖希와 심현희沈

賢希 등으로 이어졌다. 심성희는 김진규, 윤봉구, 남유용, 이병성 등과 교분이 있었고, 홍중성, 송문흠과는 혼인으로 맺어진 인척 사이였다. 그 아우 심현희도 김창흡, 민우수閔遇洙, 홍중성 등 당대 일류 문사들과 교분이 있었다. 김창흡이 심현희의 묘지명을 지으면서 용산에 있던 그의 정자를 언급한 바 있고,[23] 민우수도 그의 만사에서 수명루를 언급한 바 있다.

> 금양 어느 곳에 새 무덤 세워졌나
> 용산을 돌아보니 끊어진 구름만 떠있네.
> 갈매기와 제비 돌아오니 봄빛이 일렁일 듯
> 수명루로 가서 그 넋을 불러보노라.
> 衿陽何處起新墳　回首龍江有斷雲
> 鷗燕欲歸春意動　水明樓上去招魂
> _민우수, 「심생 현희의 만사沈生賢希挽」(『정암집貞菴集』 215:266)

민우수는 심현희가 금양, 오늘날 봉천동에 묻혔는데, 그 넋이 용산의 수명루를 맴돌 것이라 하였다. 이 시를 볼 때 이 무렵 수명루는 형 심성희가 아닌 아우 심현희에게 전해진 듯하다.

심성희의 손자가 심염조沈念祖이다. 심염조(1734~1783)는 자가 백수伯修고 호는 함재涵齋, 초재蕉齋, 초연재蕉研齋 등을 사용하였으며 벼슬은 규장각 직제학과 황해도 관찰사 등을 지냈다. 그의 문집 『함재류고涵齋類藁』가 규장각에 소장되어 있다. 영의정을 지낸 아들 심상규沈象奎(1766~1838)가 교정을 보아 '급조당장汲藻堂藏'이라고 새겨진 사란공권絲欄空卷에 아름다운 글씨로 필사되어 있다. 여기에도 그가 수명루를 드나든 흔적이 보인다. 그의 종조부의 생일잔치를 이곳에서 가졌다고 하였는데[24] 여기

---

23) 김창흡, 「沈賢希墓誌銘」(『三淵集』 166:34).
24) 심염조, 「水明樓赴從祖晬宴」(『涵齋類藁』 3책, 규장각본).

서 종조부는 심공유沈公猷(1724~1788)를 가리킨다. 심공유는 심성희의 아들인데 심현희의 후사로 들어간 인물이니, 18세기 후반에는 그가 수명루의 주인으로 있었던 듯하다. 심염조는 잔치에 참석한 후 서유린徐有隣 등과 어울려 다시 투호 놀이를 하고 또 시회를 가졌다.

> 강루에 손님 붙잡으니 밥 짓는 연기 피어오르는데
> 수북한 강물 앞에 먹고 마시고 기뻐 소리친다네.
> 구름과 우레를 벌써 떠나보냈기에 땅은 탁 트였는데
> 물고기와 새를 바로 부려 사람 향해 빙 두르게 하였네.
> 기둥 사이 보이는 먼 나무는 냉이처럼 기름한데
> 난간 위로 높이 불어난 물결은 하늘 위에 앉은 듯.
> 궁벽한 곳이라야 한가한 날 많다고 말하지 말게나
> 풀잎 위의 개미 신세 세월을 머물게 할 수 없을지니.
>
> 江樓投轄起廚烟 飮食歡呼積水前
> 已送雲雷開境闊 卽敎魚鳥向人圓
> 楹間遠樹看如薺 欄上高潮坐似天
> 莫道巓涯饒暇日 無由芥蟻駐流年
>
> _심염조, 「수명루에서 이성지, 서원덕의 형제, 당숙 등과 함께 강물이 불어난 것을 보았다. 투호를 하고 시를 짓다가 저녁이 지나서 돌아왔다. '연煙'자를 얻다(水明樓同李成之徐元德兄弟堂叔伯仲, 觀江漲, 投壺賦詩, 永夕而歸, 得烟字)」(『함재유고涵齋類藁』 3책, 규장각본)

한여름 지나 맑은 하늘 아래 드넓게 땅이 펼쳐져 있는데 욕심 없는 사람들이 모여 즐거운 한때를 즐기고 있다. 기둥 사이로 보이는 먼 곳의 나무는 냉이처럼 가늘고 조그맣게 보이고, 난간에 이를 듯 불어난 물결 때문에 하늘 위에 앉은 듯하다는 표현에서 심염조의 시재를 확인할 수 있다. 심염조는 이들과 마포로 내려가 담담정澹澹亭에 올라 다시

시를 짓고 놀았다.[25]

수명루의 역사는 대략 이 시대까지인 듯하다. 그 아들 심상규가 영의정에 올라 이 집안은 19세기 한양 최고의 명문가 중의 하나로 올려놓았고 그의 가성각嘉聲閣이 당시 한양에서 가장 아름다운 집으로 명성을 날렸다. 그러나 수명루에 대한 기록은 따로 남기지 않았다.

---

25) 심염조, 「舟下麻布登淡淡亭」(『涵齋類藁』 3책).

3. 채제공의 남호 우거와 시안정

18세기 용산과 마포, 강 건너 노량과 동작 일대는 벼슬아치의 일시적인 휴식처로 각광을 받았다. 이러한 우거의 공간이 갖는 성격은 채제공蔡濟恭(1720~1799)의 삶에서도 잘 확인된다. 채제공은 본관이 평강平康이고 자가 백규伯規, 호가 번암樊巖이며, 오광운吳光運과 숙부 채팽윤蔡彭胤에게 수학하였고 정범조丁範祖, 이헌경李獻慶, 안정복安鼎福 등과 교유하면서 청남淸南의 거두로 활약하였다. 오필운吳弼運의 딸과 혼인하였는데 그의 형이 오광운이다. 이 인연으로 오광운이 살던 약현성당이 있는 약봉藥峰 아래 경저가 있었고, 또 보은동報恩洞에도 매선당每善堂이라는 집이 있었다. 미아리 고개 인근의 명덕동明德洞에 연명헌戀明軒이라 이름 한 별서도 경영하였다.[26]

그러면서도 정치사의 중요한 국면에서 도성에서 멀지 않은 용산과 마포, 노량진 등지로 물러나 우거하곤 하였다. 1780년 여름 홍국영洪國榮의 당파로 지목되어 물의가 일어났고, 이듬해 한성판윤으로 복귀하여 예조와 병조의 판서를 맡았지만 탄핵이 끊어지지 않았다. 이에 1782년 정월 채제공은 마포로 물러나 이곳저곳을 전전하였다.[27] 그러면서 남호와 서호의 여러 정자를 유람하면서 많은 시를 지었다. 조세선趙世選(자 여간汝揀)의 환월정喚月亭도 그러한 곳 중의 하나다. 채제공은 "배처럼 생긴 누대가 물가에 솟아 있는데, 맑은 기운 허명하여 햇살이 옷깃에 가득하다(亭樓如舫壓江潯 瀨氣虛明日滿襟)"라 하였으니 환월정은 배 모양으로 만든 것임을 알 수 있다.[28] 목만중睦萬中도 조세선의 죽음을 애도하면서 "용호의 흐르는 물이 정자를 안고 돌아가는데, 손수 심은 소나

---

26) 채제공의 명덕동 별서에 대해서는 필자의 『조선의 문화공간』에서 상세히 다룬 바 있다.
27) 이에 대해서는 마포를 다룰 때 다시 살피기로 한다.
28) 채제공, 「次韻寄題喚月亭」(『樊巖集』 235:306) ; 윤기, 「次喚月亭韻」(『無名子集』 256:96).

무는 껍질에 이끼가 벌써 벗겨졌네(龍湖流水抱亭廻 手植松鱗已剝苔)"라 한 것을 보면[29] 이들이 한 그룹이 되어 시회를 가졌음을 짐작할 수 있다.[30]

채제공은 1783년 도성으로 들어갈 수 없고 또 용산에서 오래 살기 힘들었기에 명덕동으로 돌아갔다. 1784년 공조판서가 되어 도성으로 들어갔지만 정적의 탄핵이 멈추지 않아 다시 도성을 떠나 있어야 했다. 1785년 여름에는 도봉산 아래 회룡동回龍洞으로 가서 홍시박洪時博이라는 사람의 집을 빌려 식구들을 데리고 와서 함께 살았다. 그러다가 이듬해 여름 노량진으로 나가 집을 빌려 우거하였다.

10년 여름 내가 노량으로 옮겨 살았다. 강 언덕에 집 한 채를 빌려 거주하였는데 방이 심히 낮고 좁아 일어서면 서까래가 거의 상투를 칠 지경이고 앉으면 이웃집 담장이 마당으로 쑥 파고들어 구불구불 앞을 가로 막았다. 오직 가까운 산 한 모퉁이만 나뭇잎 사이로 비스듬히 옆으로 바라다보일 뿐이었다. 강이 비록 가깝지만 덧댄 문 때문에 막혀 보이지 않았다. 이해 여름은 불을 지핀 듯 뜨거웠다. 사람들은 누구나 숨을 헐떡거리면서 괴롭다고 소리를 질렀다. 나는 방에 잠자리를 깔고 종일 조용하게 주둥이 없는 표주박처럼, 멍하게 면벽하는 스님처럼 살았다. 옷과 버선도 벗은 적이 없지만 몸에서는 땀이 난 적이 없었다. 더위를 관장하는 불의 신이 명령을 내려 계절을 바꾼다는 것도 알지 못하듯 지냈다. 사람들 중에 이를 기이하게 여기는 이가 있어 말하였다.

"천하 만물 중에 기술로 다스릴 수 없는 것이 없소. 병은 약과 침으로 다스린다는 것을 내 알고, 굶주림은 음식으로 다스린다는 것을 내 알며, 추위는 가죽옷과 숯으로 다스린다는 것을 내 알고 있소. 오직 열기는 천

29) 목만중, 「輓趙都正世選」(「餘窩集」 b90:94). 목만중, 「趙氏喚月亭閣詩卷, 步韻書感」(b90:109)도 이곳에서 지은 시집에 붙인 작품이다.
30) 尹鳳朝, 「萬象亭記」(「圃巖集」 193:364)에 따르면 비슷한 시기 趙德常(자 汝五)이라는 사람의 萬象亭도 제법 알려져 있었던 듯하다.

지가 함께 불기를 뿜는 것이어서 만물이 함께 뜨거워지므로 고대광실이라도 이를 면할 수 없고 얼음을 깐 자리로도 피할 수 없소. 이제 당신이 거처하는 방은 닭장처럼 좁은데도, 당신은 무슨 기술을 가지고 촛불을 입에 물고 있는 촉룡燭龍이 내뿜는 더위를 납작하게 하여 즐겁게 평상시 사는 대로 그냥 살 수 있단 말이오?"

내가 웃으면서 말하였다.

"다른 기술이 없소. 그저 조용함뿐이라오. 이제 당신이 본 것처럼 내가 작은 열기를 다스리는 것을 보시기만 하면 될 것이오. 비록 열기가 이곳보다 열 배 백 배 심하더라도 나는 또한 이를 다스리는 본바탕이 있소. 그 열기가 비록 크고 작은 것이 같지 않다 하더라도 조용함으로 반대의 처방을 삼는 것은 한가지라오. 저 권간權奸이 정인군자를 다치게 하는 것은 그 벼슬이라는 열기가 들판을 태운다는 것으로도 비유하기에 충분하지 않고 타오르는 불길의 기세는 하늘에까지 이르러 태울 수 있을 것이라오. 여기에 저촉되면 누구나 불타 문드러져 없어지지 않는 것이 없을 것이라오. 여기 어떤 사람이 불귀신 회록回祿이 눈을 부릅뜨고 있는 가운데 홀로 서 있다고 해봅시다. 세상의 도리를 근심하면 들판을 태우는 불을 끄려고 할 것이요, 뜨거운 피를 품고 있다면 빙산이라도 흩으려 들 것이겠지요. 먼저 바로 잡는 일을 하고자 하여 입술이 마르고 입이 타들어가면서 한 바가지 물을 가지고 수레 한 대에 가득 실은 땔감에 붙은 불을 끄려고 할 것이겠지요. 그 방도가 비록 곧고 그 마음이 괴롭다 하더라도 시기하는 자들이 모여 있으니 화로의 숯불에 털 하나 타들어가는 것처럼 되지 않는 일이 거의 없을 것이라오. 이에 손을 델 정도로 뜨거운 권세를 지닌 이들이 뱀처럼 지렁이처럼 얽히고설켜 불기운을 끌어와 산까지 태워버릴 화염을 즐겨서 좋은 옥인지 따지지도 않을 것이니, 그 열기가 과연 어떠하겠소? 믿을 것은 하늘의 지극한 어짊뿐이리니 생명으로 덕을 삼아 업풍業風(악업惡業의 보답을 바람에 비유한 말)을 불어 죽음에서 건져내고 그리하여 사지를 보존할 수 있게 하더라도 곤궁과 고통이 거듭

되는 것은 거의 이겨낼 수 없을 것이오. 지난날 내가 만난 일이 불행히도 이와 같소. 이러한 때에 믿을 것은 스스로를 반성하여 숨을 죽이고 사는 것이요, 말을 들을 바는 저 높은 하늘밖에 없을 것이라오. 귀로는 아무 것도 듣지 못하는 듯 지내고 눈으로는 아무 것도 볼 수 없는 것처럼 지내야 하겠지요. 산 귀신이 재주를 부려 백 가지 천 가지 변고를 꾸며도 나는 그저 조용함이라는 정靜 한 글자만 가지고 처신할 것이오. 그러면 뜨거운 열기가 나를 어찌하겠소? 내 열기를 다스리는 데 익숙한 사람이니, 큰 것도 잘하는데 어찌 작은 것을 잘하지 못하겠소? 고인이 '고요함으로 열기를 다스린다'고 하였으니 이는 정말 믿을 만한 말이라오. 비록 그러하지만 나의 고요함은 고요하면서도 움직임이 있고 움직이면서도 고요함이 있소. 한 번 고요하고 한 번 움직여 바름으로 돌아가도록 힘을 쏟아 쓰임이 있으니, 불가의 게송과 같지는 않소. 일미一味(참선을 이른다)는 멍하니 죽은 물건일 뿐이지요. 정자程子께서 학자를 가르칠 때 반드시 정좌靜坐를 말하였으니, 진실로 고요함에서 터득함이 있도록 하여야 할 것이오, 그렇게 된다면 그 효험이 어찌 열기를 다스리는 데서 그치겠소?'

마침내 정치와를 내 집의 이름으로 삼고 그 말을 기록하여 기문으로 삼는다.

_채제공, 「정치와기靜治窩記」(『번암집樊巖集』 236:129)

정치와靜治窩는 일어서면 머리가 서까래를 치고, 앉으면 이웃집 담장이 마당 앞을 막고 섰다. 강이 가까이 있지만 막혀 있고 오직 산 한 자락이 나뭇잎 사이로 보이는 그런 초라한 집이었다. 그러나 조용히 있어 더위를 다스린다는 뜻에서 그 집을 정치와라 하였다. 물론 날씨의 뜨거움보다 정치의 뜨거움을 피한다는 뜻이 더욱 강하였으리라.

채제공은 그 후 1786년 평안병사平安兵使로 나갔고 이듬해 지중추부사를 거쳐 우의정에 올랐다. 1789년 좌의정이 되었고 이듬해 독상獨相으로 국정을 운영하였다. 수원의 현륭원顯隆園 공사를 진두지휘하였고,

시전市廛의 특권을 박탈한 신해통공辛亥通共의 정책을 시행하는 등 공무로 바쁜 나날을 보내었다. 그러나 1792년 역모에 가담한 신기현申驥顯의 아들을 시험에 합격시킨 윤영희尹永僖를 두둔하다가 황해도 풍천豊川으로 부처付處되었다. 다행히 26일 만에 복귀하였고 이듬해 정월 화성을 건설하는 중차대한 임무를 띠고 수원 유수로 나갔다가 5월에 영의정에 올라 화려하게 조정으로 복귀하였다. 이 무렵 장만한 별서가 용산의 시안정是岸亭이었다.

> 멀리 손끝에 나의 정자 보이는데
> 고운 강물은 십리에 나지막하네.
> 거울처럼 맑아 한 점 주름도 없는데
> 하늘 위로 화려한 기와가 보인다네.
> 갈매기와 백로는 나를 인도하는 듯
> 느릅나무는 그사이 더욱 노성해졌구나.
> 인간세계 낙원을 차지하였으니
> 여기에서 아름다운 이름을 세워보리라.
> 遙指吾亭立　姸江十里平
> 鏡中無點皺　天上有華甍
> 鷗鷺如前導　枌楡轉老成
> 人間極樂界　於此肇嘉名

_채제공, 「계축 정월 주상께서 현륭원으로 납시고 화성부를 승격하여 유수의 후영으로 삼았는데 당송의 옛 제도를 활용한 것이다. 못난 이 신하를 특별히 화성 유수에 임명하고 이어 5월에 영의정에 임명하셨다. 이에 사직의 상소를 올리고 화성을 출발하여 한양으로 돌아오는데, 동작나루에 이르러 배를 타고 용호로 내려갔다. 시안정으로 돌아가려 한 것이다. 배에서 멀리 보니 정자가 끊어진 절벽 구름 속 숲 사이에 있었기에 한 폭의 그림 병풍 같았다. 기뻐서 이를 적는다(癸丑正月, 上詣顯隆園, 以華城陞陞

爲留後營, 用唐宋古制, 以賤臣特除華城留守, 至五月, 拜上相, 陳辭辭疏, 離府還京, 到銅津, 舟下

龍湖, 蓋以是岸亭爲歸也. 舟中望見, 亭在絶岸雲木間, 便一畫圖障子, 欣然書此)」(『번암집』

235:326)

　　채제공은 1793년 1월 수원유수로 화성 행궁의 설계를 총괄하다 5월
의정부로 들어와 영의정에 임명되었다. 이에 도성으로 들어가다가 시
안정에 들러 이 시를 지었다. 채제공은 1790년부터 시안정을 출입하였
으니 이 무렵 시안정을 구입한 것으로 추정된다. 또 위의 시를 보면 시
안정은 화려한 기와를 올린 건물인데, 느릅나무가 노성해졌다고 한 것
으로 보아, 시안정은 그 유래가 오래된 건물로 추정된다. 채제공은
1793년 무렵부터 사직의 상소를 올리고 물러나 이곳에서 대기하곤 하
였다. 이 작품에서 시안정을 나의 정자라 하였거니와 시안정을 노래한
다른 작품에서도 "나의 정자 아스라이 나를 맞는 듯(吾亭縹緲如相迎)"라
하여 애정을 표한 바 있다.[31]

　　『주자어류朱子語類』에 "고해는 끝이 없으나 머리만 돌리면 바로 거기
가 언덕이다(苦海無邊 回頭是岸)"라는 말이 나온다. 기왕의 허물을 뉘우치
고 스스로 새로워질 것을 면려하는 뜻이다. 임금의 견책을 받고서 잘
못을 고쳐 스스로 새로워지겠다는 다짐의 뜻을 시안정에 담았다.[32] 도
성 안 벼슬길의 고해도 머리 돌려 강가로 나오면 피안彼岸의 땅이 될
수 있다는 뜻도 들어 있는 듯하다.

　　채제공은 정국의 변화에 따라 시안정으로 나가 있을 때가 잦았다.
1794년에도 정국은 소란스러웠다. 김종수金鍾秀가 자신을 공격하다가
도리어 조정에서 쫓겨나자 채제공도 불편하여 벼슬에서 물러나고자
하여 면대面對를 청하였다. 그러나 오히려 이 때문에 고양군高陽郡에 부

---

31) 채제공, 「是岸亭歌」(『樊巖集』 235:341).
32) 1800년 제작한 정조의 「謹和朱夫子詩」(『弘齋全書』 262:122)에도 "머리 돌리면
　　언덕이라 언덕 머리로 가리라(回頭是岸岸頭行)"라 한 바 있다.

처付處되는 벌을 받았지만 바로 부처에서 풀려나와 하명을 기다란 곳이 시안정이었다. 다행히 이듬해 정월 우의정에 제수되었다. 그 감격을 이렇게 노래하였다.

용호의 명성은 제왕의 고을에서 으뜸인데
언덕 아래 안개 낀 파도 언덕 위는 누각이라.
훗날로 약조한 꽃과 달은 끝없이 좋으리니
쓸쓸하게 다시 고개 돌릴 것 없으리라.
龍湖名冠帝王州　岸下烟波岸上樓
花月前期無限好　不須怊悵更回頭
_채제공,「주상께서 이에 재상의 직책을 제수하고 사직상소에 비답을 내렸는데 글의 뜻이 고금에 전례가 없을 정도라 지극히 감읍하였다. 만사를 제치고 곧바로 명을 받들어 도성으로 들어갔다. 강가의 누각에 누워 있었던 것이 겨우 열흘이다. 시안정에 시를 남겨 훗날의 기약을 증명한다(上仍授相職, 賜批辭疏, 辭旨曠絶今古, 感泣之極, 抔棄萬事, 卽地承命入城, 寢處江閣財十日, 留詩是岸亭, 以証後約)」(『번암집』 235:73)

채제공은 시안정을 한양에서 가장 빼어난 곳이라 하고 지극한 성은을 입어 잠시 시안정을 비우지만 꽃피는 시절에 반드시 돌아올 것이고 그 후에는 다시 도성으로 들어가지 않을 것이라 다짐했다. 그리고 몇 달 후 약속대로 시안정으로 돌아왔다.

어제는 내가 내 정자를 버리고 배를 타고 떠났는데
오늘에는 다시 내 배를 정자 아래 물가에 대었노라.
어제 간 것 정자를 버리려는 것 아니었지만
오늘 온 것 정자 때문만은 아니었다네.
잠깐 갔다 잠깐 오는 것 자유롭지 못하니

정말 무슨 마음으로 내 가고 온단 말인가!
내 정자에 올라 두건을 벗어보니
높은 난간 오뉴월이라 서늘한 바람 많구나.
위에 푸른 하늘 있어 넓은 줄 이제 알겠고
아래 긴 강이 있는데 깊어서 푸른빛이 보이네.
대장부가 태어났으면 자득을 귀히 여겨야지
천지사방 떠돌아도 제 뜻에 맞게 살아야지.
시흥 땅이 반드시 나그네 위한 것만은 아니요
시안정도 꼭 내 집이 되는 것은 아니리라.
막걸리 받아오게 하고 한바탕 노래하니
지난날 속세의 길이 어찌 그리 좁던지!

昨日之日 吾捨吾亭乘舟去
今日之日 吾舟還泊亭下渚
昨去非緣捨亭子 今來非緣爲亭子
乍去乍來不自由 是誠何心吾行止
試登吾亭脫巾幘 層欄六月凉飇積
上有靑天始知濶 下有長江深見綠
丈夫有身貴自得 天地四方適其適
始興未必爲逆旅 是岸未必爲吾宅
試呼村酒一放歌 向來世路何其窄
_채제공, 「배를 묶고 시안정에 올라서(繫舟, 登是岸亭)」(『번암집』 235:350)

1794년 6월 시안정에 올라 펼쳐진 산하를 굽어보고 살아온 세월을 돌이켜보았다. 기필코 돌아와 살겠노라 한 시안정이지만 가만히 생각하면 그곳에 영원히 살 수 있는 것은 아니었다. 화성 역사와 관련하여 금천衿川으로 다시 시흥始興으로 바뀐 땅을 자주 오가지만 도중에 숨을 거두면 그곳이 영면의 공간이라 여겼다. 여든을 바라보는 노정객의 마음이 이렇게 달관의 경지에 오른 것이다.

이후 좌의정을 다시 맡아보았지만 조정은 여전히 정쟁으로 뜨거웠다. 그렇게 공격하고 공격을 받다가 1799년 세상을 떠났다. 이인행李仁行은 채제공의 만사를 지어 "몇 번이나 서강의 물결을 일으키고 없앴던 가마는, 시안정에서 웃을 뿐 찡그리지 않았네(幾番起滅西江浪 是岸亭中笑不矉)"라 하였고 황반로黃磻老는 "천지의 우뚝한 시안정이여, 군신의 천년 만남에 눈물을 쏟노라(天地巋然是岸亭 灑落群臣千古契)라 하였으니,[33] 시안정은 채제공의 삶을 결산하는 공간으로 인식되었다.

이용휴李用休의 아들 이가환李家煥(1742~1801)이 채제공이 세상을 떠난 후 잠시 시안정에 기거하였다는 점도 놓칠 수 없는 역사다.[34] 이가환은 본관이 여주고 자는 정조廷藻이며 호는 금대錦帶 혹은 정헌貞軒이다. 채제공을 이어 청남 계열의 지도자로 부상하였고 정조의 신임을 받았지만 정국을 주도하던 노론의 공격을 받은 데다 천주교를 신봉하였다 하여 옥사에 희생된 인물이다. 그가 채제공이 살던 시안정에 우거한 것은 그 의발을 전수받은 것이라 할 만다.

용의 기운 아직도 비에 축축한데
하늘에는 벌써 별이 떨어져버렸네.
안위를 맡은 한 분의 원로가 사라졌는데
강물에는 외로운 정자 하나만 남아 있네.
나그네 이르니 갈매기 도리어 하얀데
계절이 바뀌어 풀이 절로 푸르구나.
뗏목 저어 일부러 난간 가까이 대니

---

33) 이인행, 「樊巖蔡相公濟恭挽」(『新野集』 b104:421) ; 황반로, 「樊巖蔡相國輓」(『白下集』, 국립중앙도서관 소장본).
34) 李學逵, 「寄呈內舅錦帶翁是岸亭寓居」(『洛下生集』 290:216)를 보면 이가환이 시안정에 우거하였음을 확인할 수 있다.

푸른 바다로 배를 띄워 가고 싶을 뿐.

龍氣猶蒸雨 乾文已落星

安危無一老 江漢有孤亭

客至鷗還白 時移艸自靑

橫槎故近檻 渾欲泛滄溟

_이가환, 「시안정是岸亭」(『금대시문초錦帶詩文鈔』 255:414)

시의 내용으로 보아 정조와 채제공이 죽은 후인 1800년 무렵 제작한 것으로 추정된다. 두보의 시를 읽는 듯한 침울함이 돋보이는 작품이다. 앞으로 다가올 좌절과 고통도 이 시에서 미리 보인다. 이 무렵 이가환은 신대로申大羨, 이정운李鼎運, 심규로沈奎魯 등의 벗들과 어울려 잠시나마 시안정에서 즐거운 시간을 보냈다. 그러나 그 즐거움은 오래 가지 않았다. 이가환은 1801년 형장의 이슬로 사라졌다.

그리고 시안정도 주인을 잃었다. 1843년 신위申緯가 시안정을 찾았을 때는 그 주인이 김이양金履陽으로 바뀌어 있었다. "연천淵泉의 시안정과 화사花史의 일벽정一碧亭은 모두 삼호정三好亭과 이웃해 있다"고 하였는데[35] 연천은 김이양의 호다. 김덕희金德喜의 삼호정이 지금의 용산성당 근처에 있었으니 이정신李鼎臣의 일벽정과 함께 바로 그 인근에 있었을 것이다. 19세기 중반 이후 시안정의 역사는 김이양의 별서에서 다시 보기로 한다.

---

35) 신위, 「徐石帆侍郎念淳, 邀余飮三好亭, 花史東樊錦舡在座, 酒半錦紅女史忽至, 拈韻共賦」(『警修堂全藁』 291:630).

4. 서명응의 용산정사와 서유구의 풍석암

18~19세기 학술사에서 가장 주목되는 집안 중의 하나가 서명응徐命膺, 서호수徐浩修, 서형수徐瀅修, 서노수徐潞修, 서유본徐有本, 서유구徐有榘 등을 배출한 달성 서씨라 하겠다. 서명응(1716~1787)은 대제학과 재상을 지냈으며 정조로부터 보만재保晚齋라는 호를 하사받았다. 그의 『보만재총서保晚齋叢書』는 정조로부터 조선 400년 역사에 없던 거편鉅篇이라는 평을 받았으니, 학자적인 명성은 췌언을 요하지 않는다. 이 집안의 선영은 장단長湍의 동원桐原, 곧 오늘날 파주시 진동면 동파리 일월봉日月峯 아래 있었다. 또 경저는 저동苧洞과 죽동竹洞 일대에 있었는데 영희전永喜殿 바로 북쪽으로 오늘날 남학동 일대다. 특히 죽동을 가리키는 죽서竹西에는 서명응의 부친 서종옥徐宗玉이 각건정角巾亭을 경영한 이래 서명응이 보만재保晚齋를 두고 불속재不俗齋, 지치헌知恥軒, 제광정濟光亭, 필유당必有堂 등 운치 있는 건물을 많이 세웠다.

이와 함께 서명응은 아름다운 한강도 즐기고자 하여 말년인 1785년 용주蓉洲에 은거하였다. 원래 용주는 용산에 연꽃이 아름다웠기에 우아하게 바꾼 이름이다. 대부분의 벼슬아치가 그러하였듯이 서명응의 벼슬길도 순탄하지 않았으며 위기의 순간에는 도성에서 벗어나 한강의 용주를 찾았다. 대제학과 봉조하를 지내고 1781년에는 임금으로부터 보만재라는 호를 하사받는 영광을 입었지만 1785년 탄핵을 받자 용주로 나갔다. 이보다 앞서 서명응은 1780년 홍계능洪啓能과 절친하였다는 이유로 탄핵을 받았는데 이때 다시 같은 문제가 불거지자 도성 안에 있을 수 없어 용산으로 나간 것이다.

서명응은 그곳에서 용산정사龍山精舍를 짓고 기거하였다. 용산정사 인근의 명승지 여덟 곳을 시에 담았다. 이 시를 읽으면 용산정사를 그림으로 그릴 수 있다.

산빛은 파랗게 물방울 맺힐 듯
물빛은 쪽빛보다 파랗다네.
함께 정자 앞뒤를 돌면서
유유히 아침저녁 무젖는다네.
山光靑欲滴 水色碧於藍
并繞亭前後 悠悠日夕涵(涵碧亭)

쉬는 방은 낮고 조그마하지만
마루와 창은 충분히 시원하다네.
천 개의 봉우리 구름 너머 이르는데
만 그루 꽃나무가 물 위에 흰하네.
燕室雖低小 軒牕足爽淸
千峯雲外直 萬卉鏡中明(聚勝寮)

포구의 밤 둥근 달이 오르면
물결은 바다 입구부터 가을빛 띤다네.
작은 정자 산허리에 있어서
눈앞의 좋은 풍광을 다 볼 수 있다네.
桂輪江浦夜 潮信海門秋
小榭居要眘 登臨一目收(迎瀨榭)
_서명응, 「용산정사의 여덟 가지 노래(龍山精舍八詠)」(『보만재집保晚齋集』 233:
  108)

  함벽정涵碧亭은 산과 물이 모두 파란빛을 띠고 있어 붙인 이름이다.
또 여러 아름다운 경치를 모은 집이라는 뜻의 취승료聚勝寮는 조그마하
기는 하지만 집 주위에 심어놓은 많은 꽃나무가 거울같이 맑은 강물에
비치고 먼 곳의 산봉우리가 구름 속에 어른거렸다. 맑은 기운을 쐬는

집이라는 뜻의 영호사迎灝榭가 용산 중턱에 있어 서쪽의 조강祖江을 위시하여 원근의 아름다운 풍광을 두루 즐길 수 있었다. 이어지는 연작시에 따르면 앙천지仰天池라 이름 붙인 못이 감색을 칠한 방 아래 있는데 돌에서 솟아나는 물길을 끌어들여 만든 것이었다. 또 의란오倚欄塢라 이름 붙인 화단에서 울긋불긋한 꽃과 푸른 소나무를 즐겼으며, 옷깃을 여는 언덕이라는 뜻의 피금강披襟岡에서 바람을 쐬었다. 요추휴繞秋畦라 이름 지은 채마밭을 두어 생계의 수단으로 삼기도 하였으며 난춘원煖春園이라는 이름의 정원에는 매화나무가 있어 식후에 매실을 따 먹었다. 용산정사에서의 맑은 삶이 잘 드러나는 두 편을 더 보인다.

선비가 채소 뿌리 씹는다면
백성 얼굴에 채소 빛이 없겠지.
집을 둘러 세 칸 밭을 만드니
화나무 세 그루보다 훨씬 낫다네.
士如咬菜根 民可無菜色
遶舍開三區 勝似三槐植(繞秋畦)

원림에 좋은 과실이 있으니
사람 입에 경장과 한가지라.
매번 밥 먹고 이를 따서
봄바람에 늙은 창자 달래야겠네.
園中有佳實 人口類瓊漿
每向飯餘摘 春風和老腸(煖春園)
_서명응, 「용산정사의 여덟 가지 노래(龍山精舍八詠)」(『보만재집』 233:108)

송宋 나라 때 왕신민汪信民은 "사람이 항상 채소 뿌리를 먹는다면 온갖 일을 다 해낼 수 있다(人常咬得菜根 則百事可做)"는 명언을 남겼다. 『채근

담『菜根談』이 여기에서 나온 책의 이름이다. 선비가 채소 뿌리를 먹는 청렴하고 검소한 마음을 지닌다면 백성들의 생활이 절로 윤택해질 것이라 하였으니, 물러나서도 백성의 삶을 잊지 않았음을 알 수 있다. 난춘원은 매실밭이다. 굳이 맛난 경장瓊漿과 같은 음료를 마실 것이 없다. 청렴과 검소의 상징으로 삼은 것이다.

서명응은 이렇게 맑게 살았다. 그리고 이 일대의 아름다운 풍경을 다시 십경十景으로 설정하였다. 이때 지은 시의 서문에서 "내가 서호에 거처하면서 아침저녁 흐르는 물과 높이 솟은 산, 강에서 노니는 물고기와 하늘을 나는 새 등을 보노라니 무미건조한 가운데 지극한 맛이 있었다. 마침내 10경으로 나누어 각체로 그 일을 적어 고금체古今體라 부른다"라 하였다.[36] 서호는 용산과 마포, 서강 일대를 통칭하는 말로, 중국의 서호에 비의한 것이다. 강 가운데 우뚝하게 서서 물결에 휩쓸리지 않는 흰 바위 백석조조白石早潮, 강 건너 푸른 안개 속에 청계산이 우뚝 솟아 있는 청계석람靑谿夕嵐, 비오는 날 밤섬에서 경작을 하는 율서우경栗嶼雨耕, 끊어진 절벽 아래 흐르는 마포 앞의 한강에 오가는 배 마포운범麻浦雲帆, 안개 속 모래톱 조주에 버드나무가 파랗게 가지를 드리운 조주연류鳥洲煙柳, 드넓은 백사장 학정의 하얀 모래 학정명사鶴汀明沙, 강 건너 선유봉에 달이 떠오르는 선봉범월仙峯泛月, 농암에서 강물이 불어난 모습을 구경하는 농암관창籠巖觀漲, 노량나루에 사람들이 낚시를 하는 노량어조鷺梁漁釣, 와우산에서 땔감을 하는 우잠채초牛岑採樵 등을 십경으로 꼽고[37] 절구와 율시, 고체 등 다양한 시를 붙였다. 훗날 서유본은 서명응의 이 시에 차운한 작품을 남겼는데 그 서문에서 다음과 같이 적고 있다.

---

36) 서명응, 「西湖十景古今體」(『保晩齋集』 233:75).
37) 이 시에서 이른 白石, 鳥洲, 鶴汀 등은 모두 구체적인 지명으로 보인다. 남용익의 「遊月波亭下, 遇二老父對睡舟中, 與之語, 江西漁者, 將待月而漁也, 遂入其舟, 進至鶴汀」(『壺谷集』 217:23)을 보면 학정은 와우산 앞쪽의 한강의 모래톱을 가리키는 듯하다. 나머지는 구체적으로 어디인지 확인하기 어렵다.

　예전 조부 문정공文靖公께서 벼슬을 그만두고 서호의 농암정사에 사신 적이 있다. 저술의 여가에 서호의 십경을 정하여 고시와 근체시를 나누어 각기 시를 지어 기록하였다. 그 후 60여 년이 흐른 후 내가 마호麻湖의 행정杏亭에 거처하였는데 농암과의 거리는 몇 리 되지 않아 구름과 안개처럼 시야에 들어왔다. 쓸쓸히 예전을 추억하는 마음이 들었다. 이에 삼가 그 시에 차운하여 답한다.

　_서유본, 「삼가 왕고 문정공 서호십경시에 차운하다(謹次王考文靖公, 西湖十景詩韻并序)」『좌소산인집左蘇山人集』 b106:25)

　이 용산정사는 농암정사籠巖亭舍 혹은 서호별서西湖別墅라고도 불렀다. 농암은 서강대교 북단에 있던 바위인데 고려 말의 은자 김주金澍가 호로 삼은 바 있다. 김주는 명나라에 사신으로 갔다가 조선이 개국하였다는 소식을 듣고서, 중국에서 돌아오지 않고 형주荊州에서 살았다는 기이한 고사를 남긴 인물이다. 그가 심은 은행나무가 조선후기까지 밤섬에 있었다.[38] 이를 보면 농암은 밤섬 건너편 서강대교 북단에 있었다고 보아야 할 듯하다.

　그러나 서명응이 살던 농암은 이와 다르다. 그의 농암은 용산의 용암이다. 마포대교와 원효대교 중간 청암동 부근에 있었고 용두봉이라고도 불렀다. 서명응이 1785년 용산의 농암정사로 내려온 것은 원래 이곳에 전장이 있었기 때문이다. 서명응의 아들 서형수(1749~1824)는 정조가 즉위한 1776년 신촌莘村에서 살다가 현호玄湖로 이주하려고 집을 구입할 비용 천 꿰미를 평양감사로 있던 부친에게 요청하였다. 이에 서명응은 "부친이 변방에 있는데 자식이 천금을 들여 정자를 구입한다면 남들이 무어라 하겠는가?"라고 거절하였고, 이에 서형수는 다른 전장을 팔아 현호의 집을 구입하였다고 한다. 여기서 신촌은 신촌新村이라

---

38) 이에 대해서는 필자의 「조선시대 밤섬과 여의도」(『한강의 섬』, 마티, 2009)에서 자세히 다룬 바 있다.

고도 적는데 오늘날 한강 철교 북단을 이른다.[39] 그가 이주한 현호는
오늘날 현석동 부근의 한강을 이른다. 앞서 본 글에서 마호麻湖의 행정
杏亭도 이곳에 있었던 것으로 추정된다.

서명응이 용산으로 물러났을 때 손자 서유본(1762~1822)과 서유구
(1764~1845) 형제도 함께 그곳에서 기거하였다. 서명응이 1785년 농암정
사에 거주할 때 서유구는 아내와 함께 용산으로 나와 조부를 모시고
살았다. 그곳에서 조부의 문집『보만재총서』를 편찬하는 일을 도왔다.
이때의 시를 모은 것이『용강피서집蓉江避暑集』이다. 이 무렵 용산강에
부용강芙蓉江이라는 이름을 새롭게 내걸었는데 부용강은 이 일대에 연
꽃이 아름다웠기에 이른 것이다. 또 자신의 호를 부용자芙蓉子 혹은 용
주자蓉洲子라 하고 부용강 강변의 모래톱을 용주蓉洲라 하였으며[40] 집
이름은 용주정사蓉洲精舍라 하였다. 그리고 이 일대의 풍광을 다음과 같
이 아름다운 글에 담았다.

부용강 원근의 빼어난 곳을 손으로 꼽자면 모두 여덟이 있다. 첫 번째
는 천주타운天柱朶雲이요, 두 번째는 검단문하黔丹紋霞요, 세 번째는 율서어
증栗嶼魚罾이요, 네 번째는 만천해등蔓川蟹燈이요, 다섯 번째는 오탄첩장烏灘
疊檣이요, 여섯 번째는 노량요정露梁遙艇이요, 일곱째는 곡원금곡梯園錦穀이
요, 여덟째는 맥평옥설麥坪玉屑이다.

곧바로 강 동남으로 수십, 수백 보를 가면 높고 위태하게 솟아 있는
산이 관악산이요, 가장 높은 봉우리가 천주봉이다. 새벽에 일어나 바라
보면 한 무더기 흰 구름이 아득하게 봉우리 정상에 피어오르고, 조금 있

---

39) 정조의 즉위를 방해하다 나중에 죽음을 당한 洪啓能의 호가 莘村 혹은 莘溪
인데 이곳에 살았기에 호가 된 것이다. 서명응은 1780년 洪啓能과 절친하였
다는 이유로 대사헌 李普行 등에게 논척을 당한 바 있는데 바로 인근에 살았
기 때문에 혐의를 받은 듯하다.
40) 용주라는 이름은 서형수의 「本生先考文靖公府君行狀」(『明皐全集』 261:312)에
서 처음 보인다.

노라면 향기로운 연기가 자욱해지고, 그렇게 되면 산허리에서부터 윗부분은 가려져 보이지 않게 되고 다시 조금 더 있으면 꽃송이처럼 날리다 사라지게 된다. 그러면 봉우리가 훤하게 하늘에 기대어 우뚝 솟아난 모습만 보인다. 이 때문에 '천주타운'이라 한 것이다.

관악산에서 서쪽으로 구불구불 치달았다 다시 솟구쳐 일어나서 산이 된 것이 검단산이다. 산빛이 깨끗하게 목욕을 한 듯 쪽빛 같다. 얼룩얼룩한 노을에 반쯤 덮인 채 위에 쪽을 진 듯 검은 머리가 몇 점 드러난다. 막 아침햇살이 엷게 비치면 오색 비단에 무늬를 넣은 듯하므로 '검단문하'라 한 것이다. 이 두 가지는 아침에 어울린다.

강 한 가운데 느른하게 누워 섬이 된 것이 있는데 밤섬이라 한다. 섬을 마주하고 물길이 구불구불 돌아나가 지류가 된 것을 만천이라 한다. 온갖 소리가 고요하고 물결이 맑은데 이슬이 물을 덮고 있다. 물고기를 잡는 그물은 대부분 밤섬의 물가에 있고 게를 잡기 위한 등불은 대부분 만천의 포구에 있다. 짚불이 점점이 있어 듬성듬성 별이 떠 있는 듯하다. 가는 배들의 삐걱삐걱 소리가 어부들의 노랫가락과 서로 답을 한다. 이 때문에 '율서어증', '만천해등'이라 한 것이다. 이 두 가지는 밤에 어울린다.

강의 아래쪽을 오탄이라 한다. 봄날 얼음이 반쯤 녹으면 조운선이 다 몰려든다. 멀리서 바라보면 천 척 배의 돛대가 은은한 엷은 노을과 푸른 물빛 사이로 빼곡하게 서 있다. 강의 위쪽을 노량이라 한다. 때때로 장맛비가 내리면 드넓은 강물이 느릿느릿 흘러가고 조각배가 물 위에 떠 흔들흔들 가는 듯도 하고 오는 듯도 하다. 강 북쪽 기슭이 마포다. 고개에 떡갈나무 수십 그루가 있어 가을이 깊어지면 나뭇잎이 늙어 울긋불긋한 빛이 뒤섞여 흐드러진 모습이 마치 촉 땅에서 나는 비단으로 나무에 옷을 입혀놓은 듯하다. 동쪽 물가를 사촌평沙村坪이라 부른다. 마을 사람들은 해마다 보리와 밀을 파종하는데 이삭이 막 패기 시작할 때 싸락눈이 갓 내리면 찬란한 모습이 마치 아름다운 옥이 이끼 위에 떨어진 듯하다. 이 때문에 '맥평옥설', '곡원금곡', '노량요정', '오탄첩장'이라 한 것이다.

이 넷은 봄과 여름에 어울리기도 하고 가을과 겨울에 어울리기도 한다.

대개 천주봉과 검단산, 오탄, 노량은 멀리서 바라볼 수 있고 밤섬과 만천, 곡원, 맥평은 책상에서 바로 보이는 것들이다. 올해 늦봄에 배로 오탄을 지나다가 강 한 가운데 바위를 보았는데 거북이가 엎드려 머리를 내어놓은 듯한 모습이었다. 그 머리에 대자大字로 두 자를 새겨 놓았는데 이끼에 문드러지고 침식되어 있었다. 그 아래로 배를 저어가서 손으로 문질러 읽어보니 그 글에 '집승集勝'이라 되어 있었다.[41] 그곳 토박이 중에 함께 놀러 따라온 이가 명나라 주지번朱之蕃의 필적이라 하였다. 마침내 탁본을 해가지고 돌아왔다. 다시 위와 같은 여덟 가지 조목을 나열하고 장차 명가에게 시를 구하고자 하면서 주인이 먼저 서문을 쓰고 그 뜻을 말하였다. 주인의 성은 서씨요, 이름은 모른다. 호는 부용자芙蓉子라 한다.

_서유구, 「부용강의 아름다운 경치를 모은 시의 서문(芙蓉江集勝詩序)」
(『풍석전집楓石全集』 288:221)

서유구는 용주정사에서 바라보이는 아름다운 풍경을 여덟 가지로 정리하고 하나하나 운치 있는 이름을 붙였다. 그리고 아침과 저녁, 혹은 계절에 따라 더욱 멋진 곳을 들었다. 관악산의 주봉 천주봉과 호암산을 이르는 검단산은 이제 잊혀진 명칭이다. 만천은 만초천蔓草川이라고도 하는데 모악母岳에서 발원하여 청파靑坡 남쪽에 있는 주교舟橋를 지나 마포로 흘러드는 지류였지만 지금은 아스팔트 아래에 있다. 그 앞 밤섬의 고기잡이배들과 게 잡이 등불은 상상으로 즐겨야 한다. 사평은 동작의 동쪽에 있던 마을 이름임이 예전 지도에서 확인된다. 지금의 신사동이다.

서유구는 부용강에 있으면서 운치 있는 글을 여럿 지었다. 다음은

---

41) 마포의 현석동에 집승정이 있었는데 沈鎬의 별서다. 이곳에 대해서는 서호에서 다루기로 한다.

생질 박성용朴聖用에게 부용강의 뱃놀이에 오라고 초청하면서 보낸 편지다.

> 다음 날 7월 기망旣望에 소동파의 고사를 본떠 부용강에서 배를 띄우려 하니, 자네와 내가 함께 해야 옳겠지. 새로 날이 개어 달빛이 더욱 고울 것이야. 벌써 사공에게 배 한 척을 물가의 갈대밭으로 몰고 오라 하였네. 다만 퉁소를 불 객이 없다네. 자네가 시를 지으면 내가 「용주부蓉洲賦」를 짓고 뱃전을 두드리며 노래하면 충분하겠지. 그저 내 글이 부족하여 소동파가 침을 뱉을까 아쉽네. 이른바 고금에 사람의 능력이 다르다고 한 말이 이를 두고 한 것이 아니겠는가? 정자 남쪽 작은 못에 연잎이 동글동글하네. 수수를 가지고 술 몇 말을 그 위에다 빚으면 하룻밤 자고 나서 마실 수 있을 걸세. 소동파가 아낙네에게 술 준비를 시킨 것이 혹 이보다 낫지는 않겠지. 고금의 사람이 같고 다른 것이 어떨지 모르겠네.
>
> _서유구, 「내제 박성용에게 주는 편지與內弟朴聖用書」(『풍석전집』 288:248)

소동파蘇東坡는 음력 7월 16일 적벽에서 뱃놀이를 하고서 「적벽부赤壁賦」를 지은 바 있다. 서유구는 생질 박성용과 함께 어울리면 소동파의 적벽 뱃놀이보다 운치가 나을 것이라 하였다. 조부의 용산정사 앞 앙천지에서 자라는 연잎을 따서 연엽주蓮葉酒를 마시는 풍류를 자랑하였다. 연엽주는 벽통주碧筒酒라고도 하는데 피서를 겸하여 연잎에 술을 따라 마시는 일을 이른다.[42]

이 글을 두고 이덕무李德懋는 "작은 척독이 어찌 이리 아름다운 운치가 있는가!"라 칭송하였다. 이덕무와 친하였던 유금柳琴도 가끔 찾아와 함께 언덕 위 바위에 올라 쭈그리고 앉아 술을 마시고 강개하면서 슬픈 노래를 부르고 거문고를 연주하였다.[43] 나무를 심어 먹고 살다가

---

42) 벽통주는 필자의 『한시마중』(태학사, 2012)에서 다룬 바 있다.
43) 서유구, 「送遠辭哭幾何子有序」(『楓石全集』 288:273).

스물넷에 요절한 유준양柳遵陽라는 이웃사람과도 자주 어울려 그가 키우는 아름다운 복숭아꽃을 즐기곤 하였다. 이러한 추억을 운치 있는 글로 담아내었다.

운치만 즐긴 것은 아니었다. 서유구는 조부와 함께 기거하면서 자신의 서재 풍석암楓石庵을 만들었다. 중부이자 스승인 서형수가 그를 위하여 기문을 지어주었다.

> 조카 서유구가 용주에 머물 때 사방 1무畝의 마당을 만들고 바위를 쌓아 섬돌을 만들었다. 섬돌 위에 단풍나무 10여 그루를 심어 빽빽하게 비단 휘장처럼 둘러놓았다. 섬돌 아래 다포茶圃 몇 이랑이 있어 개울 따라 두둑에 이리저리 섞여 자란다. 섬돌에서 5~6보 떨어진 곳에 마루를 등지고 초막을 만들었는데 호젓하고 깔끔하다. 거문고와 책이 기둥에 기대어 있다. 그곳의 이름을 풍석암이라 하였으니 사실을 기록한 것이다.
>
> _서형수, 「풍석암 장서기(楓石庵藏書記)」(『명고전집明皐全集』 261:165)

서유구는 풍석암에 살면서 호를 풍석楓石이라고 하였다. 그의 저술 중에 '풍석암서옥楓石庵書屋'이라 새긴 인찰지印札紙에 기록된 것이 제법 많다. 이러한 데서 풍석암은 강학과 저술의 공간이었음을 확인할 수 있다.

다만 이러한 부용강의 삶이 오래가지는 못하였다. 몇 년 지나지 않아 조부를 따라 도성 안 죽서로 돌아왔고 1787년에는 조부가 세상을 떠났다. 서유구는 상을 마친 뒤 형제들과 학문과 문학을 익혔고, 1790년 드디어 문과에 급제하였다. 승문원, 규장각, 홍문관 등의 관각館閣에서 문재를 과시하다가 순창 군수, 의주 부윤, 여주 목사 등의 외직을 지냈다. 그러다가 1806년 홍문관 부제학으로 서울로 돌아왔는데 이때 생부인 서형수가 옥사에 걸려 추자도楸子島로 유배되었다. 이에 서유구는 벼슬에 뜻을 접었다. 그 후 1824년 조정에 복귀할 때까지 이곳저곳

을 옮겨 다니면서 살았다. 금화金華에 산장山莊을 짓고 살았고 얼마 후
파주의 대호帶湖, 장단의 난호蘭湖에도 살았다. 그러나 금화나 대호 모
두 서유구의 마음에 드는 땅은 아니었다. 큰길이 가까이 있어 아늑함
이 부족했기 때문이다.

　이에 서유구는 다시 거처를 번계樊溪로 옮겼다.[44] 번계가 호젓하고
아름다웠으나 이 역시 서유구의 마음에는 차지 않았다. 터가 좁고 밭
이 척박하여 경제의 수단이 없었다. 결국 서유구는 두릉斗陵으로 다시
집을 옮겼다. 두릉은 두미협斗尾峽으로 한강 상류 팔당과 양수리 사이
에 있던 협곡이다. 이곳은 문전옥답이랄 것도 없고 집에서 북쪽으로
제법 떨어진 곳이었지만 약간의 논밭이 있어 먹고살만하였다. 마음에
드는 땅을 찾아 40년을 보내고 나서야 찾은 땅이었다. 그러나 두릉에
정착하였는데 두릉 역시 완전히 마음에 드는 곳은 아니었다. 게다가
이 무렵 서유구는 다시 출사를 하게 되었다. 1824년 회양부사로 복귀하
여 육조의 판서와 규장각 제학, 수원 유수 등 청요직을 역임하였다. 그
러다가 1838년 봉조하에 올랐고 이듬해 영예롭게 은퇴하였다. 은퇴한
서유구가 집을 정한 곳은 번계였다. 자손에게 물려줄 논밭도 중요하지
만 임원林園에서의 경제經濟를 시험하기에 번계가 나았기 때문이다. 서
유구는 이곳에서 평생 공을 들여 편찬한『임원경제지林園經濟志』를 수정
하면서 이 책에서 제시한 임원에서의 삶을 실천하고자 하였다. 자연경
실自然經室, 자이열재自怡悅齋를 꾸미고, 광여루曠如樓와 오여루奧如樓를 두
어 운치 있는 삶을 살았다.

　그러는 사이 부용강의 별서는 형 서유본이 지키고 있었다. 서유본
도 1806년 서형수가 추자도로 유배되자 도성 안에 있을 수 없어 마포

---

44) 서유구가 살던 번계가 어딘지는 정확하지 않다. 蔡濟恭이 별서를 짓고 살았
　던 오늘날의 번동과 장위동 사이의 개울도 번계라 하였지만, 경안천으로 흘
　러드는 퇴촌에 번천이 있었는데 두릉과 가까우므로 이곳일 가능성도 배제할
　수 없다.

의 행정으로 옮겨 가서 독서와 저술에 몰두하였는데[45] 그 이전에는 바로 이 부용강의 별서에 머물렀다. 1805년 무렵 「강거잡영江居雜詠」 15수를 지어 도화동桃花洞과 용호龍湖 등지의 아름다운 민물 정태를 시에 담아내었다. 용산과 마포 일대의 역사와 관련한 중요한 정보를 담고 있어 주목되는 작품이다. 그중 몇 수를 보인다.

공자의 별업이 강가에 세워졌으니
당시에 대가大駕가 이곳으로 납시었지.
신선의 땅에 천 그루 나무가 훤하니
마을에선 아직도 하사하신 이름을 전한다네.
公子湖邊別業成 翠華當日此巡行
玄都千樹生顏色 洞府猶傳御賜名

고운 풀 돋은 모래톱에 고운 장막 치고
왕후께서 가무를 즐기며 연꽃 보러 오셨지.
번화한 지난 자취 누구에게 물어보랴
그저 높은 돈대만 남아 푸른 이끼에 덮여 있네.
芳草洲邊繡幕開 六宮歌舞賞荷來
繁華往跡憑誰問 唯有高臺鎖碧苔

아내도 곤충과 물고기를 풀이할 줄 아니
시골집의 경제가 또한 성글지 않다네.
밝은 달빛 서린 갈대밭에 함께 꿈꾸면서
『입택총서』의 속편 집필할 것 다짐한다네.
山妻亦解注蟲魚 經濟村家也不踈

---

45) 서유구, 「伯氏左蘇山人墓誌銘」(『楓石全集』 288:434). 또 李圭景이 마포의 江樓에 살 때 서유본으로부터 이 정자를 빌려 거처한 적이 있다.

明月蘆洲同夢在 逝從笠澤續叢書
_서유본, 「강거잡영江居雜詠」(『좌소산인집』 b106:7)

첫째 작품에서 공자는 월산대군月山大君을 가리킨다. 그 주석에서 "고로들이 전하는 말로 지금 용산의 별영別營은 곧 예전 월산대군의 별서인데 성종께서 그곳에 오셔서 이곳을 바라볼 때 복사꽃이 흐드러지게 피었기에 도화동桃花洞이라는 이름을 내려 지금까지 일컬어진다"라 하였다.[46] 월산대군의 별서 망원정望遠亭이 서호에 있었거니와 용산의 별영, 읍청루挹淸樓가 있던 자리에도 별서가 있었음을 알 수 있다. 읍청루는 오늘날 마포대교와 원효대교 사이의 한강변에 있었는데, 수군水軍 훈련을 살피던 곳이기에 정조 임금을 위시하여 정약용 등 많은 문인들이 찾은 바 있다. 『임하필기林下筆記』에 따르면 글씨로 이름을 떨친 조윤형曹允亨이 '제일강산第一江山'과 '공해문방控海門牓'이라 쓴 편액이 걸려 있었다고 하는데 20세기 초반의 사진이 있는 것으로 보아 100여 년 전까지는 멀쩡하였던 모양이다.

두 번째 작품의 주석에서는 "세상에 전하는 말로 용호는 고려시대 조수가 통하지 않았기에 여름이 되어 연꽃이 성대하게 필 때마다 임금이 공주와 비빈妃嬪을 이끌고 와서 높은 곳에 올라 장막을 치고 노닐며 감상했다. 우리 집 뒷산 등성이에 임금이 천막을 친 터가 있다. 평평하고 넓어 수백 명이 앉을 수 있다"라 하였다. 이를 보면 용산의 강가에 연꽃이 아름답게 피어 있었음을 알 수 있다. 서유구가 이 일대를 부용강이라 부른 것이 여기에서 연유한다.

---

46) 도화동은 경복궁 서북쪽에도 있었고 남대문 바깥 오늘날 후암동 일대도 도화동이라 불렸다. 조선 후기 도화동은 대부분 이 두 곳 중 하나를 가리킬 때가 많다. 남대문 바깥의 도화동은 나중에 기술할 黃德吉의 집이 있었다. 尹光紹(1708~1886)가 도화동 외가에서 태어났다는 기록이 있지만 삶의 공간과 관련한 기록은 따로 보이지 않는다.

　또 세 번째 작품에서는 "나의 내자가 여러 책의 내용을 뽑고 엮어서 분문分門을 하였는데 산거일용山居日用에 필요하지 않은 것이 없고 특히 초목조수草木鳥獸의 성미性味에 대해 더욱 자세하다. 내가 그 때문에 이름을 『규합총서閨閤叢書』라 하였다. 역대의 총서를 한 집안의 책으로 모았기에 총서라고 하였는데 그 시작은 육천수陸天隨(귀몽龜夢)의 『입택총서笠澤叢書』 때문이다"라는 중요한 정보도 담고 있다. 곧 부인 빙허각憑虛閣 이씨李氏가 『규합총서』를 편찬한 곳이 바로 이곳이며 그 연원이 『입택총서』에 있음을 분명히 말한 것이다. 이렇게 하여 부용강 달성 서씨의 별서는 누대에 걸친 학문의 공간으로 자리하게 되었다. 아마도 원효대교 북단에서 마포대교로 가는 강가 언덕에 이 집이 있었을 것이다.

5. 남공철의 심원정과 역화방재

18세기부터 용산은 달성 서씨로 인하여 크게 빛났거니와, 비슷한 시기 남공철南公轍, 조두순趙斗淳 등 뛰어난 문인의 별서가 있어 더욱 문화사에서 중요한 공간이 되었다. 조두순의 증조부 조영극趙榮克이 18세기 후반 심원정心遠亭과 무진루無盡樓를 경영하였는데 19세기 초반 남공철이 심원정을 인수하였고 그 곁에 역화방재亦畫舫齋를 따로 세워 한가로운 삶을 살았다.[47)]

19세기 전반 심원정의 주인 남공철(1760~1840)은 본관이 의령이며 남유용南有容의 아들이다. 자는 원평元平, 호는 금릉金陵인데 금릉은 청계산 자락에 있던 성남시 금토동金土洞의 옛 이름이다. 또 영옹潁翁, 사영思潁, 사영거사思潁居士 등을 사용하였는데 구양수歐陽脩를 사모하는 뜻을 부친 것이다. 의양자宜陽子, 이아도인爾雅道人이라고도 하였으며, 귀은당歸恩堂, 이아당爾雅堂, 고동각古董閣, 서선각書船閣, 전경재篆經齋 등의 당호도 사용하여 고상한 뜻을 담았다.

남공철이 용산으로 물러난 것은 1816년 무렵이다. 남공철은 이해 우의정 겸 홍문관 대제학으로 있다가 4월에 벼슬에서 물러났을 때 몇 달 용산에 머문 적이 있었다. 1819년 스스로 쓴 자신의 묘지명에 이 시기 자신의 삶을 다음과 같이 적고 있다.

> 용산과 광릉廣陵(광주) 사이에 정자를 두고 매화, 국화, 소나무, 대나무를 많이 심고서, 가끔 은자의 두건과 옷을 입고 왕래하면서 소요하였다. 손님이 이르면 향을 사르고 맑게 앉아 경학과 역사에 대해 토론하였다.

---

47) 심원정은 원효대교 북단 용산문화원 인근에 있었는데 "倭明講和之處", 곧 일본이 명이 강화한 곳이라는 비석이 서 있다. 이에 대해서는 서울시사편찬위원회의 『한강의 누정』에서 자세히 설명하고 있다. 그러나 이 비석의 연원을 알 수 없고 그 내용에 대해서도 다른 기록에서는 확인이 어렵다. '倭明'이라는 말 자체도 어색하다.

곁에 고금의 법첩法帖과 이름난 서화, 구리와 옥으로 된 술잔과 솥 등의 골동품을 배열하고 품평하면서 완상하였다. 마음이 맑아서 영화나 이익을 사모하는 마음은 없었다.

_남공철, 「자갈명自碣銘」(『금릉집金陵集』 272:553)

남공철은 마흔을 넘긴 1801년 정조가 서거할 무렵부터 도성에서 물러나 살 준비를 하기 시작하였다. 그 땅은 청계산 아래 오늘날 성남시 금토동, 당시는 금릉 혹은 둔촌遁村이라 불린 곳이다. 이 집안의 선영은 남용익 이래 양주楊州의 동해곡東海谷에 있었지만 부친 남유용이 자신의 묘를 석마향石馬鄉(오늘날의 분당의 율동)에 정하면서 남공철이 청계산과 인연을 맺게 된 것이다.[48] 그곳에 우사영정又思穎亭, 옥경산장玉磬山莊을 경영하였지만 그곳에 물러나 지낼 만큼 여유를 누리지 못하였기에 차선의 방책으로 도성에서 가까운 용산을 택한 것이라 하겠다.

그런데 그의 문집에는 1816년 세상을 떠난 혜경궁 홍씨를 애도하는 시 바로 앞에 심원정을 그리워하여 지은 시가 실려 있는 것을 보면, 그 이전에 이미 심원정이 그의 소유였음이 분명하다.[49] 그러다 이듬해 벼슬에서 물러나자, 드디어 용산의 별서로 나가 그곳에서 살게 되었다. 벗 권선權襈이 약속을 해놓고 오지는 않았지만 아름다운 산수를 마주한다는 그 자체로 기뻤다.

게으르게 지난날 바빴던 것 다 잊고

48) 이에 대해서는 『조선의 문화공간』에서 자세히 다룬 바 있다.
49) 남공철이 「三宜軒吟示濟北生」(『金陵集』 272:484)에서 "젊은 시절 그저 경영만 해두고, 공업을 이룬 지금껏 완성하지 못해 탄식하노라(少時徒爾有經營 勳業于今歎未成)"라 한 것으로 보아 三宜軒을 지으려고 마음을 먹었음을 짐작할 수 있지만 삼의헌의 위치는 확인할 수 없다. 이덕무의 「訪三宜軒」(『청장관전서』 257:29)에서는 "沈氏園亭江水湄"라 하여 심씨 집안의 별서로 되어 있으며 그 위치는 용산에 있었던 것으로 보인다. 이를 보면 삼의헌이 원래 심씨 집안의 용산 별서일 가능성이 높다.

맑은 강가에 서당 한 칸 새로 지었네.

푸른 버들 흔들리는 강물에 물고기 물을 뿜고

붉은 작약 기우뚱한 난간에 나비가 꽃을 보호하네.

술을 들고 나선 길에 봄풀을 찾아 깔고 앉아

사람을 기다리노라니 마음이 저녁 구름마냥 기네.

밀려나는 배처럼 근래 학문이 퇴보하였는데도

머리 허연 나에게 무단히 높은 품계 주시네.

懶散渾忘向日忙 滄江新築一書堂

綠楊搖水魚吹沫 紅藥欹欄蜨護香

携酒行尋春草坐 待人情與暮雲長

年來學退眞如鷁 高秩無端鬢已霜

_남공철, 「봄날 용산으로 나갔는데 참판 권경호와 약조하였지만 오지 않
았기에(春日出龍山, 權參判景好約至)」(『금릉집』 272:481)

1817년 우의정으로 있다가 잠시 벼슬에서 물러나 있을 때의 작품으
로 추정된다. 번잡한 도성에서 물러나니, 환갑을 넘긴 노인의 솜씨지
만 절로 아름다운 시가 만들어졌다. 자연을 벗 삼아 조용히 책을 읽고
자 강가에 서당을 하나 만들었다고 하였는데, 이것이 바로 심원정인
듯하다.

그러나 남공철은 불과 몇 달 만에 우의정으로 조정에 복귀하였고
다시 좌의정으로 옮겼다. 바쁜 일상에서 심원정은 꿈속의 일이었기에
그저 그곳을 그리워하는 시만 지을 뿐이었다. 그러다가 1825년 무렵부
터 용산으로 나가 심원정에서 기거하였다. 이 무렵부터 용산강은 남공
철의 붓 끝에서 아름답게 그려졌다.

속세에서 남들에게 괴롭게 끌려 다니다

이제야 강호에 이르니 좋은 인연이구나.

잎 떨어진 버들은 처음 심은 때가 생각나는데
찬 소나무는 겨울 나서 나이를 더하였구나.
가벼운 바람에 배를 띄우니 평지와 한가지라
밝은 달빛 아래 시를 쓰니 훤한 대낮 같다네.
시원한 피리소리에 막 저녁 햇살이 비쳐
모래밭에 잠자는 백구를 잡아 일으키네.

與人塵事苦相牽 今到江湖儘好緣
禿柳尚思初種日 寒松添得後週年
輕風放棹如平地 明月題詩坐霽天
寥亮笛聲方暮景 沙邊攬起白鷗眠

_남공철, 「배로 용산에서 노닐면서(舟遊龍山)」(『금릉집』 272:569)

이 무렵 유본학柳本學과 유본예柳本藝 등 유득공의 자질子姪들과 한가
하게 시를 즐겼다.50) 한강의 명물인 복어를 구해 안주 삼아 술을 마시
기도 하고,51) 어떤 때는 강마을 사람들이 자라를 잡아 보내주어 이를
삶아먹는 즐거움을 누리기도 하였다.

끝내 허무한 부귀영화 그림 속의 떡이라
흰 갈매기 나와 함께 마음이 한가하다네.
우연히 강물 위로 떠가는 낚싯배 만나니
때마침 기이한 자라탕을 끓여서 내어놓네.

終是浮榮畫餠如 白鷗同我意開舒
釣船偶値江潮上 奇味時烹石鼈魚

_남공철, 「아이들이 시에 차운하다(和兒輩韻)」(『금릉집』 272:570)

---

50) 남공철, 「心遠亭偶吟, 示柳君本學本藝」(『金陵集』 272:569).
51) 남공철, 「河豚」(『金陵集』 272:569).

흰 갈매기와 어울릴 수 있는 것은 기심機心이 없기 때문이다. 영의
정을 지낸 남공철이었지만 용산의 강가 심원정에서 이렇게 맑게 살았
다. 심원정은 도연명의 「술을 마시며(飲酒)」에서 "마음이 세속과 머니 땅
이 절로 외지기 때문이라네(心遠地自偏)"라 한 구절에서 온 것이다. 용산의
강가에 있는 호젓한 별서인지라 이런 마음의 여유를 누릴 수 있었다.

그런데 심원정 바로 위에는 남공철이 따로 지은 역화방재亦畫舫齋가
있었다. 박영원朴永元의 기록에 따르면, 심원정 위쪽에 작은 초가로 된
역화방재라는 현판을 단 서재가 있는데 남공철의 별서라 하였다.[52] 화
방재는 송 구양수歐陽脩가 방안으로 들어가면 마치 배 안에 있는 것과
같은 느낌이 들도록 꾸민 서재다. 조선 후기 화방재라는 이름이 유행하
여 홍낙인洪樂仁, 신경준申景濬 등이 이 이름의 서재를 만든 바 있다. 남
공철이 심원정 곁에 역화방재를 만든 것은 구양수에 대한 지극한 사랑
때문이다. 그의 호 사영思穎은 영수穎水에 살았던 구양수를 그리워한다
는 뜻인데 금릉에 우사영정又思穎亭이라는 정자까지 만든 바 있다. 역화
방재 역시 이러한 문맥에서 나온 것이다. 역관 출신의 시인 이상적李尙
迪은 1828년 이 역화방재에 다음과 같은 시를 지었다.

> 푸른 산 강물 곁에 몇 칸 집을 지었으니
> 어느 날 급류에서 물러나 귀거래를 노래하랴!
> 다시 보니 큰 집에 한우충동의 서책 있는데
> 멀리서도 알겠네, 빈 배라 강을 건널 수 있음을.
> 밤에 가을 소리는 책 너머로 들리는데
> 여러 산의 골짜기는 술잔 곁에 있다네.
> 난간에 기대면 강 따라 나선 듯한 마음이 드니
> 굳이 맑은 유람 위해 뱃전을 두드릴 것 없다네.

---

52) 박영원, 「歸路拈唐詩韻各賦」(『梧墅集』 302:258)의 주석에 이 기록이 보인다.

山綠湖光隱數椽　急流何日賦歸田

替看大廈還書棟　遙認虛舟可濟川

方夜秋聲經卷外　諸峯林靄酒盃邊

憑欄別有沿洄想　未必淸游在叩舷

_이상적, 「역화방재에 써서 재상 남영옹에게 받들어 응한다(題亦畫舫齋, 奉應
　南潁翁相國)」(『은송당집恩誦堂集』 312:170)

　　이상적은 급류용퇴急流勇退를 위해 역화방재를 만들어 물러나 사는
남공철을 칭송하였다. 수북하게 책이 쌓여 있는 역화방재를 묘사하면
서 국가를 경영하던 정승이 물러나 조용히 책을 보고 있지만 공정한
마음으로 세상을 구제할 수 있는 능력이 절로 드러난다 하였다. 또 밤이
되면 조용히 책을 읽고 낮이면 산수를 즐기면서 술잔을 기울인다 하였
다. 그리고 역화방재에 있으면 절로 배를 탄 듯하니 굳이 먼 곳으로 배
를 타고 놀러나갈 필요가 없다 하여 역화방재의 의미를 설명하였다.
　　남공철은 심원정과 역화방재에서 전원생활을 즐기려 하였다. 그러
나 뜻대로 되지는 않았다. 1827년 68세의 고령에 다시 영의정에 세 번
이나 더 임명되었다. 벗들과 기로회耆老會를 만들어 늙음을 즐겼다. 74세
가 되어서야 비로소 벼슬에서 물러났고 그 기쁨에 당호를 귀은당歸恩堂
이라 하였다. 그리고 이를 기념하여 문집 『귀은당집歸恩堂集』을 간행하
였다. 그리고 몇 년 더 살다가 1840년 세상을 떠났다. 그리고 그가 사
랑한 청계산 자락에 묻혔다.
　　그가 세상을 떠난 후 심원정은 풍류를 사랑하는 후배들의 차지가
되었다. 1841년에는 정기일鄭基一(1787~1842)이 심원정을 빌려 살았다. 정
기일은 정태화鄭太和의 후손으로 자가 대시大始고 호는 죽하竹下라 하였
으며 벼슬은 대사헌을 지냈다.

　　거울 같은 맑은 강은 붉은 비단 비춘 듯

아침 햇살 구름을 머금어 붉은 광채 더하네.

강 남쪽과 북쪽 아래위로 늘어선 누대들

푸른 숲속에 성긴 발이 비스듬히 드리웠네.

淸江如鏡照紅纖 朝旭含雲絳暈添

上下樓臺南北岸 碧林披亞作踈簾

_박영원, 「대시, 희진, 낙중과 함께 나란히 말을 타고 용호의 심원정으로
나갔다. 대시가 막 우거하고 있었다. 강물을 따라 읍청루 아래로 갔다.
배 안에서 각기 절구 2수를 짓도 또 차운하여 지어 각자 8수씩 얻었다(與
大始希眞洛重, 聯騎出龍湖心遠亭, 大始方借寓也. 沿流扸淸樓下, 舟中各賦二絕, 又從以步和,
人各得八首)」(『오서집梧墅集』 302:258)

박영원(1791~1854)은 서용보徐容輔(자 희진希眞), 윤정진尹正鎭(자 낙중洛重)
등과 함께 정기일이 잠시 머물던 심원정으로 가서 한때를 즐겼다. 노
량진 앞의 한강을 가리키는 금호琴湖로 내려가 하루를 묵은 다음 심원
정 서쪽의 읍청루에 올라 다시 시회를 가졌으니 이때의 성황을 짐작할
수 있다. 이들은 귀로에 역화방재에도 들러 시를 지었다.[53] 이후 심원
정의 역사는 조두순에게 넘어간다.

---

53) 박영원, 「歸路拈唐詩韻各賦」(『梧墅集』 302:258).

6. 조영극의 무진루와 조두순의 심원정

남공철이 경영하던 심원정은 1858년 무렵 조두순趙斗淳이 구입하였다. 조두순(1796~1870)은 본관이 양주楊州로 자는 원칠元七이고 호는 심암心庵이다. 조태채趙泰采의 6대손으로, 부친은 목사를 지낸 조진익趙鎭翼이고, 조부는 현감을 지낸 조종철趙宗喆이다. 그 자신이 영의정에 올랐고 아우 조태순趙台淳과 조규순趙奎淳이 참판을 지냈으니, 당쟁의 풍파 속에 목숨을 잃은 조태채 이후 100여 년 만에 집안이 부흥한 것이라 하겠다.

조태채의 별서가 오늘날 보라매공원 근처 검지산黔芝山 기슭 우파牛坡에 있었기에 후손들이 대개 그곳에 묻혔다. 선영인 우파를 오가던 조태채의 후손들이 길목에 있는 용산을 들렀을 것이므로 자연스럽게 용산에 별서를 둔 것이다. 용산에 별서를 마련한 사람은 조태채의 손자인 조영극趙榮克이다. 조태채의 장자인 조정빈趙鼎彬이 아들을 두지 못하였는데 바로 아래 동생인 조관빈趙觀彬이 노력하여 막내아우 조겸빈趙謙彬의 아들 조영극을 후사로 삼게 하였다. 조영극 아우가 조영순趙榮順(1725~1775)인데 호조참판까지 지냈지만 강경한 소론의 당론을 견지하여 여러 차례 유배되고 신분이 서인庶人으로까지 떨어진 적도 있었다. 그 때문에 조영극 역시 고초를 겪었다.

조영극은 자가 효능孝能이고 호가 치헌癡軒 혹은 용호龍湖다. 영조 말년 세자익위사의 익위翊衛로 근무하여 세손 시절의 정조와 친분이 있었지만, 정조 즉위 후 아우 조영순이 역당逆黨으로 몰리면서 순창 군수로 나가 있다가 벼슬이 삭탈되었다. 조영극이 노년 자신의 호로 삼은 용호에 세운 누정이 무진루無盡樓다. 그의 벗 이민보李敏輔(1720~1799)가 기문을 지어 그 뜻을 밝힌 바 있다.

소리(聲)와 빛(色)은 귀와 눈에 그 욕구가 끝이 없지만(無盡) 사물은 오래되어 다함이 없는 것은 없다. 소리와 빛만 그러한 것이 아니다. 우리가 귀와 눈을 사용할 때 또한 가끔 다함이 있게 된다. 소동파가 「적벽부」에서 유독 바람과 달을 취하여 끝이 없는 창고 무진장無盡藏이라 하였으니, 이것은 곧 소리와 빛 중에서 지극한 정채에 해당하는 것인데 어찌 그 천고의 오묘함을 드러냄을 성실히 하지 않을 수 있겠는가? 그러나 그 즐거움이 단지 일시 강호에서 객과 유람하는 데만 있다고 한다면 이른바 끝이 없다고 하는 것은 아직 미진하다.

나의 벗 용호 조효능이 큰 강가에 작은 집을 짓고 그 누각의 이름을 무진루라 하였다. 모래톱과 구름과 안개가 아래위에 있고 배와 갈매기, 해오라기가 오락가락 한다. 한가할 때 올라가서 바라보면 뜻에 맞지 않음이 없다. 산은 나직하고 들판은 넓은데 동남으로 막힌 데가 없으니 달을 대함에 있어 천하의 빼어남을 독차지하고 있다. 효능은 나이가 들어 벼슬살이가 시들해져 한가한 날 아침저녁 소요하면서 귀와 눈의 즐거움을 여기서 얻었다. 여러 아들과 손자들이 빙 둘러 앞에 늘어서서 또 온 누를 채운다. 이를 즐기는 것은 자신의 한 몸에 그치지 않고 그 전함이 백세에 이어질 것이니, 또한 원대하지 않은가? 만금을 들여 재산을 늘리고도 자손들에게 나누어주기에는 부족하지만 한 푼의 돈도 쓰지 않고 서로 이어 자손들에게 장구히 전할 수 있는 계책이니, 어찌 다함이 있겠는가? 소동파의 한 마디 말이 끝내 조씨 집안 대대의 별업이 되어 누의 이름이 이렇게 정해진 것이다. 이를 일러 선송善頌이라 하는 것이 또한 마땅하리라.

비록 그러하지만 끝이 없다는 설은 또한 이것보다 중대한 것이 있다. 천지의 도는 지성至誠이 잠시의 쉼도 없는 법이라 사람의 한 마음이 도와 더불어 일체가 되어 생생生生의 이치로 나날이 새로워질 것이니, 그 기상이 광풍제월光風霽月과 더불어 변화하게 될 것이다. 이 어찌 다함이 아니요 다함이 없는 비진非盡과 무진無盡의 뜻이 아니겠는가? 이것이 소동파가 말하지 못한 것이라 내가 이 때문에 말하여 효능으로 하여금 알게 하노라.
_이민보, 「무진루기無盡樓記」(『풍서집豊墅集』 232:413)

이 글에서 조영극이 노년에 벼슬살이가 시들해져서 용산의 강가에 무진루를 세웠다고 하였으니, 아마도 순창 군수에서 쫓겨난 1776년 무렵이었을 것이다. 그의 생년은 밝혀져 있지 않지만 조영순의 생년을 고려하면 50대 후반에 접어들었을 듯하다. 다함이 없는 무진장이라는 뜻에서 이름 지은 무진루는 조영극이라는 인물 자체가 세상에 알려지지 못한 것처럼 이 집 역시 이민보 이외에는 글을 지어 빛낸 것이 보이지 않는다.

조영극이 세운 무진루 곁에는 이 무렵 심원정도 함께 세워져 있었다. 조영극과 인척 관계인 이유명李惟命(1767~1817)이 심원정을 방문하였다. 조영극의 아들 조종철(1737~1796)이 주인으로 있을 때다.[54]

석양에 노새 탄 나그네가
와서 강가의 문을 두드린다.
강이 맑아 물고기 헤아리겠는데
들판이 넓어 기러기 높이 나네.
돛 그림자는 하늘과 함께 아득한데
시골 풍경은 물이 반이나 에워싸고 있네.
서로 만나 무슨 말 나눌까
조모님 평안하신지 물어본다네.
落日靑驢客 來鼓湖上扉
江淸魚可數 野曠雁高飛
帆影天俱逈 村容水半圍
相逢何所語 平信問重闈
_이유명, 「심원정에서 주인 어르신 조종철 공에게 절을 올리고(心遠亭拜主人

---

54) 이유명은 자가 稺順이고 호가 東圃다. 선조의 아들 信城君의 후손이며 元景夏의 사위다. 完原君에 봉해지고 병조참판과 동지의금부사에 올라 순조의 측근으로 활동한 인물이다.

戚趙公宗喆)」(「동포부군유초東圃府君遺草」, 규장각 소장본)

행주 상류에 별서를 두었던 이채李采(1745~1820)도 조영극의 아들 조
종철이 머물던 용산의 정자를 찾은 적이 있는데[55] 아마 심원정이나 무
진루였을 것이다. 조종철이 노년까지 심원정과 함께 무진루를 경영하
였겠지만, 그가 세상을 뜬 후 이 별서는 다른 사람에게 넘어갔다. 그러
한 과정은 조종철의 손자 조두순의 글에 자세하다.

용호에 임하여 조금 동쪽 기슭으로 틀어진 곳에 정자가 있는데 심원
정이라 한다. 실로 내 증조부 치헌 공께서 처음 세운 것인데 중간에 주인
이 여러 번 바뀌었다가 거의 60년 후에 나 조두순이 비로소 다시 구입하
였다. 예전에 상와常窩(이민보) 공이 기문을 짓고 경산京山 이 공李公(이한진李
漢鎭)이 팔분체로 글씨를 써서 판에다 새겨놓은 것이 집안에 버려져 있었
는데, 정자가 다시 내 소유가 되고부터 찾을 수 없어 판서 대여大汝(이종우
李鍾愚)에게 부탁하여 상와 공의 문집에서 살펴보도록 한 것이 몇 년이
되었다. 하루는 재상이 소매에서 「무진루기」를 꺼내면서 말하였다. "이것
이 심원정의 자취가 아니겠소?" 내가 무릎을 꿇고 읽어보았다. "정말 그
렇군요. 정자는 내가 심원정임을 알았지만 무진루임을 알지 못하였소. 상
와 공의 글이 있음을 알았지만 그것이 어느 정자, 어느 누각의 것인지는
알지 못하였소. 판서에게 찾고자 한 것이 그저 심원정의 기문이었구려."

이로 보자면 백여 년 사이에 노인들은 돌아가고 문헌에서 살필 수 있
는 것이 없어졌으니 하늘을 올려다보고 땅을 내려다보면서 강개하지 않
을 수 있겠는가? 판서께서 선대의 문집을 살피고 특별히 집어서 기록하
여 보내주었으니, 이 또한 마음이 있는 사람의 일이라 하겠다. 비록 내가
불초하지만 잃어버린 후 이를 구하여 문자로 간행하지 않는다면 은혜와

---

55) 이채, 「縣監趙公墓表」(「華泉集」 b101:504). 조두순은 이채의 문인이다.

애정을 베풀어주신 것을 어찌 구정九鼎과 대려大呂로 여기고 마는 것이
아니겠는가? 애석하게도 경산의 글씨는 지금 다시 구할 수 없다. 이에
판서에게 요청하여 써 달라 하고, 이처럼 사연을 기록한다.

_조두순, 「무진루기의 발문(無盡樓記跋)」(『심암유고心庵遺稿』 307:606)

무진루는 심원정에 딸린 누각이었던 모양이다. 그래서 조두순은 증
조부의 별서 이름을 심원정으로 알고 있었다. 글씨로 이름난 이한진李
漢鎭이 쓴 심원정 현판이 집안에 있었기 때문이다. 그런데 심원정이 다
른 집안으로 팔려간 지 거의 60년 가까이 되어서 다시 이 집을 구입하
고 기문을 다시 새겨 걸려고 이민보의 증손인 이종우李鍾愚에게 심원정
의 기문을 찾아보아 달라고 부탁하였다. 이민보의 문집에 심원정 기문
이 보이지 않았기에 따로 부탁한 것인데 이때 이종우가 「무진루기」를
보여주었다. 조두순은 비로소 무진루가 심원정에 딸려 있던 건물이었
음을 알게 된 것이다.

조두순이 무진루와 심원정의 주인이 된 것은 1858년 무렵이다. 젊
은 시절 조두순은 마포의 현석동에 잠시 살았다. 18세 때인 1813년 조
두순은 폐병이 있었는데 강심의 물이 효험이 있다 하여 현석동 소동루
小東樓 서쪽 관수루觀水樓에서 몇 달을 지냈다. 그리고 과거에 급제하고
벼슬살이로 바쁜 나날을 보내다가 40대에 접어들 무렵에는 마포의 세
심정洗心亭를 구입하여 기거하였다. 세심정은 누가 세웠는지는 잘 알
수 없지만 1840년 무렵 그 주인이 조두순이었다. 조두순은 1838년 황해
도 관찰사로 나갔다가 1841년 홍문관 부제학으로 조정에 복귀하였는데
이 무렵 소동루로 이주하였다. 이 무렵 소동루의 주인은 권상신權常愼
에서 홍직필로 바뀌었는데 조두순은 자신의 세심정을 주고 소동루를
받았다. 소동루는 집안의 선조인 조영국趙榮國(1698~1760)이 세웠기 때문
이었다.[56] 그러나 그곳에 오래 있지 못하고 다시 도성으로 들어가 바
쁜 벼슬살이를 하였다.

그러다가 1858년 무렵 심원정을 다시 찾게 되었다. 그 기쁨을 다음과 같이 노래하였다.

69년 만에 옛집을 찾게 되었으니
상전벽해에 풍수지탄 어떠하겠나?
소자가 화려한 집 지으려는 것 아니요
선조의 폐치된 집이 있었기 때문이라.
노년에야 순채와 농어가 어디 있는 줄 알겠으니
어린 시절 죽마타고 놀던 옛터를 보게 되었네.
글씨 쓰고 차 마시는 일 여생의 계획인지라
머리카락 듬성하도록 다급했던 옛일이 후회되네.

六十九年徵舊居　海桑風樹欲何如
非緣小子謀華搆　自是先人有弊廬
晚境蓴鱸知底處　童時竹馬驗前墟
筆床茶竈餘生計　却恨怱怱鬢髮踈

_조두순, 「용호 심원정은 우리 집이다. 60년 후에 찾았지만 봄이 가고 여름이 오도록 수선을 하지 못하였으니, 벼슬살이 때문이다. 하루를 묵을 수 없어 즉흥적으로 시를 지어 회포를 푼다(龍湖心遠亭吾家也, 得之於六十年之後, 經春徂夏, 劣有繕葺, 而拘於官, 不克一宿, 口占寫懷)」(『심암유고』 307:213)

60년 만에 다시 증조부가 세운 심원정을 찾게 된 감회를 상전벽해桑田碧海와 풍수지탄風樹之嘆에서 찾았다. "나무는 고요하고자 하여도 바람이 그치지 않고, 자식은 봉양하고 싶어도 어버이가 기다려 주지 않는다(夫樹欲靜而風不止 子欲養而親不待)"는 말이 있다. 가세가 기울어 증조부가 살던 집을 지키지 못한 회한을 이 말로 표현한 것이다. 그리고 심원정

---

56) 이에 대해서는 이 책의 마포와 서강에서 다룬다.

을 다시 경영하게 된 것이 화려한 별장을 두고자 한 것이 아니라 증조부의 옛집이기 때문이라 하였다. 그리고 어린 시절 죽마를 타고 놀던 시절을 회상하고, 노년에 이곳에서 순채와 농어를 즐기면서 차를 마시고 시를 짓는 일로 노년의 삶을 보내겠노라 하였다.

1796년 조종철이 세상을 떠나면서 가세가 기울어져 부득이 심원정이 다른 집안에 팔렸다. 앞서 본 대로 남공철이 이를 구입한 것이다.[57] 이를 안타깝게 여긴 조두순이 1858년경 다시 구입하였다. 조두순은 판서로 있던 김학성金學性(1807~1875)에게 부탁하여 심원정에 내걸 기문을 받았다. 1860년 무렵 무진루에서 불어난 한강을 보고 지은 시가 전하니,[58] 심원정에 딸린 무진루는 다행이 그때까지 온전하였지만 심원정은 훼손이 심했던 모양이다. 이 무렵 조두순은 좌의정으로 있었기에 공무에 바빠 심원정을 수리할 여유가 없었다. 그래서 하루를 유숙할 수 없었던 것이 참으로 안타까웠다.

도성을 나서 남으로 10리 가까운 곳에 강이 있는데 용호龍湖라 한다. 용호 북쪽에 정자가 있는데 심원정이라 한다. 강과 산이 어리비치고 산이 이어지고 구름과 안개가 걷혀 있어 조망하기에 넉넉하다. 이곳은 심암心菴 조상공이 물러나 사는 땅이다. 공의 증조부 치헌癡軒(조영극) 공이 창건하고 도암陶庵 이선생李先生(이재李縡)이 이름답게 여겨 이름을 내리고 손수 글씨를 썼다. 도연명의 "마음이 세속과 머니 땅이 절로 외지기 때문이라네(心遠地自偏)"라는 한 구절에서 취한 것이다. 그사이 여러 번 주인이 바뀌었는데 공이 집안에서 전해지는 땅으로 여겨 마침내 구입하여 소유하게 되었다.

57) 이 시에서 69년 만에 심원정을 찾은 것으로 되어 있다. 조두순의 시가 1858년 제작된 것이므로 심원정이 1789년 경 다른 사람에게 팔렸다가 1816년 경 남공철에게 넘어간 듯하다
58) 조두순, 「無盡樓觀漲」(『心庵遺稿』 307:221).

_김학성, 「심원정기心遠亭記」(『송석만고松石漫稿』 3책, 규장각본)

조두순은 심원정을 다시 단장하고 이재李縡의 글씨를 새긴 현판과 김학성이 지은 기문을 달았다. 그리고 1861년 조두순은 벗들을 이곳으로 불러 여러 차례 시회를 열었다. 다음은 김정희金正喜의 아우 김상희金相喜와 심원정에서 시회를 갖고 지은 작품이다.

누각은 고운 풀 끝없는 들판을 마주하는데
푸른 강물은 티끌 하나 없이 맑디맑구나.
비오다 날이 개고 나니 산은 절로 커다란데
꽃과 나무 잘 다스리듯 달이 높다랗게 걸렸네.
큰물에 임하여 조는 백로는 옥처럼 서 있는데
뚝 근처의 복어는 돈으로도 값을 따지지 못하리.
오는 밀물 가는 썰물에 누가 소식을 전해주랴?
사립문에 이르는 서찰은 괴롭게 더디기만 한데.
樓前芳艸際無原　綠淨江光絕點塵
閱歷雨晴山自大　平章花木月爲尊
臨洪宿鷺玉如立　近堨河豚錢不論
汐去潮來誰信息　苦遲詩札到柴門
_조두순, 「심원정에서 김금미의 시에 차운하다(心遠亭次金琴麋韻)」(『심암유고』 307:220)

여름철 한바탕 비가 뿌린 후 심원정에서 바라본 아름다운 한강의 풍경을 묘사한 작품이다. 산이 비에 씻기고 나니 더욱 산뜻하여 커다랗게 보이고 잘 가꾸어 배열해놓은 꽃밭에 달빛이 훤하다. 흰 해오라기는 물가에 서 있고 맛난 복어가 강물 따라 올라오는 풍경도 아름답다. 다만 찾아주거나 서찰을 보내주는 벗이 없어 외로운 것이 흠이다.

　　노년의 조두순은 자주 심원정에 물러나 있으면서 이렇게 한적하게
살았다. 김병학金炳學, 김병국金炳國, 김병학金秉學 등의 벗들과도 어울려
시회를 가졌다.[59] 홍현주洪顯周도 김재현金在顯과 함께 심원정으로 찾아
가 시를 주고받은 바 있다.

　　고금에 휩쓸려간 영웅이 몇이던가?
　　용수산 산빛은 물구덩이를 베고 있네.
　　만 권의 책을 실어오자 두 눈이 커지는데
　　석 잔 술이 내게 붙자 이 한 몸이 높다랗다.
　　우물의 오동잎은 쏴하고 가을날 소리를 내는데
　　화로의 차는 보글보글 저녁에 물결이 붙어나는 듯.
　　푸른 대나무 흰 모래 그대 보내는 길에는
　　연밥 따는 아가씨와 어부의 노랫가락 구슬프네.
　　浪淘今昔幾英豪　龍首山光枕九皐
　　萬卷輪人雙眼大　三杯着我一身高
　　井梧策策秋生籟　爐茗颺颺夕漲濤
　　翠竹白沙相送路　蓮娃釣叟唱勞勞
　　_조두순, 「심원정에서 해거도위 홍현주와 상서 미서 김재현과 운을 정해
　　　시를 짓다(心遠亭共洪海居都尉顯周金薇西尙書在顯拈韻)」(『심암유고』 307:230)

　　조두순은 용산을 용수산龍首山이라고도 하였다. 그 자락에 있는 심
원정에서 이렇게 낭만적인 노래를 불렀다. 책을 사랑하는 사람들이라
심원정에 쌓여 있는 책을 보고 눈이 휘둥그레지고, 술을 좋아하기에
한 잔 마시고 나니 호기가 인다. 가을을 맞아 오동잎이 바람에 떨어지
는 소리도 마음을 맑게 하고, 보글보글 차가 끓는 소리가 마음을 우아

---

59) 조두순, 「心遠亭同大司農金炳學元戎金炳國與從任秉學, 拈簡易韵」(『心庵遺稿』
　　307:229).

하게 한다. 이렇게 한가한 시간을 즐기다 보니 헤어질 때가 되어 섭섭한데 어디선가 어부와 아가씨의 노랫가락이 들려온다. 그림이 있고 노래가 있는 아름다운 작품이다.

　홍현주, 김재현 등 명사들과 심원정을 이렇게 즐겼다.[60] 시로 이름을 날린 박문규朴文逵도 찾아 함께 시를 지었으니,[61] 19세기 후반 심원정은 한강의 중요한 문화공간으로 자리한 것이 분명하다. 또 조두순이 세상을 떠난 후 최현구崔鉉九라는 문사는 조성하趙成夏와 함께 심원정을 찾아가 "당시 재상께서 이 정자를 세웠으니, 정자 남고 사람 떠나가고 먼 산은 푸르네(相國當年起此亭 亭在人去遠山靑)"라 하여 조두순이 창건한 역사를 기억하였다.[62] 19세기 말에도 심원정은 여전히 용산의 아름다운 정자로 남아 있었음을 알 수 있다.

---

60) 김재현(1808~1899)은 본관이 광산이고 자는 德夫이며 薇西尙書로 불렸다. 홍한주, 조두순, 이유원 등과 친분이 깊었다.
61) 『天遊集』(국립중앙도서관본)에도 심원정에서 지은 시가 여러 편 보인다.
62) 崔鉉九, 「與趙小荷登心遠亭」(『蘭史集』 규장각본).

7. 일벽정의 역사와 이정신

남공철과 조두순이 시대를 달리하여 경영한 심원정 인근에는 일벽정一碧亭과 오강루가 있어 명성이 높았다. 일벽정은 하늘과 강물이 온통 한 가지 빛깔로 푸르다는 뜻을 취한 듯하다. 글씨로 이름을 날린 홍성洪晟(1702~1778)이 노년에 이곳에 우거한 적이 있는데 신광수申光洙가 그에게 보낸 편지에서 "일벽정에 우거한다고 들었소. 풍천豊川에서 사또 지내고 남은 녹봉으로 서강의 생선을 살 수 있는지요? 맛난 먹거리로 갖추고 사는지 모르겠소"라고 농담을 한 바 있다.[63] 유한준俞漢儁(1732~1811)도 1780년 잠시 이 집을 빌려 기거하면서 16수가 넘는 연작시를 남겼다.[64]

아스라한 높은 누각 물가에 임해 있는데
헌창은 요란하여 구름이 쉬 생겨난다네.
한가한 가랑비는 나그네 옷을 차게 적시는데
시원하게 불어오는 산들바람 대숲을 흔드네.
온종일 꾀꼬리만 울뿐 사람은 보이지 않는데
강 가운데의 노랫가락은 물새가 먼저 듣는다.
어찌 해야 강가에 사는 노인으로 물러나서
한 해 내내 어부의 낚싯대와 어울릴 수 있으랴?
高閣蒼然面水濱 軒窓撩亂易生雲
閑歸小雨霑寒客 清在輕颸動此君
盡日鶯啼人不見 中流菱唱鷺先聞
何由去逐磯邊叟 終歲漁竿與作群

---

63) 신광수, 「答洪豊川晟」(『石北集』 231:431).
64) 유한준은 자가 曼倩 혹은 汝成이고 호는 著菴 혹은 蒼厓라 하였는데, 시문과 글씨에 뛰어났고 박지원과 이름을 나란히 하였다.

_유한준, 「일벽정을 빌려 열흘 머물다(借一碧亭住十日)」(『자저自著』 249:212)

 연작시 중에서 "강물은 흰 비단처럼 멀리 굽이 흐르는데, 정자는 황
금을 뿌려 건물이 웅장하다(江如素練逶迤遠 亭費黃金結搆牢)"라 한 것을 보면
일벽정이 무척 웅장하였음이 분명하다. 이 작품에서도 헌창軒窻이 요란
하여 구름이 생겨날 듯하다고 하였으니, 그 화려함을 짐작할 수 있다.
 이때까지 일벽정의 주인이 홍성이었는지는 확인되지 않지만, 1785
년 용산정사를 경영한 서명응이 일벽정에서 시를 지어 서유본에게 주
었고, 서형수도 유금柳琴이 이곳에서 지은 시에 차운한 것을 보면,[65] 이
무렵 일벽정이 달성 서씨 집안으로 넘어간 듯하다. 범경문范慶文이 1799
년 무렵 제작한 시에서 "부마의 이름난 정자 강 북녘에 있는데, 산빛이
온 누각에 길게 실려 들어오네(駙馬名亭湖水陽 山光輸入一樓長)"라 한 바 있
다.[66] 일벽정이 부마의 정자라 하겠는데, 이 집안 출신의 부마는 서경
주徐景霌(1579~1643)만 있으니, 17세기 무렵부터 일벽정이 이 집안 소유였
을 수도 있겠다.
 18세기 일벽정의 주인은 서명응의 아우 서명선徐命善이 양자로 들인
서노수徐潞修(1766~1802)였다. 서노수는 자가 경박景博 혹은 분상賁上이고
호는 홀원笏園 혹은 화사花史이다. 홀원은 저동苧東에 있던 이 집안의 경
저京邸다. 서유구는 그곳의 파초가 아름다워 글을 남긴 바 있다.[67] 원래
일벽정 인근에는 서명선(1728~1791)의 별서가 있었는데 그 이름을 일옹
정一翁亭이라 하였다. 일옹정은 오도일吳道一의 아들로 『송도속지松都續
誌』를 편찬한 오수채吳遂采(1692~1759)의 소유였는데, 그가 죽은 후 서명
선이 이를 구입하였다.[68] 이만수李晩秀의 계부이자 이복원李福源의 아우

65) 서명응, 「一碧亭吟示孫有本」(『保晩齋集』 233:108). 서형수의 「一碧亭次柳琴彈
  素韻」(『左蘇山人集』 261:25)을 보면 柳琴도 이곳을 찾았음을 알 수 있다. 그
  밖에 張混, 金邁淳 등의 문집에도 일벽정을 소재로 한 작품이 보인다.
66) 범경문, 「一碧亭得陽字」(『儉巖山人詩集』 b:94:611).
67) 서유구, 「池北題詩圖記」(『풍석고협집』 288:234).

이학원李學源이 1790년 일옹정에서 작고하였는데 당시 그 주인이 서명
선이라 하였다.[69] 이를 두루 고려하면, 서노수는 서명선으로부터 일옹
정과 함께 일벽정을 상속받았을 가능성이 크다. 서노수가 경영하던 일
벽정에 대해서는 벗 신위申緯의 글에 보인다.

강산은 온통 푸르게 높은 마루 마주하고 있는데
삼십 년 전 그 옛날의 대문을 기억하고 있다네.
붉은 나무 흰 구름 보며 조각배 멈추니
지금까지 술 향기 자취가 남아있는 듯싶어라.
湖山一碧面層軒 三十年前舊識門
紅樹白雲停短櫂 至今疑有酒香痕
_신위, 「서강에서의 절구(西江絕句)」(『경수당전고警修堂全藁』 291:147)

신위가 1820년 잠시 서강에 물러나 있을 때 쓴 작품이다. 주석에 따
르면 일벽정에서 지은 것으로 그 주인이 서노수였다. 이 시에서 30년
전이라 하였으니 1790년 무렵 서노수가 일벽정의 주인으로서 풍류를
즐겼음을 짐작할 수 있다. 그런데 신위가 들렀을 무렵 일벽정은 주인
을 잃었던 듯하다. 김매순은 1831년 지은 작품에서 이 일벽정을 다음과
같이 증언하고 있다.

근심과 적막 속에 좋은 봄 보내는 것 좋지 않기에
서쪽 동산에 지팡이 짚고 나서 마음을 한 번 푸노라.
한양의 산과 강은 예로부터 웅장한데
도성 남쪽 꽃과 버들이 이 절기에 새롭다네.

---

68) 오수채는 자가 士受고 호가 棣泉이며 본관은 해주다. 대사간, 대사헌 등의
벼슬을 지낸 명환이다.
69) 李晩秀, 「祭季父江界公文」(『屐園遺稿』 268:382).

바람에 떠가는 먼 곳의 천 척 배들은 꼬리를 물었는데
햇살 받은 높은 기와는 만 마리 물고기가 동탕치는 듯.
한스럽다, 이름난 정자가 깊이 닫혀 있으니
눈앞의 아름다움은 한가한 이에게 맡겨져 있네.
未甘愁寂度芳春 振策西園一暢神
都下山川從古壯 城南花柳此時新
風牽遠纜啣千尾 日射高甍盪萬鱗
可恨名亭深鍵閉 眼中佳麗屬閒人
_김매순, 「늦봄에 일벽정 뒤의 언덕에 올라(暮春登一碧亭後岡)」(『대산집臺山集』
294:317)

이 시를 보면 1802년 서노수가 세상을 뜬 후 어느 시기인가부터 일
벽정은 주인을 잃고 폐쇄되었을 가능성이 높다. 인근 오강루에 별서를
둔 김이양金履陽(1755~1845)도 비슷한 증언을 하고 있다.

주인집 별채엔 쓸쓸히 밥 짓는 연기 사라지고
거미줄 덮인 벽과 창은 10년 세월 닫혀 있구나.
상서는 숨어 사는 흥취가 부족하지 않아서
하루 와서 놀려고 만전의 돈을 썼구나.
主家別館曖空煙 蛸壁蛛窓鎖十年
尙書不乏東山興 一日來遊費萬錢
_김이양, 「중양절 밤에 뜬 달(重陽夜月) 중 일벽정」(『풍원집風月集』 국립중앙
도서관본)

1832년 무렵 이 시가 제작되었으니 1820년 무렵부터 문이 닫혀 있었
음을 알 수 있다. 주인이 상서라 하였는데 서노수는 판서에 오르지 못
하였으니 부친 서명선을 지칭한 듯하다. 진晉의 사안謝安이 벼슬에서

물러나 회계會稽의 동산東山에 은거했던 일에 비겨 서명선이 이 정자를
경영한 것이라 하였다. 또 유한준의 시에서 이른 대로 일벽정은 많은
돈을 들여 지은 화려한 건물이었음도 알겠다.

　이름난 정자는 대개 비어 있어 찾는 이가 주인인 법이다. 이에 일벽
정은 주인 대신 장혼張混(1759~1828), 박윤묵朴允默(1771~1849) 등 위항의 시
인들이 모이는 시회의 공간이 되었다.

　　10년 병들어 지내던 나그네가
　　가을바람에 강가의 누각을 올랐네.
　　갈매기에게 내 흰 머리가 창피한데
　　부평초처럼 이 몸이 떠다님을 알겠네.
　　베갯머리에 들판의 나무숲은 나직한데
　　창틈으로 포구로 들어오는 배가 보이네.
　　손에 한 잔의 술을 들고서
　　내 스스로 명류라 일컬어본다네.
　　十載病中客　秋風湖上樓
　　沙鷗羞髮白　萍水覺身浮
　　枕底平郊樹　牕間入浦舟
　　手持一尊酒　自許我名流
　　_장혼, 「일벽정에서 두보의 시에 차운하다(一碧亭次杜韻)」(『이이엄집』 270:436)

　이로부터 얼마 지나지 않아 1840년 무렵 일벽정은 다시 단장하여
한강 가에 우뚝 섰다. 박윤묵은 이곳에 들러 다음과 같은 시를 지었다.

　　누대를 수선하여 폐허에서 일으켰으니
　　아마도 주렴 앞의 제비도 축하하러 온 것이겠지.
　　물고기 뽀글거리는 소리 가끔 작은 문으로 들어오고

강물 물빛은 종일 큰 술잔 속에 비친다네.

땅이 빼어난 곳 차지하여 돌아갈 마음에 맞으니

하늘이 맑은 날 빌려주어 눈길을 열게 하네.

물가의 버들과 난초가 참으로 깨끗하니

티끌 한 점이라도 묻게 둘 수 있겠는가?

亭臺修繕起摧頹　知是簾前賀燕來

魚氣有時通小戶　江光終日在深盃

地占絕勝歸情穩　天借新晴望眼開

柳港蘭汀淸似拭　肯敎一點着塵埃

_박윤묵, 「한낮에 일벽정을 지나며(午過一碧亭)」(『존재집存齋集』 292:271)

　　1840년 지은 이 시를 보면 일벽정이 개수되어 다시 용산강의 명승으로 자리하였음을 알 수 있다. 그런데 이 무렵 일벽정의 주인은 이정신李鼎臣(1792~1858)으로 바뀌었다. 이정신은 선조의 별자別子 영성군寧城君 이계李瑎의 후손으로, 부친은 홍경래의 난을 진압하는 데 공을 세운 이요헌李堯憲(1766~1815)이다.[70] 이정신은 자가 성린聖隣이고 호가 화사花史며 경기도 관찰사와 형조판서 등을 지냈으며 신위, 심상규, 이만용 등과 친분이 깊었다. 문집 『화사시고花史詩藁』를 엮었다 하니 그 안에 일벽정의 아름다움과 풍류를 자랑한 글이 들어 있었겠지만 불행히 지금 이 문집이 전하지 않는다.

　　이정신은 일벽정을 수리한 후 경산瓊山이라는 시에 능한 여성을 데리고 살았다. 경산은 원래 사족士族의 후예였지만 잘못되어 기적妓籍에 올라 벽성碧城의 관기가 되었다. 벗 금원錦園의 『호동서락기湖東西洛記』에 경산은 본관이 문화文化라 하였지만, 성은 알려져 있지 않고 호가 낙선洛仙이라는 정도만 밝혀져 있다. 경산은 자주 인근 오강루五江樓에 기거

---

70) 이요헌은 자가 季述, 호가 笑笑翁이며 병조판서, 한성판윤, 금위대장 등을 역임하였다.

하던 운초雲楚와 만나 시회를 하였다. 경산의 문집은 남아 있지 않지만 운초의 시집에 일벽정과 오강루에서 주고받은 시가 무척 많이 실려 있다. 운초가 일벽정에서 경산에게 준 시 중 한 수를 보인다.

> 별 지고 은하수 기울자 성긴 주렴 내리고
> 쓸쓸히 숲 너머 사시는 이 사람을 바라보노라.
> 물가의 꽃을 따려 하니 정이 다함이 없는데
> 좋은 잔치자리 소문 들리니 마음이 어떠하겠나!
> 맑은 가을날 외로운 밤을 어찌 견디랴
> 이슬 막 내린 뜰 가운데 천천히 거니노라.
> 마음대로 높이 날고 마음대로 뛰어노니
> 강호의 참 즐거움 새와 물고기에 있구나.
> 殘星斜漢掩簾疎　悵望伊人隔樹居
> 欲探汀花情未了　忽聞風筵意何如
> 那堪獨夜秋淸後　微步中庭露下初
> 隨意高飛隨意躍　江湖眞樂在禽魚
> _운초, 「삼가 일벽정의 나중 모임에서 지은 시에 차운하여 따로 경산께
> 　　바치다(敬次一碧亭後會韻, 別呈瓊山廠右)」(『운초기완雲楚奇玩』, 국립중앙도서관 소
> 　　장본)

이 시를 보면 일벽정에서 김이양, 이정신 등이 모여 시회를 열었고 그 옆에 운초와 경산이 있어 함께 시를 지었음을 짐작할 수 있다. 1832년 운초가 김이양의 소실이 되어 오강루에 기거하였는데 1840년 무렵 경산이 일벽정에 거주하게 되자 이들은 절친한 시우詩友가 되었다.

남녀 시인이 어울려 시를 주고받던 일벽정은 19세기 중반 용호에 거주하던 홍재철洪在喆, 김영작金永爵, 조석우曹錫雨, 신석희申錫禧 등 이름난 문인들이 출입하여 다시 한 번 번성하였다.

　강가에 사는 네 분의 재상은 일시 무거운 명망이 있던 분이다. 내가 처음 교제를 한 후 흠모하면서 좇아 노닌 것이 거의 30여 년이 되었다. 임술년(1862) 내가 서울살이를 즐기지 않아 가족을 이끌고 귀향하였다. 판서를 지낸 취기醉箕 홍재철이 근래 또한 병을 핑계로 대고 용산의 일벽정에 물러나 살았다. 일벽정 근처에 있는 청화정淸華亭, 환월정換月亭, 함벽정涵碧亭 등은 참판을 지낸 소정邵亭 김영작, 재상을 지낸 연암烟巖 조석우, 각학閣學을 지낸 위사韋史 신석희 등이 이곳에 거주하였는데 처마가 서로 바라다보인다. 지팡이를 짚고 신발을 끌면서 끊임없이 오갔다. 매번 맑은 아침이나 따뜻한 저녁, 술을 가져오게 하고 시를 지어 질펀하게 즐겼다. 사람들은 덕성德星이 모인 것이라 하였다. 내가 도성에 이를 때마다 한두 번 가서 모이곤 하였다. 비록 멀리 헤어진 후 산과 강으로 가로막혀 있었지만 마음은 그곳에 가 있지 않은 적이 없었다.

　올봄 내가 일이 있어 관서로 가는데 안산에서 노량나루를 넘어 바로 일벽정에 도착하였다. 정자는 남아 있었지만 적막하게 사람은 없었다. 난간에 기대 앉아 쓸쓸히 바라보며 한참 있었다. 마침 서생 박천유朴天游가 서재 안에서 나왔다. 박천유는 재상의 처소에 객으로 있었는데 극진한 사랑을 입어 재상이 관동에서 돌아올 때까지도 그 덕을 사모하여 떠나지 못하고 갈 수 없어 머물러 있었던 것이다. 그에게 물어보았더니 재상께서 지난 달 온 식구를 데리고 광주廣州 삼봉三峰의 병사丙舍로 갔는데 그곳에서 생을 마칠 계획이라 하였다. 일벽정은 본디 임시로 거처하던 곳인데 장차 원래 주인에게 돌려주려 하였기에 이 때문에 노복을 머물게 하여 간수하고 있다고 하였다. 다시 다른 세 분의 재상에 대해 물었더니, 위사는 또한 강가의 정자를 버리고 영평永平의 산 밑으로 돌아가셨는데 첩을 경저에 두고 내왕하며, 연암은 그 중형이 있는 원주 감영에 갔다가 돌아오지 않았다고 하였다. 오직 소정만 있어서 마침내 그곳으로 갔다. 소정은 편한 옷을 입고 복건을 쓴 채 뜰 가운데서 산보를 하고 있었다. 내가 찾아온 것을 보고 기뻐하며 손을 잡고 서루書樓로 들어갔다. 안부를 나눈 후 만나고 헤어진 일을 말하였다. 함께 탄식하고 헤어졌다.

생각해보니 내가 취기 재상과는 동갑인데 모두 늙어 백발이 되었다. 재상은 이미 물러나 동강東岡을 지키고 있고 나 또한 남쪽으로 내려가 훗날 만날 기약이 없다. 이에 섣달 길일에 동자 한 명 노새 한 마리로 동대문을 나섰다. 마침 하늘에 눈이 내리고 길이 또한 미끄러워 나아갈 수 없었다. 어두울 때 봉두촌鳳頭村 마을에서 잤다. 밤에 잠이 오지 않았는데 문득 몇 해 전 취기 재상이 관자冠字의 운韻으로 이별의 시를 지은 것이 떠올라 전전반측하면서 시를 얻어 네 분 재상에게 부친다. 시는 각기 한 수다. 마음이 답답하여 운에 따라 억지로 지었기에 침상의 헛소리를 면하지 못하였지만 또한 예전 좋아하던 깊은 마음의 일단을 보일 수 있을 것이다. 이튿날 삼봉에 이르러 재상을 위해 한 번 읊조리고 마침내 써서 바친다. 훗날 얼굴을 대신한 자료로 삼고자 한다.

_신좌모, 「강가 네 재상의 관자 시에 차운하다(屬江上四宰冠字韻)」(『담인 집澹人集』 309:345)

신좌모申佐模(1799~1877)가 1867년 지은 글이다. 이를 보면 1862년 무렵 홍재철이 일벽정에, 김영작이 청화정淸華亭에, 조석우가 환월정換月亭에, 신석희가 함벽정涵碧亭에 머물고 있었음을 알 수 있다. 이정신이 주인으로 있던 일벽정에 머물던 홍재철(1799~1870)은 자가 치경致敬으로 판서를 역임하였으며 특히 글씨에 뛰어났는데 문집은 전하지 않고 잡록 『과환록科宦錄』이 남아 있다. 장혼, 박윤묵 등 위항의 문인들과도 교분이 있었기에 그들의 글에 일벽정이 자주 등장한다. 홍재철은 말년에 이곳을 떠나 한남漢南의 이가정二佳亭으로 옮겨 지내다가 그곳에서 생을 마쳤다. 청화정은 다른 기록이 없어 누구의 정자인지 전혀 알 수 없다. 노년에 이 정자에 기거한 김영작(1802~1868)은 자가 덕수德叟로 김홍집金弘集의 부친이다. 문집 『소정고邵亭稿』가 전한다. 청화정에 지내던 시절 전혀 안면이 없던 김영작이 불쑥 마포에 있던 홍한주洪翰周의 정자를

찾아가 여러 벗들을 불러 함께 즐거운 시회를 가진 적도 있다.[71] 또 조
석우가 머물던 환월정換月亭은 조세선趙世選이 주인으로 있던 용산의 환
월정喚月亭과 같은 정자인 듯하다. 이곳에 기거한 조석우(1810~?)는 자가
치용稚用이다. 조하망曹夏望의 후손으로 신작申綽의 외손자며 박영원朴永
元의 사위다. 판서를 지냈지만 문집은 전하지 않는다. 함벽정涵碧亭은 서
명응이 자신의 용산 별서를 그린 작품에 등장하므로[72] 이 집안의 소유
로 추정된다. 함벽정은 지금 원효로의 성심여고 안에 있었다고 한다.
이곳에 잠시 주인 노릇을 한 신석희(1808~1873)는 자가 사수士綏인데 신
소申韶의 증손이며 신석우申錫愚가 그의 형이다. 판서와 한성판윤 등을
역임하였고 문집 『위사집韋史集』이 전한다. 이런 명사들이 일벽정과 인
근의 정자를 차지하여 그들의 풍류로 한 시대를 울렸다.

71) 홍한주, 「金吏部德叟永爵匹驢夜訪, 盖未曾相識也. 其事甚奇, 遂招邀雲淵齋原
泉圭庭, 共次薛敬軒韻, 德叟自號邵亭, 家住龍湖」(『海翁藁』 306:410).
72) 서명응, 「龍山精舍八詠」(『保晚齋集』 233:108).

8. 김이양의 오강루와 여류 시인

　앞서 본 대로 1843년 신위는 시안정에 들러 지은 시에서 "연천淵泉의 시안정是岸亭과 화사花史의 일벽정一碧亭은 모두 삼호정三好亭과 이웃해 있다"고 하였다.[73] 시안정은 채제공이 노년에 경영하던 정자였는데 이 무렵 김이양金履陽의 손으로 넘어갔다. 그런데 시안정 바로 곁에 오강루五江樓라는 누각이 있었다. 박윤묵은 1848년 오강루를 지나면서 지은 시에서 "알기 쉽고 잊기 어려운 곳 시안정인데, 천연의 그림이 문 앞에 병풍처럼 펼쳐져 있네(難忘易知是岸亭 天然畵意在門屛)"라 한 것으로 보아[74] 시안정 바로 곁에 오강루가 있었음을 알 수 있다.

　오강五江은 두모포, 한강나루, 노량나루, 용산강, 서강을 이르는 말이니, 오강루에 오르면 경강 일대가 모두 다 보였을 것이다. 시안정과 오강루의 주인 김이양(1755~1845)은 초명이 이영履永이고 자가 명여命汝이며 호는 연천淵泉 혹은 초천菩泉을 사용하였다. 안동 김문의 일원으로 정조의 신임을 받았고 순조 연간에는 이조판서 등을 지냈으며 손자 김현근金賢根이 순조의 부마가 되는 등 권력의 핵심에 있던 인물이다.

　김이양이 이 오강루를 언제 어떻게 경영하게 되었는지는 자세하지 않지만 문집 『풍월집風月集』에 여러 차례 이곳에 올라 지은 시가 보인다.

　　강가의 누대 대낮에도 한가로워
　　봄 술을 드니 시름 어린 얼굴이 펴진다.
　　마을은 등불 같은 푸른 보리가 어리비치는데
　　하늘은 평평하게 수놓은 비단 산을 에워싸네.
　　늘 바다 건너로 떠나갈 것을 꿈꾸었건만

---

73) 신위, 「徐石帆侍郎念淳, 邀余飮三好亭, 花史東樊錦舲在座, 酒半錦紅女史忽至, 拈韻共賦」(『警修堂全藁』 291:630).
74) 박윤묵, 「午過五江樓, 仍留宿, 翼日薄暮而歸」(『存齋集』 292:425).

노년에도 속세를 벗어날 계획이 없구나.
흘러가는 물이 급하다 말하지 말게
유유하게 물결이 저녁에 다시 돌아오리니.
江上樓臺白日閑 携將春酒破愁顔
村谷暎帶靑熒麥 天勢平圍錦繡山
雅願常思浮海外 殘年無計謝塵間
休言逝水奔流急 悠悠歸潮暮更還
_김이양, 「병 끝에 비로소 오강루로 나서다(病餘始出五江樓)」(『풍월집風月集』
국립중앙도서관본)

오강루가 있던 마을은 파란 보리가 일렁이고 나지막한 산은 수놓은
비단병풍을 두른 듯하다고 하였다. 김이양이 오강루에서 지은 시가 대
부분 1832년 이후에 지은 것이니 아마도 일흔을 훨씬 넘긴 시절 비로
소 이곳에 머물렀던 듯하다. 다음 작품도 노년의 어느 가을 이곳을 찾
아 지은 것이다.

평상 아래 평평한 강에는 물이 넘실거리는데
불어난 물에 터진 모래 둑엔 물이 맑게 휘도네.
주렴은 멀리 천 개의 봉우리 산세를 거느리고
배들은 모두 만 리 먼 곳의 그리움을 싣고 있네.
사립문에 저속한 손 찾지 않아 좋긴 하지만
어쩌랴, 긴긴 밤에 가을 소리 들려오는 것을.
아마도 신선이 옥도끼를 들고 달을 깎아서
내 누각에 먼저 들여 차례로 밝게 비추나 보다.
床下平湖瀰瀰盈 沙堤漲落水回淸
簾旌遠領千峰勢 舟楫皆含萬里情
差喜衡門無俗客 那堪遙夜起秋聲

仙翁玉斧應修月 先入吾樓次第明

_김이양, 「9월 초사흘 처음 오강루로 나서면서(九月初三日始出五江樓)」(『풍월
집』 국립중앙도서관본)

　이로부터 며칠 뒤 중양절에도 이곳에 있으면서 맑은 달빛을 즐겼거
니와, 김이양이 오강루에서 달구경을 자주 한 것을 보면 오강루가 달
구경하기에 아주 좋았던 모양이다. 특히 한밤중 동쪽 하늘에 초승달이
조금씩 주렴 안으로 스며드는 풍광은 그 맑은 운치를 상상할 수 있다.
김이양의 오강루가 있던 용산에는 앞서 본 대로 조두순과 남공철이 경
영한 심원정이 있었고 인근의 마포에는 이옥李沃 집안의 족한정足閒亭,
박필성朴弼成의 창랑정滄浪亭 등 이름 높은 정자들이 늘어서 있었으며 또
강 건너에는 장유張維가 세운 월파정月波亭이 오랜 세월 명성을 유지하
고 있었다. 김이양은 이러한 정자를 찾아 시를 지었다.[75]
　그런데 오강루는 당시 새로운 풍속으로 등장한 여류 시인과의 시회
공간으로 자리하였다는 점에서 문화사적으로 중요하다. 김이양은 1841
년 87세의 고령임에도 불구하고 여류 시인들과 오강루에서 한바탕 질
펀한 시회를 가졌다. 이 시회는 큰 화제를 불러일으켜 당대의 고사가
되었다. 김이양과 절친하였던 이만용李晩用은 1841년 김이양의 시회를
이렇게 노래하였다.

　일찍 벼슬을 그만두고 강가의 집에 누웠으니
　조물주와 함께 노닐어 영욕을 덧없이 여긴다네.
　남녘 산에 걸린 새벽 구름은 꿈속에서 만나는데
　감호鑑湖의 봄 물결에는 성은이 넉넉하다네.
　아름다운 여인 겹겹이 앉았으니 꽃이 붓에서 나오는데

---

75) 김이양, 「重陽夜月」(『風月集』 국립중앙도서관본).

좋은 손님 문에 가득하여 술은 수레로 날라야 하겠네.

신선 같은 풍류는 늙어도 아직 건장하니

기영회 그림 속 인물이라도 누가 이 분과 같겠는가!

早辭軒冕臥江廬 造物同遊寵辱虛

楚峀曉雲閒夢後 鑑湖春水聖恩餘

佳人對壘花生筆 好客盈門酒用車

神采風流衰尙在 耆英繪裏有誰如

_이만용, 「오강루의 시에 차운하여 봉조하 연천에게 바치다(和江樓韻, 呈淵泉
奉朝賀)」(『동번집東樊集』 303:555)

　　아름다운 여인들과 어울려 술자리를 갖는 노인의 풍류가 질탕하다.
이때 김이양의 나이가 87세였으니 세인의 관심을 끌기에 충분하였을
것이다. 이 시의 주석에 의하면 김이양은 시희詩姬 운초雲楚를 대동하고
늘 오강루에서 노닐었으며, 경산瓊山과 금원錦園 두 명의 시아詩娥가 와
서 여러 벗들과 밤새 술을 마시고 노닐었다고 하였다. 경산은 본디 선
비의 후예지만 잘못하여 기적妓籍에 들어갔다가 이정신의 시희詩姬가
된 인물이다. 김이양과 이정신은 시에 능한 운초와 경산 두 여인을 첩
으로 하여 함께 시회를 가졌다. 이만용은 이날 운초와 경산에게도 각
기 시를 지어 주었는데 여기서 운초교서雲楚校書와 경산여사瓊山女史라
하여 운초에게는 교서校書의 직함을, 경산에게는 여사女史의 명칭을 부
여한 바 있다.[76] 이날의 성대한 잔치에는 신위도 참석하였고 아름다운

---

76)　신위의 다른 작품 「荷裳(趙雲卿)蘭畦鄗南約夜招詩姬雅集, 姬病竟不來, 戲用
　　前韻共賦」(『警修堂全藁』 291:605)에서 "證期才子爭來集 索笑名姬病起慵"이라
　　하였으니 詩妓와 어우러진 시회가 성황을 이루었음을 짐작할 수 있다. 또 洪
　　翰周의 「還到松京, 夜飮分司營, 同海居花史, 凌波賦得樓字」(『海翁藁』 306:308)
　　를 보면 이정신 등과의 시회에서 詩妓 凌波가 참석한 데서도 이러한 유행을
　　알 수 있다. 詩妓라는 말 대신 詩姬라는 용어가 이 무렵부터 등장하는 것도
　　주목할 만하다.

세 여인의 시에 화답하는 시를 지어 주었다. 이들의 풍정이 잘 보이는 작
품이다.

> 무슨 뜻으로 아리따운 꾀꼬리 저리 바삐 울어
> 사람의 심사를 이리저리 뒤흔들어 놓는가!
> 봄바람에 열두 거리의 버들가지 중에서
> 높은 가지만 고르고 다른 곳엔 깃들이지 않는구나.
> 何意嬌鶯恰恰啼 撩人心事倏東西
> 春風十二街楊柳 揀遍高枝不肯捿
> _신위, 「김연천이 87세 노인으로 자리의 세 여사에게 시를 지어 답하게
> 하였다. 그중 금원교서의 시에 차운한다(金淵泉八十七叟, 以席上三女史詩屬和, 和
> 錦園校書韻)」(『경수당전고警修堂全藁』 291:598)

신위는 금원이 김이양과 같은 높은 사람만 가까이 하고 자신은 그
저 마음만 뒤흔들어놓는다고 불평하였다. 장난기가 발동한 것이다. 이
시를 보면 금원 역시 운초, 경산과 함께 김이양에게 의지하고 있었다
고 보아야 할 것이다. 신위도 운초와 경산을 여사로 부르고 금원은 따
로 교서校書라 불렀다. 그리고 운초여사는 부용芙蓉으로 성도成都 출신
이요, 경산여사는 낙선洛仙으로 벽성碧城 출신이며, 금원교서錦園校書는
금앵錦鶯으로 섬강蟾江 출신이라 하였다. 여성 시인에게 여사나 교서 등
의 호칭을 직접 붙이기 시작한 것이 이 무렵의 일이다. 여사는 원래 중
국 고대 왕후王后의 의례를 담당하는 벼슬로, 궁궐 내부의 문서 작성을
맡아보았는데 후대에는 여성 중에 문장이 뛰어난 사람을 지칭하는 말
로 널리 사용되었다. 또 교서는 한나라 때 교서낭중校書郎中이라는 벼슬
이 있어 전적의 교감을 담당하였는데 당의 시인 왕건王建이 이름난 여
성 시인 설도薛濤를 두고 "만리교 곁의 여교서萬里橋邊女校書"라 하여 후
대 춤과 노래에 능한 여성을 여교서라 부르는 전통이 생겼다.

 김이양의 손자 김대근金大根(1805~1879)은 오강루에서 있었던 여류 시인들과의 시회를 다음과 같이 기록하고 있다.

 임인년(1842년) 정월 11일 조부이신 봉조하 공께서 시사詩社의 여러 공들과 오강루에 모여 시를 지었다. 여인들 중 시에 능한 봉래蓬萊 금원, 일벽一碧 경산이[77] 함께 운초를 따라 내당에 가지런히 모여 있었는데 빼어나서 예림藝林 중의 낭자 부대라고 말할 만하였다. 내가 이때 곁에서 모시면서 삼가 시를 지어 함께 즐길 거리로 삼았다.[78]

 여기에서도 금원, 경산 등의 여류 시인들이 오강루에서 자주 시회를 가졌음을 확인할 수 있다. 이 자리에 참석한 김대근은 근처에서 월선정月先亭을 경영하면서 금琴을 잘 연주하였는데 금원, 경산, 운초에게 여러 차례 시를 지어준 바 있다.[79]
 원래 운초는 성천成川 관아에 딸린 기생이었다. 부친의 호가 추당秋堂이고, 중부의 호가 일화당一和堂인 것을 보면 양반가의 서녀였는데 관기가 된 듯하다. 1825년 무렵 한양으로 가서 김이양, 이정신, 권상신 등과 시를 주고받은 바 있지만 이후 성천과 평양 등지에 주로 살았다. 무슨 일이 있었는지 잘 알 수 없지만 말실수 때문에 잠시 구성龜城에 유배되었다가 1830년 풀려나 평양으로 갔다. 이때 김이양에게 시를 보내어 자신을 거두어 달라고 부탁한 듯하다. 그리고 1832년 드디어 김이양

---

77) 池圭植의 『荷齋日記』(1898년 9월 8일)에 趙樓로 가서 蓬萊麗人 錦園의 詩思에 차운하였다는 기록이 보이므로 蓬萊麗人이 금원의 호로도 쓰였던 듯하다. 趙樓는 확인하기 어렵지만 조석우가 머물던 換月亭일 가능성이 있다. 蓬萊가 금원의 호라면 一碧도 경산의 호로 사용되었음을 짐작할 수 있다.

78) 김대근, 「壬寅開歲之旬有一日, 祖父奉朝賀公, 與詩社諸公, 會于五江樓, 賦詩, 而粉黛中有能W詩者, 蓬萊之錦園, 一碧之瓊山, 並從雲楚而齊會內堂, 優可謂藝林中娘子一軍. 余時侍側敬題, 以爲供歡焉」(『如淵遺稿』 天, 국립중앙도서관 소장본)

79) 「此夜又聽琴而賦之」, 「屬錦園」, 「屬瓊山」, 「屬雲楚」 등이 이때의 작품이다.

의 소실이 되어 한양으로 올라왔다. 이후 운초는 주로 오강루에 기거
하면서 김이양을 모셨고 틈틈이 시를 주고받았다. 특히 1842년 무렵 가
장 왕성하게 시회를 가졌다.

> 내 서쪽에 온 지 벌써 십년 세월
> 무산(성천成川)의 풀과 나무 꿈속에 가물가물.
> 오강루의 안개와 달빛은 끝이 없는데
> 일벽정의 시우는 또한 인연이 있다네.
> 휜칠한 누각 주렴 너머 흰 비단을 펼친 듯
> 창가의 외로운 촛불 아래 붉은 종이 자른다.
> 달려가는 저 물결이 사람 마음 알겠는가
> 고향의 가을 소식 변방 기러기가 전하겠지.
>
> 自我西來已十年　巫山草樹夢依然
> 五江烟月渾無際　一碧詩朋亦有緣
> 飛閣輕簾橫素練　半窓孤燭割紅牋
> 奔流豈識人情緖　故園秋聲塞雁傳
>
> _운초, 「한가위 보름에 어르신께서 경산에게 보낸 시에 차운하다(仲秋望月
> 奉和老爺寄瓊山韻)」(『운초기완』, 국립중앙도서관 소장본)

1832년 운초가 한양으로 와서 김이양의 소실이 되었으니 고향이 그
리웠던 모양이다. 그래도 오강루의 아름다운 풍경에다 일벽정에 좋은
벗 경산이 있었기에 시로 마음을 달랠 수 있었다. 운초는 오강루와 일
벽정을 중심으로 하여, 김이양을 모시고 경산과 더불어 시를 지으면서
이렇게 살았다. 김이양이 1845년 세상을 떠난 후 운초의 운명은 어떻게
되었는지 알 수 없다. 이 무렵 나이가 마흔 전후였으니 거두어주는 사
람이 있지도 않았을 듯하다.
　아름다운 모임이 열리던 오강루는 김이양이 세상을 떠난 후에도 시

인 묵객들이 가끔 찾아 시를 짓는 문학의 산실이 되었다. 박윤묵은 1848
년 오강루를 지나면서 10수의 연작시를 지었다.

외로운 정자 우뚝하여 바라보면 아득하니
용산의 가장 높은 곳을 차지하였기 때문이지.
물 끝나는 곳은 은하수와 길이 통할 듯
인간세상에 따로 달나라 광한루가 있구나.
구만 리 긴 하늘에 부는 바람도 이 아래 있고
삼천대천세계三千大天世界에 땅조차 떠 있는 듯..
문득 알겠네, 흉금이 이처럼 통쾌하니
십년의 시름을 한꺼번에 씻고도 남겠네.

孤亭突兀望悠悠 坐占龍山最上頭
水際可通銀漢路 人間別有廣寒樓
長天九萬風斯下 大界三千地亦浮
斗覺胸襟快如許 一時滌盡十年愁

_박윤묵, 「한낮에 오강루를 지나면서 하루를 유숙하고 이튿날 저물녘에
  돌아가는데 시 10수를 지었다(午過五江樓仍留宿翼日薄暮而歸得十首)」(『존재집』
  292:425)

이 시를 보면 오강루가 용산의 가장 높은 곳에 위치해 있었음을 알
수 있다. 그래서 한강 물길이 끝나는 곳은 은하수와 통할 듯한 느낌이
들고 달나라 광한루를 지상으로 옮겨놓은 듯한 착각이 든다고 하였다.
오강은 한양 주변의 한강 전체를 가리키는 말이니, 오강루에 서면 경
강의 풍광이 모두 들어왔음을 알 수 있다.

그런데 박윤묵은 이 시의 주석에서 오강루의 주인이 전문조全文祖라
하고 이곳에 거주하면서 7년 동안 『주역』을 만 번이나 읽었다고 하였
다. 이를 보면 1842년 김이양이 여류 시인들과 한바탕 시회를 열고 난

후 얼마 지나지 않아 오강루가 전문조의 거처가 되었다고 보아야 할 것이다.[80] 전문조는 박윤묵과 친분이 있던 인물로 호를 도화유수정주인桃花流水亭主人이라 하였다. 도선암逃禪菴이라는 호를 쓰는 전홍서全弘敍의 손자인데, 그의 시집에 윤정현尹定鉉, 박규수朴珪壽 등이 서문을 써준 바 있다.[81] 아마도 위항의 시인이었기에, 박윤묵이 그가 기거하던 오강루에서 함께 노닐었던 듯하다.

다시 세월이 흘러 19세기 후반에는 이 오강루가 한장석韓章錫과 인연을 맺게 되었다. 한장석(1832~1894)은 본관이 청주이고 자가 치수穉綏 혹은 치유穉由, 호는 미산眉山, 경향經香 등을 사용하였다. 참판을 지낸 한필교韓弼敎의 아들이며 19세기 최고의 문장가 홍석주洪奭周의 외손자다. 젊은 시절 외가에서 경영하던 동호의 임한정臨漢亭과 숙몽정夙夢亭 등을 출입하며 학업을 익혔다. 용호와도 인연이 있어 1873년 막 벼슬을 시작할 무렵 잠시 오강루로 피서를 나갔다.[82] 이 무렵 서응순徐應淳(1824~1880)도 용산의 강가로 물러나 있었다. 서응순은 자가 여심汝心이고 호는 경당絅堂이다. 본관이 달성인데 일벽정의 주인이었던 서명선과는 먼 일가다. 한장석은 서응순, 김평묵金平默 등과 이곳에서 시회를 가졌다.[83] 또 심의홍沈宜弘(호 소릉小陵), 오치기吳致箕(호 삼관三觀), 박내후朴來

---

80) 그러나 김이양의 아들 金漢淳이 판의금부사를 지냈고 손자 金大根이 판서에 올랐으며, 金賢根이 순조의 딸 明溫公主와 혼인하여 東寧尉에 봉해졌다. 김대근의 아들 金炳翊은 판서를 지내고 1910년 남작의 작위를 받았다. 이런 집 안이니 오강루가 남의 손으로 넘어가도록 방치하지 않았을 것이다. 19세기 중반까지 김대근의 문집에는 그가 부친을 뵈러 오강루를 자주 오간 기록이 보인다. 이를 보면 전문조가 잠시 빌려 기거했을 가능성이 높다.

81) 尹定鉉, 「逃禪菴詩藁序」(『梣溪遺稿』 306:107) ; 朴珪壽, 「逃禪菴詩稿跋」(『瓛齋集』 312:510).

82) 한장석은 1892년 서강의 水一樓에도 잠시 머문 적이 있다. 수일루는 이조판서 徐有防의 아들로 徐有隣의 후사로 들어간 徐俊輔(1770~1856, 자 穉秀, 호 竹坡)의 별서다. 김조순, 박윤묵 등이 그의 정자를 찾아가 지은 시가 전한다.

83) 김평묵, 「奉和絅堂徐汝心應淳五江樓韻」(『重菴集』 319:47) ; 한장석, 「七月之望, 與徐汝心會宿五江樓, 吳通川 致箕亦至」(『眉山集』 322:171).

厚(호 동포東圃) 등과 배를 타고 유람을 즐기기도 하였다.

바람 불어 매미 소리 그치고 버들이 날리는데
누각에 올라 손을 보내고 바라보니 아득하다.
먼 구름은 성 위에서 응당 비를 만들겠지
새벽달은 그저 강 북쪽 집을 많이 비추리라.
피서를 하려는데 어찌 듬뿍 술에 취하지 않으랴
세월이 아까워 부질없이 해바라기만 바라보노라.
그대 지난날 배를 매어둔 곳 보게나
썰물 빠지고 나면 명사십리 훤하리라.

蟬歇風來江柳斜　登樓送客望還賒

遠雲應作城頭雨　曉月偏多水北家

逃暑那無河朔酒　惜年空對蜀葵花

君看昔日維舟處　漲落猶明十里沙

_한장석, 「오강루에서 피서를 하다가 심소릉, 오삼관와 작은 술자리를 가
　졌는데 박동포가 또한 참여하였다(江樓避暑, 與小陵三觀小酌, 朴東圃來厚亦會)」.
　(『미산집眉山集』 322:173)[84]

　오강루로 나서니 바람에 버들이 나부끼고 매미 소리 그치니 어느새
가을이 저만치 와 있다. 술을 마셔 더위를 피하는 것은 문인의 풍류지
만, 임금을 도와 백성을 잘 살게 하는 일을 하지 못하여 아쉽다고 했
다. 물론 한 번 해본 말이리라. 이들은 벗들과 강 건너 선유봉仙遊峰으
로 배를 끌고 나가 한바탕 더 즐긴 다음 다시 일벽정으로 돌아왔다. 앞
서 본 대로 일벽정은 19세기 중반 홍재철洪在喆이 차지하였지만 불과 10
여 년 만에 다시 오경선吳敬善으로 그 주인이 다시 바뀌었다.[85]

---

84) 이 작품 바로 앞에 실려 있는 「五江樓, 逢吳三觀, 三觀新著易說相示」(『眉山
　集』 322:172)를 볼 때 제목에서 이른 江樓는 오강루가 분명하다.

비가 와서 물 불어난 강가의 아득한 누각
손을 잡고 보니 가물가물 10년 전 일이라.
이 땅에서 머뭇거리느라 머리가 벌써 다 세었는데
근래에 이별하자니 꿈길은 안개처럼 아득하다.
배가 먼 포구를 지나니 산봉우리 그늘이 옮겨가고
매미는 석양을 안고서 나뭇가지 끝에 매달려 있네.
다시 양중羊仲과 구중求仲처럼 오솔길 있으리니
술병 들고 가서 거문고 끼고 자는 이를 깨워야지.

江高樓逈雨餘天 握手依然十載前
此地盤桓頭已雪 近來離別夢如烟
帆過極浦峰陰轉 蟬抱斜陽樹杪懸
更有羊求知小徑 提壺來攪伴琴眠

_한장석, 「일벽정으로 노석을 방문하였는데 경당과 소릉은 약속도 없는
데 바로 이르렀다(訪老石于一碧亭, 絅堂少陵, 不約踵至)」(『미산집』 322:173)

한장석이 있는 오강루와 오경선이 머물던 일벽정이 워낙 가까운지
라 한漢의 양중羊仲과 구중求仲처럼 벼슬에서 물러나 살면서 오솔길을
내어 왕래하면서 살겠노라 하였다. 19세기 말 오강루와 일벽정의 마지
막 풍경이 이러하였다.

---

85) 한장석, 「老石吳德興敬善, 近自鄕廬新寓一碧亭, 距此一牛鳴地也, 聞余來此,
病未來會, 有詩見寄奉和」(『眉山集』 322:173). 오경선은 본관은 해주로 오희상
의 손자다. 자가 德興, 호는 老石인데 여러 곳의 군수를 지냈다.

9. 삼호정의 금원과 그의 벗들

1834년 신위申緯는 서염순徐念淳, 이정신李鼎臣, 이만용李晚用, 박영보朴
永輔 등과 함께 삼호정三好亭에서 술자리를 가졌는데 이때 여류 시인 금
홍여사錦紅女史가 참석하였다.

호젓한 성곽엔 안개가 눈 가득 새로운데
작은 정자 찾아서 큰 강가로 나섰노라.
나는 용렬하고 지리한 객이요
그대는 기구하여 영락한 사람이라네.
자리에 앉은 선생들은 모두 껄껄 웃는데
병풍 너머 미녀는 정말 참되기만 하구나.
오랫동안 높은 벼슬 잊고 살았나 보다
화사와 연천이 좋은 이웃되어 사는 것 보니.

幽郭風烟滿目新 小亭尋到大江濱

我爲冗散支離客 君亦嶔崎歷落人

席上先生皆笑笑 屏間美女是眞眞

知應久已忘金紫 花史淵泉好結隣

_신위, 「시랑 서석범이 삼호정으로 나를 초청하여 술을 마셨다. 화사와
동번, 금령이 자리에 함께하였다. 술이 거나하게 올랐을 때 금홍여사가
갑자기 이르렀기에 운자를 뽑아 함께 짓는다(徐石帆侍郞念淳, 邀余飮三好亭, 花
史東樊錦舲在座, 酒半錦紅女史忽至, 拈韻共賦)」(『경수당전고警修堂全藁』 291:630)

서염순은 서지수徐志修의 증손으로, 자가 경조敬祖이고 호가 석범石帆
인데 벼슬은 판서를 지낸 인물이다. 그가 용산의 삼호정에 벗들을 불
러 술자리를 가졌다. 이때 여류 시인 금홍이 와서 자리를 함께하였다.
그런데 이 시의 주석에서 "연천淵泉의 시안정과 화사花史의 일벽정은 모

두 삼호정과 이웃해 있다"고 하였다. 삼호정은 지금의 용산 성당 인근에 있던 정자였으니 일벽정 역시 용산 성당 언저리에 있었다고 보아야 할 것이다. 이날 시회에서 박영보가 지은 시가 위에서 본 신위의 시 다음에 함께 실려 있다.

여러 공들의 얼굴은 그림처럼 산뜻한데
한강 가에 문채와 풍류 뛰어난 이들이 모였다네.
푸른 돛처럼 생긴 바위는 강가의 집이요
붉은 비단 같은 꽃은 거울 속의 사람이라.
가끔 나막신 신고 사영운謝靈運의 낙을 누리니
그 몇 곳에 서각을 불태운 온교溫嶠를 찾았던가!
일자로 뻗은 모래톱은 삼십 리인데
부용강은 절로 행호와 이웃하여 있다네.
諸公顏髮畵圖新 文采風流江漢濱
石是翠帆湖上屋 花如紅錦鏡中人
有時著屐追康樂 幾處燃犀訪太眞
一字汀洲三十里 芙蓉自與杏爲隣

마흔 전후의 아름다운 문사들이 삼호정에 모였다. 모두들 문장과 풍류로 일시를 울린 사람들이다. 이날 삼호정에 벗들을 초청한 사람이 서염순이니 그가 주인이었을 가능성이 높다. 이 시에 등장하는 삼호정은 석범石帆이라는 호에 걸맞게 푸른 돛 모양의 바위 위에 있었던 모양이다. 이에 짝을 맞추어 꽃처럼 아름다운 금홍은 거울 속에 비친 미인처럼 몽환적이다. 금홍은 자를 화여花如라 하였기에 이렇게 말을 맞춘 것이다. 그리고 서염순을, 등산용 나막신을 고안하여 산을 즐긴 사영운謝靈運과 서각犀角을 태워 강물을 비춰 강을 즐긴 온교溫嶠의 풍류에 비하였다. 앞서 본 대로 용산 일대의 강은 부용강이라고도 하였는데,

박영보가 행주杏洲에서 우거하고 있었기에 부용강의 삼호정을 자주 찾 겠노라 한 것이다.

　이 시의 주석에 따르면 "삼호정은 뒤로 산에 기대 있고 앞으로 강물 을 마주한다"고 하였다. 이날의 시회에서 지은 이만용의 시에서는 "오 강루와 일벽정을 함께 보세나, 금령은 마땅히 석범과 이웃하여 살지니 (請看五江同一碧 錦舲宜與石帆鄰)"[86]라 하였으니, 삼호정과 오강루, 일벽정이 모두 한 곳에 있었음을 확인할 수 있다. 이날의 시회에서 서염순과 금 홍도 시를 지었는데 역시 신위의 문집에 함께 실려 있다.

　작은 정원 이끼에 신발자국 산뜻한데
　저녁 햇살 주렴에 비쳐 강가는 적막하네.
　자하의 문장은 지금 시대에 없는 것이요
　금영의 시어는 모두 사람을 놀라게 한다지.
　붉은 치마 달빛 마시니 꽃이 다투어 취하는데
　그림 부채로 바람을 맞으니 댓살이 진짜인 듯.
　노년에 한 번 노니는 일 모두 성은인지라
　한가한 날 찾아주어 좋은 이웃을 기쁘게 하네.
　小園苔印屐痕新　夕照鉤簾寂寞濱
　霞老文章今絶代　舲郞詩語儘驚人
　紅帬飮月花爭醉　畫扇迎風竹認眞
　晚景一遊皆聖澤　相尋暇日喜芳隣

　심염순은 신위의 문장이 당대 최고요, 박영보의 시가 사람을 놀 라게 할 정도로 뛰어나다고 칭송하였다. 붉은 치마를 입은 여인 금 홍이 달빛 아래 술을 마시니 꽃도 취할 듯하고, 신위가 대나무를

---

86) 이만용, 「陪紫霞申公緯, 赴飮碧亭之會」(『東樊集』 303:563).

그린 부채를 부치니 마치 대숲에 있는 듯하다고 하였다. 금홍여사는 다음과 같이 차운하여 시를 지었다. 역시 신위의 문집에 나란히 실려 전한다.

아스라한 신선의 정원은 물가를 내려다보는데
칠향거七香車 수레 타고 오니 누각이 새롭네.
꽃처럼 붉은 휘장에는 꾀꼬리가 손님을 잡는데
풀처럼 푸른 치마에는 나비가 사람을 좇아오네.
술기운과 화로 연기에 막 잠에 빠졌더니 .
시인의 등불과 어부의 횃불이 모두 진짜가 아닌 듯.
여러 공들의 글 솜씨는 천고에 빼어난데
우리 기생도 명성이 세상에 빼어나 하겠네.
縹緲仙園瞰水濱　七香車到一樓新
花紅帳額鸎留客　草綠帬腰蜨趁人
酒氣鑪熏初入夢　詩燈漁火兩非眞
諸公翰墨堪千古　小妓聲名絶四隣

아름다운 물가의 정원에 귀인들이 와서 삼호정이 산뜻해졌다고 한 다음, 꾀꼬리가 노래를 하여 손님을 잡는다고 한 것이나 푸른 치마 속으로 나비가 좇아온다고 한 데서 질탕한 풍류를 짐작할 수 있다. 그리고 자신과 같은 기생도 명성이 세상에 드물다고 뻐겼다.

그런데 여기서 이른 금홍여사는 김이양이 데리고 있던 금원과 같은 사람인 듯하다. 앞서 본 대로 신위는 7년 후인 1841년 김이양의 오강루에서 운초, 경산, 금원과 시회를 가졌다. 이때 지은 시에서 이른 금원이 바로 금홍인 듯하다. 신위는 금원이 금앵錦鸎이고 섬강蟾江 사람이라소개하였다. 금원을 금앵이라고도 한 것을 보면 금홍이라고도 하였을 가능성이 높다. 다른 기록을 참조하면 금앵은 이름이고 금원은 호인데,

금홍은 금앵의 별칭으로 보아야 할 듯하다.

이제 이 금원의 이력을 좀 더 자세히 살필 필요가 있다. 권상신權常愼(1759-1825)에 따르면 김이양이 기로사耆老社에 들어가던 1824년 무렵, 금원이 스스로 와서 첩이 되고자 하였다.[87] 그런데 1838년 홍한주洪翰周의 글에는, 금앵은 원주 감영의 기생으로 호가 금원이고 나이는 22세인데, 용모가 출중하고 노래와 시에 뛰어나 원주에서 명성을 날리고 있다고 하였다. 또 송주헌宋柱獻이 금원과 함께 매화를 두고 수창한 작품을 들고 홍한주와 그의 벗들에게 자랑하였다고 한다.[88] 금원은 1817년 무렵 태어났으므로, 금원이 처음 김이양은 만난 것은 일곱 살 남짓한 어린 아이 때였을 것이다. 김이양이 금원에게 보낸 편지에서 "낭자는 아직 내가 살아 있는 것을 아시는가? 그때 낭자는 아직 어린아이 목소리를 벗어나지 못했었는데 나는 벌써 분칠한 듯 머리가 허옇구려." 라 한 것에서도 확인할 수 있다.[89] 또 같은 편지에서 "근년 홍학사洪學士가 관동에서 돌아와 산은 금강산을 보았고 물은 동해를 보았으며 사람은 낭자를 보았다고 하면서 한 두 아름다운 구절을 읊어주었다."고 하였는데, 금원이 14세 되던 1830년 금강산을 유람하였으니, 이 편지가 이때의 것으로 보인다. 금원은 원주의 관기 신분이었지만 그래도 빼어난 재주가 있어 앞서 본대로 1834년 서염순 등 사대부들의 시회에 쉽게 참석할 수 있었던 듯하다.

금원이 김이양의 첩이 된 것은 그로부터 11년이 지난 1841년이었다.

---

87) 권상신, 「芙蓉池并小序」(『西漁遺稿』 규장각본). 금원에 대해서는 서현아, 「『湖東西洛記』에 나타난 金錦園의 삶과 의식지향 연구」(고려대석사학위논문, 2011)에 자세하다.

88) 홍한주, 「原州營妓有錦鶯者, 自號錦園, 年二十二, 有才貌善歌詩, 名聞東州. 余友石經與有唱和, 逐以梅花諸咏, 歸詑吾社, 又要諸和韵, 手寫一以寄, 故戲次之, 凡二律」(『海翁藁』 306:339). 같은 해 지은 조병현, 〈和贈妓錦鶯〉(『成齋集』 301:320)에도 금앵을 기생이라 하였다. 송주헌(1802-?)은 본관이 礪山이고 자는 英老, 호는 石經 혹은 研雲 등을 사용했으며 벼슬은 승지를 지냈다.

89) 김이양, 「答錦鶯」(『風月集』 국립중앙도서관본).

이유원은 『화동옥삼편華東玉糝編』에서 김이양이 87세에 운초, 경산, 금원 세 여사를 데리고 소일하였다고 하였는데 이때가 바로 1841년이다. 금원의 25세 무렵의 일로 보인다. 이 무렵부터 금원은 운초, 경산 등과 활발하게 시회를 가졌다. 운초는 삼호정에서 다음과 같은 시를 남겼다.

> 맑은 강물은 거울로 삼아 새로 화장하기 알맞은데
> 산은 내 얼굴을 배우고 풀은 내 치마를 배우네.
> 건너 포구에는 무수한 새들이 훨훨 날아다니는데
> 고운 모래톱에는 가끔 알 수 없는 꽃향기 풍기네.
> 소나무 곁 창으로 달빛 들어오니 이불이 도로 얇은데
> 오동나무 잎새는 바람에 뒤집혀 이슬이 더욱 반짝인다.
> 봄 제비와 가을 기러기는 모두들 믿을 만하기에
> 쓸쓸하다 애간장 졸일 것 굳이 없으리라.
> 清流端合鏡新粧　山學莪鬢草學裳
> 別浦來翔無數鳥　芳洲時有不知香
> 松窓月入衾還薄　梧葉風飜露更光
> 春燕秋鴻都是信　未須怊悵枉回腸
> _운초, 「삼호정에서 저녁에 바라보다(三好亭晚眺)」(『운초기완』, 국립중앙도
> 서관 소장본)

운초는 오강루와 일벽정에서 김이양, 경산과 주로 어울렸는데 이때까지도 삼호정의 주인은 서염순이었던 듯하다. 이 무렵 운초는 금원과 삼호정에서 자주 만나 시를 즐겼지만, 이 즐거운 때가 오래가지 못하였다.

높은 누각에서 슬픈 노래 부르지 말게

그저 술에 취하여 세월 보내고 싶으니.

숲 너머 맑은 매미소리 가을 뜻이 이른데

하늘까지 이어진 고운 풀이 석양에 무성하다.

한가한 시름 그치지 않는데 구름은 잎에서 생겨나고

이별의 한 금하기 어려우니 술잔의 술이 찰랑거리네.

문득 우리들 도리어 쉽게 늙어갈 것 알겠는데

아, 그대 이번에 가고나면 어찌해야 하겠는가?

高樓遮莫唱悲歌 但願沈沈醉裏過

隔樹清蟬秋意早 連天芳草夕陽多

閒愁不斷雲生葉 離恨難禁酒動波

頓覺吾人還易老 嗟君此去欲如何

_운초, 「금앵과 헤어지면서 주다(贈別錦鶯)」(『운초기완』, 국립중앙도서관 소
장본)

이 무렵 금원이 김이양 곁에 있으면서 경산, 운초 등과, 오강루와
일벽정에서 자주 모여 시를 주고받다가 무슨 일이 있어서인지 먼 곳으
로 떠나가려 하였기에 그 안타까움을 이렇게 노래하였다. 그 이유는
1845년 김이양이 세상을 떠났기 때문인 듯하다.

이유원의 『화동옥삼편』에는 세 여사가 얼마 지나지 않아 서로 흩어
졌는데 금원은 시랑(侍郎) 김덕희金德喜(1800~?)에게 시집갔다고 하였다. 김
덕희가 의주부윤으로 있을 때 이유원이 금원의 시를 보았다고 하였고,
금원이 지은 『호동서락기湖東西洛記』에는 의주에 갔다가 김덕희와 함께
한양으로 돌아왔다고 하였다. 이를 보면 금원은 김이양이 세상을 떠난
이듬해 1846년 의주로 가서 김덕희에게 의지하게 된 것이라 하겠다. 김
덕희는 의주부윤의 임기를 마치고 돌아와 금원과 함께 삼호정에 기거
하였다. 참판을 지낸 김덕희는 자字가 사언士言이고 본관이 경주이며
김노응金魯應의 아들이다. 김정희金正喜와 재종간인 김덕희의 형 김도희

金道喜에게 보낸 글에는 금원이 지은 제문에 대한 평가가 나온다.[90] "어쩌면 이와 같이 뛰어난 글이 있단 말입니까?"라 하여 금원의 글재주를 극찬하면서 "턱 아래는 삼척三尺의 수염을 휘날리고 가슴속에는 5천 자字의 글을 저장해놓은 내가 부끄러워 죽고만 싶을 뿐입니다"라고까지 하였다. 또 "우리 집안에 이런 사람이 있었는데도 어떤 모양인지를 알지 못하고 하나의 보통 테두리 속의 일개 보통 사람으로만 보았으니, 한갓 이 사람만 위하여 슬퍼하고 탄식할 뿐이 아닙니다"라 하였다.

앞서 본 대로 삼호정의 원래 주인은 서염순이었다. 서염순이 김덕희 집안의 삼호정을 빌려 사용하였을 가능성도 배제할 수 없지만, 김덕희가 의주에서 돌아온 후 삼호정의 주인이 된 것은 분명하다. 『호동서락기』에는 삼호정이 삼호정三湖亭으로 되어 있는데 신위, 김매순, 조병현, 운초 등의 시에는 모두 삼호정三好亭이라 표기하고 있고 『매일신보』(1933년 1월 27일)에 천주교 신자의 장례 기사를 실으면서 역시 같은 한자를 쓰고 있다. 삼호정三好亭으로 표기하는 것이 옳을 듯하다. 삼호정은 원효로에서 마포로 넘어가는 삼개고개 용산성당에 있었다.[91] 『호동서락기』에는 삼호정을 다음과 같이 그리고 있다.

학사께서 영화로운 길을 버리고 강가의 정자로 물러났다. 내가 마침내 녹거鹿車를 타고 따라갔는데 바로 용산 삼호정이다. 아름다운 풀들은 깔개와 같은데 온갖 꽃이 가득 피어 있다. 누대는 강가 구름 덮인 숲 가운데에 우뚝 솟아있다. 연잎이 못에 가득한데 샘물이 섬돌을 둘러 흐른다. 앞으로는 긴 강이 띠처럼 펼쳐지고 뒤로는 푸른 언덕을 등지고 있다. 낚시터 바위에는 어부들이 졸고 있는 갈매기와 한가하게 앉아 있다. 피리소리가 들리는 가운데 나무하는 아이들이 소를 거꾸로 타고 화답한다.

---

90) 김정희, 「上再綜兄道喜氏」(『阮堂全集』 301:42).
91) 차옥덕, 「한강변 정자 三湖亭에 관하여」(『서울문화』 제7집, 2003)에 자세한 고증을 한 바 있다.

녹거鹿車는 작은 수레로 부부가 함께 물러나는 것을 상징한다. 김덕희와 금원은 용산 언덕 기슭의 삼호정으로 물러나 조용히 살았다. 작은 연못을 파고 산기슭에서 흘러나오는 샘물을 끌어와 섬돌 앞으로 돌아 삼호정으로 들어오게 하였다. 그 앞에 펼쳐지는 봄날의 풍광은 한 폭의 그림처럼 아름답다. 이에 금원은 시를 한 수 지었다. 『호동서락기』에 실려 있다.

서호의 빼어남은 이 누각에 있으니
마음 가는 대로 올라가 즐겁게 노닌다네.
강 양안은 비단 같은 봄풀이 덮였는데
온 강에는 울긋불긋 석양이 흘러가네.
구름 드리운 골목에는 배 한 척 숨겨져 있는데
꽃이 진 바위 위에는 먼 피리소리 시름겹구나.
무한한 풍경을 다 거두어들이니
난간 앞 시 주머니가 훤히 빛나네.
西湖形勝在斯樓　隨意登臨作遨遊
兩岸綺羅春草合　一江金碧夕陽流
雲垂短巷孤帆隱　花落閒磯遠篴愁
無限風煙收拾盡　錦囊生色畵欄頭

금원은 삼호정과 그 앞에 펼쳐진 용산강을 참으로 사랑하였고, 또 이를 아름다운 그의 산문 『호동서락기』에 담았다.

용산은 한양의 서쪽 10리에 있어 한강의 하류다. 세상에서 우리나라 산천 중에 한강이 가장 성대하고 한강 아래위로 번화하고 화려한 곳으로는 용호가 으뜸이다. 이 정자는 강가에 자리하여 넘실넘실 물결이 노량나루와 양화나루로 흘러내려 서쪽으로 바다로 들어간다. 남쪽으로 관악산이 바라다보이는데 여러 봉우리가 빙 둘러 읍을 하는 듯하여 부르면 달려올 듯하다. 물가의 모래는 맑고 깨끗하여 백옥을 갈아놓은 듯하다. 겹겹이 늘어선 높은 누각은 담장과 지붕이 이어져 있다. 조운선과 상선들은 돛과 노가 베를 짜놓은 듯 가지런하다. 말과 소들이 오가고 오리와 해오라기가 뜨락잠기락한다. 한 번 눈길을 들면 모든 것이 책상 앞에 모여든다. 근교의 명승이 되는 것이 당연하고 이 정자 또한 여러 누각의 으뜸이 되기에 충분하다.

금원은 고관대작들이 아름다운 땅에 정자를 지어놓았지만 강산과 벼슬은 겸할 수 없기에 한가한 시인묵객이 대신 와서 노닌다고 하였다. 그렇지만 김덕희는 관복을 벗어던지고 은자의 갈옷을 입고 정원의 대나무를 가꾸고 낚싯대를 손질할 뿐, 벼슬이나 녹봉은 팽개치고 산다고 하였다. 그리고 그 자신은 강호에 벽이 있고 산림에 뜻이 있어 하인들로 하여금 편한 옷을 입게 하고 물을 긷고 나무를 하게 하며, 정원을 가꾸고 채소를 가꾸면서 살겠노라 하였다. 그리고 한 편의 시를 더 지었다. 「호동서락기」에 이렇게 실려 있다.

노 젓는 소리 들리기에 일엽편주 띄웠더니
석양에 구름과 노을은 멀리 흘러가는 듯.
한 가지 빛깔 안개와 파도 잠긴 30리엔
강 가까이 수양버들 곁은 다 이름난 정자라네.
櫓歌聲裏棹扁舟 斜日雲霞遠欲流
一色煙波三十里 近江垂柳盡名樓

삼호정 아래에 뱃놀이를 하는 즐거움을 노래하였다. 30리에 뻗은 경강의 도처에 아름다운 정자가 안개 속에 잠겨 있는 풍경을 바라보는 것도 큰 즐거움이었다. 금원은 이런 뜻을 시에 담았다.

이보다 앞서 1841년 김이양의 오강루에 있던 운초는 이정신의 일벽정에 기거하던 경산과 자주 어울렸다. 이때 금원도 김이양에게 의탁하여 함께 시를 주고받은 바 있거니와, 1845년경 김덕희에게 시집간 이후에도 이들과 자주 어울렸다. 또 이들 외에 죽서竹西와 경춘瓊春도 이들과의 시회에 자주 참여하였다. 죽서는 본관이 반남潘南으로 박종언朴宗彦의 서녀인데 금원과 같은 고향 출신이라 하였으니 원주 감영에 딸린 관기였을 것이다. 김정희가 그림에 능하였다고 칭찬하면서 죽서여사竹西女史라 부른 여성이다.[92] 후에 송호松湖 서기보徐箕輔(1785~1870)의 소실로 들어갔는데 그 역시 시에 뛰어난 솜씨를 보였다. 『호동서락기』에는 한유와 소동파의 시를 배워 기고奇古한 시풍을 지녔다고 하였다. 그의 문집에 삼호정의 금원에게 보낸 시가 보인다.

한 무리 슬픈 기러기 저녁에 많아지는데
애끊는 강 위의 구름과 고개의 나무 어쩌랴.
그리움의 눈물을 동에서 가는 강물에 뿌리니
이별한 후 삼호로 가서 물결이 되리라.
一陣哀鴻向晚多 江雲嶺樹斷腸何
相思淚灑東流水 去作三湖別後波
_죽서, 「가을날 금원에게 부치다(秋日寄錦園)」(『죽서시집竹西詩集』 국립중앙도서관본)

죽서가 강원도에 있을 때 금원을 그리워하는 마음을 이 시에 담았다. 이 시의 주석에서 금원이 삼호정三湖亭에 산다고 하였는데 1845년 이후의 어느 날 제작된 것으로 보인다. 『호동서락기』에서 경춘은 금원의 아우로 홍주천洪酒泉의 소실이 되었다고 하였는데 홍주천이 어떤 인

---

92) 김정희, 「題郝玉蟾三公圖」(『阮堂全集』 301:123).

물인지는 확인할 수 없지만, 경학과 역사, 시에 능하였다고 한다.[93] "다섯 사람은 서로의 마음을 알아 좋은 친구가 되었다. 또 아름답고 한가한 땅을 차지하여 꽃 피고 새 울며 구름과 안개 낀 날, 비바람 불거나 해 뜨고 달뜨는 날 어느 때든 아름답지 않음이 없고 어느 달이든 즐겁지 않은 달이 없었다. 어쩌다 더불어 가야금을 연주하고 풍악을 들으면서 맑은 흥을 풀기도 하고, 담소하는 여가에 천기가 흘러 움직이면 그것을 드러내어 시를 지었다"고 했다. 19세기 중반 새로운 여류 시단의 풍류를 과시한 곳이 용산의 삼호정이었던 것이다.

---

93) 홍직필, 「妓瓊春傳」(『梅山集』 296:575)에 따르면 경춘은 영월에 묘가 있고 비가 세워져 있는데 知府 李萬恢의 총애를 받았고 이만회를 세상을 떠난 후 그의 문객의 협박과 폭력으로 고생하다가 임진년 영월강에서 투신하였으며 이때 나이가 16세였다고 한다. 이만회의 활동 기간을 고려할 때 임진년은 1772년으로 보이므로, 금원의 아우 경춘과는 동명이인으로 보인다.

찾아보기

_ 사람 이름

마을 및 집 이름

이종묵 李鍾默

서울대학교 국어국문학과에서 학업을 익혔고 한국정신문화연구원(현 한국학중
앙연구원)에서 교수를 지내다가 2003년 모교로 옮겼다. 우리 한시의 아름다움에
대해 공부하는 것을 본업으로 삼아 『한국 한시의 전통과 문예미』, 『우리 한시를
읽다』, 『한시 마중』을 내었다. 조선시대 문인의 삶과 문화에 대해서도 관심을 가
져 『부부』를 저술하고 『사의당지－우리 집을 말하다』, 『양화소록－선비 꽃과 나
무를 벗하다』를 역해하였다. 『부휴자담론』, 『글로 세상을 호령하다』, 『돌아앉으
면 생각이 바뀐다』 등도 낸 바 있다. 옛 글을 읽고 그 자취를 찾아다니는 것을
즐거움을 삼아 『누워서 노니는 산수』, 『조선의 문화공간』(전 4권), 『절해고도에
위리안치하라』(공저)를 세상에 보였는데 이 책도 이러한 관심의 일환이다.

조선시대 경강의 별서 남호 편

초판 인쇄 2016년 10월 7일
초판 발행 2016년 10월 13일

저 자 이종묵
펴낸이 한정희
펴낸곳 경인문화사

등 록 제406-1973-000003호
주 소 경기도 파주시 회동길 445-1 경인빌딩 B동 4층
전 화 (031) 955-9300 팩스 (031) 955-9310
홈페이지 http://kyunginp.co.kr
이메일 kyunginp@chol.com

ISBN 978-89-499-4214-8 93810
값 18,000원

ⓒ2016, Kyung-in Publishing Co, Printed in Korea